MÉMOIRES D'AGRIPPINE

Pierre Grimal, ancien membre de l'Ecole française de Rome, est membre de l'Académie des Inscriptions et Belles-Lettres, professeur émérite à l'Université de Paris-Sorbonne. Il a publié de nombreux ouvrages sur l'Antiquité romaine. Il a traduit Tacite, le théâtre de Plaute et de Térence, ainsi que les romans grecs et latins pour la Bibliothèque de La Pléiade.

Il est rare qu'un écrivain, qui est également un grand érudit, nous donne une vision aussi vivante et surtout aussi « authentique » de l'Antiquité.
Pierre Grimal a une connaissance intime de la pensée romaine et tout particulièrement de cette période de l'Empire et des temps néroniens. A partir de tous les documents historiques existants : textes, vestiges, inscriptions, sans jamais porter aucun jugement, il a eu pour souci premier de comprendre en profondeur son héroïne, Agrippine, la mère de Néron, d'en saisir les mobiles secrets, de capter l'indicible qui fit la complexité de cette vie qui s'anime sous nos yeux.
Fille de Germanicus, arrière-petite-fille du dieu Auguste et aussi de sa sœur Octavie, arrière-petite-fille d'Antoine et de Livie, sœur de Caligula et nièce de l'empereur Claude qu'elle épousera un jour, Agrippine a toujours eu conscience de son sang divin. Femme, elle ne peut régner, mais entend bien que Néron, son fils, devienne le maître du monde. Si les astres le permettent, la condition est terrible : elle-même devra mourir, et par lui. Elle accepte et, toute sa vie durant, travaille à la conquête d'un pouvoir qu'elle ne peut exercer et qui va la tuer ! Sacrifiant tout à cette ambition mortelle, ses armes sont celles d'une femme, toutes celles d'une femme...
Ce livre nous offre des pages tour à tour poignantes et pathétiques, tendres, intelligentes, cyniques, toujours riches en émotions et en humanité.
Par une sympathie qui lui est propre, Pierre Grimal fait se rejoindre ici création et vérité.

PIERRE GRIMAL

Mémoires d'Agrippine

ÉDITIONS DE FALLOIS

A celle qui, la première, imagina ce livre.

AVERTISSEMENT

Agrippine la Jeune, mère de Néron, avait laissé des *Mémoires*. Tacite nous l'apprend. Ces *Mémoires* ont depuis longtemps disparu. Leur titre fournit ici à l'auteur un prétexte à faire revivre l'un des personnages clefs de l'histoire de Rome, de Tibère à Néron. Tous les faits évoqués sont authentiques et pourraient être accompagnés d'une référence. Ils sont fournis par Tacite, Suétone, Dion Cassius et quelques autres, ainsi que par divers documents épigraphiques. Quelques détails, destinés à évoquer les réalités de ce temps, ont été ajoutés, çà et là. Le hibou qui assiste à un entretien nocturne, par exemple, ou le spectateur qui, au Cirque, a pris place à côté d'Agrippine, appartiennent à ces additions mineures. Mais les propos prêtés à Sénèque sont empruntés aux ouvrages qu'il a écrits. Ils appartiennent à sa pensée.

La transcription en français des noms propres pourra sembler peu cohérente. On lira par exemple Sénèque, et non *Seneca; Nero, Messalina,* au lieu de Néron ou Messaline. Certains personnages conservent donc leur nom antique, d'autres reçoivent celui qui nous est familier. Ce choix n'est pas indifférent, chaque nom rappelant des harmoniques inséparables de la tradition des historiens modernes : Messaline est, dans l'esprit de tous, celui d'une femme impudique. *Messalina* permet d'entrevoir ce que fut, en réalité, cette femme-enfant abandonnée à elle-même, à tous les errements de l'adolescence. Néron est, pour nous, le nom d'un tyran monstrueux. *Nero* est celui d'un fils. Un parti pris rigoureusement logique eût masqué ces nuances et introduit des anachronismes incongrus.

Je commence à écrire ce qui doit être mon histoire et celle de ma famille, ce soir, à la fin du troisième jour des Jeux palatins, et mes yeux sont pleins d'horreur. Britannicus est mort. Il est mort ce soir même, pendant le dîner qui marquait la clôture des Jeux. Je l'ai vu, assis avec les autres jeunes gens et les femmes, tout près de moi. Il a demandé à boire. Je ne sais pas exactement ce qui s'est passé. Il a porté une coupe à sa bouche, puis il l'a repoussée. Un serviteur, un nouveau que je ne connais pas, est accouru avec une aiguière, a versé de l'eau dans la coupe et Britannicus, enfin, a bu. Alors, aussitôt, tout son corps s'est raidi. J'ai cru qu'il voulait se lever, mais il n'a pas achevé son geste. Il est retombé, sans force et déjà sans connaissance. Autour de lui on faisait mine de s'empresser. Un regard de Nero, plus impérieux qu'un ordre, figea tout le monde sur place. Deux des serviteurs personnels de Britannicus s'avancèrent et, avec l'assentiment du prince qui le leur signifia d'un geste, ils emportèrent ce qui n'était plus qu'un cadavre. Personne n'osait parler. Nero, à la fin, rompit le silence et rappela que son frère était sujet à des crises de haut mal, qu'alors il s'évanouissait, comme ce soir, mais qu'il ne tardait pas à revenir à lui. La même maladie, ajoutait-il, n'avait pas empêché son père Claude de vivre jusqu'à un âge assez avancé. Je vis alors son regard m'effleurer un court instant, et je compris. Je savais bien que Britannicus était mort. Nero n'avait jamais pensé que je puisse être dupe. Et il m'avertissait. L'allusion à la fin de Claude était claire. Britannicus avait été lui aussi empoisonné. Si moi, j'avais fait tuer le père, Nero n'avait-il pas le droit de faire disparaître le fils ? L'enjeu était le même. Prendre ou garder le pouvoir, cette toute-puissance qui avait appartenu à Claude, qui appartenait maintenant à Nero et que moi, sa mère, à qui il le devait, je pouvais lui disputer.

Le dîner s'est achevé comme si rien ne s'était passé. Je ne voulus pas avoir l'air de comprendre, mais il est probable que l'expression de mon visage m'avait trahie. J'avais eu aussi le tort de regarder Octavie, qui était présente, comme il convenait à l'épouse du prince. Elle était restée impassible, sans trahir aucun sentiment. Mais elle avait, elle aussi, certainement compris. Nero avait vu mon regard. Avais-je, rien qu'en tournant les yeux vers elle, laissé paraître la crainte que j'éprouvais pour la fille de Claude ? Octavie était un otage. Nero n'hésiterait pas à la faire disparaître, comme il l'avait fait pour son frère. Puis, je me demandai quel motif il aurait d'ajouter un crime à l'autre. Octavie n'était pas pour lui une menace. Elle était au contraire l'une des raisons qui faisaient de lui un empereur légitime, fils et gendre de Claude. Non, Octavie lui était trop précieuse pour qu'il la sacrifie. A moins que... ? Mais je n'osai aller plus loin dans ces horribles calculs. La vérité pourtant s'imposait, j'avais voulu dire : à moins qu'une autre passion que celle du pouvoir ne vienne à s'emparer de lui. Ce serait à moi d'y veiller.

Mais moi-même, combien de temps pourrais-je le faire ? Il y avait bien des années que je me savais condamnée à mourir, à mourir par lui. Comment oublier le jour où Balbillus, le fils de Thrasylle, qui n'était pas moins bon astrologue que son père, m'avait lancé, par défi, que Nero « régnerait et qu'il tuerait sa mère » ? Je lui avais répondu sans hésiter : « Qu'il me tue, pourvu qu'il règne ! » Le moment était peut-être proche où la seconde moitié de la prédiction s'accomplirait. Dans la litière qui me ramenait dans ma maison, je m'interrogeais : étais-je vraiment aussi résignée que j'avais voulu le paraître, il y a plus de vingt ans ? Etais-je prête à mourir ? Mais n'y avait-il pas d'autre issue ? Peut-être les Destins ne sont-ils pas inéluctables ; peut-être sommes-nous malhabiles à les interpréter. Les oracles les plus évidents en apparence laissent place à des échappatoires.

Arrivée chez moi, et quand les servantes eurent terminé les mille soins qui accompagnent toujours mon coucher, je pris la résolution de commencer ces mémoires. J'ai trop de souvenirs, je connais trop de secrets pour laisser tout cela périr. Et puis, je veux me justifier, dire *ma* vérité, rendre justice à ceux qui m'ont entourée ou dont l'image a accompagné toute mon existence, entendre de nouveau leurs voix. Je sais que certains ont fait naître des haines violentes et que l'on n'est pas tendre, à Rome, pour leur souvenir. Mais qu'ai-je à faire de ce que pensent les autres, ceux qui ne savent pas, qui n'ont jamais connu ces violences de l'âme, inséparables de ce que nous sommes, nous à qui les dieux donnent en partage de régner ! De tels enivrements peuvent bien être achetés au prix de la mort.

LIVRE I

LE TEMPS DE MON PÈRE

Je n'étais pas venue au monde, et déjà l'espoir que j'étais se trouvait au centre d'un drame. Je dois de le savoir à ce que m'a conté ma mère, alors que j'avais dix ans. Nous nous trouvions, ce jour-là, dans notre maison du Palatin, toute proche de la demeure impériale. Mais ce n'est pas vers elle que portaient nos regards, c'était vers l'autre rive du Tibre, celle que mon oncle Claude s'obstinait à appeler la rive étrusque. Il devait, un jour, m'en dire la raison, au cours d'une conversation mémorable que nous eûmes loin de Rome, et que je rapporterai en son temps.

Ma mère était lasse, ses traits étaient tirés. Elle qui d'ordinaire était pleine d'énergie restait, ce jour-là, à demi couchée sur un lit de repos, dans une salle haute de la maison. Elle laissait son regard errer sur les pins du Janicule et les frondaisons des jardins qui descendaient la pente de la colline jusqu'à la rive du fleuve. Nous étions en hiver, à peine au début du printemps. Des nuages venant du couchant obscurcissaient le jour. Mais je savais que la couleur du ciel et le temps qu'il faisait n'auraient pas suffi à abattre ainsi le courage de ma mère, à assombrir son humeur. Etaient-ce les nouvelles que j'avais entendues, le matin, le procès que l'on avait fait au sénat à un homme que nous connaissions bien, ce Cordus dont la fille devait devenir, plus tard, l'une de nos amies ? Je ne savais pas au juste de quoi Cordus était accusé. Je savais seulement que le sénat l'avait condamné.

Après être restée longtemps silencieuse, ma mère me fit venir près d'elle, elle me prit la main et me dit : « Comme je souhaiterais, ma fille, que tu ne connaisses jamais des jours comme ceux que je vis maintenant. Ces jours de solitude, dans cette maison désolée, et tant de souvenirs ! C'est tout ce qui me reste. Ils me reviennent parfois, comme des nuées d'oiseaux qui volent au-dessus de ma tête et me cachent le ciel ! Comme j'aimerais me les rappeler avec celui qui les aurait partagés. Veux-tu m'aider à faire qu'ils ne soient plus pour moi d'horribles cauchemars ? »

Je ne comprenais pas très bien ce que voulait dire ma mère, mais je sentais que le passé était, ce jour-là, trop lourd pour qu'elle pût en supporter seule le poids. Alors, je me blottis contre elle, et tandis que les nuages continuaient leur course, il me sembla qu'ils devenaient moins menaçants, qu'ils annonçaient peut-être non la neige de l'hiver mais les ondées vivifiantes du printemps.

« Tu te rappelles peut-être, dit ma mère, que nous étions en Gaule, ton père et moi, lorsque mourut le dieu Auguste. Il avait reçu le commandement de toutes les légions de Gaule et de Germanie. Ce commandement, il ne l'exerçait pas directement, et comme il n'avait pas à partir en opérations, je l'avais accompagné. Son travail était plus celui d'un administrateur civil que celui d'un soldat. Il consistait à établir le cens des Gaules, tu sais, dresser la liste des propriétaires, avec le chiffre de leurs revenus, pour répartir l'impôt... »

Je n'écoutais plus ma mère que d'une oreille. Quoi, ce héros, dont j'apercevais, conservée pieusement dans cette chambre, la couronne de laurier qu'il avait portée lors de son triomphe, ce général magnifique que j'avais entrevu ce jour-là dans toute sa gloire, il avait consacré des mois et des mois à jouer ce rôle d'intendant ? Chez nous, de telles occupations étaient celles de nos affranchis.

Mon attention s'était un peu relâchée, tandis que ma mère continuait de parler : « ... alors, brusquement, on apprit qu'Auguste était mort et, dans certaines garnisons, les soldats se mutinèrent. Naturellement, c'était une lourde faute, un crime. Ils manquaient à leur serment. Je m'indignai, je le dis à Germanicus, qui, sans leur donner raison, se fit devant moi et dans le secret de notre demeure, au quartier général, jusqu'à un certain point leur avocat... »

Ma mère s'arrêta de parler. Elle revivait la scène, elle retrouvait les mots du discours, avec une sorte de joie qui mettait sur son visage l'animation qui en était absente un instant plus tôt, et j'étais plus intéressée et émue par cette métamorphose, dont je comprenais qu'elle était due à l'amour qu'elle n'avait jamais cessé de porter à son mari, que par les mots qui avaient été ceux de mon père.

« Certes, disait Germanicus, ils sont impardonnables, mais beaucoup d'entre eux servent depuis trente ans et rien ne leur permet d'entrevoir qu'un jour ils redeviendront des hommes libres. Leur seule perspective est de mourir sous les armes, dans des camps où, tu le sais comme moi, la discipline est dure, où ils ne trouvent aucun des agréments de la vie. Auguste vient de mourir. C'était leur chef, leur *imperator*. Certains l'avaient connu, autrefois. Mais, depuis longtemps, ce n'était plus qu'un nom. On ne pouvait espérer qu'il vienne se présenter à eux. Il avait plus de soixante-quinze ans. C'était pourtant à lui qu'ils étaient liés, à lui qu'ils avaient prêté serment... »

Tout cela m'ennuyait un peu. Je me demandai, vaguement, pourquoi le fait d'avoir prononcé, un jour, certaines paroles à l'adresse d'un homme devenait un lien que plus rien ne pouvait rompre. Même la mort ?

Mais laquelle ? Celle du soldat ou celle de l'*imperator ?* Est-ce qu'il en allait de même dans les rapports entre les hommes et les femmes ? Le serment du mariage était-il aussi sacré que celui du légionnaire à son chef ? La fidélité que ma mère gardait au souvenir de son mari me laissait soupçonner que, parfois au moins, il pouvait en être ainsi. Dans ma rêverie, les paroles de ma mère continuaient de me parvenir :

« Auguste mort, on leur disait que Tiberius Caesar était désormais leur *imperator.* Lui aussi, beaucoup le connaissaient. Ils le savaient brave au combat et bon général. Mais, quoi ? Lui aussi était vieux. A plus de cinquante-six ans, à un âge où, depuis longtemps, un citoyen n'est plus convoqué pour la levée, comment pourrait-il être ce compagnon d'armes qu'ils souhaitaient ? Depuis longtemps il ne quittait plus la Ville. Chaque fois qu'il annonçait son intention de se rendre aux armées, il se dérobait lorsqu'était venu le moment de le faire. Ils avaient besoin d'un chef qui saurait les entendre et, de ses yeux, serait témoin de leurs maux. Ah, certes, Germanicus savait bien comprendre ses hommes. Il était conscient de la fascination qu'il exerçait sur eux. Il le devait, tu sais, autant à son prestige personnel qu'au souvenir de son père, Drusus, que les légions n'avaient jamais oublié. Et puis, il y avait aussi en lui quelque chose de son grand-père Antoine qui, pendant quelques années, avait eu un destin royal... »

Je compris, tant bien que mal, que les soldats avaient proposé à mon père de le faire empereur, sans que les raisons m'en fussent tout à fait claires.

Emportée par ses souvenirs, ma mère me raconta ensuite comment Germanicus avait imaginé une issue à la situation dans laquelle ils étaient placés l'un et l'autre.

« Comme tu le sais, disait-elle, je me trouvais au camp pendant ces jours difficiles. J'étais là avec ton frère Gaius, et j'attendais ta naissance. Tu devais être mon cinquième enfant. On prend ordinairement tant de précautions en pareille circonstance ! N'était-il pas dangereux que je reste, moi, au milieu de soldats mutinés ? Ces soldats, Germanicus savait qu'ils nous aimaient bien. Ils avaient une tendresse particulière pour Gaius. Ils l'avaient surnommé " petite botte ", tant ils étaient fiers de le voir habillé comme eux. Tout cela tendait à me rassurer. Germanicus me fit observer qu'un accident demeurait possible, que, aussi populaire fût-il lui-même, ce sentiment pouvait ne pas être partagé par tous. Il me rappela comment il en avait eu un exemple juste avant son arrivée dans le camp de Cologne. Lorsque les soldats lui avaient offert de le proclamer empereur, lui qui connaissait bien Tibère et savait en outre le danger que cela pouvait représenter pour l'Etat — deux empereurs en même temps, c'était le risque d'une guerre civile —, il avait fait mine de se suicider, préférant la mort à la pensée même d'une trahison. Il avait tiré son épée et laissé, sans trop se faire prier, les amis qui l'entouraient retenir son bras. La plupart des soldats présents avaient applaudi. Il y en eut pourtant un qui osa s'approcher et tendre à Germanicus une épée nue, en lui disant qu'elle était " mieux aiguisée que la sienne ". Germanicus, en racontant la scène, avait ajouté un mot qui me frappa, et dont j'appris, au cours de ma vie, à comprendre la vérité. " Une armée, avait-il dit, n'a qu'une âme, lorsqu'on la lui impose. C'est à cela que sert la discipline. En temps de rébellion les âmes redeviennent elles-mêmes ce qu'elles sont, et alors tout est possible. "

« Tu vois, dit ma mère, il fallait être prudent, et ce fut le prétexte qu'il prit pour amener le drame au dénouement qu'il souhaitait — et qui convenait. En apparence, la plupart des unités étaient rentrées dans le devoir. Il feignit pourtant de penser que ce calme pouvait être trompeur, et qu'il était prudent de me mettre en sûreté, ainsi que Gaius et toi-même, toi qui n'étais pas encore née ! Il organisa toute une mise en scène. Un cortège de voitures nous emmènerait, moi, accompagné de Gaius, ainsi que les femmes et les enfants des autres officiers supérieurs qui formaient son état-major. N'étant pas absolument sûre que ce n'était qu'une comédie, tu imagines que je protestai. Tu me connais assez pour savoir à quel point je déteste toute lâcheté, et même son apparence. J'étais sincère, et cela permit de donner le spectacle d'une scène de supplications, moi me refusant à quitter Germanicus et lui m'y contraignant par de tendres arguments. Naturellement, cette scène attira peu à peu des spectateurs. Lorsque je finis par céder et que la file des voitures partit de la place centrale du camp pour se diriger vers la porte principale, une foule de soldats l'accompagnait. Tout cela était pathétique à souhait. On avait répandu le bruit que nous allions nous mettre à l'abri chez les Trévires, tu sais, ce peuple gaulois qui nous est si fidèle. A l'idée que nous serions plus en sécurité chez des Gaulois que dans le camp des légions, les soldats devinrent à la fois indignés, désolés et furieux. Ils voulurent retenir les voitures. Ton père en profita pour leur tenir un discours fort habile, où je reconnus, çà et là, le souvenir des grands orateurs du passé. La conclusion en fut que moi je ne resterais pas au camp. La saison était trop avancée et tu n'allais pas tarder à naître. Mais eux-mêmes, qui cherchaient à me retenir, pourquoi ne prouvaient-ils pas d'une manière éclatante qu'ils étaient rentrés dans le devoir ? Ils le pouvaient en mettant à mort, par surprise, les coupables de la rébellion ! Voilà, conclut ma mère, dans quelles circonstances, ma fille, tu es venue au jour. Au milieu des dangers et semblable à un personnage de tragédie. »

J'écoutais tout cela avec un peu d'ennui, comme le récit des choses lointaines auxquelles se complaisent, inexplicablement, les grandes personnes, qui leur attachent un intérêt qu'elles essaient vainement de faire partager à de jeunes auditeurs. J'en retenais toutefois que le destin avait fait de moi, avant même le début de ma vie, une héroïne de tragédie. Une reine, évidemment. A part les reines, il n'y a dans les tragédies que des nourrices, des confidentes. Je ne pouvais être ni les unes ni les autres. Donc j'étais appelée à être reine !

Lorsque le soir tomba, une lumière plus claire parut sur le Janicule, accompagnant le coucher du soleil. Ma mère s'était assoupie, et je restai seule, à réfléchir en essayant de me rappeler ce qu'elle avait dit. Je n'étais pas sûre d'avoir tout compris. Les mots, certes, j'étais capable de les répéter, ils étaient gravés dans ma mémoire et je peux aujourd'hui les retrouver, après trente années ! Mais leur sens ne m'apparaissait pas clairement. Ils m'avaient laissé deux ou trois impressions. D'abord, l'importance des soldats dans la vie de l'Etat, le pouvoir qu'ils avaient de faire ou de défaire les empereurs, selon qu'ils s'attachaient à celui-ci ou à celui-là. Je comprenais aussi que ce pouvoir reposait sur le droit, qui leur était reconnu, de donner la mort.

Et puis, ma rêverie se reportait sur la personne de mon père, dont je n'avais que des images confuses, mais combien exaltantes ! Celle du triomphateur, sur le char qui le conduisait au Capitole faire hommage de sa victoire à Jupiter Très Bon Très Grand. J'étais, moi aussi, sur le char, avec mes trois frères aînés et ma sœur Drusilla, toute petite. Elle n'avait pas encore six mois. J'étais très fière d'être plus grande qu'elle. J'avais deux ans et demi !

Le triomphe de mon père. Encore un de mes très grands souvenirs, celui que j'aimais à me rappeler, avec tous les détails que je pouvais retrouver, le soir, pendant que je m'endormais : les cris de la foule, le pas des soldats sur les dalles de la Voie sacrée, les prisonniers germains qui précédaient le cortège des vainqueurs et les images, peintes sur de grandes pancartes, des pays que nos légions avaient conquis, des montagnes, des fleuves, celui où j'étais née et qui prenait pour moi figure de légende. Et puis, il y avait Germanicus lui-même, grand, magnifique, dominant toute la scène. Je l'avais si peu connu, si peu de temps !

La chambre était maintenant pleine d'ombre. Ma mère restait silencieuse, mais ses lèvres remuaient. A quoi rêvait-elle ? Au passé qu'elle avait vécu ? A l'avenir qui l'attendait et dont j'avais compris qu'elle le redoutait ? Les dernières lueurs du jour me permettaient encore de distinguer, sur les murs de la chambre, des images que, je le savais, mon père y avait fait peindre, bien avant de connaître l'Egypte où il n'avait pu s'empêcher d'aller, la dernière année de sa vie. Il y avait là des figures étranges, qui me faisaient un peu peur. Un serviteur appelé Psamouthis, qui était revenu de là-bas avec ma mère, m'avait appris leur nom, et des choses étranges à leur sujet. « Tu vois, m'avait-il dit, cette déesse debout, qui porte un croissant de lune sur la tête, tu vois sa longue robe blanche et son manteau bleu ? C'est Isis, la reine. Elle vient de rendre la vie à Osiris, son mari, qui était mort... »

Je repensais à Celle qui avait le pouvoir de ranimer les morts, et je me demandais si ma mère n'avait jamais essayé de se persuader que la grâce d'Isis lui rendrait, un jour, celui qu'elle avait perdu ?

***

Ma mère n'avait jamais aimé la Germanie. Elle n'y trouvait pas assez de lumière, de soleil, de gaieté, à son goût. Elle n'oublia jamais qu'elle était née à Athènes, pendant le long voyage de son père, Agrippa, chargé de rétablir là-bas la majesté de Rome. Elle aussi, elle était fille de roi, un roi sans couronne, mais doté d'un pouvoir absolu sur cette moitié du monde, comme l'avait été Antoine vingt ans plus tôt. Et voici, précisément, qu'elle avait épousé un petit-fils de cet Antoine. On avait beau lui avoir appris à en taire le nom, ou à ne le prononcer qu'à voix basse, tout le monde au Palatin ne pouvait s'empêcher de penser à lui. Même si elle n'en parlait guère, il n'en allait pas de même de mon frère Gaius, qui ne jurait que par lui.

Gaius n'avait encore que treize ans, lorsque ma mère et moi, nous eûmes cette conversation mémorable, qui m'apprit au milieu de quel drame j'avais fait mon apparition en ce monde, mais lui, il n'était pas embarrassé pour parler de tout et de rien. Et particulièrement des sujets interdits. C'est lui qui m'avait fait connaître l'histoire de notre arrière-grand-père Antoine. Il aimait me prendre à part et me tenir des propos qui, à la fois, m'effrayaient et me fascinaient.

« Tu crois que nos parents et nos grands-parents ont toujours été sages, aussi vertueux qu'ils veulent que nous soyons ? Les hypocrites ! Tiens, la vieille Livie, qui parle si bien de son mari le dieu Auguste, avec des larmes dans la voix, sais-tu qu'elle fut enlevée par lui, qu'elle ne l'épousa que par force et que leur mariage ne fut pas des meilleurs ? Pour le garder, elle lui procurait des servantes et autres jouvencelles. Quant à elle, mais chut ! Ce sont des secrets d'Etat. » Puis, chuchotant à peine, il me dit à l'oreille : « A propos de secrets d'Etat, sais-tu quel est le vrai père de notre mère ? Non ? Eh bien, Auguste lui-même, avec sa fille Julia. » Et il ajouta, comme si ce mensonge l'emplissait d'aise : « Nous sommes les produits d'un inceste. Nous portons le mal en nous. Rien ne peut l'effacer. Nous sommes impurs ! Impurs ! » Et soudain : « Il n'y a que les idiots pour s'en soucier. Tu crois que cela gêne les dieux de coucher avec leur fille ? » Et il me récita une interminable liste. Je ne retins que le nom de Thyeste, parce qu'il était celui d'un personnage de tragédie et que j'aimais les tragédies. A la fin, il ajouta : « Et n'oublie pas, petite Agrippine, que Jupiter a pris comme épouse sa sœur Junon... » Sur quoi il se mit à danser en chantonnant : « Qui veut devenir dieu pour coucher avec sa sœur ? »

Je ne prenais pas tout cela très au sérieux, bien sûr, et j'étais fort loin de tout comprendre mais, peu à peu, s'insinuait en moi l'idée que notre famille n'était pas tout à fait de la même sorte que celle des autres hommes. Auguste n'était-il pas un dieu ? Et, pour les dieux, le Bien et le Mal sont-ils ce qu'ils sont pour nous ? Pour nous ? Non pas ; pour les autres ! Je sentais le sang d'Auguste couler en moi, ce sang d'un Immortel que m'avait transmis sa fille Julia, ma grand-mère, comme mon autre grand-mère, Antonia, m'avait transmis celui d'Antoine, que les Egyptiens avaient honoré comme un dieu. Gaius ne s'en était pas tenu là dans ses révélations. Il m'avait parlé aussi de Julia, de la manière dont elle avait vécu, des amants qu'elle avait eus. Il était intarissable aussi sur Cléopâtre, sur la manière dont elle s'était suicidée. Il connaissait tout cela beaucoup mieux que n'importe qui, beaucoup mieux que moi surtout, les allusions que ma mère avait pu faire parfois à tout ce passé n'ayant jamais été des plus claires.

Lorsque mon père, après son triomphe, avait été envoyé par Tibère dans les provinces situées au-delà de la mer, ma mère s'était réjouie de retrouver les pays de son enfance. Et cela d'autant plus que Germanicus y aurait les pleins pouvoirs, comme Agrippa autrefois. Du moins le pensait-elle. L'empereur avait déclaré aux Pères que seule la sagesse de Germanicus pouvait ramener le calme dans cette région. Naturellement, personne ne dit le contraire et Germanicus partit pour l'Orient, et nous avec lui. Je me souviens de cet interminable voyage. Ma mère, une fois de plus, était enceinte. Je commençais à être assez grande pour comprendre qu'elle supportait mal les cahots de notre voiture sur les mauvaises routes, et guère mieux les mouvements du navire lorsque, après de longs trajets sur terre, nous nous embarquions sur un bateau de la flotte militaire. Le voyage avait commencé en hiver et je sus depuis que c'était le plus mauvais moment de l'année pour une traversée. Notre mère souffrait beaucoup. Je restais aussi longtemps que je pouvais auprès d'elle. Elle me disait que je lui redonnais du courage. Je comprenais aussi qu'elle était sensible aux honneurs dont on l'entourait, à bord et le long des routes, mais cela ne l'empêchait pas d'éprouver de terribles douleurs, à certains moments. Mon père, très occupé, même pendant les navigations, recevant à tout instant des messages que lui apportaient des bateaux rapides ou des courriers spéciaux, devant dicter sans délai des réponses, préparant, nous disait-il, les mesures qu'il devrait prendre dès son arrivée ici ou là, ne pouvait faire mieux que venir de temps en temps s'enquérir de la manière dont elle supportait toutes ces épreuves, puis, après quelques mots d'encouragement, il disparaissait, tout entier à ses devoirs.

Gaius, au milieu de tout cela, allait et venait, courait partout et se rendait très populaire parmi les soldats de l'escorte, posait des questions qui faisaient parfois rire les hommes mais qui, aussi, lui valaient de longues réponses, qu'il écoutait avec le plus grand sérieux, et qu'il retenait jusqu'au dernier mot. Il avait six ans, juste le double de mon âge. Il me semblait déjà terriblement âgé. Il en était lui-même persuadé et me faisait la leçon, à propos de n'importe quoi. Il m'expliquait la raison d'être de ce que je voyais et je comprends maintenant, après toutes ces années, la profondeur de l'influence qu'il exerça sur moi.

Son plus grand succès, ce fut le jour où il me fit les honneurs de Nicopolis, la Ville de la Victoire, devant laquelle avait eu lieu la bataille entre Auguste et Antoine. Il me répéta, une fois de plus, que notre arrière-grand-père Auguste, et plus encore notre grand-père Agrippa, avaient fait tout leur possible pour écraser notre autre arrière-grand-père. Cela semblait à ses yeux du plus haut comique. Tout à coup, il se mettait à pleurer, à pousser des cris, et il s'interrompait, pour me dire à mi-voix : « Tu vois, c'est pour Antoine » et, sans transition, il éclatait de rire. C'était pour Auguste et Agrippa ! Cette comédie me ravissait, tout en me faisant un peu peur. Je me disais confusément que les choses étaient, en elles-mêmes, ou tristes ou gaies, qu'elles ne pouvaient pas être à la fois source de chagrin et source de joie. Devant cette baie d'Actium, à côté des trophées élevés par Auguste pour célébrer la défaite de celui qui avait été l'époux d'Octavie, sa sœur tant aimée m'avait dit ma mère, je ne savais plus que penser. Quand on aimait quelqu'un, comment pouvait-on vouloir lui faire du mal ? J'aimais ma mère plus que personne au monde. J'aurais voulu qu'elle n'eût jamais mal. Je ne supportais pas la pensée qu'elle pût souffrir. Elle le savait et elle faisait effort pour sourire, pour me sourire, même lorsque quelque douleur l'empêchait brusquement de respirer. Surtout à ces moments-là, pour que je ne puisse deviner ce qu'elle ressentait.

En dépit de sa fatigue, elle sembla revivre lorsque nous arrivâmes à Athènes. Ce fut une entrée véritablement triomphale, et bien digne de cette ville, dont on m'avait toujours dit qu'il n'en existait pas deux semblables. Je le croyais volontiers, puisqu'elle était la patrie de ma mère. J'avais pensé, naïvement, que mon père se montrerait aux Athéniens dans toute sa gloire, avec une escorte de soldats. Il n'en fit rien. Il se présenta en toge, et se fit précéder d'un seul licteur. Et nous, nous suivions, à pied. Il paraît que c'est faire preuve d'un orgueil insupportable, pour un Romain, que de pénétrer dans une ville alliée en se faisant porter par une voiture, ou même en litière. Cela humilie les habitants. Je n'aurais pas hésité à humilier les Athéniens, si cela n'avait dépendu que de moi, pour éviter à ma mère ce long parcours à pied, dans ces rues si étroites et tortueuses. Quant à Gaius, tant que dura le trajet, il garda un sérieux imperturbable, tout en coulant à droite et à gauche des regards qui témoignaient de sa curiosité.

Je le voyais hocher la tête lorsque nous passions sous des arcs improvisés où avaient été accrochées des inscriptions que, naturellement, je ne pouvais pas lire. Gaius voulait donner l'impression qu'il pouvait, lui, les lire et les comprendre, ce qui, après tout, était possible. A la vérité, je me souciais assez peu de tout cela. Ma sandale qui était neuve m'avait écorché le pied. Chaque pas était douloureux. Mais j'étais parfaitement consciente qu'il eût été humiliant de me plaindre, encore plus de pleurer. Mon honneur de Romaine, l'honneur de Rome elle-même étaient en jeu. A trois ans, déjà, je savais qu'on ne pleure pas devant des Grecs !

Lorsque nous fûmes arrivés devant la maison qui devait nous accueillir pendant notre séjour dans la ville, une délégation de magistrats nous attendait. Je vis un groupe de personnages austères, qui s'inclinaient tous ensemble devant mon père, ce qui les faisait ressembler à des oiseaux en train de picorer, et me les rendit sympathiques. J'aimais beaucoup les oiseaux, surtout les pigeons, dont il y avait de grands vols sur le Palatin. Ils perchaient dans les platanes, les lauriers, les cyprès et les pins des jardins voisins et ceux qui entouraient les temples. D'abord on ne les voyait pas, puis, tout à coup, le feuillage semblait se déchirer, avec un grand bruit d'ailes, et un pigeon s'abattait devant moi. Je laissais tomber doucement devant lui une poignée de blé. Je savais, par expérience, qu'un mouvement trop brusque l'aurait fait s'envoler, mais ils me connaissaient tous et ils n'avaient pas peur, à condition que les conventions entre nous soient respectées. Les hommes que je voyais ici, allait-on leur donner, à eux aussi, quelque chose à picorer ? Germanicus leur dit quelques paroles, que je n'entendis pas, et chacun lui répondit, d'une harangue interminable, hérissée de noms propres, qui m'étaient parfaitement inconnus. La langue grecque elle-même ne m'était pas encore tout à fait intelligible, bien que je fusse habituée à l'entendre par ma nourrice, qui était grecque. Gaius, lui, était ravi.

Quand je lui demandai ce que les orateurs avaient dit, il me répondit vaguement, et d'un air supérieur : « Oh ! comme d'habitude, toujours la même chose. » A ce que je crus comprendre, ils avaient rappelé que le monde entier leur devait la liberté, que, d'ailleurs, les dieux les aimaient tellement qu'ils avaient dissimulé dans leur sol les marbres les plus beaux du monde et que leur ville était à égale distance de tous les points les plus éloignés de la terre. Avantage dont je ne compris naturellement pas tout le prix. Je le dis à Gaius qui me répondit : « C'est que tu es trop petite. Tu verras, quand tu seras grande. » Puis, sur une pirouette, il s'échappa, pour aller interroger l'un ou l'autre et acquérir auprès d'eux des connaissances qui me seraient inaccessibles.

***

Le voyage de mon père — je devrais dire notre voyage — reprit, après la halte d'Athènes. La naissance attendue par ma mère était maintenant proche, ce qui nous obligea à sacrifier quelques détours. Nous ne fîmes que traverser l'Eubée, pour gagner au plus tôt l'île de Lesbos. C'est là que naquit Livilla, la plus jeune de mes sœurs et le dernier enfant de notre famille. Pendant que ma mère se remettait, Germanicus ne resta pas près d'elle, et je demandai pourquoi. On me répondit que, grâce aux dieux, l'enfant étant heureusement venue au monde, notre père se devait tout entier au service du prince. Gaius, que j'interrogeai pour savoir en quoi consistaient ces devoirs, répéta gravement ce qu'il avait entendu dire, m'apprit qu'il y avait, là-bas, en Asie (et il me montrait la direction de l'est) quantité de villes qui avaient besoin de secours. La terre avait tremblé, l'année précédente, et cela avait causé bien des dommages. Il fallait aller voir ce qu'il en était au juste. Et puis, paraît-il, tout ne va pas au mieux entre les villes. Elles se querellent, les citoyens imaginent tous les moyens pour ne pas payer l'impôt et les magistrats pour s'approprier le peu qui reste. Ainsi parlait Gaius, avec une sagesse et un savoir empruntés. J'avoue que tout cela m'intéressait fort peu. Je regrettais seulement que ces affaires, si lointaines pour nous, retiennent notre père et nous privent de lui. Que savais-je vraiment de lui ? J'aurais voulu l'aimer de tout mon être, comme j'aimais ma mère, mais ses absences perpétuelles, et tout le temps qu'il consacrait au travail, quand il n'était pas au loin, étaient autant d'obstacles entre lui et moi. Son prestige en était peut-être accru, cela est possible, mais il me semblait, confusément, qu'entre un père et sa fille il devait y avoir autre chose et que l'admiration que je lui portais, et que je n'étais pas seule à ressentir, aurait dû trouver auprès de lui sa récompense. J'aurais tant voulu que, parfois, il me prenne dans ses bras et me parle doucement ! Alors le héros, le dieu se serait humanisé, j'aurais pu lui dire mes petits secrets, comme je les disais à ma mère, lui parler des oiseaux que j'avais vus sur la mer, en venant, et qui m'avaient tant intriguée, lorsqu'ils plongeaient dans le sillage de notre bateau. J'aurais aimé l'entendre me conter leur histoire, s'ils en avaient une. Avaient-ils toujours été des oiseaux ? N'avaient-ils pas, il y a très longtemps, été eux aussi des humains ? Ma nourrice m'avait raconté des histoires où l'on voyait des hommes et des femmes changés en oiseaux. Elle m'avait parlé des alcyons, des mouettes et aussi des rossignols. Je savais par elle que les rossignols, les hirondelles (que j'avais appris à connaître, dans le ciel de Rome qu'elles traversaient, le soir, de leur vol rapide et tranchant comme une lame), les huppes, les pics-verts (il y en avait dans les bosquets du Palatin) avaient été, autrefois, les membres d'une même famille, et que les dieux en avaient fait des oiseaux, pour des raisons que je ne saisissais pas très bien. C'est tout cela que j'aurais voulu demander à mon père. S'il m'avait dit que c'était la vérité, alors je l'aurais cru. Mais un *imperator* romain, chargé par le prince de missions de la plus haute importance, qu'avait-il à faire de ces histoires d'oiseaux ?

J'ai appris, depuis lors, quelles étaient les préoccupations de Germanicus pendant ce printemps de son deuxième consulat. Il était inquiet. Les honneurs que lui avait décernés Tibère ne dissimulaient-ils pas une étrange machination ? Il en avait eu le soupçon lorsque l'empereur l'avait arraché à ses légions, en Germanie, ces légions qu'il avait su apaiser et s'attacher, peut-être plus étroitement qu'il n'eût convenu. Les décisions de Tibère avaient souvent des motifs secrets. Elles visaient à obtenir un effet opposé à celui que l'on pouvait croire, et qu'il avouait lui-même. Au moment même où il chargeait Germanicus de cette inspection générale de l'Orient, il s'était hâté de remplacer le gouverneur de la Syrie, qui se trouvait être un parent par alliance de Germanicus, par un personnage intraitable, insolent, orgueilleux, marié à une femme qui, sur ce terrain, ne lui cédait en rien. Tout cela n'était-il pas calculé pour contrecarrer l'action de Germanicus, lui tendre des pièges, ou pis encore ?

Naturellement, de tout cela j'étais parfaitement ignorante et je dois dire que Gaius, avec toute sa curiosité et son talent inné pour découvrir les secrets, n'en savait pas plus. Ma mère était soucieuse et, lorsque mon père était avec nous, je voyais bien qu'il faisait des efforts pour éloigner les préoccupations qui l'assombrissaient et se montrer aussi gai que possible. Mais il était souvent en voyage. Gaius savait toujours le nom du pays où il devait aller, mais ce nom ne nous disait pas grand-chose, pas plus à lui qu'à moi. C'est ainsi que j'entendis parler pour la première fois de l'île de Samothrace, qui n'était pas très éloignée de Lesbos, où nous nous trouvions. Du moins c'est ce que me dit Gaius. Gaius qui devait sa science à son pédagogue, un Grec aussi enclin à bavarder qu'à vider des coupes. En grand secret, Gaius m'apprit qu'il y avait, à Samothrace, des dieux dont personne ne savait au juste le nom, mais qui possédaient un grand pouvoir. Je demandai lequel. « Celui des autres dieux, et quelque chose en plus. — Mais quoi ? — Ils sont capables d'aller non seulement sur la terre mais dans le ciel et aux Enfers. Ils savent où se trouvent les trésors et, si tu les pries comme il faut, ils te les feront découvrir. — Qu'est-ce que c'est qu'un trésor ? demandai-je. — Sotte, ce sont des pierres précieuses, comme celles que porte notre mère lorsqu'il y a un grand dîner, des choses qui brillent, et qui sont rouges, vertes, ou claires comme une goutte de l'eau la plus pure, mais en même temps qui lancent comme des rayons de lumière. Ils savent aussi où on trouve de l'or, pour fabriquer des colliers et des bracelets. Je crois que notre père est allé les voir pour qu'ils lui disent tout cela. Il veut en faire pour notre mère le plus beau cadeau qui soit. Voilà pourquoi il est parti. »

Moi aussi, j'aurais bien voulu avoir à mon cou de l'or et des pierres précieuses. Cela me semblait, aussi petite que je fusse, la chose la plus merveilleuse du monde et, quoique je sache aujourd'hui qu'il est des biens infiniment plus désirables, je suis toujours sensible à leur éclat. Je me promis d'aller lorsque je serais grande interroger les Cabires. Ce que mon père, au cours de son voyage, n'avait pu faire. Il nous dit, quand il revint, que le vent du nord avait été si violent que leur navire n'avait pu aborder à Samothrace. Et il ajouta : « Je vais en profiter pour aller jusqu'à Troie. » Ma mère, je ne sais pourquoi, parut s'irriter de ce projet. « Ne ferais-tu pas mieux, lui dit-elle, de penser à ce que tu dois faire, lorsque l'autre... » mais elle s'interrompit, car Germanicus avait froncé les sourcils en nous désignant du regard, mon frère et moi. « Je crois plutôt, reprit-il, comme si elle ne l'avait pas interrompu, qu'il ne sera pas mauvais que j'aille consulter les Mânes de nos ancêtres les plus lointains. Peut-être me donneront-ils quelque conseil utile. »

Je fus fort intriguée par ces paroles. Gaius prit un air sérieux. Le lendemain, je le priai de m'expliquer ce que notre père avait voulu dire. « Si tu n'étais pas aussi petite, tu saurais, commença-t-il, que notre famille est venue à Rome depuis le pays où nous sommes. Enfin, pas exactement, mais depuis cette ville de Troie dont on parlait hier… » Sur quoi, il se mit à me raconter toute l'*Iliade,* en la faisant suivre de l'*Enéide.* Son pédagogue l'en entretenait tous les jours, pour le faire se tenir tranquille, car Gaius aimait les contes, surtout ceux où intervenaient des héros dont on lui avait dit que nous descendions. Et puis, il découvrait que ces hauts personnages, ses ancêtres, s'étaient toujours entretenus familièrement avec les dieux et les déesses, ce qui le flattait et semblait lui promettre que, quand il serait grand, il ferait la même chose, il aurait le même pouvoir. Bien des années plus tard, lorsqu'il fut empereur, je pus voir qu'il n'avait jamais oublié ce rêve de son enfance, devenu, avec les années, une certitude indiscutable.

Lorsque notre père revint de Troie, c'était le moment pour nous de quitter Lesbos. Ma mère était tout à fait remise et Livilla pouvait supporter un voyage. Nous longions les côtes de l'Asie. La terre n'était jamais éloignée et il faisait beau. Nous nous arrêtions le plus souvent possible dans un port, et ils sont nombreux à se succéder dans cette région. Ces escales m'étaient agréables. Chaque fois, avec Gaius et son précepteur, nous descendions à terre, et nous regardions autour de nous tout ce qu'il y avait à voir. Un peu partout, on bâtissait, on remettait en état les édifices publics à demi ruinés de vétusté ou l'on en construisait de nouveaux. Je trouvais bien ces promenades un peu longues et, quand je revenais au bateau, le sommeil ne se faisait pas attendre. J'étais lassée aussi par l'interminable bavardage de mon frère, qui posait mille questions sur les scènes que l'on avait représentées au fronton des temples tout neufs ou le long des portiques. J'écoutais ce que lui disait son pédagogue, et j'appris beaucoup, pendant nos promenades, à Myrina, à Sardes, à Smyrne, et autres lieux célèbres. La nuit, je rêvais à ce que j'avais entendu raconter dans la journée. Les Géants révoltés contre Jupiter, le combat des Titans et des dieux, étaient les compagnons de mon sommeil. Je découvrais que le monde que voyaient mes yeux n'était qu'une petite partie de tout ce qui existe. Moi, toute petite fille, je n'étais guère plus dépassée par les choses que ne l'étaient les grandes personnes, qui avaient tellement de science, mais, aussi, tant d'ignorance !

Comment savait-on, par exemple, l'histoire que je venais de déchiffrer sur un relief : la belle Arachné, si orgueilleuse qu'elle avait prétendu savoir filer et broder mieux que la déesse Minerve ? Et comment savait-on que Minerve s'était mise en colère, avait accepté le défi ? Toutes deux avaient filé, pendant des jours, mais, naturellement, Minerve l'avait emporté. Puis, pour punir l'imprudente, elle l'avait transformée en une araignée (un animal que je détestais et qui me faisait fuir), qui ne se lassait jamais de mettre, partout, ses misérables toiles et que tout le monde chassait des coins poussiéreux où elle réfugiait sa honte.

Lorsque je demandai à Gaius comment on avait appris tout cela, il me répondit, dédaigneusement : « Ce sont les Anciens qui l'ont dit. — Mais eux, comment l'ont-ils su ? — Mais par les dieux eux-mêmes ! Tu ne sais pas que les dieux nous parlent, qu'ils rendent des oracles ? »

Nous étions parvenus, lorsque nous eûmes cette conversation, mon frère et moi, à la hauteur de Claros, sur la côte et Germanicus dit incidemment, devant nous, que le lendemain il irait au temple d'Apollon prier le dieu. « Tu sais, me dit Gaius, lorsque nous fûmes seuls, il va consulter l'oracle ! » Que mon père souhaitât s'entretenir avec les dieux ne m'étonna pas. N'était-il pas de leur race ? Les dieux ne pouvaient que lui vouloir du bien, cet Apollon, surtout, qui parlait à Claros, et que je connaissais bien par le temple que lui avait élevé Auguste, non loin de chez nous, sur le Palatin. De leur rencontre ne devaient résulter que de bonnes choses. Pourtant, le soir, lorsque revint notre père, il avait l'air soucieux. Ma mère l'interrogea, mais il répondit évasivement. « Qu'as-tu appris ? demandait-elle — Oh, rien de particulier. — Mais encore ? — Tu sais comme ils sont tous. Des mots creux, des phrases obscures, et tout cela en vers, ni beaux ni même réguliers. » Elle ne put lui en faire dire davantage, mais elle sentait comme moi qu'il était inquiet, que l'oracle n'avait pas été aussi imprécis et insignifiant que Germanicus voulait bien le dire.

Nous nous arrêtâmes à peine à Ephèse et à Milet, dont les Grecs qui étaient avec nous vantaient les merveilles. Germanicus avait hâte d'arriver à Rhodes. Nous étions presque en été. Il faisait bon sur la mer, et nous croisions sans cesse des navires. Un jour j'entendis ma mère qui disait : « L'autre ne doit pas être loin ! » Quel était donc cet « autre », que l'on n'appelait pas par son nom ? Ce fut Gaius qui me l'apprit, naturellement. Un soir il me dit : « Tu ne sais pas pourquoi nous ne nous arrêtons pas ? Tu ne le sais pas, moi je le sais, mais je ne te le dirai pas. » Je dus le prier longuement, lui promettre de ne rien dire à personne. Enfin il consentit à parler :

« Celui qui doit venir, c'est le nouveau gouverneur de Syrie, et ni notre mère ni notre père ne l'aiment. » Sa voix devint un souffle : « Je crois bien qu'ils en ont peur ! » J'étais incrédule, mais un peu inquiète cependant. Mes parents, ces êtres tout-puissants, mon père que tout le monde traitait avec le plus grand respect, qui commandait à tous ces soldats, à tous ces marins qui semblaient n'être nés que pour son service, comment pouvait-il avoir peur, et de qui ? Je n'étais pas persuadée que mon frère me dît la vérité. Ce gouverneur de Syrie, de ce pays dont j'entendais le nom pour la première fois et vers lequel, me dit Gaius, nous nous dirigions, quel extraordinaire pouvoir avait-il ? Etait-il, lui aussi, en rapport avec les dieux ?

Nous étions arrivés à Rhodes. Les bateaux étaient au mouillage et nous-mêmes nous logions en ville, à Lindos. Gaius, toute la journée, marchait avec son pédagogue à travers la campagne. Je ne le voyais guère. Ma mère et mon père restaient ensemble. Quant à moi, faute de mieux, je bavardais avec ma nourrice. Je ne la trouvais pas aussi prestigieuse que mes parents et mon frère, mais je l'aimais bien. C'est elle qui, depuis toujours, me racontait des histoires, qui m'avait parlé des légendes chères aux poètes tragiques, prononcé devant moi, pour la première fois, le nom de Thyeste, celui d'Atrée. A Rhodes, elle me parla du dieu Soleil, que les Grecs appellent Hélios, et qui est le protecteur de l'île. Elle me dit qu'Hélios avait eu plusieurs enfants, cinq filles et un fils, qui s'appelait Phaéthon. Pendant longtemps, Phaéthon ignora de qui il était le fils, jusqu'au jour où sa mère le lui révéla. D'abord, il ne voulait pas la croire. Quelle apparence qu'il fût le fils de cet astre brillant, qui traversait chaque jour l'immensité du ciel ? Sa mère eut beau lui dire que cet astre brillant, qu'il voyait, comme elle-même, sous la forme d'un disque ardent, était en réalité un dieu, debout sur un char que tiraient quatre chevaux fort rapides, dont elle lui donna les noms : Pyroïs, Eoos, Aéthon et Phlégon. Ma nourrice m'expliqua que ces noms leur avaient été attribués parce qu'ils leur convenaient, que Pyroïs était le mot qui désigne le feu, Eoos les lueurs de l'aurore, Aéthon l'ardeur de la flamme, Phlégon la chaleur qui brûle tout. Ces chevaux étaient des bêtes magnifiques.

Ils étaient capables de courir dans le ciel, si légèrement qu'ils y étaient en sûreté, sur la voûte de cristal où sont piquées les étoiles. La mère de Phaéthon fut si persuasive que son fils n'eut bientôt plus d'autre désir que de conduire, lui aussi, le char de son père. Sa mère lui dit, bien sûr, que c'était là une chose impossible. A force de réfléchir aux moyens d'obtenir ce qu'il souhaitait, il imagina de prendre pour complices ses cinq sœurs dont sa mère lui avait révélé l'existence. C'étaient elles, en effet, qui chaque soir soignaient les chevaux du Soleil et les enfermaient dans leur écurie. Chaque matin, elles les attelaient au char d'Hélios. Rien de plus facile, pour elles, que de laisser Phaéthon se glisser dans le char avant qu'Hélios revienne. Non sans hésitation, c'est ce qu'elles consentirent à faire. Et voilà le jeune imprudent qui s'envole, emporté par les chevaux divins. Sur les dangers qui attendaient Phaéthon, ma nourrice était inépuisable. Enfin, après bien des péripéties, le jeune homme fut incapable de maîtriser son attelage, qui ne sut pas garder la bonne route, mais se rapprocha de la terre, mettant le feu à des pays entiers, des forêts et des villes. Le monde eût été détruit, si Jupiter, qui voit tout, n'avait lancé sa foudre et précipité Phaéthon et ses chevaux dans un grand fleuve. Ce qui mit fin à l'incendie. Naturellement, Phaéthon périt dans l'aventure, mais non les chevaux, qui étaient divins, et qui le jour suivant réapparurent à l'Orient du monde.

Cette histoire me fit une impression curieuse. J'étais à l'âge où l'on ne refuse pas de croire aux récits les plus étranges et les plus merveilleux, et le sort de Phaéthon m'attristait et m'enthousiasmait à la fois. Il devait être beau d'avoir pour père le Soleil. Confusément, je pensais au mien, magnifique lui aussi, et puissant, et si peu souvent auprès de nous ! Je l'avais vu franchir la mer, et j'avais vu, aussi, les habitants des cités que nous traversions venir vers lui et s'incliner, en signe d'hommage. Tout cela aurait dû me rassurer. Pourtant, je restais inquiète. Phaéthon aussi avait éclairé les peuples. Il n'en était pas moins tombé. Et je pensais à l'autre, ce gouverneur de Syrie — Gaius m'avait dit qu'il s'appelait Pison — et qui attendait, peut-être, dans l'ombre le moyen de perdre Germanicus. Et si Germanicus tombait, qu'adviendrait-il des siens, qu'adviendrait-il de moi ? Ma nourrice m'avait dit que les filles du Soleil avaient tellement pleuré la mort de leur frère qu'elles étaient devenues des arbres, des peupliers. Y avait-il quelque risque que je devienne, moi aussi, un peuplier, comme d'autres étaient devenus des oiseaux ? J'aimais beaucoup les peupliers, dont j'avais eu la révélation lors de notre passage à Athènes. Je les avais vus, alignés le long d'une petite rivière, d'un ruisseau plutôt, en dehors de la ville. Ils étaient grands. Ils n'avaient pas encore de feuilles, mais les bourgeons que l'on m'avait montrés, le long de leurs branches, promettaient assez que, la saison venue, ils en seraient couverts. Si mon père tombait du ciel où je le voyais, que deviendrais-je ? Arbre ou oiseau ? L'oiseau avait ma préférence, mais après tout, je n'y pouvais rien, et je cessai de me tourmenter.

Bien des années plus tard, alors que Nero était déjà proche du pouvoir, et que je le voyais prendre tant de plaisir à conduire des chars, je me suis demandé plus d'une fois s'il ne risquait pas, un jour, de connaître le sort de Phaéthon.

*
**

C'était maintenant le plein été. Le ciel était, de temps en temps, traversé d'orages. Lors d'une épouvantable tempête, alors que la mer était creusée d'énormes vagues, un officier vint annoncer à Germanicus qu'une petite flotte romaine, comprenant des vaisseaux militaires, était en difficulté à la pointe nord de l'île. Aux signaux, on avait compris qu'il s'agissait fort probablement du convoi qui conduisait en Syrie le nouveau gouverneur. Au moment où mon père se préparait à donner à l'officier les ordres nécessaires pour que l'on tentât de porter secours aux hommes en danger, ma mère le prit à part et lui murmura quelque chose à l'oreille. Et lui, avec douceur, l'éloigna de lui, et, de la tête, fit signe que non. Je sus depuis qu'elle avait suggéré de ne pas risquer de vies humaines pour sauver un homme dont elle n'attendait rien de bon. Et c'est cela que mon père avait refusé. Des marins de la flotte mirent donc une trirème à la mer et se dirigèrent vers l'endroit de la côte où les navires de Pison étaient drossés vers une ligne d'écueils. On réussit à lancer une amarre au bateau le plus dangereusement engagé et à le tirer d'affaire. C'était bien celui du proconsul. Le soir même, accompagné de sa femme, Plancine, Pison dînait à la table de Germanicus et d'Agrippine.

Gaius et moi n'assistions pas au dîner et nous dormions depuis longtemps lorsque le repas commença, mais nous avions assisté aux préparatifs et à l'arrivée de nos hôtes. Dès que l'on avait été sûr que le proconsul et sa femme étaient sains et saufs, la maisonnée entière s'était affairée. On ralluma le foyer des bains. Lorsque Pison et Plancine arrivèrent, l'étuve était prête. Ils en avaient grand besoin. Tous deux étaient mouillés, leurs vêtements, imprégnés d'eau de mer, pendaient lamentablement sur leurs épaules. Je me trouvais dans la cour de la maison lorsqu'ils la traversèrent pour gagner les bains. Pison m'avait frôlée, mais sans me voir, ou du moins sans en avoir l'air. Il m'avait paru énorme. Il avait l'air renfrogné et n'avait eu pour mon frère (qui naturellement n'avait pas voulu manquer le spectacle) et pour moi aucun de ces gestes d'amitié que l'on a d'ordinaire pour les enfants, et auxquels nous avaient habitués les visiteurs. Plancine n'avait pas été plus aimable. Elle semblait surtout préoccupée de savoir si le collier qui pendait à son cou était toujours là. Elle le faisait glisser entre ses doigts et jetait sur tout ce qui était autour d'elle des regards farouches. Ni mon père ni ma mère n'avaient voulu se trouver sur leur passage, se doutant bien que ni lui ni elle, elle surtout, ne souhaitaient être vus dans l'état où les avait mis leur aventure. Après le bain, qui dura un temps infini, on les conduisit dans la chambre qui leur était destinée. Pison en ressortit assez vite, tandis que Plancine s'y attardait, en compagnie d'une servante de ma mère, qui avait été mise à sa disposition. A ce moment, je n'étais pas encore couchée et l'impression déplaisante que Pison m'avait faite se trouva renforcée. Cette fois, Germanicus l'attendait, dans ce que les Grecs appellent la « salle des hommes ». Pison ne put se dispenser de le remercier. Il le fit brièvement et avec ce qui me parut être la plus mauvaise grâce du monde. Et, aussitôt, il déclara que tout cela était bel et bon mais qu'il ne pouvait s'attarder, qu'il devrait repartir dès le lendemain, n'étant pas là, dit-il, pour vivre « à la grecque », que ces maudits Orientaux ne rêvaient qu'à jouer de mauvais tours à leurs maîtres romains et qu'il fallait ouvrir l'œil.

Ces discours n'avaient pas l'air de plaire à mon père. Lorsqu'il s'aperçut que j'écoutais, il me prit dans ses bras, m'embrassa et me remit à ma nourrice, qui ne me perdait jamais de vue. Il la pria de veiller à ce que je dorme au plus vite, car la nuit était déjà tombée. Ma nourrice m'emmena donc tandis que Germanicus et Pison poursuivaient leur conversation, qui semblait n'avoir rien d'amical. En traversant l'une des salles qui entouraient la cour, pour gagner le premier étage où j'avais ma chambre, j'aperçus ma mère et Plancine, assises à quelque distance l'une de l'autre, raides, sur leur chaise. Je ne les entendis pas échanger un seul mot. Plancine ne dit rien pendant que j'embrassais ma mère, vers laquelle j'avais couru. Je n'existais pas pour elle, ce qui me vexa beaucoup.

Le lendemain matin, lorsque je m'éveillai, le proconsul et sa femme étaient déjà partis.

Les quelques paroles que j'avais entendues me donnaient à réfléchir. Le proconsul avait eu l'air de dire que nous vivions « à la grecque », et, dans sa bouche, ce n'était certainement pas un compliment. Qu'était-ce donc que de vivre « à la grecque » ? Cette fois, ce ne fut pas à ma nourrice que je le demandai, mais au précepteur de Gaius, qui me paraissait plus capable qu'elle de me répondre sur un sujet aussi difficile. Ma question fut accueillie par un grand éclat de rire. « Il a dit cela, ce Pison que nous avons arraché aux chiens de Poséidon ? Que nous vivions à la grecque ? Mais comment un homme digne de ce nom peut-il vivre autrement ? Veut-il que nous imitions les loups des forêts ou les bêtes sauvages, qui n'ont qu'une tanière et dévorent leurs proies sans associer aucun ami, aucun compagnon, à leurs repas ? Tu vois, petite fille, autrefois, au commencement du monde, les hommes vivaient dans les bois et les déserts des montagnes, où ils disputaient leur nourriture aux animaux et aussi aux autres hommes. Ils ne connaissaient aucune loi. Ils étaient parfaitement libres, et parfaitement malheureux. Pour se défendre, et aussi pour attaquer, ils cassaient de grosses branches aux arbres des forêts et s'en faisaient une massue. Ils aiguisaient aussi des pierres dures, qui leur servaient de haches. Ils ignoraient qu'il existe des dieux, que tout ce que l'on a envie de faire n'est pas permis. Cet état dura longtemps. Enfin, les dieux eurent pitié d'eux. Quand ils eurent fini eux-mêmes de se combattre, que Zeus fut devenu leur roi et leur seul maître, ils s'occupèrent enfin des hommes, qu'ils voyaient nus et misérables, sans maisons, réduits à une nourriture de bêtes, car ils ne connaissaient pas le feu. Le feu, ce fut non pas un dieu mais un Géant, un cousin de Zeus, qui le leur donna. Je te raconterai cette histoire un autre jour. Ce serait trop long aujourd'hui !

« Quand ils connurent le feu, qu'ils surent l'allumer, avec de la mousse sèche, et en conserver l'étincelle au cœur d'une bûche de chêne, sous la cendre, tout devint facile. Un feu qui brûle, tu le sais, cela attire les hommes, qui se groupent volontiers autour, et voilà le commencement de l'amitié. Puis, lorsque, pour mettre ce feu précieux à l'abri de la pluie, on eut imaginé de l'allumer dans quelque caverne ou, s'il n'y avait pas de caverne ni de toit naturel, de le protéger en en fabriquant un avec des branchages, voilà que l'on avait inventé les maisons. C'était un grand progrès, n'est-ce pas ? une grande conquête. Puis, ces hommes, qui n'avaient plus à combattre aussi durement pour vivre, qui avaient découvert qu'en se groupant, en s'aidant les uns les autres, ils augmentaient leur pouvoir sur les choses, imaginèrent des plaisirs inconnus. Il y en eut qui fabriquèrent des flûtes en attachant, avec de la cire, des roseaux les uns aux autres, d'autres qui imaginèrent de faire sécher des intestins d'animaux, d'en fabriquer des cordes, qu'ils tendaient sur des carapaces de tortue — et c'était la lyre. Mais, pour celle-ci, il fallut qu'un dieu s'en mêle. Ce dieu, c'est Hermès, tu sais, votre Mercure. Mais ce n'est pas tout à fait le même. Votre Mercure est un marchand, qui parcourt les routes. Notre Hermès aussi voyage, mais il emporte sa lyre.

« Voilà, petite fille, ce que c'est que vivre à la grecque. C'est ne jamais oublier que l'on est un homme, c'est donner au plaisir la part qui lui revient. Tu vois, même les bêtes se plaisent à prendre du repos, à se détendre au soleil, les oiseaux chantent chaque matin et chaque soir, les papillons savent reconnaître les fleurs les plus belles ; même les épines sauvages, à la saison, se couvrent de roses, et Pison voudrait que les hommes soient toujours renfrognés, ne pensent qu'à la manière dont ils amasseront toujours plus de richesses, obtiendront toujours plus de pouvoir, aux dépens de leurs rivaux ? Je ne sais si, pour lui, une telle vie est la seule qui soit digne d'un Romain, mais est-elle vraiment digne d'un homme ? »

Tout ce que j'entendais me paraissait vrai. Je ne savais pas que j'écoutais, ce matin-là, ma première leçon de philosophie.

*
**

Après la visite de Pison, qui nous avait trouvés à Rhodes, mon père s'absenta pendant une assez longue période. Gaius m'apprit qu'il était parti vers le nord, dans un pays où les montagnes étaient redoutables, le climat rude et, ajouta-t-il d'un air important, où l'on avait besoin d'un Romain pour mettre de l'ordre. Il s'agissait de l'Arménie, qui n'était encore qu'un nom pour moi. Ce que me dit ma mère de la façon dont y vivaient les habitants me rappela le tableau que le précepteur de Gaius m'avait fait des premiers temps de l'humanité. Elle me parlait de grands banquets, de chasses interminables dans les forêts. Ces gens-là ne vivaient pas « à la grecque », à la romaine non plus. Et je commençais à comprendre que le monde est empli de variété, que les peuples diffèrent entre eux et que mon père, comme Romain, avait pour rôle de faire qu'ils vivent tous en paix.

Pendant la fin de l'année, nous quittâmes Rhodes pour aller de ville en ville, à travers l'Asie. Nous rencontrâmes Pison et Plancine deux ou trois fois seulement, et les choses se passèrent mal. Pison se montrait violent. Je me rappelle une grande colère de sa part, à la table d'un roi, quelque part au milieu du désert, sous une tente. Le roi avait offert à ses hôtes romains des couronnes d'or. Sachant distinguer les degrés de la hiérarchie, et croyant bien faire, il avait remis à Germanicus et à Agrippine des couronnes très lourdes. Celles de Pison et de Plancine étaient beaucoup plus légères. Ce qui fit enrager le proconsul, qui demanda insolemment au roi s'il prenait Germanicus pour le fils d'un roi, et non un magistrat romain, et lui conseilla, dans son propre intérêt, de ne pas encourager chez lui le goût du luxe. J'entendais tout cela depuis la table où nous étions assis, nous les enfants. J'étais effrayée par les éclats de voix de Pison, rassurée seulement par le calme que conservait mon père. Les mots du précepteur me revenaient. Si mon père « vivait à la grecque », n'avait-il pas raison de le faire ?

Vivre à la grecque, il ne s'en priva pas tout au long du voyage que nous fîmes peu après en Egypte. D'abord, il abandonna le costume officiel romain, remplaça les lourdes chaussures militaires par des sandales, dépouilla le manteau rouge du chef pour une tunique de lin. Il avait réellement l'aspect d'un Grec. Je l'aimais bien ainsi. Il me semblait plus jeune, moins sévère. En réalité — mais cela, je ne pouvais le savoir — il avait, en pénétrant en Egypte, violé une interdiction qui remontait à Auguste. Il le faisait en pleine connaissance de cause et c'est peut-être cette audace qui lui donnait cet air de majesté, de noblesse que je lui voyais. Mais sans doute pensait-il en même temps que, représentant son père Tibère, il avait le droit d'inclure dans son voyage d'inspection la province la plus riche, la plus célèbre, la plus étrange de tout l'Orient. En quoi, je le sus depuis, ce voyage dans les pays du Nil déplut fort à Tibère et peut-être provoqua-t-il la catastrophe. Mais, de cela, personne ne peut être sûr.

***

Il y a maintenant trente-six années que Germanicus vint à Alexandrie, où se trouvait le préfet, représentant personnel de l'empereur et que, à partir de cette ville, il s'embarqua avec nous pour remonter le cours du Nil. Quel souvenir ai-je gardé de cette longue croisière ? Je ne saurais le dire exactement, tant, depuis lors, les choses et les gens d'Egypte ont été mêlés à ma vie. Ce que je vois lorsque j'essaie de me souvenir, c'est d'abord le navire qui nous portait et au-dessus de nous le ciel, d'un éclat impitoyable à certaines heures, mais qui prenait, selon le moment du jour, toutes les nuances du bleu, depuis l'azur le plus léger jusqu'aux couleurs sombres de la nuit. Puis, il y avait l'aspect des rives. Le bord du fleuve était couvert d'une végétation épaisse, de roseaux et aussi d'une plante que je ne connaissais pas et qui est le papyrus. Le précepteur de Gaius, qui restait mon principal informateur, m'apprit que l'on s'en servait pour fabriquer une sorte d'étoffe qui, séchée, se prêtait à recevoir l'écriture. C'était, me dit-il, moins commode que nos tablettes recouvertes de cire, mais cela tenait moins de place dans les armoires des bibliothèques. Parfois, entre les roseaux et les papyrus, j'apercevais de larges feuilles, toutes plates, entre lesquelles s'ouvraient des fleurs blanches ou roses, que je trouvais très jolies. On me dit que, dans cette végétation, vivaient plusieurs espèces d'animaux. L'un de ceux-ci était le crocodile, que l'on me décrivit, et je me souvins en avoir vu un, à Rome, dans un bassin d'une villa. Il avait l'air endormi, couché à plat ventre dans l'eau ; il était si tranquille que j'avais voulu m'en approcher. On m'en empêcha vivement. Je n'avais plus du tout envie d'en voir. Tout dangereux qu'il soit, cet animal est adoré comme un dieu par les Egyptiens, qui l'appellent Sebek, ou Sobek.

Depuis lors, j'ai entendu bien des merveilles sur les crocodiles, notamment de la part de notre ami Balbillus, qui est actuellement préfet d'Egypte et qui est fort savant. Il nous a dit qu'il avait vu, à l'embouchure du Nil, un combat que se livrèrent des crocodiles et des dauphins. Ceux-ci voulaient pénétrer dans le fleuve. Les crocodiles s'y opposaient. Ce furent comme deux armées acharnées l'une contre l'autre. Le dos du crocodile est semblable à une cuirasse, mais son ventre est mou. Les dauphins se glissaient sous le ventre de leurs ennemis et, se servant comme d'un poignard de leur nageoire, qui est fort aiguë, ils les massacraient. Je ne savais pas encore tout cela et je redoutais aussi de voir apparaître un autre animal, que l'on appelle le « cheval de fleuve », l'hippopotame, qui est, m'avait-on dit, le compagnon habituel de Sobek.

Dans la plaine qui s'étendait de part et d'autre du fleuve, au-delà de la zone dangereuse et des eaux stagnantes du bord, j'apercevais des arbres qui formaient des bouquets. Certains m'étaient familiers, d'autres inconnus. Je reconnaissais bien des sortes de palmiers, semblables à ceux que j'avais vus à Rome, mais ceux-ci étaient plus grands, plus élancés, et ils portaient à leur faîte des grappes de fruits. De loin en loin on apercevait des enclos que l'on devinait plantés d'arbres, dont le feuillage, très touffu, s'élevait au-dessus des murs.

Ce qui me surprenait beaucoup c'est que, presque chaque jour, nous voyions, au loin dans la campagne, des constructions étranges, des sortes de tours carrées qui ressemblaient à des portes gigantesques. On me dit que c'étaient celles de sanctuaires ou bien des tombeaux. Les unes s'élevaient dans la plaine, d'autres au flanc des falaises ou des montagnes qui fermaient la plaine et qui avaient de belles couleurs, rouge, ou ocre, rarement plus claires. Entre les montagnes et nous, des champs où travaillaient des paysans. Ils habitaient sans doute dans les cabanes, tantôt isolées, tantôt groupées en villages qui apparaissaient de loin en loin.

Je trouvais ce voyage fort agréable. Je passais presque toute la journée à courir sur le pont du bateau ou bien, lorsque j'étais fatiguée, je trouvais asile sous la tente ménagée à l'arrière, où ma mère aimait à demeurer en compagnie de quelques-uns de nos gens. Le bateau glissait doucement, sans à-coups, sous l'impulsion des rames. Même pendant la grande chaleur de midi, lorsqu'il n'y avait aucun souffle d'air, notre mouvement n'en faisait pas moins naître une brise légère qui nous rafraîchissait. Mon père, lui, lorsqu'il ne restait pas près de nous, était fort occupé à recevoir des messages que lui apportaient des cavaliers qui, courant le long du fleuve, n'avaient aucune peine à rattraper notre navire. Le message lu, il fallait répondre, ce que Germanicus faisait sans délai.

De temps en temps, notre navigation s'interrompait, pour quelques heures, et nous allions à terre visiter un monument, un temple, un palais de quelque ancien roi, à demi ruiné, mais où se dressaient encore des statues et des murs sur lesquels étaient gravées d'étranges images, accompagnées de signes mystérieux. Depuis Alexandrie nous avions avec nous Chaerémon, l'écrivain sacré, que je devais appeler, plus tard, auprès de Nero. Il nous accompagnait lorsque nous allions voir un monument ancien, et il expliquait à mon père, qui s'y intéressait fort, la signification des signes et des scènes que l'on voyait. Quant à moi, cela me laissait indifférente. J'étais satisfaite si je pouvais retrouver, ici ou là, des silhouettes familières, qui ressemblaient à celles qui décoraient notre maison du Palatin. Isis était naturellement ma préférée. C'était ma plus vieille connaissance parmi les divinités du Nil. Il y avait aussi Anubis, avec sa tête de chacal, qui lui donnait l'air d'un grand chien. Il m'inspirait des sentiments mêlés. J'aimais beaucoup les chiens et je n'avais aucune raison de refuser ma sympathie à ce dieu qui leur ressemblait, mais ce chien-là ne souriait pas, il ne penchait pas la tête de côté pour vous regarder, comme font les vrais chiens. Il avait l'air si sérieux, si grave ! Lorsque j'en demandai la raison à Chaerémon, il me répondit qu'Anubis avait pour fonction d'accompagner les morts dans leur dernier voyage et qu'il n'aurait pas été convenable qu'il ne partage pas le chagrin que tous les êtres vivants éprouvent devant la mort.

La mort ! Je la découvrais partout, dans cette Egypte où tout en parlait, où les vieilles pierres se dressaient au milieu du désert et où les tombeaux occupaient tant de place. A vrai dire, cette omniprésence de la mort, sur cette terre, ne m'attristait pas. C'était un spectacle, et la nouveauté l'emportait sur tout autre sentiment. Je n'avais pas encore l'expérience du bouleversement que nous cause la disparition d'un être cher. Je ne savais pas que, bientôt... mais je n'étais qu'une petite fille, heureuse, entre un père admiré et la tendresse d'une mère. Gaius, lui, comme de coutume, était partout à la fois. Il harcelait Chaerémon de questions, et, comme j'étais le plus souvent avec eux, j'entendais les réponses. Ce qui m'apprenait beaucoup. J'étais loin de tout comprendre — pas plus d'ailleurs que Gaius — mais les propos de notre guide nous laissaient, à mon frère et à moi, une impression profonde, le sentiment que dans ce pays se découvrait le secret du monde, l'explication de tout ce qui existe, que lui seul était réel, que, partout ailleurs, il n'y avait que des apparences. A Rhodes, j'avais appris à connaître Hélios, le Soleil et son char. Ce Soleil, je le retrouvais en Egypte. Il n'était plus porté par un char, mais par une barque, et cela me semblait assez naturel puisque, dans ce pays, on devait certainement voyager en bateau, comme nous le faisions. Chaerémon m'apprit que le Soleil, ici, s'appelait Rê et il me le montra, sur les reliefs que nous visitions, où on le voyait comme un roi. Peu à peu se formait en nous une idée de la royauté. Elle nous semblait une part de l'ordre du monde. « Il n'y a qu'un Soleil, disait Chaerémon. Il éclaire tous les hommes. Sa lumière illumine le monde entier. Dans son royaume, le roi fait de même. Comme ce serait beau si tout ce qui existe était placé sous la protection et le pouvoir d'un seul roi ! Les rois d'autrefois en avaient rêvé. Ils faisaient entourer leur nom, sur les inscriptions, d'un cercle fermé, pour signifier que la terre entière était leur royaume, tout ce que le soleil éclaire. Ils n'ont pas pu réaliser leur rêve, mais — et il se tournait vers Germanicus, qui écoutait tout cela — peut-être l'empereur de Rome saura-t-il le faire ? Toi-même, on me dit que tu es allé plus loin que nul autre chef vers le Couchant et vers l'Etoile du Nord. L'an dernier, tu étais aux portes de l'Orient, et te voici maintenant en route vers l'Ethiopie, au-delà de laquelle il n'y a que du sable et des déserts. »

Mon père ne répondait pas, mais il prenait, en écoutant Chaerémon, l'air plus grave que de coutume. Pour moi, je n'étais pas fort étonnée à l'idée que Germanicus fût une sorte de dieu Soleil. L'idée m'avait déjà effleurée à Rhodes, mais, cette fois, il n'était plus question que quelque usurpateur lui dérobe son char et en fasse mauvais usage, et moi je ne serais pas transformée en peuplier. D'ailleurs il n'y avait pas de peuplier dans ce pays.

Chaerémon, cependant, continuait de parler : « Tu as certainement compris que tout, ici, est une image du Soleil. Tout ce que tu vois est une allusion à sa toute-puissance. Le dieu Auguste l'avait bien compris, lui qui a fait transporter à Rome tant d'obélisques ! Tu n'ignores pas qu'un obélisque, cette pierre aiguë qui se dresse vers le ciel, est le symbole d'un rayon de soleil, droit, inflexible comme lui. Aussi en élevait-on autrefois devant les temples, pour marquer cette union du Ciel et de la Terre. Toi, disait encore Chaerémon, qui aimes tellement à pénétrer les secrets de l'univers, qui étudies la science des astres, tu sais mieux que personne que tout ce qui existe n'est en réalité qu'un seul être, aux mille formes, ineffable. L'avenir comme le passé sont inscrits dans le ciel. Tout ce que nous disons des dieux, tout ce qu'en ont dit nos ancêtres, dont tu vois les monuments, sont, pour nous autres hommes, des manières d'approcher la Vérité. Prier les dieux, c'est aussi le moyen de nous la rendre accessible et, si notre foi est assez forte, de faire qu'elle se réalise. Et ne crois pas que le Destin, tel qu'on peut l'entrevoir dans le mouvement des astres, soit aussi rigide, inflexible qu'on le dit. Sans quoi les dieux n'auraient plus aucune place, aucun rôle dans le monde. Il y a là un grand mystère, je le sais, mais un roi n'est jamais contraint de faire ce qu'il fait, et son acte n'est jamais sans conséquences pour l'ensemble des hommes, et non seulement pour ceux qui dépendent directement de lui. »

Telles étaient les paroles de Chaerémon, et, si j'avais été en âge de les comprendre, cela aurait été ma deuxième leçon de philosophie. Mais, bien sûr, elles ne m'étaient pas intelligibles, et je ne les écoutais d'ailleurs que d'une oreille.

Gaius, je le voyais, n'en comprenait pas davantage, mais il se donnait l'air grave, aussi sérieux que s'il avait lui-même médité profondément sur le mystère du monde. En revanche, lorsque nous étions seuls avec Chaerémon, il ne tarissait pas de questions. Il avait entendu dire que les rois d'Egypte épousaient leur sœur, et cela le ravissait. Il demandait à Chaerémon si c'était vrai, tout en me lançant un regard de côté. Il se faisait expliquer, aussi, comment on choisissait les rois, dans l'ancien temps. Sur ce point, Chaerémon dit seulement que le fils d'un roi devenait roi lorsque son père mourait. Du moins cela se passait-il ainsi le plus souvent. Le jeune prince, parce qu'il était fils de son père et ce père le fils du dieu Rê, devenait à son tour le fils de celui-ci. Et c'était Rê qui lui communiquait à la fois le pouvoir et la sagesse. Un jour où nous étions descendus à terre et allés voir un temple, qui se trouvait dans le voisinage, un temple assez neuf, mais qui ressemblait à tous ceux qui avaient été construits pendant des siècles, Chaerémon nous montra un relief où l'on voyait un prêtre qui tenait dans ses bras la statue d'un roi (j'avais appris à les reconnaître, à la coiffure qui surmontait leur tête) et l'élevait en direction du ciel. En face du prêtre on voyait le soleil qui sortait de l'horizon. Il semblait éclairer la statue du roi, et elle seule. Chaerémon nous expliqua que cela se passait souvent de cette façon, qu'il y avait des cérémonies au cours desquelles les rayons du soleil, chargés de la force du dieu Rê, pénétraient le corps et l'âme du roi, renouvelaient sa divinité, le rendaient non seulement vigoureux, brave, infatigable, mais aussi juste envers ses sujets.

J'écris tout cela aujourd'hui, après tant d'années, mais, naturellement, ce ne sont pas là mes souvenirs d'enfant. Les quelques images qui avaient subsisté en moi ont été complétées, rajeunies par tout ce que m'a dit Chaerémon au cours de longues conversations que nous avions, à Rome, dans le palais de Claude, où Chaerémon instruisait Nero. J'aimais ces conversations parce qu'elles me ramenaient aux jours qui avaient précédé la mort de mon père, où celui-ci se sentait capable de déjouer les pièges de ses ennemis. N'était-il pas, lui aussi, fils de roi ?

En revivant ce voyage, qui nous conduisit jusqu'à Thèbes, autrefois la capitale d'un grand empire, dont le cœur battait encore, je comprends les raisons qui avaient dicté à Auguste sa décision d'interdire à tout sénateur romain de pénétrer en Egypte. Il ne souhaitait pas qu'un aristocrate romain, en droit son égal, puisqu'il se disait seulement le premier des sénateurs, comprît toute la force de l'idée monarchique. Mais cette force était si évidente, si enivrante que mon frère et moi en gardâmes à tout jamais l'empreinte et la nostalgie.

La splendeur et la gloire des rois d'autrefois, nous les avions découvertes à Thèbes. Jamais je n'avais vu des constructions aussi grandes, des palais ou des temples, je ne savais pas trop, qui s'étendaient sur d'immenses espaces. Il y avait des cours dallées, des bassins et, surtout, des colonnades, des forêts de colonnes. Mais les colonnes, là-bas, sont beaucoup plus grosses que celles que l'on voit à Rome et que j'avais aperçues en Grèce. Au lieu d'être creusées de cannelures, elles sont entièrement sculptées de reliefs. Leurs chapiteaux ressemblent à des fleurs ou des plantes. Je ne savais plus si j'étais dans un palais ou dans un jardin touffu. Chaerémon nous expliquait la signification de toutes ces images, mais je ne l'écoutais guère, tant j'étais fatiguée par ces interminables promenades. Je retins seulement que des prêtres depuis des milliers d'années (disait Chaerémon) célébraient là des cérémonies destinées à concilier aux rois, donc au peuple, de ce pays la bienveillance des dieux. Cela, je m'en suis souvenue pendant toute ma vie : que le bonheur d'un peuple dépend de celui de son roi.

Après avoir visité la très ancienne et très sainte ville de Thèbes, nous poursuivîmes notre navigation en remontant le Nil, et nous arrivâmes devant l'île de Philae. Là, je retrouvai ma chère Isis. Elle n'y était pas seule. Chaerémon me montra une autre déesse, qui avait la tête d'une vache. Il me dit qu'elle s'appelait Hathor. Je ne compris pas très bien quelle parenté l'unissait à Isis. Chaerémon lui-même n'avait pas l'air d'être sûr de ce qu'il racontait. Je crus deviner que la déesse Hathor était devenue la femme d'Horus, lui-même fils d'Isis. Comme Isis elle protégeait les mères.

C'est à Philae, aussi, qu'avait été enseveli Osiris, l'époux d'Isis. A la vérité, me dit Chaerémon, il y avait beaucoup d'endroits, en Egypte, où l'on montrait des tombeaux d'Osiris. C'était parce que la déesse avait voulu empêcher que le corps de son mari ne tombe entre les mains de leur ennemi, Seth. Alors elle avait élevé, un peu partout, des monuments, en prétendant que chacun d'eux était le véritable, celui où reposait le dieu. J'appris aussi, et Gaius avec moi, qu'Isis était en réalité la sœur d'Osiris, et qu'ils avaient une autre sœur, appelée Nephtys, qu'Osiris l'avait aimée, elle aussi, qu'elle avait aidé Isis à retrouver le corps d'Osiris, que Seth avait tué, à rassembler ses membres, si bien qu'il fut possible de le reconstituer et, avec l'aide de Nout, la déesse du ciel, et celle de Rê, de lui rendre la vie. Je demandai alors à Chaerémon pourquoi, si Osiris avait été ressuscité, on continuait à montrer ses tombeaux. Ma question, celle d'une enfant naïvement logique, ne l'embarrassa nullement. Il me répondit que les dieux n'étaient pas, comme les hommes, contraints de n'être qu'en un seul endroit, qu'ils pouvaient être à la fois morts et vivants, que ce mystère se répétait chaque année, qu'Osiris, lorsque le moment était venu, mourait vraiment. Les Egyptiens, alors, se lamentaient, un peu partout, sur les bords du Nil, dans les temples. Puis Isis et Nephtys retrouvaient son corps, et Osiris reprenait vie. Et tout le monde se réjouissait. Tout se passait dans l'univers des dieux. Ce que nous en voyions sur la terre n'en était qu'une image.

Cette explication, que me donnait Chaerémon, ne m'était pas vraiment intelligible, et je ne tardai pas à en oublier les mots, qu'il m'a répétés bien des années plus tard, au cours de nos conversations, à Rome. Tels que je les entendis là-bas, sur l'île de Philae, ils ne faisaient guère que rendre plus épais le mystère que je devinais autour d'Isis. Je comprenais que la déesse avait existé, qu'elle avait été une vraie femme, comme ma mère, et puis que, maintenant, elle continuait d'exister, mais ailleurs, que nos prières parvenaient jusqu'à elle. A cela je ne trouvais aucune difficulté. J'en gardais seulement l'impression, vague, que certains êtres ne mouraient jamais. Mais que savais-je de la mort, ce mot que j'entendais si souvent prononcer autour de moi ? J'avais vu parfois dans le jardin de notre maison, au Palatin, des oiseaux que je pouvais prendre, toucher, sans qu'ils s'envolent. Ils étaient immobiles, à terre, et leur corps était froid. Ma nourrice m'avait dit qu'ils étaient morts. J'avais compris que, plus jamais, je ne les verrais s'envoler, se percher dans le feuillage. Cela me rendait triste jusqu'aux larmes. Et voici que, dans ce temple d'Isis, on m'apprenait que la mort n'était pas toujours définitive. Que fallait-il penser ? Mais c'étaient là de bien graves préoccupations pour une si petite fille, et je ne m'y arrêtais pas longtemps. Peut-être d'ailleurs me suis-je imaginé, plus tard, avoir réfléchi à tout cela en entendant Chaerémon me conter l'histoire d'Isis et d'Osiris. Peut-être, à ce moment-là, n'était-ce pour moi qu'un beau conte, mais je n'en suis pas totalement sûre. La vue des monuments égyptiens, le sentiment d'un long passé, les inscriptions dont Chaerémon nous expliquait le sens, et qui parlaient de rois conquérants, tout cela me préparait à comprendre, encore confusément, le déroulement du temps. Le plus souvent, il est vrai, je me contentais du présent, qui était fort agréable.

Mais tout cela n'allait pas tarder à changer.

***

A peine étions-nous sortis d'Egypte et retournés en Syrie que mon père tomba malade. Il ne se livrait plus à ses occupations habituelles, ne donnait plus aucune audience, ne paraissait plus sur son tribunal. Dans les villes, les habitants priaient les dieux pour qu'il retrouve la santé. Quant à moi, je ne le quittais guère. Un moment, il sembla reprendre des forces, mais cela ne dura que quelques jours. J'étais là lorsque le mal revint et s'aggrava. J'étais là à ses derniers instants. Je l'entendis assurer qu'on l'avait empoisonné. Il nomma les coupables. C'étaient Plancine et Pison. Après quoi il mourut.

Personne, dans son entourage, ne douta qu'il ne fût victime des machinations de ses ennemis. La maison fut fouillée, dans les moindres recoins, et je vis, de mes yeux d'enfant, ce que l'on y découvrit : des plaques de plomb, où étaient inscrits des mots, que l'on ne voulut pas me lire ; il y avait aussi des morceaux d'os, des cendres. Les serviteurs commencèrent par m'éloigner, puis ils recueillirent tous ces débris avec le plus grand soin et les emportèrent au loin.

Pendant la maladie de mon père nous nous étions

installés avec lui près d'Antioche, à Daphné. Mais c'est à Antioche même, sur la place publique, qu'eurent lieu les funérailles. C'était la première fois que j'assistais à une cérémonie funèbre. Jusque-là on m'avait épargné un tel spectacle, ou bien il ne s'en était pas trouvé dans notre voisinage. Lorsque le corps de notre père fut déposé sur le bûcher, nous étions présents, nous, les enfants, aux côtés de notre mère. Il ne manquait que Livilla, encore trop petite. Gaius me serrait contre lui et moi je tenais Drusilla par la main. Je garde de cette journée un souvenir horrible, qui, encore aujourd'hui, revient me hanter. C'est d'abord la foule sur la place, une foule énorme, qui me donnait l'impression que j'étouffais, qu'elle allait m'engloutir. Et cette foule était silencieuse, si bien que l'on entendait le craquement des bûches, lorsqu'elles étaient saisies par les flammes. Puis, il y avait l'odeur. Celle des parfums, de l'encens et des aromates, qui avaient été répandus sur le bûcher. Mais elle n'en masquait pas une autre, celle de la chair brûlée, qui se faisait de plus en plus forte. J'avais beaucoup de peine à respirer. Il fallut m'emmener loin de cette scène, loin de ce corps que le feu était en train de transformer en une cendre inerte.

Quelques jours plus tard commença le voyage qui devait nous ramener à Rome. C'est là que les restes de Germanicus seraient déposés dans un tombeau. Celui que l'on avait élevé autrefois à Auguste, m'expliqua ma mère, et que j'avais vu au Champ de Mars. Le voyage dura longtemps. On était entré dans la saison où les tempêtes et les coups de vent ralentissaient la navigation et la rendaient dangereuse. Nous allions, depuis l'Asie, d'île en île. Une fois, nous aperçûmes des navires de guerre qui se dirigeaient vers nous. On me dit que c'étaient ceux de Pison. Allaient-ils nous attaquer ? On le crut pendant un moment. Puis ils s'éloignèrent et nous reprîmes notre route.

Enfin, après bien des jours de mer et bien des escales,

nous arrivâmes en vue des côtes italiennes, et le lendemain nous entrions dans le port de Brindes. De nouveau, il me fallut affronter la foule. Il y avait partout des hommes et des femmes, non seulement sur le rivage mais aussi juchés sur les toits des maisons, sur les murailles de la vieille ville. Et cette foule-là, aussi, était silencieuse. Elle attendait. Puis lorsqu'elle nous vit débarquer, notre mère en tête du cortège, tenant dans ses bras l'urne où étaient enfermées les cendres, un long gémissement s'éleva, un interminable cri de deuil dont j'entends encore parfois les échos en moi.

Le voyage cependant n'était pas achevé. Il fallait gagner Rome, un vrai cauchemar que notre mère abrégea pour nous, en nous confiant à des soldats, si bien que, installés dans des voitures, nous fûmes dispensés de la longue marche qu'elle-même accomplit, mille après mille, escortée par les soldats que Tibère avait envoyés à la rencontre des cendres de son fils.

Notre mère avait un caractère et une énergie indomptables. Je puis, aujourd'hui, en juger mieux qu'en ce temps-là. Ce long cortège funèbre à travers l'Italie, où l'on marche jusqu'à la limite de ses forces, où l'on revoit les traits de l'homme dont on accompagne les restes, où l'on se souvient de ce qu'il fut pour vous, avant que tout se perde dans la fatigue, le brouillard et l'oubli, cette épouvantable expérience, je devais la vivre, moi aussi, vingt ans plus tard, lorsque Gaius me condamna à rapporter à Rome, depuis la Germanie, les cendres de Lepidus. L'idée d'un tel supplice lui avait été suggérée, j'en suis sûre, par le souvenir de sa propre mère accompagnant celles de Germanicus de Brindes jusqu'à Rome. Mais elle n'avait pas eu à soutenir, pendant des jours et des jours, le poids de l'urne, qui, dès le second jour, avait été confiée à des soldats et des officiers et qui, eux, au moins, pouvaient se relayer. Tel était Gaius, telle était son ingéniosité à nous faire souffrir, en ajoutant au supplice du corps la douleur morale qui, peut-être, avait été aussi la sienne, en ces jours de janvier où Germanicus était porté au tombeau. Mais il n'avait encore que huit ans, à peine ! Que pouvait-il ressentir ? La blessure avait-elle été si profonde ?

Une fois terminées les funérailles, auxquelles Tibère ne voulut pas assister, nous revînmes dans notre maison du Palatin. J'y retrouvai ma chère Isis. Mais que pouvait-elle pour nous ?

L'hiver s'acheva et dès que brillèrent les premiers soleils de printemps apparurent les oiseaux, et je me demandais si certains d'entre eux, après être demeurés sans vie, quelque part sous les feuilles mortes, ne ressuscitaient pas. Où étaient-ils pendant les jours froids ? Avec le printemps, ne revenaient-ils pas d'entre les morts ? Je savais bien, au fond de moi-même, que c'étaient là des illusions que je me faisais, que je voulais me faire, tant j'avais peur que la mort, la vraie, ne laissât aucun espoir de retour. Je n'avais plus tellement foi dans la renaissance d'Osiris.

Notre maison était plus souvent silencieuse que par le passé. Elle m'aurait semblé effroyablement triste et désolée, maintenant qu'il n'y avait plus mon père et que l'on n'y voyait plus se rassembler chaque matin les clients venus pour le saluer, si, très souvent, ma mère n'y avait reçu d'autres visiteurs, qui avaient avec elle de longues conversations. J'en connaissais la plupart. C'étaient des amis de mon père, des amis de toujours. Quelques-uns avaient assisté à sa mort, en Syrie, et lui avaient promis de le venger. Car tous, comme Germanicus lui-même, étaient persuadés qu'il avait été empoisonné, et que le coupable ne pouvait être que Pison. Certains ajoutaient, à voix basse, que la mort de Germanicus, en réalité, avait été voulue par Tibère et cela, on ne pouvait le dire ouvertement. Mais il leur appartenait, à eux, de dénoncer publiquement le crime, de demander au sénat la punition du coupable, de ce Pison qui en avait été l'exécuteur. C'est de cela, du procès qu'ils allaient engager, qu'ils entretenaient ma mère. Elle les encourageait, leur faisait connaître les détails des moindres événements survenus au cours des derniers mois. Les accusateurs y trouvaient les arguments nécessaires pour appuyer leur cause.

Comme on peut le penser, j'étais trop petite pour comprendre ce qui se disait autour de moi. Cela ne me fut possible que beaucoup plus tard. Mais j'étais sensible à l'amitié de tous ces gens. Elle faisait que nous étions moins seuls, ma mère, mes frères et moi-même.

Aujourd'hui, il m'arrive souvent de me demander si les accusateurs de Pison avaient raison, si Germanicus a été ou non empoisonné, et, s'il le fut, si le véritable responsable est réellement Tibère. Que Pison ait été violemment hostile à mon père ne fait aucun doute. Il avait tout fait pour le désavouer, contrarier son action, détacher de lui ses soldats et le supplanter partout. Mais devait-on penser qu'il agissait ainsi sur l'ordre du prince ? Tout le monde savait qu'il était naturellement brutal, autoritaire, jaloux de son pouvoir, peu cultivé, exactement le contraire de Germanicus. Chacun savait aussi qu'à Athènes il s'était comporté en soldat grossier, en conquérant, qu'il s'était efforcé d'humilier les Athéniens de toutes les façons possibles. Appliquait-il des instructions secrètes ? Ne s'abandonnait-il pas plutôt aux pires aspects de son caractère ? Se serait-il comporté aussi ostensiblement en ennemi s'il avait été chargé par Tibère d'espionner et de trahir Germanicus ? Certes, l'argument n'était pas décisif. On pouvait imaginer une ruse, qui aurait consisté, précisément, à suggérer le raisonnement que j'étais en train de tenir. Une hostilité si marquée n'était-elle pas un moyen de dissimuler de plus noires intentions ?

Puis, je réfléchissais que, si Pison avait voulu assassiner mon père, il n'aurait pas commencé par l'attaquer, au point de se fermer tout accès à son entourage. Mais ce n'était pas non plus concluant. On pouvait seulement en conclure à la maladresse, à la sottise de l'homme qui, se sentant appuyé par l'empereur, n'avait pu s'empêcher de forcer son personnage, au risque de compromettre le succès de sa mission. Cela n'excluait pas qu'il ait pu, malgré tout, la mener à bien, qu'il ait trouvé ou qu'on lui ait suggéré un moyen détourné d'abattre son ennemi.

Que quelqu'un ait voulu nuire à Germanicus et même, fort probablement, le tuer était indéniable. Les ignobles débris que j'avais vus, les os humains, dissimulés dans notre maison, les plaques de plomb adressées aux divinités des Enfers ne laissaient aucun doute. Quelqu'un avait certainement voulu « envoûter » Germanicus. Je savais bien que cela n'aurait pas suffi, que de tels procédés sont rarement efficaces (s'ils le sont jamais !) et que mon père n'était pas mort sous l'effet de ces enchantements. On avait, sans aucun doute, employé des moyens plus sûrs. Pison, même de loin, même exclu de notre familiarité, pouvait avoir eu recours à des agents qui auraient soudoyé des serviteurs ou des servantes de notre maisonnée. Tout cela était possible, je ne le savais que trop. Mais je m'interrogeais : pourquoi, si quelqu'un devait recourir au poison, avait-on ajouté cette mise en scène de magie noire, qu'un proconsul romain ne pouvait que mépriser ? Et mes soupçons se tournaient non plus vers Pison, mais vers Plancine. Plancine, elle, ne dédaignait pas d'avoir pour amie, ostensiblement, une certaine Martine, une sorcière, qui avait la réputation d'être experte en poisons.

Et si tout cela n'avait été qu'une suite d'intrigues féminines qui, finalement, auraient mal tourné ?

*
**

Le monde féminin, qui était le mien, je ne devais pas tarder à le mieux connaître et à entrevoir la condition que le Sort m'avait faite. On ne parlait alors de Livie, la veuve d'Auguste et la mère de Tibère, qu'avec les plus grandes précautions. Elle vivait entourée d'amies, je devrais dire de « clientes », qu'elle protégeait et aidait dans leurs intrigues. Parmi les dames de l'aristocratie, il n'en était aucune qui, à un moment ou à un autre, ne se fût sentie obligée de lui présenter ses devoirs. C'est ainsi qu'un jour d'été, deux ans après la mort de mon père, nous sortîmes de Rome, ma mère et moi, et nous nous rendîmes dans la villa où la mère du prince s'était retirée, à quelques milles au nord de la Ville.

Livie nous reçut dans une salle merveilleusement ornée : les quatre murs étaient recouverts de peintures où l'on voyait des feuillages, des bosquets, des oiseaux, tout un admirable jardin, dont on ne savait s'il n'était pas réel, tant l'imitation était parfaite. La demi-obscurité qui régnait dans cette pièce contribuait à y maintenir la fraîcheur apportée par deux fontaines d'eau vive. Plusieurs servantes entouraient Livie, qui m'apparut comme une très vieille dame, à l'aspect fragile — du moins était-ce l'impression qu'elle donnait lorsqu'elle restait silencieuse —, mais dès qu'elle prenait la parole, on devinait en elle une énergie contenue et une autorité qu'il eût été imprudent de défier.

« Ma chère fille, dit-elle, lorsque ma mère s'avança vers elle, et s'inclina pour la saluer, ma chère fille, je comprends que, dans ton deuil, il ne t'ait pas semblé possible de me rendre une visite que j'attendais. Je me réjouis donc de te revoir, ainsi que cette petite fille-ci, qui me semble bien digne de sa mère ! »

Sur quoi, elle fit signe à une servante d'avancer un siège. Ma mère s'assit ; je me blottis près d'elle. Livie reprit :

« On a dit beaucoup de choses sur la mort de celui qui était mon petit-fils. Je crois que l'on a cherché à faire un mystère de ce qui fut seulement un accident de Fortune. J'ai beaucoup regretté que Pison n'ait pas montré plus de courage et qu'il se soit donné la mort, sans essayer de se justifier des accusations que l'on portait contre lui. Tu sais que j'aime infiniment Plancine. Elle appartient à une bonne maison, de laquelle Auguste a reçu bien des services. Cela, je ne peux l'oublier, et je voudrais que toi aussi, ma fille, tu t'en souviennes. Puis-je espérer te réconcilier avec ma chère Plancine ? »

Le visage de ma mère se contracta soudain. Elle se mordit les lèvres. Enfin, avec un effort, elle répondit : « Madame, je crains que cela ne me coûte beaucoup ! »

Alors Livie : « Je sais depuis longtemps, Agrippine, que tu ne plies pas aisément, que ton cœur ressent peu d'attrait pour la douceur et le pardon. Mon fils Tibère m'a dit comment, autrefois, tu avais accueilli toute seule l'armée de Germanie qui revenait en désordre, réconforté les soldats, empêché la destruction du pont. Tout cela est fort bien et tu as bien servi Rome, mais est-ce là, vraiment, le rôle d'une femme ? »

Et, comme ma mère ne disait rien, Livie reprit : « Tu sais qu'Auguste et moi nous avons vécu heureux, jusqu'au dernier jour. Cela, nous le devons à ma docilité envers lui. Je ne m'occupais des affaires de l'Etat que lorsqu'il me faisait quelque confidence, mais, plus encore que des conseils qu'il me demandait et que je pouvais lui donner, il était fier de ne porter que des tuniques dont, les servantes et moi, nous avions filé la laine avant de la tisser nous-mêmes. Crois-moi, Agrippine, il y a plus de pouvoir dans la douceur féminine que dans la violence et les querelles. »

La conversation se poursuivit encore quelque temps. Livie faisait l'éloge des mœurs d'autrefois. Agrippine l'écoutait respectueusement, et ne disait rien. Comme la conversation durait, Livie s'aperçut que je m'ennuyais, et elle chargea son intendante de me faire visiter la villa. C'était une maison rustique, à laquelle on avait ajouté quelques appartements, mais l'essentiel demeurait. Une cour dallée s'étendait devant le portique de la façade. De part et d'autre s'étendaient des jardins. D'abord quelques bosquets, des haies plutôt, derrière lesquelles il y avait un grand potager, puis des vergers et, plus loin encore, un enclos, vers lequel on me conduisit. Là, je vis un nombre considérable de poules blanches, toutes immaculées, qui grattaient le sol à qui mieux mieux, gloussaient, se chamaillaient, faisaient preuve d'une extraordinaire vitalité. Au milieu de l'enclos poussait un laurier magnifique, aux feuilles petites et frisées, d'une espèce que je n'avais encore jamais vue. Comme je restais en contemplation devant lui, l'intendante me dit :

« Ce laurier que tu vois est sacré. Il nous a été envoyé par les dieux. Cette maison, ou plutôt cette ferme, a toujours appartenu à la famille de notre maîtresse, qui se plaît à y venir. Quelques jours après avoir épousé le dieu Auguste, elle se promenait dans ce jardin lorsqu'un aigle parut dans le ciel et, en planant, se plaça juste au-dessus d'elle. Il tenait dans ses serres une poule blanche, toute pareille à celles que tu vois ici. Dans le bec de la poule, il y avait une petite branche de laurier. L'aigle ouvrit ses serres et la poule, avec son laurier, tomba sur les genoux de la maîtresse, qui décida de l'élever, et de planter le rameau. L'élevage réussit merveilleusement, tu vois ici les descendants de la poule, et cet arbre n'est autre que le laurier divin. »

Il ne me sembla pas très étonnant que les dieux se soient manifestés, ici même, par des présages aussi évidents. Je me demandais cependant pourquoi ces présages s'étaient adressés à Livie plutôt qu'à son époux, puisque c'était par lui qu'elle parviendrait au rang qui lui était ainsi promis. S'ils l'avaient fait, c'est que tous deux étaient indissolublement liés dans l'aventure. Tout ce que l'on demandait aux femmes, était-ce vraiment de tisser les tuniques de leur mari ? Livie avait l'air de le prétendre, mais était-elle sincère ? Je me rappelais ce que m'avait dit Gaius, qu'elle était une très bonne comédienne, il avait dit « une hypocrite ». Ne venait-elle pas de jouer pour nous, pour ma mère, une scène de cette comédie ? Mais pourquoi ?

L'intendante me ramena dans la salle où se trouvaient toujours Livie et et ma mère. Pendant ma promenade, le jour avait baissé et la pièce était pleine d'ombre. Les feuillages peints sur les murs étaient à peine visibles. Ils semblaient eux-mêmes touchés par la nuit. Le seul rayon de jour qui pénétrât encore à travers les volets entrouverts éclairait deux statues, que je n'avais pas remarquées. Elles étaient pourtant toutes les deux fort impressionnantes. Il y avait, côte à côte, une statue en pied et un buste. La statue représentait Auguste, debout, le bras tendu, comme pour donner à ses légions le signal du combat, ou haranguer les soldats. Geste impérial, accompagné d'un regard qui ne l'était pas moins. L'*imperator* portait une cuirasse, chargée d'images, que je m'appliquais à déchiffrer tandis que ma mère et Livie étaient occupées à leurs ultimes escarmouches. Je distinguai, me sembla-t-il, le Soleil et la Nuit, et puis d'autres divinités. Au milieu de la cuirasse, un Barbare remettait à un Romain des enseignes de légions, sorte d'objets que je connaissais bien, mon père en ayant placé quelques-unes derrière notre laraire. Pour mettre en valeur la cuirasse, le sculpteur avait tassé le manteau militaire sur le ventre et le bas du corps de son personnage, ce qui me donna envie de rire. Je me demandai comment, dans ces conditions, il pourrait marcher, et si toutes ces draperies n'allaient pas glisser et l'entraver ?

Le long de la jambe droite, le sculpteur avait mis, je ne savais pourquoi, un enfant, un affreux petit garçon à tête ronde, l'air renfrogné, qui tenait le bras gauche levé en brandissant un objet indistinct. Faisait-il partie, lui aussi, du spectacle ?

Près de la statue, et posé sur un haut piédestal, le buste d'une jeune femme, qui ne pouvait être que Livie elle-même. Livie jeune, comme l'était le personnage de la statue. Cette Livie me parut bien jolie, assez différente de celle que j'avais devant moi. La différence ne tenait pas seulement à celle de l'âge. Bien sûr la Livie réelle avait vieilli, des rides s'étaient creusées sous ses yeux, près des lèvres et sur son front, les joues n'étaient plus aussi pleines, mais je sentais qu'il y avait autre chose. Ce regard si féminin, à la fois plein de sérénité et de douceur, que le sculpteur avait su exprimer, par le seul dessin des orbites vides, je ne le retrouvais point chez la femme réelle, l'aïeule, dont toute l'expression me paraissait empreinte de malignité. Avait-elle épuisé toute sa bienveillance au temps où elle était l'épouse du prince ? Ne lui en restait-il pas au moins quelque vestige ? Cette bouche pincée, sous le nez droit et aigu, invitait à en douter. La « bonne Livie », jeune et belle, aimante, exemple de toute vertu proposé aux femmes romaines, appartenait décidément au passé. Comme était surannée l'ordonnance de sa coiffure, avec sa mèche roulée en une sorte de chignon et posée, drôlement, sur le front. Je pensai vaguement à un nid d'oiseau, qui aurait été oublié là, une fois les petits envolés. Cela, aussi, me donna envie de rire, comme il arrive aux petites filles, sensibles aux bizarreries dont ne s'aperçoivent plus leurs aînés.

Enfin, cette longue visite s'acheva, et nous quittâmes la villa des poules blanches, pour regagner Rome dans le crépuscule. Tandis que notre voiture suivait la voie Flaminienne qui nous ramenait en ville, ma mère, je le voyais, ne parvenait pas à dominer l'irritation que lui avaient causée les propos de celle que l'on appelait l'Augusta. Nous restions toutes deux silencieuses, tandis que nous longions les villas qui bordent la route. Le parfum des pins venait jusqu'à nous. Au loin, le ruban argenté du Tibre, qui apparaissait puis disparaissait lorsque sa vallée se faisait plus creuse et plus profonde. Il y avait des vignes, qui s'étendaient aux endroits laissés libres par les arbres. Je distinguais leurs guirlandes accrochées aux branches des ormeaux plantés pour les soutenir. Entre les ormeaux, çà et là, un homme sarclant la terre ou supprimant une pousse superflue, ou encore juché dans un orme pour rattacher la vigne.

Nous descendions vers la vallée lorsque nous rencontrâmes un troupeau de moutons. Les deux bergers, voyant que leurs bêtes encombraient la route, se précipitèrent, le bâton levé, et leurs chiens de leur côté s'efforçaient de rassembler béliers, brebis et agneaux et de les pousser sur le côté, pour nous ouvrir un chemin. Ce qui n'alla pas sans mal. Le spectacle de ces chiens, si zélés, si désireux de bien faire me rappela que, sur la cuirasse de la statue d'Auguste, il y avait aussi un chien, qui se tenait debout près du Romain à qui le Barbare remettait les enseignes. Il avait l'air si grave, si sérieux ! Pourquoi avait-il été placé là par le sculpteur ? J'imaginai que, pour celui-ci, il personnifiait la fidélité. Fidélité à qui, à quoi ? Mais qui le caresserait, pour l'en récompenser ?

Finalement, après bien des efforts, les chiens des bergers avaient remis de l'ordre dans le troupeau ; ils se tenaient sur le bord de la route, la langue pendante. J'aurais voulu leur donner quelque signe d'amitié, mais la voiture nous entraîna, tandis que je me tournais vers eux pour les apercevoir plus longtemps.

Depuis notre départ de la villa des poules blanches ma mère n'avait pas dit un mot. Au moment où nous franchîmes le pont Milvius, sur le Tibre, et où nous allions bientôt entrer dans la Ville, elle dit brusquement : « Mais enfin, que veut-elle ? » Je n'eus pas besoin de demander de qui il s'agissait ! Ma mère, cependant, continuait : « Elle a mis son fils au pouvoir. Mais elle sait que Tibère n'est pas Auguste, qu'au fond de lui-même il regrette la République, et elle se demande combien de temps il va accepter de jouer le rôle qu'elle lui a imposé et qu'il n'a pas eu le courage de refuser. Elle se sent vieillir. Lorsqu'elle ne sera plus, que fera Tibère ? C'est cela qui l'inquiète. Elle n'aimait pas beaucoup, non plus, ton grand-père Drusus, qu'elle jugeait lui aussi trop républicain. Et elle reprochait à ton père d'avoir les mêmes sentiments. L'Empire est son œuvre. Elle veut que ce régime lui survive... »

Pendant que nous roulions sur le pont, je voyais, à droite et à gauche, des barques, où des pêcheurs disposaient des filets pour la nuit. Demain matin, avant l'aube, ils viendraient les relever et s'emparer des poissons qui s'y trouveraient prisonniers. Je ressentais quelque pitié pour ces animaux qui, vivant à l'écart des hommes, auraient dû être à l'abri de leurs pièges et de leur cruauté.

Ce soir-là, lorsque je m'endormis, j'eus dans mes rêves la compagnie d'une foule d'animaux, qui venaient vers moi sans éprouver la moindre frayeur. Je n'avais pas peur non plus. Les poules blanches gloussaient en appelant leurs poussins, des hordes de poussins. L'aigle volait au-dessus d'elles, mais ne cherchait à en saisir aucune. Dans des bosquets de laurier, sur les branches des pommiers et de ces autres arbres, dont je ne savais pas le nom, et qui portaient de gros fruits d'un jaune éclatant — je les avais vus pour la première fois sur les peintures de la salle où se tenait Livie — à demi cachés par le feuillage, mes compagnons habituels du Palatin, merles, passereaux, mésanges, pinsons, tous étaient venus visiter mon sommeil. A la lisière de ce jardin, des moutons, avec leurs bergers, et les chiens qui les empêchaient d'y pénétrer. Ma nourrice, autrefois, m'avait parlé d'un temps où les animaux vivaient en paix, où même les plus redoutables n'attaquaient ni les autres espèces ni les hommes, où ne se levaient jamais les tempêtes. Elle appelait ce temps l'Age d'Or, et m'avait persuadée qu'il avait existé. L'avais-je retrouvé ?

LIVRE II

MON GRAND-ONCLE TIBÈRE

Chaque jour, pendant les sept années qui s'écoulèrent entre notre retour d'Orient et mon mariage avec Domitius, venait dans notre maison l'un des maîtres à qui ma mère avait confié le soin de m'instruire. Je ne me rappelle pas avoir eu de grandes difficultés pour apprendre à lire et à écrire. J'avais si souvent vu le long des routes les inscriptions gravées sur les tombeaux que j'avais eu, très tôt, le désir de les déchiffrer. C'est à ma nourrice que je dois d'avoir connu le sens de chaque lettre, le son qu'elle représentait. Les épitaphes furent le livre, toujours recommencé, de mon premier apprentissage. Les lettres qui servent à noter la langue latine ont une élégance et comme une noblesse auxquelles, de très bonne heure, j'avais été sensible. J'appris donc, sans même y penser, à les reconnaître, puis à les assembler, à les grouper de manière à retrouver d'un regard les noms et les mots familiers, si bien que, lorsque vint me voir pour la première fois mon maître d'écriture et de lecture, nommé Eutychus, il fut étonné par ma science. Aussi nous abordâmes sans plus tarder des études plus sérieuses. C'est ainsi que je commençai à lire les vieux auteurs, les *Annales* d'Ennius et les discours de Caton. A ma demande, Eutychus ajouta à ce programme les tragédies d'Ennius lui-même, mais aussi celles d'Accius. J'étais toujours sensible à la fascination de la poésie tragique et je crois bien que certaines actions, dans mon existence, m'ont été suggérées par elle. La tragédie, en moi, a créé comme une seconde nature, en me faisant pénétrer dans l'univers des rois, un monde où les lois habituelles n'ont pas cours, où les enjeux quotidiens sont ceux de la vie et de la mort, où, sur un geste, tout peut être ou perdu ou gagné.

Je me demande souvent, depuis ces années où j'étais encore une enfant, si je devais cette vision tragique à un penchant qui m'était propre ou aux bavardages de ma nourrice ou si elle ne m'avait pas été inspirée par l'air même que j'avais respiré dès mon enfance. Il y avait longtemps qu'à Rome on rêvait de rois. Le dieu César aimait, dit-on, à citer deux vers du poète athénien Euripide, disant :

> S'il faut violer le droit, que ce soit pour régner
> Qu'on le viole. Pour le reste, observe la morale !

Cette soif du pouvoir, ma mère elle-même l'éprouvait. J'en eus la révélation le jour où elle revint de la maison de Tibère bouleversée et, incapable de se contenir, me raconta la conversation qu'elle avait eue avec le prince. Je n'avais encore que onze ans mais j'étais parfaitement capable d'en saisir toute la signification. Vêtue sobrement, sans un seul bijou, d'une longue *stola* qui lui descendait presque jusqu'aux pieds, la tête et les épaules recouvertes d'une *palla* d'un gris terne, elle était l'image même du deuil. En cet appareil, elle était allée trouver Tibère pour se plaindre à lui des attaques dont était victime l'une de nos proches parentes, Claudia Pulchra, de la part d'un rhéteur gaulois venu récemment de Nîmes, et prêt à tout pour se faire un nom et une fortune, ce Domitius Afer, qui n'avait rien de commun avec les Domitii, qui allaient bientôt devenir ma famille, et qui étaient, eux, d'une vieille et authentique noblesse. Ce personnage accusait notre cousine non seulement d'avoir un amant mais, ce qui était plus grave, de se livrer contre Tibère à des maléfices et à des sortilèges, du genre de ceux dont on avait usé contre mon père. Tibère avait accepté que le procès fût plaidé, ce qui laissait présager une condamnation. Qu'elle fût coupable ou non importait peu, et ma mère le savait. Elle savait aussi que l'accusateur avait trouvé ce moyen de faire sa cour à Tibère : Claudia Pulchra était une amie d'Agrippine et la politique du prince voulait que celle-ci demeurât isolée, privée de tous les appuis que pouvaient lui apporter les hommes qui, autrefois, avaient été les amis de Germanicus.

Lorsqu'elle avait été admise en présence de l'empereur, ma mère l'avait trouvé en train d'offrir un sacrifice au dieu Auguste, dans la chapelle particulière du Palatin. Le hasard — mais en était-ce bien un ? — faisait que nous étions au huitième jour avant les calendes d'octobre, et que l'on fêtait l'anniversaire de la naissance d'Auguste. Dès que la cérémonie fut terminée, Agrippine s'avança et dit au prince à peu près ceci :

« Il est certainement honorable d'offrir des victimes et des libations au dieu Auguste. Il le serait davantage de ne pas persécuter ses descendants, qui sont les porteurs véritables de son esprit divin. » Piqué au vif, Tibère lui répondit par un vers grec dont le sens était : « Ne te crois pas victime si tu ne règnes pas. » Ce fut la fin de leur entretien.

En me rapportant la scène, ma mère avait ajouté : « Non, je ne veux pas régner. Je ne l'ai jamais voulu, mais je suis, moi aussi, du sang du dieu Auguste. Il était mon grand-père, par ma naissance. Tibère, lui, n'est son fils que par adoption, et parce que Livie l'a voulu, qu'elle a manœuvré pour l'obtenir. Nous avons, toi et moi, plus de droits que lui à l'Empire ! C'est pour cela que Germanicus est mort, pour éteindre cette étincelle divine que je lui apportais ! Je la porte encore en moi. Je vous l'ai transmise, à vous tous, mes enfants. Je dois à mon mariage avec Germanicus d'avoir conservé la vie, alors que tous les autres enfants de Julia, mes frères et mes sœurs, ont péri ! »

Notre entretien se termina dans les larmes.

Tibère affecta d'oublier ce qui s'était passé au Palatin le huitième jour avant les calendes d'octobre. Comme pour en effacer tout à fait le souvenir, il vint un peu plus tard, de lui-même, nous rendre visite, et cette fois j'assistai à l'entretien qu'ils eurent, ma mère et lui. Agrippine était visiblement malade. Ses traits étaient marqués, son visage d'une extrême maigreur, ses yeux fiévreux. En présence de l'empereur, elle commença par beaucoup pleurer. Ni l'un ni l'autre ne disaient rien. Puis elle se mit à parler, sans tenir compte de ma présence. « Je vois bien quelles sont tes pensées, Tibère, dit-elle. Je lis dans tes yeux que tu me trouves vieillie, que tu as peine à reconnaître celle dont Germanicus voulait bien vanter la beauté. De cette beauté, que me reste-t-il ? Pas plus que des honneurs d'autrefois ! Vois, je suis seule. » Puis, en me désignant : « Si je n'avais pas celle-ci, ma petite Agrippine, je le serais encore plus ! Mes deux grands garçons, Nero et Drusus, tu sais, toi, mieux que personne, ce qu'ils deviennent ; ce qu'ils deviendront ne dépend pas de moi, mais de toi, de toi seul ! Gaius n'a que treize ans, mais je le sens qui s'éloigne de moi. Oui, Tibère, j'ai peur de la solitude. Cela fait six ans que je n'ai pas connu les embrassements d'un mari, et je suis encore jeune. Je n'ai que trente-huit ans. Beaucoup d'autres, à mon âge, se seraient données à un amant. Moi, je ne l'ai pas voulu. Je me suis refusée à mêler le sang du dieu Auguste à celui de n'importe quel Romain. Peux-tu me le reprocher, toi qui es si implacable pour les femmes qui ne respectent pas le caractère sacré du mariage ? Il est assez d'hommes, dans notre parenté, qui accepteraient volontiers d'épouser la veuve de Germanicus et de servir de père à leurs enfants. Il n'est pas encore trop tard pour qu'il puisse espérer de moi que je lui donne une descendance légitime. »

A mesure que ma mère parlait, je voyais le visage de Tibère se fermer. Il ne disait rien, mais son expression montrait clairement que ce qu'il entendait lui déplaisait. Il n'était évidemment pas disposé à faire revivre la lignée de Germanicus et reverdir l'arbre des Julii. Il prit congé bientôt après, sur quelques mots de pure courtoisie et nous restâmes toutes deux, ma mère et moi, silencieuses, tandis que tombait la nuit d'automne.

Les sentiments que ma mère avait laissé paraître n'avaient pas été pour moi une surprise. Une jeune vierge de ma condition n'ignorait rien des réalités du mariage. Elle y avait été préparée de bonne heure, tant était grand, pour chaque maison, le souci d'assurer sa survie. La venue au monde d'un enfant était entourée de tels hasards qu'il était prudent de multiplier les chances. Je savais que, moi aussi, lorsque j'aurais treize ans, je serais mariée. Ce que j'envisageais sans angoisse ni trouble d'aucune sorte, sinon peut-être la curiosité de savoir à quel mari me donnerait Tibère, car je soupçonnais (non sans quelque plaisir) que mon mariage serait une affaire d'Etat. Ma vanité naissante s'en trouvait flattée.

***

Les préoccupations concernant mon futur mariage ne tenaient en fait guère de place dans mon existence pendant ces jours où ma mère voyait s'enfuir les dernières années de sa jeunesse et où l'angoisse qu'elle en ressentait se trouvait accrue par celle que lui causaient l'attitude de Tibère, son caractère secret et aussi la multiplication des procès de lèse-majesté, qui décimaient les plus nobles familles de Rome. Quant à moi, j'étais surtout occupée par ce que m'enseignait mon maître Eutychus. Nous nous retrouvions, chaque matin, dans une salle de notre maison, la bibliothèque, qui était entièrement notre domaine et où nous nous sentions bien, l'un et l'autre. Dans les murs étaient ménagées de larges niches, des armoires plutôt, garnies de casiers d'où dépassait l'extrémité des rouleaux sur lesquels étaient écrites les œuvres des poètes, des orateurs, des historiens, tout le trésor du passé, et aussi de notre présent. Des étiquettes ornées, attachées à chaque rouleau, donnaient le nom de l'auteur et le titre de l'ouvrage. Il y avait là des œuvres grecques et des œuvres latines, groupées dans des armoires voisines. Cela allait d'Homère à Virgile, d'Hérodote et de Thucydide à Tite-Live, de Lysias et Démosthène jusqu'à Cicéron, bien sûr, mais aussi à d'autres, dont j'ignorais jusqu'au nom. Eutychus entreprit de me révéler tous ces trésors. Mais il y avait encore, dans cette salle, autre chose qui me fascinait : le long du mur, entre les armoires, toute une série de bustes en bronze, dont chacun était le portrait d'un écrivain. La plupart me semblaient fort rébarbatifs. Je n'aimais pas l'expression sévère que les sculpteurs s'étaient crus obligés de leur donner. Ecrire une œuvre littéraire était donc chose si triste ? Les philosophes, surtout, me semblaient peu aimables. Socrate, dont je lisais le nom sur la base de son buste, et que je rencontrais pour la première fois, me donnait l'impression d'être plus bestial qu'humain. Je le dis à Eutychus qui me sourit et me répondit :

« Tu ne saurais mieux dire, Agrippine, et si Socrate fut le plus sage des hommes de tous les temps, il le doit, pour une part, à avoir su endurer le mépris que lui attirait sa laideur. Tu sais, puisque tu es allée à Athènes, que tu as vu les temples de là-bas et les statues qui les ornent, à quel point les Athéniens sont, encore plus que les autres Grecs, amoureux de la beauté. Pour eux, il n'est rien au monde qui l'égale. Or, Socrate était laid et, aujourd'hui son nom s'élève au-dessus de celui de Phidias et de tous les artistes qui ont créé tant d'éphèbes, de jeunes filles, d'hommes et de femmes, qui sont tous et toutes irréprochablement beaux et belles. Socrate, donc, était laid, mais il possédait en lui-même une force unique : il ne s'en souciait pas ! Il acceptait tout simplement ce que lui avaient donné les dieux à sa naissance, ses traits disgracieux, sa pauvreté et aussi ce qu'il devait à la Fortune, le caractère abominable de sa femme. Il était lui-même, avec sérénité, et c'était la première leçon qu'il donnait aux jeunes gens qui l'entouraient et attendaient de lui qu'il les conduise à la Sagesse. »

Pourtant, quoi que pût me dire Eutychus, je ne parvenais pas à éprouver la moindre sympathie pour ce personnage au nez camus, aux lèvres épaisses, au regard torve, qui me rappelait l'œil stupide et oblique d'un taureau. Plus tard, au cours de mes nombreuses conversations avec mon cher Sénèque, j'appris à apprécier Socrate, mais je ne revins jamais sur cette première impression que me fit son buste dans le demi-jour de notre bibliothèque. Est-ce pour cela que je n'aime guère la philosophie ?

Les murs de notre salle d'étude étaient, de loin en loin, percés de fenêtres, hautes et étroites, par où pénétrait la lumière. J'aimais ces fenêtres, parce qu'elles ouvraient sur le péristyle de notre maison et que, tout en écoutant de mon mieux ce que me disait Eutychus, je pouvais apercevoir mes chers lauriers, les bordures de buis et de myrte et, parfois, un ou deux oiseaux qui se perchaient, pour boire, sur le rebord de la fontaine, où coulait un mince filet d'eau. Cette eau, il fallait l'épargner. Deux seulement des aqueducs qui alimentaient la Ville parvenaient au Palatin, et encore à grand-peine. Le plus souvent, on puisait l'eau dans les citernes creusées à même la colline. On la montait à bras d'homme jusque dans des réservoirs placés sur le toit des maisons. Gaius, qui savait par expérience combien les habitants du Palatin souffraient de ce manque d'eau, et qui en avait souffert lui-même, fit commencer, la deuxième année de son règne, la construction de deux aqueducs nouveaux, qui seraient portés sur des arches de manière à placer leur conduit à un niveau suffisant pour atteindre les parties les plus hautes de la colline impériale. Gaius n'eut pas le temps de conduire les travaux à leur terme, mais Claude les acheva. Et maintenant les demeures impériales n'ont rien à envier aux maisons situées dans les vallées ou les parties basses de Rome. Au temps où j'écoutais les leçons d'Eutychus, la vue de l'eau courante dans le bassin de notre péristyle m'était une compagnie d'autant plus chère que sa source, je le savais, pouvait se tarir à tout moment.

Cependant, Eutychus et moi, nous avions commencé à lire les *Annales* du vieil Ennius. J'y retrouvai bien des contes que m'avait faits ma nourrice et Eutychus put passer rapidement sur l'histoire des jumeaux, fils de Mars, exposés non loin de chez nous, de l'autre côté du Palatin, dans une grotte que je connaissais bien. Leur aventure ne m'intéressait guère, et elle me paraissait peu vraisemblable. En revanche j'étais séduite par le récit du rêve, ou plutôt de la vision prophétique qu'avait eue Ilia, la fille d'Enée. Ce rêve, qui l'avait tant bouleversée, il me semblait que je le vivais moi-même. La manière simple, familière, dont Ennius le contait me le rendait plausible. Moi aussi, il m'était arrivé de crier dans mon sommeil, d'appeler ma nourrice qui se hâtait de venir, en tenant dans ses mains tremblantes la petite lampe dont la lumière me rassurait. Il avait semblé à Ilia qu'un homme jeune et beau cherchait à l'entraîner, puis il avait disparu et elle s'était vue errante, au bord de la rivière, parmi des saules, ne sachant où aller. A ce moment, une voix venant du ciel s'était fait entendre. Ilia avait reconnu celle d'Enée, mort depuis longtemps, mais devenu dieu, qui la rassurait en disant : « O ma fille ! tu auras encore à souffrir bien des maux, mais après cela le bonheur viendra pour toi du fleuve. »

Comme cette histoire, en dépit de tout, me semblait vraie ! Etait-ce de cette manière que l'on devenait reine ? Mon père aussi avait rejoint, m'avait-on dit, le monde des dieux. J'étais certaine qu'il continuait de veiller sur mon bonheur. Entendrai-je un jour sa voix, au cours d'un songe, par exemple, ou autrement ? Aurai-je, moi aussi, bien des maux à souffrir ? Et d'où me viendra le salut ?

Je croyais aux songes. Je savais bien qu'il y en avait beaucoup de trompeurs, mais certains, au moins, étaient véridiques, et on ne pouvait deviner à l'avance lesquels se vérifieraient. Les visions que l'on avait la nuit nous montraient parfois le visage des dieux. C'est grâce à elles que nous savons qu'ils ont la forme d'êtres humains, plus beaux, plus grands, les traits du visage plus nobles et plus sereins, mais ils sont semblables à nous, et nous appartenons à leur race. Cela, je l'avais découvert de bonne heure, le voyage en Egypte me l'avait confirmé, en me montrant que si certaines divinités revêtent une forme animale, comme Anubis ou Sobek, ce n'est là pour eux qu'un déguisement, que leur être réel est le même que le nôtre, ou du moins tout proche de ce que nous sommes. Si bien qu'entre eux et nous les relations sont possibles. Nous pouvons les comprendre, et ils peuvent nous comprendre. Nous ne sommes pas seuls, isolés dans l'univers. Les dieux sont nos compagnons, et cette idée, cette croyance que j'avais et que je devais en grande partie à l'enseignement de Chaerémon, me rassurait et, à certains moments, m'inquiétait. Que devais-je faire pour contenter les dieux, pour m'assurer leur bienveillance ? Etait-il possible qu'ils me deviennent hostiles, si je ne me conduisais pas comme ils l'auraient voulu ? Mon père les avait-il offensés en quelque façon ? Sa mort avait-elle été un châtiment qu'ils lui avaient envoyé ? Mais la mort elle-même était-elle un châtiment des dieux ? J'avais lu, avec Eutychus, dans un livre d'Hérodote, qu'elle était le plus beau présent qu'ils pouvaient nous faire. Cette idée, je l'ai souvent, depuis lors, entendu exprimer par Sénèque. A cette époque, elle ne nous consolait guère, ni ma mère ni moi, de ce déchirement qu'avait mis dans notre vie la mort de Germanicus.

Je commençai cependant à comprendre, peu à peu, que les dieux avaient donné à la mort deux visages : l'un dont elle regarde celui qu'elle entraîne loin des vivants, l'autre qui est tourné vers ceux-ci. Et tous deux n'ont pas la même expression. Sénèque, lui, bien plus tard, essaya de me prouver que rien de ce qui peut nous advenir au cours de notre existence n'est, en soi, ni bon ni mauvais, que sa valeur dépend de la manière dont nous l'accueillons, et qu'il en va ainsi de la mort elle-même. J'étais naturellement encore bien loin de concevoir une telle idée qui, d'ailleurs, ne m'a jamais entièrement persuadée. Je persiste encore aujourd'hui à penser que la vie est meilleure que la mort, qu'il existe des actions et des choses qui sont, en elles-mêmes, par leur nature, bonnes ou mauvaises, en raison des conséquences qu'elles entraînent, ou des réalités qui en sont inséparables. Ainsi l'exercice du pouvoir, qui m'apparaissait comme un bien, le plus précieux peut-être qu'il fût donné à l'homme de posséder, mais aussi le fait même d'être romain. Notre peuple, je l'ai compris au cours de mon existence, est investi de responsabilités particulières à l'égard du genre humain auquel il lui appartient de donner des lois.

C'est ainsi que dans la bibliothèque de notre maison, tandis que parlait Eutychus et qu'une partie de moi-même entendait sa voix, j'aurais été capable, s'il me l'avait demandé, de répéter mot pour mot ce qu'il venait de dire, mon véritable moi se laissait aller à une rêverie qui m'entraînait bien loin du présent et m'emplissait, selon les moments, de mélancolie ou d'espoir.

*
**

Il nous arrivait assez souvent, à Eutychus et à moi, de descendre de notre colline et de nous promener dans la Ville. C'était pour lui le moyen de me rendre sensible l'immensité de l'Empire et, en même temps, de me faire connaître les endroits où s'étaient joués les drames du passé, où avait retenti la voix des grands orateurs dont je lisais (un peu distraitement) les discours. Le spectacle que m'offrait le vieux Forum me surprenait chaque fois, et me passionnait. A toute heure, j'y apercevais le cortège, dont se faisait accompagner quelque grand personnage allant à la curie siéger avec les autres sénateurs ou assister un client au tribunal. Un Romain de quelque importance ne se montre jamais seul en public. Il est entouré non seulement de quelques esclaves et d'affranchis, mais de simples citoyens qui viennent ainsi lui témoigner leur respect, et, implicitement, se recommander à lui si, un jour, ils ont besoin de son aide. Mais de tels cortèges n'étaient pas le seul spectacle que m'offrait la place. J'aimais apercevoir, sous les portiques qui s'étendaient le long des basiliques, la foule qui s'y pressait. Il y avait des acheteurs, en discussion avec les marchands qui avaient là leur étal, notamment les « argentiers », chez qui il était possible de changer pour de la monnaie récente les pièces les plus hétéroclites, marquées de très anciennes effigies, ou frappées dans les royaumes lointains. Eutychus m'expliquait que ces argentiers servaient d'intermédiaires entre les acheteurs et les vendeurs, et assuraient la régularité de la transaction.

L'une des plus fréquentes parmi nos promenades nous entraînait vers la région du Forum qui descend en pente douce jusqu'au Tibre. Là — mais ce spectacle me causait toujours un malaise — étaient exposés, sur des estrades, des esclaves que l'on vendait. Des pancartes disaient leur nom, énuméraient leurs talents, tout ce qui pouvait justifier le prix élevé que l'on en demandait. Certains de ces hommes avaient été amenés d'Orient ; d'autres de Gaule ou de Bretagne. J'apprenais à reconnaître, d'après leur visage, le pays d'où ils venaient. Que notre Empire était grand !

Au Forum, il y avait aussi le tribunal du préteur, en plein air, entouré le plus souvent d'une foule épaisse. Je ne m'y arrêtais guère. Les subtilités du droit m'ont toujours rebutée. Je préférais regarder les monuments les plus anciens et les plus vénérables. Ici, le jeune Romain Marcus Curtius s'était sacrifié pour le salut de la Ville, en se précipitant, avec son cheval, dans une crevasse de la terre. L'oracle avait exigé que les Romains apaisent la colère des dieux en y jetant, en offrande, ce qu'ils avaient de plus précieux. A peine Curtius et sa monture eurent-ils disparu dans le gouffre (existe-t-il rien de plus précieux qu'un jeune guerrier ?) qu'il se referma, et le destin de Rome reprit son cours glorieux. J'avais quelque peine à ajouter foi à cette histoire. Je préférais une autre explication de l'image, sculptée dans la pierre, que je voyais près de là, un guerrier et son cheval trébuchant devant un endroit que l'on devinait marécageux, comme l'indiquaient les roseaux que l'artiste y avait représentés. Ce guerrier ne s'était pas offert en victime volontaire ; simplement, au cours de la grande bataille entre Sabins et Romains, au temps de Romulus, Curtius, un chef sabin, avait failli s'enliser en cet endroit. Mais il avait été sauvé. J'éprouvais une grande satisfaction à savoir que l'homme et son cheval n'étaient pas morts dans l'aventure.

Ailleurs, je voyais une fontaine, captée dans un bassin, en contrebas de la rue. Une inscription m'apprenait que c'était la fontaine de Juturne, qu'en cet endroit Castor et Pollux, les fils de Jupiter, étaient venus abreuver leurs chevaux, après avoir combattu victorieusement du côté des Romains contre les Latins et les Etrusques coalisés.

Il ne me déplaisait pas de penser que tout le vieux Forum avait été autrefois un champ de bataille, où s'étaient affirmées, pour la première fois, les armes de Rome et où tout parlait de leurs victoires. Précisément, on était en train de restaurer, une fois de plus, la vieille basilique Emilienne, et le soin de le faire avait été revendiqué par un descendant de l'illustre famille des Aemilii, que je connaissais bien et dont je devais, pour notre malheur commun, trop bien connaître le fils, quelques années plus tard. Parmi les ornements nouveaux il y avait, outre des colonnes de marbre phrygien, blanc veiné de rouge, toute une longue suite de reliefs représentant des scènes qui s'étaient déroulées sur le Forum au début de notre histoire, ou qui y avaient trouvé leur dénouement.

Je ne pouvais compatir au chagrin des jeunes filles sabines que des Romains enlevaient. Je savais que cela s'était produit non sur le Forum mais un peu plus loin, dans le Cirque. Elles étaient venues avec leurs parents assister aux courses de chevaux et, d'un seul coup, elles s'étaient trouvées toutes mariées ! Ce n'était pas bien triste. J'étais plus sensible au malheur de Tarpeia, que je voyais, écrasée par la masse des boucliers que les soldats entassaient sur son corps. Je la plaignais vraiment. Son crime n'était pas si horrible. Enfermée derrière les murailles du Capitole, sur la colline dont j'apercevais les temples à quelque distance, elle avait eu le tort de regarder les soldats sabins qui assiégeaient la citadelle et, parmi eux, de distinguer leur roi, le jeune, le beau Tatius. Quoi d'étonnant qu'elle en fût devenue amoureuse, et qu'elle se soit arrangée pour lui ménager un chemin jusque sur le sommet de la colline ? Etait-ce une trahison, ou un rendez-vous d'amour ? Il me semblait que si Tatius avait eu, si peu que ce fût, le sens de l'honneur, il n'aurait pas profité des tendres sentiments qu'il avait inspirés pour s'emparer du Capitole, et, surtout, il n'aurait pas fait étouffer sous un amas d'armes celle qui l'aimait ! Après tout, les Destins voulaient que les Sabins puissent traiter d'égal à égal avec leurs adversaires romains. Tarpeia avait été leur instrument. Sa faute avait servi la volonté des dieux. Fallait-il donc que cette faute fût punie d'un tel châtiment !

En même temps, ces images, que je contemplais sur le mur tout neuf de la basilique, m'inspiraient une intense fierté. Quoi, les femmes, par la seule force de l'amour qu'elles éprouvaient ou qu'elles inspiraient, avaient donc tant de pouvoir ? Elles avaient apparemment celui de sauver ou de perdre des villes et des peuples entiers. Je savais que le temps approchait où l'on me marierait. Quel serait alors mon pouvoir ? J'étais bien résolue à ne pas me laisser enfermer dans les devoirs que l'on m'imposerait et je rêvais un peu, en me demandant de quel mari je deviendrais la compagne, ou l'alliée, certainement pas l'esclave.

Lorsque, après avoir longuement regardé les reliefs de la basilique, nous leur tournions le dos et reprenions le chemin du Palatin, j'avais une autre occasion de réfléchir à la place qui était celle des femmes dans notre Ville. Nous devions en effet longer le mur de la maison des Vestales. Nous apercevions les frondaisons du bois sacré consacré à la déesse dont elles étaient les desservantes. Que faisaient-elles dans leur vaste demeure ? Oui, je savais qu'elles avaient le devoir d'entretenir le feu sur le foyer de la cité, qu'elles ne devaient connaître ni le mariage ni même l'amour, aussi longtemps qu'elles resteraient vestales, c'est-à-dire pendant au moins trente années, ce qui me paraissait une durée considérable, presque infinie, et qui les conduisait au seuil de la vieillesse ! Je ne souhaitais vraiment pas devenir vestale. D'ailleurs, personne, je crois, ne songea un moment à faire de moi une vierge consacrée. Cela eût été impossible, contraire aux règles religieuses, puisque j'avais perdu mon père et les jeunes vestales devaient avoir encore et leur père et leur mère pour pouvoir être choisies. Donc la question ne se posait pas, et c'était bien ainsi.

Il y avait pourtant, dans la qualité de vestale, un certain nombre d'avantages, auxquels j'avais réfléchi. N'étant pas mariées, elles disposaient librement de leur fortune. Et puis elles étaient entourées du respect et de la considération de tous les citoyens. Elles avaient le droit, fort envié, de circuler en voiture dans les rues de la Ville. Elles pouvaient aussi éviter la mort aux condamnés qu'elles rencontraient sur leur chemin, aussi bien qu'aux gladiateurs blessés, sur l'arène. Mais, parmi les tâches qui incombaient aux vestales, il en était plusieurs qui m'auraient été fort pénibles. Elles étaient elles-mêmes les ménagères de leur demeure. Il leur fallait chercher de l'eau à des sources assez éloignées, comme celle d'Egérie, dans ce que l'on appelait la Vallée des Muses, et qui n'était qu'un bosquet assez ridicule, hors de la Ville, autour d'un trou d'eau presque à sec. Elles balayaient les pièces de leur maison et transportaient au loin, dans des puits creusés pour cela, les impuretés qu'elles recueillaient ainsi. C'était payer bien cher l'honneur d'être vestale ! Tout compte fait, il valait mieux régner sur une maison privée, surtout lorsque, comme dans la nôtre, servantes et serviteurs s'empressaient à accomplir les tâches quotidiennes — et les autres.

Je préférais encore le sort de Tarpeia qui avait eu, au moins, l'ambition d'épouser un roi, même si cela lui avait coûté la vie. On ne vit pas impunément dans une maison princière.

Tous ces sentiments, qui m'agitaient et me déchiraient, naissaient, je le comprends mieux maintenant, du moment de ma vie où je me trouvais, à la fin de mon enfance et au seuil de l'adolescence. C'était à la fois l'angoisse et l'attrait de l'inconnu : quel mariage me réservait-on ? Pour quel destin devrais-je quitter ma mère, sur qui s'était reporté tout mon amour ? Un mari pourrait-il égaler ce qu'avait été mon père ? Nous avions été trop proches du rang suprême pour que je ne redoute pas d'en être éloignée. Mon sort ne dépendait ni de ma mère ni, encore moins, de moi. Je l'avais bien vu par la manière dont avait commencé la carrière de mes deux frères aînés, Nero et Drusus. Jusqu'à ce moment ils n'avaient tenu que peu de place dans ma vie. Nero avait près de dix ans de plus que moi, et Drusus sept. Lorsque nous étions partis en Orient avec Germanicus, Nero était déjà fiancé et, les années précédentes, pendant que nous étions en Germanie, il était à Rome, ainsi que Drusus. C'étaient eux, et non moi, ni Gaius, qui étaient les vrais héritiers de la gloire acquise par notre père, et nous avions assisté, d'un peu loin, à leurs débuts dans la vie publique. L'éclat de ces débuts risquait fort de nous rejeter dans l'ombre, nous, les cadets !

Telle était bien, d'ailleurs, l'intention de nos deux belles-sœurs, aussi bien Julia, la femme de Nero, que Lepida, celle de Drusus. Chacune entendait faire de son mariage le moyen d'atteindre le rang le plus élevé possible dans l'Etat et de briller parmi les autres femmes. Elles étaient belles, l'une et l'autre, de cette beauté sculpturale qui est l'un des plus beaux ornements des tombeaux. L'une et l'autre étaient fort jeunes, plus âgées que moi cependant, et elles en étaient pleinement conscientes. Et bien que Julia eût sept ou huit ans seulement de plus que moi et Lepida cinq, cette faible différence, dans leur esprit, les autorisait à me dédaigner, moi, « la petite », et cela me déplaisait fort. Il est vrai qu'elles étaient mariées, ce qui leur donnait le sentiment d'une supériorité infinie sur l'adolescente que j'étais encore.

Au demeurant, leurs caractères ne se ressemblaient pas. Lepida était méchante. Elle n'aima jamais Drusus et, lorsqu'il tomba en disgrâce, elle inventa contre lui toute espèce de griefs et d'accusations, pour séparer sa cause de celle de son mari. De plus, elle se conduisait fort mal et prenait son plaisir sans se soucier de la condition de celui avec qui elle le prenait. Il fallut toute la considération dont jouissait son père, l'ancien consul, pour qu'on la laissât vivre à peu près tranquille. Dès que ce père fut mort un délateur accusa Lepida de relations coupables avec un esclave, du vivant même de son mari. Cette liaison était de notoriété publique et Lepida ne tenta même pas de se défendre. Elle se suicida. A ce moment-là j'étais moi-même mariée et je me souviens que sa mort, lorsque je l'appris, me laissa totalement indifférente. Non, je n'avais jamais éprouvé pour elle aucune sympathie.

Julia avait une autre nature. Certes, elle n'était pas meilleure, mais plus dissimulée, et totalement soumise à l'influence de sa mère, pour qui elle n'avait aucun secret. Elle ne devait pas hésiter à trahir son mari et elle contribua beaucoup à sa perte, sans que l'on pût soupçonner le rôle qu'elle jouait dans la conspiration qui l'abattit. De cette manière elle put sans grand mal traverser les mauvais jours, puis, peut-être lassée d'un rang qui la plaçait au voisinage du pouvoir, plus probablement parce qu'elle cédait ouvertement à la bassesse de son âme, elle accepta le mari que lui donna bientôt Tibère, ce Rubellius Blandus, qui avait été consul, certes, mais dont personne n'avait oublié qu'il était le petit-fils d'un maître de rhétorique, qui enseignait son art à Tibur. Cette nouvelle trahison maintenant, envers elle-même et son illustre origine, ne devait pas lui épargner de périr misérablement et d'avoir enfin le sort qu'elle avait voulu éviter. Mais cela ne se produisit que dans un avenir encore lointain. Lepida et elle étaient encore dans toute leur splendeur lorsqu'elles venaient au Palatin nous rendre de courtes visites qui m'ennuyaient et que je redoutais. Aucune affection réelle n'adoucissait la blessure que me causait leur évidente condescendance envers moi, et j'en souffrais.

***

Ce fut pendant ces années-là que je me découvris un ami, mon oncle Claude. De lui je ne puis parler sans embarras ni peine. Mais je me suis promis à moi-même de ne rien dissimuler ni des événements de ma vie ni de mes sentiments, ni même de ce que l'on pourra appeler mes crimes. Comment ai-je été amenée à provoquer la mort d'un homme que j'aimais, depuis le temps de mon adolescence, pour lequel j'éprouvais une grande estime et qui m'avait donné son affection ? Je ne le sais pas moi-même, je sais seulement qu'il fut un moment où cette mort devint nécessaire, inévitable. Les destins l'exigeaient, et une force plus puissante que ma volonté m'imposait d'en être l'instrument.

Claude, en venant au monde, avait été pour les siens une cause d'embarras. Ma grand-mère Antonia, dont il était le fils, regretta sa naissance. Elle le considérait comme un être monstrueux, ébauché par la nature, mais inachevé, et le trouvait stupide, ce qui était inexact, comme on put le constater par la suite. Dans cette famille où les hommes étaient grands, athlétiques, visiblement destinés dès leur jeunesse à briller sur les champs de bataille, Claude enfant était une exception. Peu enclin à pratiquer les exercices physiques, il était, de plus, affligé d'une faiblesse à une jambe, ce qui le faisait boiter, et jamais il ne put surmonter cette infirmité. Il était, en outre, d'une grande distraction, et cela dès son enfance. Lorsqu'on lui parlait, il avait l'air d'écouter, mais il n'en faisait rien, et répondait tout de travers. Si bien que cela ne faisait qu'augmenter le mépris des siens à son égard. Il m'a raconté bien souvent (car il ne détestait pas se répéter) que ce mépris, qu'il ressentait profondément, achevait de le paralyser et le faisait bafouiller. Il était, de plus, terrorisé par le pédagogue qu'on lui avait donné, un ancien palefrenier qui le battait au moindre prétexte. Livie ne daignait pas lui adresser la parole. Lorsqu'elle voulait lui faire savoir quelque chose — et le plus souvent, me disait-il, c'était quelque observation ou critique — elle le faisait par écrit, et sans aucune aménité. Quant à sa sœur, ma tante Livilla, elle n'était pas plus aimable envers lui et le rabrouait chaque fois qu'il avait un geste d'affection à son égard. Bref, Claude avait été un enfant malheureux, et cela le rendit très vulnérable. Nul mieux que moi n'a pu le savoir.

Auguste, seul, avait quelque considération pour lui et ne le traitait pas comme un animal. Certes, il n'était pas aveugle à ce que cet enfant avait d'étrange, et parfois de ridicule, mais il avait aussi reconnu sa valeur. Un jour, il l'avait entendu déclamer chez son maître de rhétorique, et le discours qu'il avait composé lui-même, et qu'il prononça, fut tout à fait convenable, ce qui provoqua l'étonnement d'Auguste qui avait écrit à Livie : « Comment se fait-il que Claude, qui bredouille tellement, ait pu en déclamant parler aussi distinctement et dire ce qui convenait ? » Mais il ne se décida jamais à l'intégrer, aux yeux de tous, dans la famille impériale. Il en avait honte. Il le disait à Livie, qui prenait plaisir à le faire savoir à l'enfant.

Lorsqu'il me parlait de ces années pendant lesquelles il attendait vainement d'accéder aux magistratures, il me disait : « Je voyais bien que, si Auguste n'avait pas été aussi docile aux suggestions de Livie, il aurait accepté, sans trop se faire prier, de me permettre ce que je désirais tant, participer comme tous les jeunes Romains bien nés aux affaires de la cité, de m'initier au culte des dieux, accompagner ou conduire les cérémonies dont dépend le sort commun. Mais ma grand-mère veillait et elle usait, sans scrupule, de tous les moyens pour me rendre ridicule aux yeux d'Auguste. A ce jeu, elle était fort experte. Tiens, je vais te raconter comment elle me tendit un piège en priant Auguste de me confier l'organisation du banquet des Saliens. J'avais alors douze ans, et je faisais partie du collège chargé, comme tu le sais, de célébrer le dieu Mars chaque année. Cette fois-là, les cérémonies devaient être particulièrement solennelles, car on inaugurait le nouveau temple, sur le Forum d'Auguste. La procession terminée, pendant laquelle nous aurions tous dansé de notre mieux, en agitant les boucliers sacrés et chanté l'hymne habituel, il y aurait le repas, qui aurait lieu pour la première fois dans une des annexes du temple, tu sais, dans l'atrium, à gauche, derrière la grande exèdre. Dès le matin, des odeurs de cuisine empliraient l'air dans tout le voisinage. Les banquets des Saliens sont célèbres pour leur abondance et l'excellence des plats que l'on y sert. Je me promis de faire encore mieux et je t'assure que tout était parfait. J'avais été aidé, bien sûr, mais je m'étais donné du mal pour que rien ne clochât !

« Enfin le jour du banquet arriva. La procession se passa tant bien que mal, comme d'habitude, puis nous nous mîmes à table. Le premier service était abondant, plus abondant encore le vin au miel qui l'arrosait. Tout le monde but beaucoup. Moi aussi. Et cela continua avec les plats suivants, qui étaient magnifiques : les tétines de truie, le chevreuil entier, servi par des jeunes gens habillés en chasseurs, plusieurs turbots énormes, transportés depuis l'Adriatique, où ils avaient été pêchés. Les serviteurs, pour les présenter, étaient habillés en dieux marins et il y en avait qui jouaient de la trompe, comme de vrais Tritons. Tout le monde me félicitait. On buvait beaucoup, on se portait des défis à qui viderait le plus grand nombre de coupes.

« Comme tu le sais, pendant ces banquets, la statue du dieu Mars est présente, allongée sur un lit de table et, à la fin, lorsque vient le moment où les convives se séparent, chacun d'eux ôte la couronne de fleurs qu'il porte sur la tête et la lance de manière qu'elle retombe sur le lit du dieu. A moi revenait l'honneur de commencer. J'avais tellement bu et mangé que je ne savais plus ce que je faisais. Je pris ma couronne et, d'une main hésitante, je la lançai, mais si maladroitement que je manquai le but et qu'elle tomba dans un grand cratère, plein de vin, qui se trouvait à dix pieds de l'endroit que j'étais censé avoir visé. Sa chute fit jaillir des flots de vin, qui inondèrent plusieurs convives, ce qui fit rire tout le monde. Quant à moi, sans me soucier du désastre que j'avais provoqué, je m'endormis si profondément qu'il fallut me transporter dans ma maison, où je restai, inconscient de tout, pendant la fin de la journée et toute la nuit suivante. Je ne m'étais assurément pas tiré à mon honneur de la mission, aussi simple fût-elle, qui m'avait été confiée, et qui, dans la pensée d'Auguste, devait être une épreuve. Livie s'était sans aucun doute attendue à quelque chose de cette sorte. Immédiatement informée, elle n'eut rien de plus pressé que de tout raconter à Auguste. Sa ruse avait obtenu le succès qu'elle désirait. Je m'étais rendu ridicule, je n'avais pu me contrôler. Comment pouvait-on imaginer que l'on me désignât pour une magistrature qui eût marqué le début de ma carrière ? Avant même d'avoir commencé, celle-ci était ruinée !

« Comme on pouvait s'y attendre, le récit de ma mésaventure fit le tour de Rome. Aussi, lors des Jeux qui suivirent, Auguste refusa de m'accueillir dans la loge où lui-même prenait place, au Cirque, à côté des statues des divinités que l'on transportait là. Dans une lettre à Livie (entre eux ils avaient l'habitude de communiquer par écrit, même lorsqu'ils se trouvaient l'un et l'autre à Rome) il en dit les raisons : “ S'il était à côté de moi, il serait au premier rang des spectateurs et beaucoup trop visible. ” De même il m'interdit de rester dans la Ville pendant que l'on célébrait, sur le mont Albain, à vingt milles de Rome, le sacrifice annuel commémorant l'institution, bien des siècles plus tôt, de la Ligue rassemblant les villes du Latium. Cela aurait montré qu'on me jugeait indigne de participer à aucune des fonctions qui touchaient, de près ou de loin, à l'exercice du pouvoir. Il est vrai que mon frère Germanicus, lui, était en toute occasion placé en pleine lumière. Finalement, j'acceptai la situation qui m'était faite et décidai de me consacrer tout entier à l'étude. » Je savais qu'il avait toujours été passionné par l'histoire de Rome. Il s'y appliqua avec une ardeur incroyable.

Bien qu'Auguste lui eût refusé toute charge de caractère politique, il lui avait toutefois concédé celle d'augure, à titre de consolation. « Tu vois, me dit un jour Claude, Auguste, en me faisant entrer dans le corps des augures, m'a fait, sans le savoir, le plus beau présent qui soit ! Connaître la volonté des dieux grâce aux signes qu'ils envoient, savoir si l'oiseau qui traverse le ciel est un signe favorable ou défavorable, si l'acte que l'on projette d'accomplir, au nom du peuple romain, aura une issue heureuse ou malheureuse, y a-t-il rien de plus beau ? Chaque fois que je guette un présage, dans le ciel ou en examinant les entrailles d'une victime, je me sens tout proche des divinités. C'est comme si j'étais admis en leur compagnie, et cela de mon vivant ! Et puis, il y a encore autre chose. Les règles qui régissent notre science peuvent paraître étranges au profane. C'est qu'elles sont très anciennes, qu'elles remontent au temps où les hommes n'étaient pas encore corrompus et avaient des choses divines une connaissance directe. Pour les désigner, ils se servaient de mots que les hommes d'aujourd'hui ont oubliés. Ces mots, j'apprends à les connaître, et aussi à les employer, pour me faire entendre des dieux. Et ainsi je comprends mieux les choses d'aujourd'hui, qui sont souvent une image déformée de celles d'autrefois. »

Quelque temps avant mon mariage, Claude m'emmena avec lui faire un voyage dans le pays des Etrusques. Il était fasciné par ce peuple, auquel il avait été amené à s'intéresser lorsqu'il s'initiait à la science des augures, parce que, m'avait-il dit, c'était chez eux que les Romains en avaient trouvé la première idée, à eux aussi qu'ils en avaient emprunté les règles. Il m'expliquait tout cela dans la voiture qui nous entraînait vers le nord, en suivant la côte. Je ne l'écoutais guère, plus séduite par le spectacle de la mer, dont les vagues s'élançaient à l'assaut des rochers ou venaient mourir sur le sable des plages, ou les bateaux qui croisaient au large. Mais mon oncle était intarissable. Il me montrait, dans la plaine ou sur le plateau surplombant la mer, ce qu'il disait être des tombeaux, qui ressemblaient à des cabanes à demi enterrées. Ma curiosité s'éveilla lorsqu'il m'apprit que dans ces tombeaux les hommes d'autrefois avaient déposé les morts. « Car, me dit-il, les gens de ce temps-là ne brûlaient pas les morts, comme nous avons coutume de le faire maintenant. Ils les déposaient, comme s'ils étaient seulement endormis, sur des lits ou des sortes de couches qu'ils taillaient dans la pierre, et ils mettaient près d'eux tous les objets dont ils s'étaient servis au cours de leur existence. Comme s'ils n'avaient pas cessé de vivre... »

Ces mots de mon oncle me ramenèrent plusieurs années en arrière, lorsque, avec Gaius, et sous la conduite de Chaerémon, nous avions visité une tombe égyptienne. Je n'en avais pas gardé un souvenir très précis, mais suffisant tout de même pour que la ressemblance entre les tombeaux d'Egypte et ceux d'Etrurie m'apparût assez clairement. Je le dis à Claude. « Ce que tu as vu là-bas, me dit-il, je ne l'ignore pas. Il y eut peut-être un temps où des Egyptiens sont venus ici, et ont apporté leurs coutumes avec eux. Cela est possible, mais je ne le crois pas. Moi aussi j'ai interrogé Chaerémon, et d'autres savants qui connaissent bien l'Egypte. Il y a de grandes différences, et tout ce que je puis croire, c'est que des hommes, indépendamment les uns des autres, ont été portés à imaginer que la vie des humains ne s'arrête pas avec la mort, qu'elle se poursuit dans le tombeau, telle qu'elle était parmi les vivants. Alors, ils ont inventé toutes sortes de manières pour se persuader que ceux qu'ils aiment n'ont pas tout à fait disparu... »

Je repensais à mon père, que je voulais croire encore vivant, et je regrettais que son corps eût été la proie des flammes, sur cette place d'Antioche. Cela ne risquait-il pas d'avoir anéanti ce qui pouvait rester de lui, dans cette urne que portait ma mère, avec une si farouche obstination, au cours de ce voyage atroce ? Aussi je demandai : « Est-ce que les morts, dans les tombeaux que tu me montres, conservaient longtemps la forme qu'ils avaient de leur vivant ? Ils ne disparaissaient pas, comme ceux que nous plaçons sur un bûcher ? — Ne crois pas cela ! Dans un tombeau, un défunt, même si son corps est encore intact lorsqu'on l'y dépose, ne peut que devenir poussière. Plus lentement, certes, que sur un bûcher, mais d'une manière aussi inéluctable. »

Ma curiosité n'était pas satisfaite. J'éprouvai soudain le désir de pénétrer moi-même dans l'une de ces tombes et de voir ce qu'elle contenait. Je le dis à mon oncle, qui m'assura que rien n'était plus facile. Nous étions près de Tarquinii. Au lieu de pénétrer dans la ville nous nous dirigeâmes vers le plateau sur le rebord duquel elle a été bâtie. Parmi les tombeaux que l'on devinait sous d'innombrables monticules, l'un d'eux avait été ouvert. Mon oncle le savait d'autant mieux qu'il l'avait fait lui-même dégager et garder par l'un de ses affranchis. Je n'oublierai jamais le sentiment que j'éprouvai lorsque s'ouvrit devant moi une porte qui, me sembla-t-il, était celle des Enfers. Il fallut d'abord descendre un escalier assez raide, avant de pénétrer dans un étroit vestibule, encore à demi éclairé par un reflet de jour. A ce moment nous fûmes précédés par un homme, portant une torche. Nous étions dans la tombe. L'homme agita sa torche et la flamme, irrégulière, projeta sur les murs et les objets une vive lumière qui allongeait les ombres et ajoutait au mystère. Devant moi il y avait un lit sculpté dans la roche et, allongée sur ce lit, une statue, représentant un homme, si vraie que je me demandai un instant si ce n'était pas le défunt lui-même, miraculeusement conservé. Sous le lit était figuré un coq, qui semblait sur le point de chanter. Au-delà du lit, sur la paroi, trois figures en relief, trois personnages qui semblaient apporter des présents. Ils étaient accompagnés par trois autres, parmi lesquels un joueur de flûte et deux danseurs. Quels mystères avions-nous interrompus ?

L'un des murs de la tombe était, lui, occupé par une grande peinture, qui représentait une scène de banquet. Il y avait là, sur des lits de table, des hommes et des femmes étendus côte à côte. Ce qui me surprit et me choqua. Parmi nous, la coutume voulait que seuls les hommes, pour dîner, prennent place sur des lits ; les femmes restant assises. Les anciens habitants de Tarquinii n'avaient pas, apparemment, de telles délicatesses. Les lits eux-mêmes étaient garnis de couvertures brodées, dont les couleurs vives ne s'étaient pas ternies avec le temps. Allant de convive en convive, un adolescent nu versait du vin dans les coupes.

J'avais ainsi devant moi, en un contraste saisissant, les plaisirs de la vie et le silence de la mort. Les premiers, au fond de ce tombeau, cessaient de me paraître désirables. Je n'y avais, d'ailleurs, jamais goûté. Nous visitâmes ensuite deux ou trois autres tombes, où je vis des spectacles à peu près semblables. Dans l'une d'elles c'étaient des concours d'athlètes, des jeux, auxquels sans doute le défunt avait été vainqueur. Ailleurs, c'étaient des danseurs, hommes et femmes, accompagnés par des musiciens, un joueur de lyre et un flûtiste. Il me semblait que ces images auraient été mieux à leur place au grand soleil. Elles reflétaient la plénitude de la vie, tout ce qui fait la gloire et le bonheur. Il était évident que les enfants du mort, que ses amis avaient tout fait pour arrêter le temps, immortaliser par des images ce qui avait été les meilleurs moments de son existence. Mais ce n'étaient que des images. Cette chose mystérieuse qu'est la vie s'en était échappée. Ce qui restait, je le voyais bien, et cela m'angoissait, n'était que le décor d'une scène restée vide.

Dans l'une de ces tombes on s'était efforcé d'imaginer ce qui se passait de l'autre côté, celui de la mort. Mais le spectacle qui en était proposé était effroyable. Des démons au corps tourmenté, monstrueux, entraînaient les défunts. Vers quoi ? Etait-il donc vrai, comme me l'avait dit Eutychus, qu'il existât aux Enfers des récompenses et des châtiments ? Ou n'y avait-il en réalité, là-bas, que des supplices ? Soudain, je fus prise de terreur. La lueur des torches communiquait aux figures des démons et des morts qu'ils emmenaient des expressions effrayantes et il me semblait qu'elles s'animaient. Je m'enfuis, suivie par Claude, qui remonta en boitant les marches de l'escalier qui nous ramenaient au jour. C'est seulement lorsque je vis à nouveau la lumière du soleil sur le feuillage des oliviers que je revins à moi.

Nous regagnâmes notre voiture sans dire un mot, ni l'un ni l'autre, et reprîmes notre route. Après quelque temps mon oncle me dit : « Je ne voulais pas t'empêcher de descendre dans ces tombeaux, que je fais garder pour éviter que les gens du voisinage viennent les piller, et puis, il n'est pas bon de violer ainsi les secrets du monde d'En-Bas. Tu vois, moi non plus, je ne connais pas la vérité sur la vie et la mort. Il est bien probable que l'on raconte à ce sujet beaucoup de fables et il est prudent de ne pas trop s'y fier. Ce qui me semble certain, c'est que les objets que nous voyons, avec nos yeux de chair, ne sont pas tout ce qui existe au monde. Il faut qu'il y ait aussi une force capable d'animer tous les êtres, humains ou non, de leur communiquer les merveilleux pouvoirs que nous leur connaissons, celui de se souvenir — et ce pouvoir, tout ce qui vit le possède ; les hirondelles reviennent chaque année, fidèlement, dans le nid qu'elles ont quitté à l'automne — et celui d'aimer. Quel nom donner à cette force invisible mais bien réelle ? Ne la sens-tu pas en toi, maintenant même ? C'est elle qui fait que tu regardes (je le vois bien) avec une sorte de bonheur ce rivage et la mer qui le baigne, qui fait, aussi, que je me plais à te parler de tout cela, comme le bavard intarissable que je suis, au risque de te lasser. »

J'assurai mon oncle qu'il ne me lassait pas du tout, que rien ne pouvait m'être plus agréable que de l'écouter, surtout sur des sujets aussi graves et qui, depuis longtemps, me préoccupaient. J'étais sincère. L'écouter diminuait mon angoisse qui, dans le tombeau, avait été intolérable. Je parvins à lui sourire. Comme je le lui avais dit, j'avais retrouvé sous la terre des impressions que j'avais eues sur les bords du Nil, mais combien plus vives !

Après deux jours de route, notre voyage nous conduisit jusqu'à Faesulae, la vieille ville qui domine la vallée de l'Arno. Je ne sais quelle affaire de fermage, pour des terres qu'il y possède, obligeait mon oncle à s'y rendre. Quand, le lendemain, il en eut terminé avec son intendant, nous nous retrouvâmes au vieux théâtre. Ensemble, nous nous assîmes tout en haut des gradins, et Claude se mit à me parler de la ville qui nous entourait, que nous ne voyions pas — notre vue portait plus loin, jusque dans la plaine — mais dont nous devinions la présence, par la rumeur qui en montait et l'odeur des fumées dans l'air du soir. Je restai quelque moment sans écouter ce que disait mon oncle. J'entendais vaguement qu'il prononçait des noms célèbres, ceux d'Hannibal, de Catilina, qui, apparemment, s'étaient distingués de quelque façon dans ce pays. Je ne devins attentive qu'au moment où il se mit à énumérer les prodiges qui s'étaient produits à Faesulae ou dans la région il y avait plus d'un siècle. Cela avait commencé par des suintements de sang, sortis du sol, puis, l'année suivante, des apparitions de fantômes, en groupe, marchant parmi les tombes, vêtus de couleurs sombres et d'une extrême pâleur. Deux ans plus tard, ce furent des grondements souterrains puis toute une série d'autres prodiges : des enfants monstrueux qui naquirent, puis on découvrit une femme pourvue de deux sexes. Une longue comète traversa le ciel. Une vache se mit à parler. Enfin, présage particulièrement redoutable, un essaim d'abeilles vint se fixer sous le toit d'une maison particulière. L'année suivante éclatait la terrible guerre qui opposa les Romains à leurs alliés d'Italie.

A la vérité, il n'y eut pas qu'à Faesulae que se produisirent des présages analogues, mais ils furent, me dit mon oncle, particulièrement nombreux et sinistres dans tout le pays étrusque. Comme si, disait-il, les dieux l'avaient choisi pour y manifester leur puissance.

« Si les dieux nous envoient des signes, s'ils bouleversent, pour nous avertir de quelque événement grave, l'ordre naturel des choses, c'est bien qu'il existe au-delà de ce que nous voyons une autre réalité, animée, elle aussi, parcourue d'intentions, ou bien immatérielle, ou bien faite d'une matière si subtile qu'elle échappe à nos sens. Ne penses-tu pas que là se trouve la réponse aux questions que tu te posais devant les tombeaux de Tarquinii ? La force qui nous anime, nous, les vivants, n'est-elle pas la même que celle qui nous envoie les présages ? Lorsqu'elle se retire de notre corps, qu'importe qu'elle subsiste, comme un être à part, ou qu'elle se fonde dans l'âme universelle ? Il est même possible qu'elle demeure pendant quelque temps telle qu'elle est, cachée en un lieu de l'univers jusqu'au moment où elle retournera donner vie à une autre créature. Le sort qui l'attend, les dieux ont voulu qu'il nous reste incertain. L'avenir leur appartient, à eux seuls, et peut-être même n'en sont-ils maîtres que très partiellement, qu'il existe, plus puissant qu'eux, un Destin dont les décrets sont inéluctables. Ce qu'ils peuvent connaître du futur, en tout cas, ils ne nous le révèlent jamais sans ambiguïté, et seulement par bribes, peut-être pour nous empêcher de nous endormir paresseusement dans le présent, ce qui ne manquerait pas d'arriver si nous savions à l'avance ce qui nous attend. »

En repensant aujourd'hui à cette conversation de Faesulae j'en perçois la signification, comme si, moi aussi, les dieux avaient voulu me mettre en garde. Certes, comment aurions-nous pu imaginer, Claude et moi, l'avenir et de l'un et de l'autre, celui que nous préparaient les dieux ? Imaginer que dans quelques années il obtiendrait le pouvoir, lui que tout le monde dédaignait, dont on omettait même de mentionner le nom dans les actes officiels, comme s'il n'existait pas ? Mais, surtout, comment imaginer que ce serait moi qui serais amenée à trancher volontairement sa vie, à tuer cet homme qui, avec affection, me parlait de ce qui lui était le plus cher et me livrait les secrets de sa pensée ? Si j'avais su alors tout ce qui devait arriver, peut-être ne me serais-je pas contentée d'attendre, lâchement, comme le disait mon oncle, d'attendre que cela se produise. Plus probablement j'aurais été tentée de recourir à l'ultime moyen qui est à la disposition des humains pour triompher du destin, ou plutôt pour tenter d'éviter qu'il se réalise. Non, pour que les hommes aient le courage de continuer à être, il faut qu'ils restent aveugles ou du moins que leur existence soit entourée de pénombre, que les dieux leur épargnent une trop grande lumière.

C'est à Faesulae aussi, et pendant notre voyage de retour, que Claude eut avec moi une conversation prophétique. Il me parlait de l'histoire du peuple étrusque et, afin de m'intéresser plus sûrement, me disait le rôle joué par les femmes. J'avais été frappée (et je le lui avais dit) par la liberté dont elles semblaient jouir. Celles dont j'avais vu les images dans les tombeaux de Tarquinii en avaient certainement plus que nous autres. Ce que j'ignorais, mais que m'apprit mon oncle, c'est que certaines d'entre elles avaient exercé une action parfois décisive sur la vie publique. Et il me raconta l'histoire de la reine Tanaquil.

Tanaquil était la femme du roi Tarquin, celui que nous appelons « l'Ancien ». Elle avait beaucoup contribué à lui faire obtenir le pouvoir. C'est sur ses conseils qu'il avait réussi à se rendre populaire, dans Rome, où il s'était établi, venant d'Etrurie. Aussi, lorsque mourut le roi Ancus, il n'eut aucun mal à se faire élire par le peuple. Mais c'est surtout à la mort de Tarquin lui-même que son action fut décisive. Il y avait au palais un enfant, né d'une servante, qui avait été l'objet d'un prodige : pendant son sommeil, une couronne de flammes apparut autour de sa tête. Les témoins se mirent à pousser des cris ; un serviteur se précipita avec un récipient plein d'eau pour éteindre ce feu. Tanaquil, attirée par le bruit, l'en empêcha et ordonna de ne pas toucher l'enfant, de le laisser s'éveiller de lui-même. De fait, lorsqu'il s'éveilla, la flamme disparut. La reine était fort versée dans l'art de la divination. Elle avait compris le sens du prodige : que cet enfant serait un jour « la lumière » de la maison royale, et elle était bien décidée à lui faire obtenir le pouvoir. Aussi, lorsque des assassins blessèrent mortellement le roi Tarquin, elle fit fermer le palais et, à la foule qui se pressait au-dehors, elle dit seulement que le roi avait été blessé, mais que son état n'était pas désespéré, qu'on l'avait pansé et que dans peu de temps il pourrait reprendre ses activités habituelles. Elle ajouta qu'en attendant, Servius assurerait les fonctions royales. Ainsi, pendant quelques jours, Servius et elle jouèrent la comédie, feignant que Tarquin fût toujours vivant. Servius en profita pour s'installer solidement au pouvoir et, avant tout, s'assurer le dévouement des soldats. Si bien que, lorsqu'il ne fut plus possible de dissimuler la vérité, Servius était déjà roi de fait.

Cette histoire me troubla beaucoup. Je vois aujourd'hui que par une affreuse ironie chacun des détails annonçait le drame dont je devais être moi-même l'instigatrice trente ans plus tard, et c'était Claude lui-même qui m'apprenait tout cela ! Il m'apprit encore qu'un drame assez semblable s'était produit quelques années plus tard, que Tullia, l'une des filles du roi Servius, avait tué son mari et détrôné son père, afin de porter au pouvoir Lucius Tarquin, celui que nous appelons le Superbe, et qui fut le dernier à régner sur Rome, avant, bien sûr, le temps de César et d'Auguste. C'était donc encore l'ambition d'une femme qui avait triomphé, mais au prix de quels crimes ! On disait qu'après le coup de force qu'elle avait provoqué, cette Tullia avait fait passer sa voiture sur le corps de son père assassiné ! Peut-on, pouvais-je imaginer crime plus abominable ? L'ambition, le désir de régner ou de porter au pouvoir un homme sur lequel on pourrait tout avaient-ils une force à ce point irrésistible que celui ou celle qui en étaient possédés ne respectaient plus rien, aucune loi, ni humaine, ni divine ? N'était-ce point pour leur châtiment qu'existaient aux Enfers les supplices vers lesquels les démons de Tarquinii conduisaient les âmes coupables ? Et la maxime que l'on prêtait à César me revenait en mémoire, ainsi que l'accusation portée par Tibère contre ma mère. Serais-je moi-même, un jour, atteinte de la même passion ?

*
**

A notre retour d'Etrurie, nous trouvâmes la Ville pleine de rumeurs. Il y avait douze ans que Tibère était au pouvoir et il avait dépassé depuis longtemps le seuil de la vieillesse. On murmurait que la charge de l'Empire était trop lourde pour lui, que la mort de son fils Drusus le privait d'un secours qui lui aurait été particulièrement précieux. Drusus était un cousin de mon père. Je l'avais à peine connu, bien qu'il eût épousé notre tante Livilla. Ma mère m'avait dit que c'était un homme orgueilleux, fier des honneurs que son père ne lui ménageait pas et qu'il ferait sans aucun doute un prince détestable. Mais je ne suis pas sûre que le jugement qu'elle portait ainsi fût tout à fait équitable. Ce que j'appris de lui quelques années plus tard, lorsque l'on connut les circonstances de sa mort, me confirma que ma mère était injuste à son égard, sans doute parce qu'il y avait eu, entre ce Drusus, fils par le sang de l'empereur, et mon père Germanicus, neveu et seulement fils adoptif de Tibère, une rivalité secrète. Tous deux étaient jeunes. Drusus n'avait que quelques mois de moins que Germanicus. Qui deviendrait empereur ? Lequel des deux ? L'un et l'autre avaient leurs partisans. Inconsciemment, peut-être, ma mère faisait grief à Drusus d'avoir survécu à notre père. Elle m'avoua un jour qu'elle se demandait si Tibère n'avait pas fait empoisonner celui-ci pour laisser le champ libre au fils de son sang. A la vérité, rien ne vint jamais confirmer ce soupçon, qu'elle hésitait à formuler, mais qui la hantait au fond de sa conscience.

Lorsque Drusus était mort, emporté par un mal mystérieux — on sut plus tard qu'il avait été assassiné —, Tibère avait eu une attitude curieuse. Il avait affecté de ne pas éprouver grand chagrin. Il avait écourté le deuil public, qu'il eût été convenable de respecter jusqu'à son terme. Le bruit courut qu'il n'avait jamais eu beaucoup d'affection pour son fils, qu'il lui reprochait d'être jeune et joyeux, d'aimer les plaisirs. Tibère laissa dire et même fit tout pour confirmer ces racontars. Il ne changea aucune de ses habitudes et offrit à tous un visage sinon joyeux (ce n'était pas une expression fréquente chez lui) du moins calme et même serein. Mais que ressentait-il réellement ? Nul mieux que nous ne savait à quel point il pouvait dissimuler sa pensée et, dès ce moment, son principal, son écrasant souci était celui de sa propre mort et de sa succession. Une sorte de réflexe le portait à le cacher, d'autant plus soigneusement qu'il en était davantage obsédé, et pour cela, il allait jusqu'à se montrer inhumain. Je comprends aujourd'hui, alors que je vis des heures assez semblables, dans quelle solitude il se trouvait. Cette duplicité qu'on lui a si souvent reprochée, n'était-elle pas une défense contre lui-même, une muraille pour protéger sa faiblesse ? De faiblesse, il n'avait pas le droit d'en avoir, depuis le jour où il avait succédé à Auguste. Tant d'hommes, tant de peuples dépendaient de lui, de sa justice, de sa force ! Qu'il le voulût ou non, il lui faudrait lutter, batailler jusqu'à la mort. Telle est la loi qu'impose la possession du pouvoir. Il en va de celui qui en est maître comme d'un homme qui progresse le long d'un rocher abrupt, d'une paroi de montagne. S'il vient à manquer une prise, si son pied ou sa main ne sont pas bien assurés, c'en est fait de lui. Et cela, j'en éprouve la vérité aujourd'hui, plus profondément que jamais, alors que mon fils m'échappe de plus en plus, je le sens bien, et que, peut-être, ma chute est proche. Il ne m'est donc pas difficile d'imaginer, ou plutôt de deviner les angoisses de Tibère, ni, non plus, de comprendre comment cette force, qu'il puisait dans la dissimulation, parvint à lui manquer. Il arrive toujours un moment où l'on ne peut plus supporter le poids d'une cuirasse, où l'on éprouve le besoin de la déposer, au moins pour un temps. C'est ce qui arriva pour Tibère qui, brusquement, se révéla si lamentablement vulnérable.

Tibère aimait à se rendre fréquemment en Campanie. Il voyageait par petites étapes, avec une suite peu nombreuse. Chaque soir il s'arrêtait dans une villa, l'une des siennes ou celle d'un sénateur, trop heureux d'offrir l'hospitalité au prince. Il se faisait accompagner, outre les astrologues dont il avait toujours un ou deux autour de lui, par des hommes particulièrement versés dans la connaissance de la littérature grecque. Assez souvent, vers la fin du dîner, il se faisait réciter des chants entiers d'Homère. Il avait une prédilection pour l'*Odyssée,* et je crois en avoir compris la raison. Ulysse, en effet, y fait preuve des qualités qu'il appréciait lui-même tout particulièrement : la dissimulation, la ruse, l'obstination à atteindre, en dépit de tous les obstacles, le but fixé. Et puis, Ulysse, comme lui, est un homme seul qui, après tant d'épreuves, parvient sans compagnon, à la nage, sur un rivage où nul ne l'attend. Pénélope, vers qui va sa pensée, est bien éloignée. Tibère, lui, avait depuis longtemps rompu les liens du mariage. Ou plutôt on les avait rompus pour lui. Jamais ne s'était refermée la blessure que lui avait causée le divorce, imposé par Auguste, qui l'avait séparé à jamais de sa première femme, Vipsania Agrippina. Julia l'avait si abondamment trompé, tellement ridiculisé, qu'il avait cherché refuge à Rhodes, y avait vécu en simple particulier, tout en conservant l'espoir d'être un jour rappelé à Rome, pour y retrouver son rang. Oui, Tibère était vraiment seul. Il n'avait même pas l'espoir de revoir une quelconque Pénélope. Il était livré à ses regrets, aux fantômes de son passé, aux vains désirs qu'il ne satisferait jamais.

Parmi les villas qui jalonnaient la route de Campanie, au bord de la mer, il aimait tout particulièrement celle qu'il avait fait orner dans les rochers de la côte, et qu'il appelait « Les Cavernes », car la principale attraction en était une grotte, aménagée de manière à former un grand triclinium, où parvenait l'eau de mer. Après la mort de Tibère, tout cela est resté à l'abandon, mais j'ai encore pu voir cette salle à manger extraordinaire, telle qu'il l'avait voulue. Il y avait accumulé des statues qui figuraient des scènes de l'*Odyssée* et de l'*Iliade.* On y voyait Ulysse et ses compagnons en train d'enfoncer un pieu durci au feu dans l'œil du Cyclope Polyphème, endormi pour avoir bu trop de vin. Un autre groupe, non moins horrible, représentait le moment où un marin d'Ulysse, tandis que leur bateau traversait le détroit qui sépare l'Italie de la Sicile, était saisi par l'abominable Scylla, le monstre à la fois femme et serpent, embusqué dans les rochers de la côte.

Je reconnaissais bien là, dans ces images effrayantes, la cruauté de Tibère, qui s'était toujours plu à contempler l'agonie des suppliciés. La vue de la souffrance satisfaisait en lui je ne sais quel désespoir, quelle perversité, comme si la terreur qu'il inspirait ainsi lui était une protection supplémentaire contre les menaces qu'il sentait autour de lui, une seconde ligne de défense pour renforcer celle de sa duplicité et de son secret.

Quoi qu'il en soit, et quand il s'agit de mon grand-oncle Tibère on ne peut que former des conjectures, cette salle marine de la Caverne fut, tandis que Claude et moi étions en pays étrusque, le théâtre d'une aventure fort inattendue, un péril que courut Tibère, qui aurait pu lui être fatal et dont je suis persuadée qu'il fut envoyé par les dieux. Lorsque, beaucoup plus tard, je visitai cette caverne, j'eus l'impression très vive qu'elle était habitée par des puissances mauvaises. L'obscurité qui y régnait, la profondeur des couloirs naturels qui s'enfonçaient sous la colline, les statues gigantesques, monstrueuses, tout y créait une atmosphère où je me sentis glacée d'effroi et, en même temps, pénétrée d'un plaisir secret, celui de me trouver en présence d'un lieu sacré. Aucun endroit ne pouvait être mieux choisi par les dieux pour préparer des malheurs à venir. Et c'est bien ce qui se produisit.

Tibère, se rendant en Campanie, s'était arrêté un soir dans la villa des Cavernes. Il dînait dans la salle à manger dont je parlais lorsque, brusquement, la voûte de pierre se fissura et livra passage à une masse de terre qui s'abattit au milieu du festin. Toute la montagne s'effondrait ! Elle semblait sur le point d'ensevelir le prince. Etendu sur un lit de table, à côté de celui de Tibère, se trouvait le commandant de la garde prétorienne, Aelius Seianus, admis depuis longtemps dans l'intimité de l'empereur, et son seul confident. Dès qu'il comprit ce qui se passait, lorsque tombèrent autour d'eux les premiers blocs, il bondit, s'arc-bouta au-dessus de Tibère, en prenant appui sur les genoux, le visage et les mains, et ainsi le protégea et détourna l'avalanche. Les soldats de la garde accoururent et les dégagèrent très vite, si bien qu'ils furent sauvés tous les deux. Le geste spontané de Seianus toucha profondément Tibère et accrut encore la confiance qu'il avait en lui. Et c'est là, je crois, qu'intervint la volonté des dieux. Il y avait longtemps que Seianus aspirait à s'assurer près de l'empereur une place privilégiée. Il ne visait à rien moins qu'à s'emparer du pouvoir, en éliminant un à un tous les membres de notre famille. Admirable instrument pour les dieux, acharnés eux aussi à perdre les meilleurs d'entre nous. Quels étaient donc les crimes dont s'était rendu coupable le peuple romain qu'il ait mérité de tomber au pouvoir de maîtres comme Gaius ? N'eût-il pas mieux valu que mon père succédât à Tibère ? Mais déjà celui-ci… Auguste avait soupiré, un peu avant sa mort, qu'il plaignait les Romains d'être « à la merci de si lentes mâchoires ». Que voulait-il dire par là ? N'était-ce qu'une boutade d'un très vieil homme ? Ou jugeait-il que Tibère était semblable à quelque serpent en train d'engloutir, pouce par pouce, un oisillon ?

Quoi qu'il en soit, le service que Seianus avait rendu à Tibère, lors de ce dîner dramatique dans la Caverne, le confirma dans ses intentions. La mort de Germanicus lui avait ouvert la voie. Ce fut pour lui un heureux accident. Personne ne l'a jamais soupçonné d'avoir été complice du crime. Mais il restait l'autre héritier possible, ce Drusus qui s'était illustré aux armées de Germanie et avait épousé la sœur de Germanicus, ce qui unissait en lui les deux lignées. De plus, peu de temps après la mort de Germanicus, Drusus et sa femme Livilla avaient eu deux jumeaux et cette naissance avait beaucoup réjoui Tibère, qui n'avait pu résister au plaisir d'en informer officiellement le sénat : « Jamais, avait-il déclaré, dans aucune famille aussi noble on n'a vu naître des jumeaux. Il est clair que les dieux ont pour notre maison une affection particulière, dont nous devons leur être reconnaissants. »

Dans le peuple on se réjouissait moins. On voyait s'éloigner, peut-être à jamais, la possibilité que le pouvoir revînt à la maison de Germanicus. Pourtant, cet espoir devait se réaliser, mais pour le malheur de tous. N'y ai-je pas moi-même contribué ?

Cependant, Seianus poursuivait ses manœuvres. Le principal obstacle entre lui et l'Empire était Drusus. Pour l'éliminer, il imagina une ruse abominable. Il savait que Livilla n'avait pas bonne réputation. Drusus était son second mari. Le premier, Gaius, le petit-fils d'Auguste, l'avait laissée veuve, mais elle s'était vite consolée. Elle avait été élevée dans la maison de Livie, qui l'avait recueillie à la mort de son père. Livie, je ne le savais que trop, n'était pas une grand-mère tendre. Elle s'était montrée fort sévère avec Livilla, si bien que celle-ci, lorsque son mariage, trop vite rompu par la mort de Gaius, puis son veuvage, lui eurent permis d'échapper à sa tyrannie, était bien décidée à se donner du bon temps. Elle prit des amants parmi les familiers de la maison impériale. Entre autres, apprit-on plus tard, un médecin célèbre, nommé Eudème. Dans son enfance, m'a-t-on dit, Livilla manquait de charme. Celui-ci lui vint avec l'adolescence ; bientôt elle comptait de nombreux admirateurs. Et elle les encourageait.

Seianus en profita pour lui faire sa cour. Il lui jura un amour éternel. Pour le lui prouver, il répudia sa propre épouse, au demeurant irréprochable, et lui promit de l'épouser. Livilla, aussi sotte que vaine, le crut et se donna à lui. Et c'est ainsi qu'elle fut complice de l'assassinat. Eudème et un jeune affranchi nommé

Lygdus — que Seianus avait séduit, lui aussi, et qui était devenu son mignon — administrèrent le poison à Drusus. Eudème avait choisi un poison lent, si bien que Drusus fut d'abord malade, atteint d'une sorte de langueur, puis il s'éteignit. Cela s'était passé trois ans avant l'incident de la Caverne. Tout s'était, depuis lors, si heureusement déroulé pour Seianus qu'il ne doutait pas d'avoir les dieux pour lui. Mais il restait encore beaucoup à faire.

Aussi longtemps que Tibère restait à Rome, il serait bien difficile de lui enlever les premiers rôles. Apparemment, l'empereur laissait les mains libres à son préfet du prétoire, mais, d'un jour à l'autre, tout pouvait changer si Tibère s'apercevait qu'il était manipulé. Seianus connaissait suffisamment le caractère du prince pour ne pas se fier à lui plus que l'autre ne lui faisait confiance à lui-même. Finalement, il conclut que le meilleur moyen pour conserver son ascendant serait de terroriser Tibère, de lui faire croire que tout le monde le détestait, que certains, parmi les sénateurs, étaient bien décidés à l'assassiner. Il s'arrangea donc pour perdre tous ceux sur lesquels il possédait quelque indice qui permît de les désigner comme des opposants. En même temps il assouvissait ses propres inimitiés.

C'est ainsi qu'il s'était attaqué à Cremutius Cordus, pour le punir d'un mot méchant que le vieil historien avait eu contre lui. Lorsque le théâtre de Pompée avait brûlé, Tibère, le faisant reconstruire, avait imaginé d'y placer une statue de son préfet du prétoire. Cordus, agacé des faveurs dont Seianus était l'objet, jugea que cet honneur était exorbitant. Il s'était écrié qu'après cela, le théâtre était vraiment mort ! Seianus en fut ulcéré. Deux de ses clients accusèrent Cordus de ne pas respecter les actes du prince, ce qui, aux yeux de Tibère, était un crime capital. Les accusateurs allèrent chercher comme preuve de ce qu'ils avançaient l'histoire des guerres civiles que Cordus avait écrite, et où il faisait l'éloge des meurtriers de César, au point de déclarer que « Cassius était le dernier des Romains » ! Tout cela n'était pas bien grave et n'aurait pas donné lieu à une accusation en règle devant le sénat si Seianus n'avait voulu profiter de ces mots imprudents pour abattre l'homme dont il avait lui-même à se plaindre et surtout faire croire à Tibère qu'il existait un parti bien déterminé à restaurer la République. Tout lui était bon pour exaspérer la haine des Romains à l'égard de Tibère et celle de Tibère à l'égard des Romains. Cette politique dura des années. Je me rappelle un épisode burlesque et tragique à la fois qui eut lieu quelques mois avant mon mariage.

Après la mort de mon père, beaucoup de ceux qui se prétendaient ses amis avaient cessé, comme Tibère s'y était attendu et l'avait souhaité, de fréquenter notre maison. Quelques vieux amis, pourtant, nous étaient restés fidèles. Parmi eux un certain Titius Sabinus, un chevalier romain, autrefois client de mon père. Il venait fréquemment nous rendre visite et, lorsque ma mère sortait dans Rome, il lui faisait escorte pour l'honorer. C'était une attitude courageuse, qui n'allait pas sans danger pour lui, alors qu'il ne pouvait en retirer que la satisfaction morale de ne pas renier son affection pour Germanicus. Cette fidélité, qu'il ne cherchait pas à dissimuler, était connue de tous. Si les honnêtes gens ne l'en estimaient que davantage, cela le rendait particulièrement vulnérable, proie toute prête pour quiconque voudrait, en l'abattant, faire sa cour à Seianus, qui, on le savait, était hostile à tout ce qui rappelait Germanicus et surtout redoutait que Tibère ne favorisât ses fils et ne désignât l'un d'eux pour être son successeur.

Or, il se trouva qu'un groupe de sénateurs, qui après avoir été préteurs attendaient vainement le consulat, eurent l'idée d'obtenir de Seianus qu'il les recommandât auprès de Tibère. C'était le seul moyen de parvenir à cette magistrature, qu'ils désiraient tellement. Ils formèrent donc une véritable conjuration contre le malheureux Sabinus. Il s'agissait pour eux de pousser celui-ci à tenir, en présence de témoins, des propos compromettants que l'on pourrait rapporter au prince. Parmi les conjurés, un certain Latiaris avait quelques relations d'amitié avec Sabinus. Au cours d'une conversation, il se plaint à Sabinus du malheur des temps. « Ah, disait-il, ce n'est plus comme autrefois. Dans l'ancien temps la parole d'un honnête homme était sacrée. On le savait et on agissait en conséquence. Aujourd'hui à qui peut-on se fier ? Regarde. Je sais que toi, au moins, tu es fidèle à la maison de Germanicus, que tu as tant aimé. Mais n'es-tu pas le seul ? Où sont les autres, qui étaient les premiers à venir le saluer, le matin, qui attendaient à sa porte pour être admis auprès de lui ? C'était au temps de sa splendeur. Il était influent. Par lui, le sang d'Auguste était bien vivant, au Palatin... » A ces mots Sabinus, incapable de contenir son chagrin, se met à pleurer. L'autre en fait autant, dans la mesure où il peut tirer de ses yeux quelques larmes.

A partir des malheurs de Germanicus et des incertitudes qui pesaient sur la succession de Tibère, on en vint à parler des ambitions de Seianus, que tout le monde devinait. « Te rappelles-tu, disait Latiaris, ce qu'il a osé demander au prince, l'an dernier ? » Sabinus, qui s'en souvenait parfaitement, ne voulut pas refuser à son ami le plaisir de le lui raconter une fois de plus. « Rappelle-toi avec quel orgueil il a osé demander que Tibère l'autorise à épouser Livilla, maintenant que Drusus est mort ! Lui, un simple chevalier, épouser la fille de Germanicus ! Il savait bien que, si cela lui était accordé, il pourrait devenir le successeur de Tibère, comme Agrippa, s'il avait vécu, aurait pu succéder à Auguste, puisqu'il avait épousé Julia. » Sabinus approuvait. Cette demande de Seianus à Tibère l'avait longtemps tourmenté. Il soupçonnait que c'était le moyen, pour l'un ou l'autre, ou les deux à la fois, d'éliminer définitivement du pouvoir la lignée de Germanicus. Heureusement, Tibère avait opposé des arguments dilatoires. L'essentiel de sa réponse avait été révélé — probablement par les soins du prince lui-même, qui ne voulait pas s'engager sans avoir quelque idée de la réaction que provoquerait, dans l'opinion, l'idée d'une telle alliance. Pour le moment, il avait refusé, mais il avait ajouté qu'il saurait bien, d'une manière ou d'une autre, récompenser le dévouement de Seianus envers lui. Promesses vagues, qui ne l'engageaient en rien, mais qui inquiétaient Sabinus. Et Latiaris abondait dans le même sens.

Une fois Sabinus amené à parler sans méfiance lorsqu'il se trouvait avec Latiaris, un problème restait à résoudre. Comment faire en sorte qu'il livrât, avec la même dangereuse franchise, le fond de sa pensée en présence de témoins ? Enfin, les conjurés imaginent un stratagème que tout autre aurait trouvé déshonorant, à peine digne d'un esclave de comédie. Les rencontres avec Sabinus avaient lieu tantôt chez celui-ci tantôt chez Latiaris. Ils en profitent pour ménager une cachette, dans la maison de celui-ci. Cette maison comportait un atrium surélevé, continué au niveau du sol par une petite pièce, moins spacieuse, fort élégante, couverte par un plafond en caissons établi immédiatement sous le toit de tuiles. Entre le plafond et le toit il y avait un espace vide, où il était possible de se glisser en rampant. C'est ce que firent les complices de Latiaris. De là ils pouvaient voir et entendre, mais ils étaient eux-mêmes invisibles. Pendant ce temps Latiaris s'arrange pour rencontrer Sabinus et il le prie de venir chez lui, car, dit-il, il a d'importantes nouvelles à lui communiquer. L'autre accepte et voici les complices, couverts de poussière, mais attentifs, installés dans la maison, à l'endroit où le piège était tendu.

A la vérité, les nouvelles promises par Latiaris ne consistaient qu'en racontars sur la santé du prince, les perspectives qu'ouvrait sa prochaine disparition, la nécessité d'intervenir, le moment venu. Rien de tout cela n'était vrai, évidemment, mais il n'en fallait pas tant pour amener Sabinus à prononcer des paroles imprudentes, par lesquelles il disait son espoir de voir bientôt Tibère sur le bûcher funèbre. Dans leur soupente, les conjurés notent chaque propos, puis, le soir même, ils rédigent une accusation en règle, demandant que Sabinus comparût pour trahison devant le sénat. En même temps, afin d'être bien sûrs que leur manœuvre réussirait et leur vaudrait la reconnaissance du prince pour avoir découvert l'un de ses ennemis, ils écrivent à Tibère une lettre dans laquelle ils racontent non seulement ce qu'ils avaient entendu mais la manière dont ils s'y étaient pris pour l'entendre. Ils n'hésitèrent pas à se déshonorer, se faisant de leur honte même un mérite. N'avaient-ils pas, pour le servir, été jusqu'à braver le discrédit qui s'attache au rôle d'espion ?

On était aux derniers jours de décembre. Pendant quelque temps Tibère ne dit rien, puis, profitant du discours que, selon la coutume, il devait prononcer devant le sénat aux calendes de janvier pour inaugurer l'année nouvelle, il dénonça publiquement Sabinus, l'accusa (ce qui était faux) d'avoir cherché à l'assassiner et conclut en demandant aux sénateurs de le punir sévèrement. Ce qui eut lieu sans délai. Sabinus est arraché à son banc pendant la séance même, on lui jette un voile sur la tête, on passe une cordelette autour de son cou et on l'entraîne jusqu'à la prison, le sombre cachot, non loin de là, d'où nul n'est jamais sorti vivant.

Pendant ses derniers instants il criait le nom de Seianus, prenant les citoyens à témoin qu'il était immolé au sanglant préfet du prétoire. Mais il criait dans le vide. A son passage, entre la curie et la prison, tout le monde s'enfuyait. Il fut exécuté sans jugement et son cadavre resta plusieurs jours exposé sur les marches de l'Escalier des Gémissements, au pied du Capitole. Puis on le jeta dans le Tibre. L'horreur était à son comble dans la Ville, accrue par l'attitude de son chien, qui l'accompagna dans la prison, et resta près du cadavre aussi longtemps qu'il fut exposé, puis se jeta dans le fleuve avec lui. La compassion était générale. Ainsi, un chien s'était montré plus fidèle, plus loyal que les hommes qui avaient joué la comédie de l'amitié. Un chien avait-il été plus humain que ces traîtres ? La terreur était partout et beaucoup réfléchissaient au jour où cela se passait, alors que l'on s'efforçait, en ce début de l'année, de ne dire et de ne faire que des paroles et des actions qui soient de bon augure. De quelles abominations plus effroyables encore ce crime était-il le présage ?

***

J'allais entrer dans ma treizième année. Le temps approchait donc où je serais mariée. A qui ? Je l'ignorais. A vrai dire je me souciais assez peu de savoir le nom de la personne qui deviendrait mon mari. Je souhaitais seulement qu'il fût beau et fort, qu'il ressemblât aux statues des anciens héros que je voyais un peu partout, qu'il eût pourtant le visage moins sévère, plus avenant. Mais il m'importait aussi beaucoup qu'il fût par sa famille digne de notre maison, qu'il ne laissât point le sang que je portais en moi déchoir du rang qui lui appartenait. Ce sang était celui que m'avaient légué le dieu Auguste, par sa fille Julia, et Antoine, lorsqu'il était marié à Octavie et que, de leur union, était née ma grand-mère Antonia, dont Germanicus était le fils. Je ne me sentais pas le droit de le laisser s'épuiser et se perdre dans une union indigne. C'était là mon grand souci, et j'étais inquiète, parce que le choix d'un mari ne m'appartenait pas, et n'appartenait pas non plus à ma mère. Depuis la mort de mon père, le chef de notre maison était mon frère Nero, l'aîné de la famille. J'ai dit qu'il avait presque dix ans de plus que moi. Tibère avait favorisé le début de sa carrière, et déjà il faisait bonne figure au sénat. Mais lui appartiendrait-il de choisir le mari de sa sœur, mon futur mari ? Je comprenais bien que Tibère ne lui en laisserait pas le droit, qu'il en déciderait lui-même et que Nero, de toute façon, ne pourrait rien sans son assentiment. Quelle serait la décision du prince ?

Lorsque je m'ouvris de ce souci à ma mère, elle me réconforta, tout en me rappelant que je me devais d'abord à la gloire des miens. Pleine de confiance, elle souligna que Tibère, aussi longtemps qu'avait vécu son fils Drusus, avait été favorable à notre maison, comme s'il avait voulu compenser ce que la disparition de Germanicus avait eu de dramatique et de mystérieux, qu'il avait pris ostensiblement sous sa protection ses deux fils, Nero et Drusus. Et elle avait bon espoir. Il les avait solennellement recommandés aux sénateurs qu'il avait adjurés d'être comme leurs tuteurs. Après la mort de l'autre Drusus, son fils, il avait agi pareillement et proclamé que le sort des deux adolescents était lié à celui de l'État tout entier. « Tu vois, me dit ma mère, pourquoi je n'éprouve aucune crainte. Oui, notre maison va revivre et nous retrouverons notre rang, qui doit être le premier. »

Je fus rassurée. Les rêveries qui me représentaient mon futur mari devenaient moins politiques et infiniment plus personnelles. Je me savais belle. J'étais grande et, me disait-on, gracieuse. Opinion que je partageais volontiers. Et puis je pensais aux enfants que j'aurais — que nous aurions. A qui ressembleraient-ils ? A moi, ou à ce père dont le visage était encore voilé de mystère ? J'étais heureuse. Mais c'était ne pas compter avec les intrigues de Seianus, pour qui notre famille était un obstacle sur le chemin du pouvoir. Nero atteignait sa dix-septième année. Drusus avait quinze ans. Il devenait urgent de les écarter, sinon en les faisant disparaître physiquement, ce qui n'était guère possible sans que la vérité éclatât, du moins, par des manœuvres habiles, provoquer contre eux l'hostilité de Tibère. Pour cela, Seianus profita de l'attitude de ma mère, triomphante chaque fois que le prince avait paru considérer Nero et Drusus comme de possibles successeurs. Elle avait, de plus, tenu contre Seianus des propos si violents qu'il fut facile au préfet du prétoire de remontrer au prince qu'elle était un danger pour la tranquillité publique, que son ambition folle la pousserait à comploter, à mettre partout le trouble par de continuelles intrigues, si ce n'est même à menacer la vie de l'empereur.

De leur côté, la vieille Livie et les amies qui formaient une cour autour d'elle n'éprouvaient aucune sympathie pour Agrippine, loin de là. Elles la jalousaient pour sa fécondité et, depuis son veuvage, la dignité de sa conduite. Seianus se contenta de glisser quelques mots à sa complice Livilla, toujours docile à ses suggestions, pour que toute la coterie de Livie multipliât les attaques sournoises contre elle. Toutes ces vieilles femmes craignaient que, si les enfants d'Agrippine faisaient dès lors figure de princes héritiers, leur mère ne prît le premier rôle dans l'Etat et à la cour, et ne les dépossédât de leur influence et de leur rang.

Or, ce que, de son côté, Tibère redoutait par-dessus tout, c'était la pensée de la mort, l'idée qu'un jour, fatalement, il aurait un successeur. A la maladresse et à l'orgueil d'Agrippine, à la perfidie de Seianus, aux récriminations de Livie (qui conservait beaucoup d'influence sur l'esprit de son fils) vint s'ajouter un événement fortuit qui acheva de l'exaspérer. Les habitants de la province d'Asie avaient accusé devant le sénat un fonctionnaire impérial, le procurateur Lucilius Capito, administrateur des biens de l'empereur, qui avait outrepassé ses pouvoirs et s'était rendu coupable de violences. Capito fut condamné. Les provinciaux, pour remercier le prince, décidèrent d'élever un temple à Tibère, à Livie et, collectivement, au sénat. Lorsque l'affaire vint en délibéré devant les Pères, comme les sénateurs se montraient favorables à la proposition, Nero eut la fâcheuse idée de prendre la parole et d'adresser à Tibère et à l'assemblée tout entière de vifs remerciements, comme s'il avait été le seul ou le principal bénéficiaire de l'honneur venu d'Orient ! C'était souligner, faire revivre les liens qui existaient entre les cités d'Asie et Germanicus. Les Pères ne s'y trompèrent pas. Ils acclamèrent Nero, et leurs applaudissements allaient moins à ce jeune homme, dont la remarquable beauté et le maintien modeste et digne rappelaient le disparu, qu'au souvenir laissé par son père. Après une telle séance, le préfet du prétoire jugea qu'il était urgent d'agir. Une maladresse, commise par les pontifes lors des vœux aux calendes de janvier, l'année suivante, lui en fournit l'occasion. De leur propre autorité, ils avaient joint aux formules par lesquelles, comme le veut la tradition, ils demandaient aux dieux de donner à l'empereur prospérité et longévité, d'autres prières à l'intention des fils de Germanicus, Nero et Drusus. Seianus n'eut aucun mal à souligner que ces prêtres étaient bien prompts à l'enterrer, puisqu'ils priaient déjà pour ses successeurs, ce qui mit Tibère hors de lui. Il convoqua les coupables et les sermonna rudement. Il leur demanda s'ils avaient pris cette initiative à la demande d'Agrippine, qui voulait, grâce à ses fils, partager un pouvoir que lui-même possédait encore et auquel il n'avait aucune raison de renoncer. Mais peut-être Agrippine ne s'en était-elle pas tenue à des prières. Ne les avait-elle pas menacés, en leur faisant craindre ce qui pouvait se passer sous un nouveau prince ?

Les autres, assez effrayés, déclarèrent qu'ils avaient agi d'une manière tout à fait spontanée, qu'ils avaient cru bien faire, après les déclarations de Tibère lui-même. Tibère alors se radoucit et leur remontra qu'il ne fallait pas trop se hâter d'accumuler des honneurs, même verbaux, sur des têtes si jeunes, si promptes, certainement, à se faire des illusions sur leur avenir. Quelques jours plus tard, il prit la parole au sénat et tint le même langage. Chacun comprit qu'il était manœuvré par Seianus. Celui-ci, d'ailleurs, ne se privait pas de faire répandre le bruit qu'une grave menace pesait sur Rome. En fait, disait-il, tout est prêt pour une guerre civile. D'un côté se trouve Agrippine, fière de ses fils et bien décidée à les imposer, et, autour d'elle, les amis de Germanicus. De l'autre, les personnes, comme lui-même, dévouées au prince, et qui espéraient bien que pendant des années encore il serait à la tête de l'Etat. Il fallait en finir avec ce commencement de subversion et, pour cette raison, abattre tous ceux qui pouvaient exercer quelque influence en faveur d'Agrippine.

En écrivant tout cela, ce ne sont pas mes propres souvenirs que je rappelle. Ces intrigues, ces débats m'étaient évidemment inconnus, et c'est à peine si ma mère elle-même pouvait les soupçonner. Ce que je puis en dire, je l'ai appris depuis lors. Les hommes et les femmes qui en avaient eu connaissance, par bribes, et même ceux qui avaient aidé Seianus ne me ménagèrent pas leurs confidences, par la suite, lorsqu'ils pensèrent que je détenais quelque pouvoir, ne fût-ce qu'une ombre ! Et puis, il y avait alors si longtemps que tout cela s'était passé ! Dans la mémoire même de ceux qui avaient trahi notre cause et servi Seianus, ce n'était qu'un souvenir dont ils n'avaient plus à rougir. Ils y pensaient comme à un bon tour qu'ils avaient joué, même s'il faisait plus honneur à leur habileté politique qu'à leur loyauté. Si je me remémore cette longue suite de manœuvres — et je suis certaine de ne pas toutes les connaître — c'est pour mieux comprendre moi-même les raisons qui amenèrent Tibère à me donner comme mari Cn. Domitius Ahenobarbus.

Domitius avait quinze ans de plus que moi, et une réputation exécrable. Il s'était marié déjà une fois, avec une insignifiante jeune fille, Manlia, qu'il avait terrorisée et qui avait préféré mourir. Il ne m'en parla jamais et, naturellement, je ne l'avais pas connue. Domitius était un cousin germain de mon père. Il portait donc en lui le sang d'Antoine, mais, par sa grand-mère Octavie, il appartenait aussi à la race du dieu Auguste, comme nous-mêmes, comme moi ! Ce n'était donc pas me faire déchoir de mon rang que de me le donner comme époux. Mais quel étrange mari ! Il avait le caractère impérieux de tous ceux de sa famille. Incapable de se contrôler, dès qu'on le contrariait, il se montrait d'une grande cruauté. Germanicus, pendant sa mission en Orient, l'avait pris au nombre de ses « amis ». Domitius lui-même était, naturellement, accompagné de ses propres serviteurs, envers lesquels il se conduisait en tyran. Un soir, alors qu'il avait copieusement bu, il exigea d'un de ses affranchis, qui dînait à une table voisine, qu'il vidât d'un seul trait le contenu d'une coupe de vin particulièrement profonde. L'autre, qui répugnait à s'enivrer — c'était la raison pour laquelle Domitius lui imposait cette épreuve —, refusa de le faire. Domitius insista. Ils se querellèrent si violemment qu'il finit par se jeter sur le malheureux et le tua. Le lendemain, sur l'ordre de mon père, Domitius repartait pour Rome, privé désormais du titre d'ami du jeune prince.

Quelques échos de cette affaire parvinrent jusqu'à moi. Mais je n'avais alors que trois ans à peine. Ma mère, lorsqu'il fut question de me marier à Domitius, prit grand soin de m'en instruire en détail. Elle y ajouta quelques commentaires acides. « Alexandre aussi, dit-elle, a tué l'un de ses amis à la fin d'un banquet. Je ne pense pas que Domitius se prenne pour un nouvel Alexandre. En tout cas, s'il a voulu imiter le roi, il aurait pu choisir autre chose. » Ce qu'elle ne me dit pas, et que j'appris seulement plus tard, par l'indiscrétion d'un serviteur, c'est qu'un jour, conduisant un char sur la voie Appienne, comme un enfant qui jouait sur la route ne se dérangeait pas pour le laisser passer, il n'en lança pas moins ses chevaux, d'un grand coup de fouet, si bien que l'enfant fut piétiné par les sabots et écrasé sous une roue. Domitius s'en tira en donnant quelque argent au père, mais, apparemment, n'en éprouva aucun remords.

Sa violence et sa méchanceté apparurent une autre fois encore, au cours d'une querelle qu'il eut en plein Forum avec un chevalier romain. Je n'ai jamais su la raison de leur différend. Tout ce que je sais, c'est que Domitius finit par frapper son adversaire, si rudement qu'il lui arracha un œil. Pour une raison que j'ignore, la victime n'osa pas traîner un aussi grand seigneur en justice.

A ces graves défauts, Domitius joignait la passion de l'argent et usait de tous les moyens, de préférence les moins honnêtes, pour en acquérir. Pendant sa préture (c'était deux ans après notre mariage), il refusa de verser aux conducteurs de chars qui avaient pris part à des jeux qu'il donnait, selon l'usage, la valeur des prix qu'ils avaient gagnés. Cela fit beaucoup de bruit et Domitius, finalement, dut céder. C'est à ce personnage scandaleux, parfaitement immoral, que je devais donc être unie par la volonté de Tibère. Pour quelle raison ?

Il m'apparaît aujourd'hui que le principal motif était sans doute de me soumettre à la volonté d'un mari dont le caractère autoritaire et violent m'empêcherait d'entreprendre quelque action politique que je pourrais imaginer pour rendre son influence à notre maison et à mes frères. J'échapperais ainsi à l'emprise de ma mère, dont Tibère craignait l'ambition. Tout autre mari qu'il m'aurait donné aurait pu devenir un prétendant à l'Empire. Il savait que Domitius, lui, se souciait peu du pouvoir, qui lui aurait imposé des contraintes insupportables. Il préférait vivre librement sa vie de grand seigneur, immensément riche, être au sénat un personnage important et redouté. A cela se bornait ce qu'il attendait de l'existence, outre les plaisirs que lui donnaient des aventures féminines, qui finirent, à la longue, par lui faire courir de réels dangers.

Cependant, Seianus continuait ses intrigues, essayant par tous les moyens de compromettre Agrippine, dont il voyait bien que l'attitude exaspérait Tibère. Il y eut un dîner au cours duquel il fit preuve d'une habileté diabolique. Sachant qu'elle était invitée au Palatin, il lui envoya des gens qui lui dirent, en grand mystère, que Tibère avait l'intention au cours de ce dîner de l'empoisonner. Qu'elle eût donc à se méfier. Elle le crut. Aussi, pendant toute la durée du repas, ne voulut-elle rien manger, prétextant quelque malaise. D'abord Tibère ne dit rien. Puis, se doutant de quelque chose, lorsqu'on servit des fruits, il prit une pomme magnifique et la lui tendit. Agrippine ne douta pas que ce fût le moyen choisi par le prince pour l'assassiner. Sans un mot, elle se tourna vers un serviteur et lui tendit la pomme. Tibère se garda de rien dire, mais il déclara, en s'adressant à Livie qui assistait au repas, que personne ne devrait s'étonner s'il se montrait sévère, dans les jours qui viendraient, à l'égard d'une personne qui l'accusait aussi ostensiblement de vouloir l'empoisonner.

A la suite de cet incident, et d'autres semblables, l'atmosphère à Rome devenait irrespirable pour l'empereur lui-même. Tant de soucis, savamment entretenus par Seianus, l'isolement où il était maintenu, tandis que ses amis, l'un après l'autre, ou bien mouraient ou bien le trahissaient, lui rendaient le séjour de la Ville insupportable. Sur le conseil de Seianus, qui ne souhaitait rien tant que de l'éloigner, Tibère partit pour la Campanie, sous prétexte d'inaugurer deux temples, l'un à Capoue, l'autre à Nola, où Auguste était mort. Le premier était consacré à Jupiter, le second au dieu Auguste. En annonçant son départ, Tibère promit de revenir bientôt dans la Ville. En réalité il ne devait jamais le faire et, jusqu'à sa mort, il traita les affaires depuis sa villa de Caprée, où il séjournait le plus souvent. Seianus le représentait à Rome. Tout passait par le tout-puissant préfet du prétoire et bien des gens le considéraient comme le successeur désigné à la tête de l'Empire. Ce qui ne laissait pas de créer un profond malaise dans l'opinion. Beaucoup de citoyens, parmi les plus notables, mais aussi dans le peuple, étaient très attachés à notre famille, dans laquelle ma mère avait apporté le sang d'Auguste. Et l'on s'indignait. Comment l'empereur pouvait-il, dans le même temps, élever des temples au dieu Auguste et laisser croire que ce serait un Seianus, un homme sans ancêtres notables, qui en aurait l'héritage ? Les reproches autrefois adressés en privé au prince par ma mère, comme je l'ai raconté, étaient maintenant repris, en public, par bien des gens.

Seianus savait tout cela. Il n'en poursuivait que plus activement ses manœuvres. Le principal danger pour lui venait, comme je l'ai dit, de mon frère aîné. Seianus le fit espionner par Julia, la fille de notre tante Livilla qui avait elle-même autrefois espionné son mari Drusus pour le compte de Seianus ! Nero avait épousé cette Julia et, naturellement, il n'avait pas de secret pour elle. Tout ce qu'il disait, elle le rapportait à sa mère, qui le répétait aussitôt à Seianus. Or, Nero, d'un caractère primesautier, ne savait pas dissimuler ; il lui arrivait souvent de prononcer des paroles imprudentes et de révéler sa pensée profonde plus librement qu'il n'eût convenu. Seianus profitait de ces confidences dérobées et les rapportait à Tibère, sur l'esprit duquel il se croyait tout-puissant. Le moment lui semblait venu de consommer la ruine de notre maison et, au cours de l'été qui précéda mon mariage avec Domitius, il put croire qu'il avait atteint son but. A ce moment, en effet, Tibère ordonna brusquement à ma mère de se rendre dans une villa que nous possédions à Herculanum. C'était une villa magnifique, que ma mère et moi aimions beaucoup. Sa façade, ornée d'un portique aux colonnes de marbre, dominait le rivage. Trois terrasses où des buis taillés dessinaient des figures d'hommes et d'animaux entre lesquelles poussaient toutes sortes de fleurs descendaient en gradins jusqu'à la mer. Il y avait sur celle du milieu, à chaque extrémité, un pavillon précédé d'une treille dont les raisins, à la saison, m'avaient toujours paru délicieux — et je sais qu'ils l'étaient. Nous passions là les heures chaudes. Parfois nous y déjeunions ou dînions. Le plus souvent, nous nous contentions de suivre le déclin de la lumière jusqu'au moment où le soleil, énorme, disparaissait dans la mer couleur de pourpre. Derrière la maison, du côté de la terre, de grands arbres, des peupliers, des ormes, des cyprès et des pins étaient groupés en bosquets et nous séparaient du reste du monde.

Telle était cette villa, que Tibère transforma en prison pour ma mère. Il la fit entourer de gardes, qui avaient pour consigne de n'admettre personne d'autre que les serviteurs indispensables et d'empêcher Agrippine d'en sortir. Elle-même était parfaitement consciente du sort qui l'attendait. En me quittant — car je restai à Rome — elle me dit : « Ce n'est que le début. Tibère n'ose pas encore m'éloigner davantage et m'exiler sur quelque terre désolée. En réalité, il voudrait bien me faire disparaître. Tu connais les sentiments qu'il me porte. Il a peur de moi. Il sait que je ne trahirai jamais aucun de mes enfants. Je suis pour lui un reproche vivant et le souvenir de ton père lui est, aussi, un remords. Il ne redoute pas moins Seianus, mais il a besoin de lui, au moins pour l'instant, alors il le ménage. Mais cela ne durera pas toujours. Le moment approche où il devra choisir. Aujourd'hui c'est mon tour. Demain, ce sera celui de son illustre préfet ! Que se passera-t-il alors ? Je ne sais. Tu connais le mot que l'on répète, que l'on ne tue pas son successeur ? Ce successeur, qui sera-t-il ? Ton frère Nero, ou son autre petit-fils, ce Tiberius Gemellus dont il avait fêté avec tant de joie la naissance et celle de son frère jumeau ? Mais Gemellus est seul aujourd'hui, et le surnom qu'il porte est d'un mauvais présage, puisque chaque fois qu'on le prononce on ne peut pas ne pas se souvenir du frère, qui est mort. Aujourd'hui, si Tibère m'éloigne, c'est afin que ma présence ne pèse pas trop lourd en faveur de Nero. S'il ne m'envoie pas ouvertement en exil, la raison en est, je crois, qu'il a peur de sa mère. Livie ne m'aime pas, tu le sais, mais elle me protège, jusqu'à un certain point. Elle n'oublie pas qu'elle est l'aïeule de mes enfants, de Nero, de Drusus, mais aussi la tienne, sans même parler de Gaius. Elle se considère comme responsable de notre survie. Tu la connais. Elle vient d'atteindre sa quatre-vingt-sixième année, et Tibère, devant elle, reste un enfant. Tu sais maintenant pourquoi je vais être prisonnière à Herculanum. Je me consolerai, comme je le pourrai, en regardant la mer du haut de nos terrasses, et en goûtant aux raisins de nos treilles. Ils vont être bientôt mûrs. Et j'entendrai les cigales et, le soir, les grillons. Mais, surtout, prie les dieux, ma fille, pour que Livie reste parmi nous aussi longtemps que possible, et dis-toi que c'est la première fois que je lui veux du bien ! »

Tandis que ma mère, par la volonté du prince, devait quitter Rome, Gaius, qui n'avait pas encore seize ans et n'avait pas pris la toge virile, fut confié, précisément, aux bons soins de Livie, qui recueillait inévitablement ceux de ses petits-enfants et arrière-petits-enfants dont les parents venaient à disparaître. Pour moi, étant fiancée à Domitius, je fus autorisée à rester dans notre maison du Palatin jusqu'à notre mariage, qui devait avoir lieu à la fin de l'année.

Je me demandai, avec un peu d'anxiété, comment Gaius se comporterait avec Livie. Je connaissais ses sentiments à son égard et je m'attendais à ce qu'il se montrât insolent envers elle, et qu'il s'ensuivît un éclat, fort embarrassant pour nous tous. Or, à ma grande surprise, Gaius se montra le meilleur, le plus attentionné, le plus affectueux des petits-fils, et Livie, à son tour, le prit en amitié. Elle ne pouvait plus se passer de lui ! Les échos que j'avais de leurs relations me rassuraient sur le sort de ma mère. Aussi longtemps que Livie s'entendrait bien avec Gaius, aussi longtemps on pouvait espérer que Tibère s'abstiendrait de prendre contre Agrippine des mesures trop sévères. Mais, en même temps, la manière dont Gaius se conduisait avec son aïeule m'apprenait aussi autre chose. Elle me découvrait en lui un pouvoir de dissimulation que je n'avais jamais soupçonné chez cet adolescent volontiers insolent, fantasque, que je croyais incapable de résister à toutes les tentations, aux fantaisies les plus déraisonnables qui lui passaient par la tête. Et le voilà devenu docile, déférent, flatteur ! Mais j'entrevoyais autre chose encore. Cette volonté qu'il avait de parvenir à ses fins, en recourant à des moyens détournés, cette habileté dans l'hypocrisie me faisaient penser à la manière dont se conduisait Tibère lui-même. Un instant, je me dis qu'il possédait les qualités qui font un bon empereur. Et si Gaius, un jour... ? Mais je ne voulus pas m'arrêter à cette idée. Avant Gaius, il y avait Nero, et après Nero, Drusus. Il y avait aussi Gemellus ! Le nom de Seianus me traversa l'esprit. Les dieux nous dissimulaient bien le Destin !

Sur ces entrefaites, comme le voulait Tibère, mon mariage fut célébré dans la Ville (Tibère l'avait spécifié), donc sans que ma mère pût y assister. Ce fut un mariage tout à fait traditionnel, chez Domitius. On consulta les devins, qui découvrirent que notre avenir serait excellent, que tout était pour le mieux. Il y eut un cortège, modeste mais bruyant, pour nous acclamer, puis Domitius, dûment, me prit dans ses bras pour me faire franchir le seuil de ce qui, dorénavant, allait être ma maison. Je n'avais que treize ans, et cela me paraissait amusant, mais je ne pouvais me prêter entièrement au jeu. Une angoisse subsistait en moi. D'abord à cause de ma mère, dont l'absence m'était cruelle, ensuite parce que Domitius me faisait peur, pour les raisons que j'ai dites, par ce que je savais de lui. Qu'allais-je devenir, en vivant auprès d'un tel mari ? Une première expérience m'attendait, je ne l'ignorais pas, mais celle-là je ne la redoutais pas. Je la souhaitais plutôt. J'étais comme toutes les jeunes Romaines — et, je pense, bien d'autres aussi — qui appelaient de leurs vœux ce moment du mariage qui allait leur conférer la dignité de « matrones », et, elles l'espéraient, leur apporter une révélation plus intime, qui hantait leur imagination.

Lorsque nous fûmes seuls, Domitius m'attira près de lui et me dit doucement : « Tu es maintenant ma femme, Agrippine. Tu es tellement jeune ! Je pourrais presque être ton père. As-tu peur de moi ? » Je lui répondis que non, que je savais bien à quoi le mariage engageait une femme, que j'étais prête à accepter ce qu'il fallait pour perpétuer notre sang. Sur quoi il reprit : « C'est bien à cela que je pensais, Agrippine. Mais il y a une chose que je dois te dire. En me demandant si je voudrais bien devenir ton mari, Tibère a mis à notre mariage une condition, dont il m'a très honnêtement prévenu. Il ne veut pas que nous ayons des enfants. Du moins aussi longtemps qu'il sera vivant. Tu devines ses raisons. La maison de Germanicus lui crée assez de soucis telle qu'elle est à présent. Plus tard, lorsque le pouvoir appartiendra à un autre, alors, nous serons libres. Pour l'instant, toi et moi nous pouvons nous aimer, et je ne m'en priverai pas, je t'assure, tu es si belle ! mais il ne faut pas que tu deviennes mère. »

Que pouvais-je faire ? Ma curiosité était plus vive que ma déception. Mais étais-je même déçue ? La perspective d'avoir des enfants ne m'avait guère réjouie jusque-là. Je savais quelles épreuves devaient subir les femmes avant de mettre au monde un être informe et braillard. Malgré mon jeune âge, j'étais fort soucieuse de mon corps et de son apparence. J'étais rassurée, en me disant que, pendant des années probablement, ce corps ne risquait pas d'être déformé, enlaidi. Je pensais aussi à toutes les jeunes femmes qui étaient mortes parce qu'elles attendaient un enfant, et j'en connaissais beaucoup. Pour elles, après les longs mois d'attente, aucun visage enfantin ne s'illuminait d'un sourire. Les flèches de Diane mettaient fin à leur vie. Tout compte fait, je n'étais pas fâchée de la condition que le prince nous imposait. Je ne savais pas trop comment les choses allaient se passer. Domitius avait dit que, malgré cela, nous pourrions nous aimer. Et je m'abandonnai à lui.

L'hiver passa, et je n'eus pas à regretter que mes amours avec Domitius fussent condamnées, pour l'instant, à rester stériles. Il fut le plus ardent mais aussi le plus patient des amants, et jamais les longues nuits qui précèdent le printemps ne me parurent plus brèves. Je découvrais en moi aussi des ardeurs jamais assouvies. Mais je découvris aussi autre chose, le pouvoir, aussi absolu que passager, qu'une femme possède sur l'homme à qui elle se prête. Peut-être, si nous avions, Domitius et moi, attendu de nos étreintes et de nos jeux qu'ils fassent surgir à la vie un être qui leur devrait tout, aurais-je été moins sûre de mon pouvoir, en tout cas moins consciente, car je me serais tout entière abîmée dans ce moment qui aurait mis en moi un avenir qui m'eût appartenu, à moi seule, et dont déjà l'autre, celui qui me fécondait, eût été exclu. Tels que nous étions l'un pour l'autre, il restait mon compagnon et rien ne nous séparait. Ce furent là, peut-être, les mois les plus heureux de mon existence. J'avais oublié les menaces qui pesaient sur nous, sur moi plus que sur Domitius, qui, fort du service qu'il avait rendu à Tibère en m'épousant, était naturellement bien en cour.

Au printemps, Livie mourut. L'empereur était à Caprée. Pendant la maladie de sa mère il avait annoncé son intention de revenir à Rome auprès d'elle, mais il n'en fit rien. Il était absent aux funérailles, que l'on différa si longtemps qu'il devint impossible d'attendre davantage avant de brûler le corps, déjà plus qu'à moitié décomposé. Les sénateurs voulurent que, malgré l'absence de Tibère (qu'ils félicitèrent officiellement d'avoir préféré ses devoirs envers l'Etat à ceux qu'il avait envers sa mère !), les funérailles fussent magnifiques. Ce qu'elles furent. En l'absence d'un parent plus proche, ou pour quelque autre raison obscure — peut-être à la demande de Gaius lui-même, désireux, comme toujours, de jouer en tout le premier rôle —, ce fut lui que l'on chargea de prononcer l'éloge funèbre de Livie, devant les rostres, sur le vieux Forum. J'étais là lorsqu'il prit la parole et son discours ne laissa pas de me causer un amusement secret. Je savais bien que, en dépit de la comédie qu'il avait jouée depuis des mois auprès de son aïeule, Gaius la détestait. Ses sentiments profonds envers elle n'avaient été en rien modifiés. Cela ne l'empêcha pas de louer sans mesure les vertus qui avaient (ou auraient) été les siennes pendant toute sa vie, qui avaient rendu heureuse son union avec Auguste et permis à celui-ci de se consacrer aux affaires de l'Etat, sans aucun autre souci. Il rappela que le dieu Auguste ne portait, ce que tout le monde savait, que des tuniques tissées par elle, avec de la laine qu'elle avait elle-même filée. Il parla aussi de la manière dont elle avait toléré les nombreuses liaisons de son mari — ce que je ne trouvais pas très approprié pour un éloge funèbre — mais Gaius ne pouvait s'abstenir d'ironiser, avec une naïveté feinte, sur les sujets les plus scabreux. Il continua en évoquant l'affection qu'elle avait toujours témoignée à ses propres fils, ce qui fut l'occasion d'un développement fort bien venu sur Tibère et de quelques mots émouvants pour déplorer la mort de Drusus. Bref, Gaius se montra, pour faire l'éloge de son arrière-grand-mère, aussi hypocrite qu'elle-même l'avait été. Ce discours plut beaucoup, peut-être autant pour les insinuations malignes qu'il contenait que pour l'éloquence réelle de celui qui le prononçait, avec un sérieux inattendu chez un orateur aussi jeune. C'était son premier acte public. Il portait encore la toge prétexte, bordée de pourpre, des enfants et c'est en ce costume, qui est censé être celui de l'innocence, que sur la célèbre tribune il exalta des vertus auxquelles il n'avait jamais cru.

Après quoi, la cérémonie terminée, et laissant de lui-même dans tous les esprits l'image d'un jeune prince où l'on se plaisait à reconnaître celle de son père, Germanicus, il s'en alla vivre chez sa grand-mère Antonia.

Après la mort de Livie, la méchanceté de Tibère se donna libre cours. Poussé par Seianus, il fit parvenir au sénat une lettre très dure, dans laquelle il portait contre ma mère et mon frère Nero les accusations les plus formelles. Avec son habituelle duplicité, il ne formulait pas les vrais griefs, trop secrets pour qu'il pût les révéler publiquement. Il en inventa d'autres. Nero, disait-il, était un débauché, dont le corps avait été souillé par des amours masculines. Quant à Agrippine, elle était dévorée d'ambition et essayait de grouper autour d'elle tous les ennemis du pouvoir légitime.

Cela se passait quelques mois après mon mariage. Domitius était présent au sénat lorsque l'on donna lecture de cette lettre. Il me raconta comment les Pères avaient d'abord été déconcertés, ne comprenant pas très bien ce que voulait le prince. Désirait-il l'extermination de tous les descendants de Germanicus ? Tandis que l'on hésitait voici qu'un grand tumulte éclate autour de la curie. Une foule considérable s'amasse, brandissant sur des perches des portraits d'Agrippine et de Nero. On crie que la lettre dont débattent les Pères n'a pas été écrite par l'empereur, que c'est une manœuvre de Seianus, et qu'il faut sauver la maison de Germanicus. Tel était bien aussi l'avis secret de la plupart des sénateurs, mais aucun n'avait le courage de le dire. Si bien que l'assemblée se sépara dans le tumulte, sans que l'on eût pris aucune décision.

Le soir même Seianus partait pour Caprée. Peu de jours après il revint avec une nouvelle lettre de l'empereur qui, cette fois, disait ouvertement son mécontentement et demandait que l'on prît des mesures extrêmes contre ceux qu'il appelait déjà des ennemis de l'Etat ! Agrippine fut arrachée à sa villa d'Herculanum, enchaînée à l'intérieur d'une litière fermée et escortée par des soldats en armes jusqu'à la résidence qui lui était assignée, dans l'île de Pandateria. Cette fois, c'était l'exil. Nero fut déclaré ennemi public et exilé dans l'île de Pontia.

De mes deux frères aînés il ne restait plus que Drusus, celui pour lequel j'éprouvais le moins d'attirance. Il ne s'était jamais entendu avec Nero, qu'il jalousait, peut-être parce qu'Agrippine préférait celui-ci, peut-être tout simplement parce qu'il se sentait, absurdement, humilié de n'être que le cadet ! Au demeurant, il manquait de finesse. Sachant que Seianus cherchait à abattre Nero (ce qui était fort évident), assez vilainement, mais aussi sottement, il fit sa cour au redoutable préfet, dans l'espoir de se sauver lui-même. Mais Seianus se souciait peu de conserver un rival possible. Il utilisa, une fois encore, le stratagème qui lui avait permis de perdre Nero. Il séduisit Lepida, la femme de Drusus, connut par elle les secrets de son mari, si bien que, dénoncé par Seianus et accusé de conspiration, Drusus fut par ordre de l'empereur enfermé dans un sous-sol du Palatin. Il devait demeurer longtemps dans cette prison, maintenu en vie à dessein par Tibère, qui le conserva en otage, aussi longtemps que vécut Seianus. Tibère, dans le secret de lui-même, se défiait de son préfet et avait bien l'intention de le destituer, mais il craignait que, lorsque viendrait le moment où il l'écarterait, les partisans que Seianus pouvait avoir dans le peuple ne provoquent des troubles. Si cela se produisait, on sortirait Drusus de son souterrain, on le montrerait, pour rallier autour de lui les partisans du prince légitime. Puis, comme rien de tout cela ne se produisit lorsque Seianus fut démis de sa charge, accusé de trahison et exécuté, Drusus fut condamné à disparaître. On le priva de nourriture. Il tenta de survivre en rongeant les roseaux séchés qui formaient le rembourrage de son matelas, mais il ne tarda pas à périr. Il y avait alors un peu moins d'un an que Nero, terrorisé par ses gardiens dans son exil, redoutant les supplices dont ils le menaçaient, s'était laissé mourir de faim. A ce moment, Seianus vivait encore.

Le dernier acte de ce drame se produisit deux ans, jour pour jour, après la mort du préfet. Agrippine, toujours exilée, avait appris le sort de ses deux fils aînés. Courageusement, elle avait voulu survivre. Mais cela ne lui fut pas permis. Privée elle aussi de nourriture, elle mourut le quinzième jour avant les calendes d'octobre. Il y avait cinq ans que je l'avais vue pour la dernière fois. Jamais je n'avais perdu l'espoir de l'avoir à nouveau près de moi. J'avais cru, un moment, qu'elle me serait rendue lorsqu'aurait cessé le « règne » de Seianus. Puis je compris que Tibère ne pouvait lui rendre la liberté sans se condamner lui-même, et avouer implicitement qu'elle était innocente des crimes dont il l'avait fait accuser. Aussi, lorsqu'il annonça qu'elle était morte, redoubla-t-il de violence contre sa mémoire. Il prétendit qu'elle avait eu comme amant Asinius Gallus, que Tibère maintenait emprisonné depuis trois ans, sous des prétextes divers, en réalité parce qu'il ne lui pardonnait pas d'avoir épousé Vipsania, qu'il avait lui-même répudiée lorsque Auguste l'avait contraint à prendre Julia pour femme. Tibère éprouvait pour Vipsania un amour profond. Toute sa vie il souffrit de savoir qu'elle appartenait à un autre. Telle était la vraie raison pour laquelle il infligea cette interminable mort à Gallus. Ainsi se vérifiait le mot d'Auguste, plaignant ceux que broieraient ces « lentes mâchoires ».

LIVRE III

MON FRÈRE GAIUS

La mort de ma mère fut près de me plonger dans le désespoir. Elle avait été pour moi tout ce dont j'avais besoin : une mère, mais aussi une confidente, et semblable à un père. Son caractère exempt de faiblesse, sa clairvoyance, son vif sentiment de ce que nous devions à notre race m'avaient aidée dans toutes les épreuves qui avaient frappé notre famille. Je lui devais la volonté, profondément ancrée, de demeurer ma vie durant aussi près du pouvoir que je le pourrais. Aussi commençai-je, sans en être tout à fait consciente, à ressentir une sorte de mépris pour Domitius, qui se contentait si aisément, mais à quel prix ! d'une vie de plaisirs médiocres, oubliant qu'il était le petit-fils d'Antoine, dont je ne pouvais oublier, moi, qu'il était mon aïeul. En même temps, à mesure que passaient les années, grandissait en moi une angoisse, celle de ne jamais donner la vie. Je désirais passionnément que la mort de Tibère vînt libérer mon mari de sa lâche promesse. Mais les années passaient, et Tibère était toujours le maître de l'Empire. Bien qu'il fût absent de Rome et demeurât obstinément dans son île, où, disait-on, il menait une vie de débauches, il n'en faisait pas moins lourdement peser son pouvoir. Presque chaque jour des cadavres nouveaux étaient exposés sur l'Escalier des Gémissements. Chaque procès devant le sénat aboutissait à une condamnation à mort. Notre famille était durement frappée : ma tante Livilla fut reconnue coupable d'avoir aidé Seianus à assassiner Drusus. Son crime fut révélé par la veuve de Seianus, Apicata, qui avait dû souffrir les multiples infidélités de son mari. Livilla fut punie, non par Tibère lui-même, mais par sa propre mère, Antonia, qui la fit mourir de faim. Antonia eut ce cruel courage, alors que, des trois enfants qu' elle avait eus du premier Drusus, il ne restait que mon oncle Claude, qui ne pouvait être pour elle qu'une pauvre consolation. Claude qui, loin de la vie politique, poursuivait en silence ses savantes recherches sur l'histoire ancienne de notre cité.

Notre grand-mère Antonia vivait, depuis la mort de son mari, chez sa belle-mère, Livie, qui la proposait en exemple à toutes les grandes dames romaines. Il était de notoriété publique que Drusus et elle avaient formé un couple parfaitement uni et l'on disait partout qu'il ne l'avait jamais trompée et que, de son côté, elle lui avait été obstinément fidèle. Elle supportait son veuvage avec une grande dignité. Lorsque je la connus, elle avait plus de soixante ans. C'était une femme grande et sèche, à l'expression sévère, qui avait la particularité de ne jamais cracher ! Elle me faisait un peu peur, et je n'enviais pas du tout sa réputation de vertu. On ne lui connaissait qu'une faiblesse : elle aimait avec passion les poissons du vivier qu'elle possédait, dans sa villa de Baules, non loin de Naples, et elle avait été jusqu'à fixer des boucles d'oreilles au cou d'une murène favorite. Ce qui me faisait frémir, non parce que je plaignais l'animal d'avoir à supporter une parure certainement fort gênante pour elle, mais parce que les murènes, ces poissons carnassiers, sont redoutables, capables de dévorer tous les animaux qui se trouvent à leur portée, et jusqu'à des hommes. Je ne sais si Antonia en fit jamais l'expérience, si elle imita ce Vedius Pollio qui, au temps d'Auguste, donnait à ses murènes des esclaves qu'il avait condamnés à mort. Je ne le crois pas. Le dieu Auguste avait mis fin à ces horreurs. La piscine de Pollio avait été comblée, la mémoire du maître condamnée à l'oubli. Personne n'avait envie de recommencer. Mais, lorsque j'appris que notre grand-mère avait de sang-froid condamné sa fille, notre tante Livilla, à périr de faim, il me fut impossible de ne pas penser à la cruauté des murènes. Et, par une sorte de conséquence, je ne fus guère portée à imiter ses vertus. J'étais à une période de ma vie où les ardeurs de l'adolescence n'étaient pas encore éteintes, ce qui me prédisposait à n'admirer que modérément les vertus extrêmes. Celles de notre grand-mère me semblaient, comme toute sa personne, d'une austérité que je ne me souciais pas d'atteindre. Je ne voulais pas, surtout, devenir un jour semblable à elle, que je voyais aussi peu soucieuse de sa beauté, autrefois, paraît-il, éclatante, mais que depuis son veuvage elle avait laissée se faner, comme si la mort de Drusus avait éteint en elle toute féminité. J'étais bien résolue, quant à moi, quoi qu'il arrivât, à ne pas immoler la mienne au souvenir d'un homme. Mes rapports avec Domitius n'étaient pas de nature à justifier, le cas échéant, un tel sacrifice. Mais, tout en me disant cela, je ne pouvais m'empêcher d'éprouver pour elle une certaine sympathie. Cette dureté que je lui connaissais n'était pas sans me séduire. Peut-être que moi-même... mais pour d'autres raisons que le dévouement à un être aimé, encore moins à la mémoire d'un disparu. Restait cette volonté inflexible, dont je me sentais si proche. Après tout, n'étais-je pas du même sang qu'elle et, par elle, de celui d'Antoine ?

Après la mort de Livie, ce fut Antonia qui devint maîtresse de la maison du Palatin où elle avait elle-même si longtemps vécu auprès de sa belle-mère et où, comme je l'ai dit, elle recueillit Gaius, ainsi que nos deux sœurs, Drusilla et Livilla. On croira volontiers que Gaius apprécia peu la discipline qu'Antonia faisait régner autour d'elle. Il était encore considéré comme un enfant. Bien qu'il approchât de sa vingtième année, il n'avait toujours pas reçu la toge virile — sur l'ordre de Tibère et à dessein. L'empereur entendait ainsi retarder aussi longtemps que possible le début de sa carrière. Antonia le traitait donc en enfant et ne lui laissait guère de liberté. Gaius, lui, comme à son habitude, se montrait envers elle complaisant et flatteur et parfaitement obéissant. Ce qui enchantait la vieille dame. Jusqu'au jour où elle le surprit fort peu vêtu et tenant dans ses bras sa sœur Drusilla, qui l'était encore moins. Aucun doute n'était possible : Gaius venait de traiter sa sœur comme Jupiter en avait usé avec Junon. Il s'était égalé au dieu !

Quelques jours plus tard il me raconta la scène, sans aucune pudeur. Cela s'était passé dans une salle reculée de la maison du Palatin, où Antonia ne venait que fort rarement ; mais le hasard voulut que ce jour-là, cherchant une servante, elle entrât en un fort mauvais moment. Stupéfaite lorsqu'elle les vit ainsi l'un contre l'autre, elle se mit dans une grande colère, d'abord contre Drusilla, qu'elle traita de dévergondée et menaça des pires châtiments. A l'égard de son petit-fils, elle fut moins sévère. Il réussit à l'apaiser et lui fit promettre de garder le secret. Ce qu'elle était, de toute façon, bien décidée à faire. « Tu ne penses pas, dit-elle, que je vais faire savoir à tout le monde que mes petits-enfants ont une telle conduite ? Votre honte doit rester cachée. Les dieux savent qu'il en est d'autres, dans notre famille ! Que celle-là, au moins, n'apparaisse pas au grand jour ! »

C'est ainsi que, pour une raison d'Etat, l'inceste de Gaius et de Drusilla ne fut pas révélé. Du moins sur le moment. Plus tard, leurs amours devinrent de notoriété publique, et Gaius lui-même ne manqua aucune occasion de manifester la tendresse qu'il ne cessa de lui porter. Cette passion qu'il avait pour elle fut, je crois, l'un des meilleurs sentiments qu'il éprouva jamais. Lorsque Gaius fit d'elle une femme, Drusilla n'avait que douze ans. Elle avait presque atteint l'âge du mariage, et le jeu d'amour ne semblait pas lui déplaire. Je me demandai alors ce que l'inceste avait de si terrible. Je me rappelai que Gaius avait découvert, en Egypte, que de telles choses existaient chez les rois et chez les dieux. Je me rappelai aussi que cette découverte l'avait beaucoup frappé. Notre famille était celle d'un dieu et les rois n'y manquaient pas, quelque nom que l'on donnât au prince. Pourquoi l'inceste nous serait-il interdit ?

Je ne m'avouais pas que moi aussi j'étais attirée, fascinée, par Gaius. Assurément, j'étais jusque-là restée fidèle à Domitius, dont je désirais passionnément qu'il me donne un enfant, et cela, je ne pouvais le compromettre en m'abandonnant à d'autres amours. Je me rappelai ce que disait notre grand-mère Julia, un mot que l'on répétait un peu partout dans Rome. Mère de nombreux enfants, dont la légitimité n'était pas contestable, elle répondait à qui s'en étonnait, en raison des nombreux amants auxquels elle se donnait, qu'elle « ne prenait de passager que lorsque le navire était chargé ». J'entendais bien faire de même. Mais il fallait attendre. Pour l'instant, la cale était vide. Tibère n'était pas mort et Domitius ne voulait pas risquer de contrevenir à l'ordre qu'il avait reçu.

J'attendais donc que vînt le moment où je pourrais être mère. J'avais vu, non sans dépit, la plus jeune sœur de Domitius, Domitia Lepida, mettre au monde — et cela, dès avant notre mariage — une fille, cette Valeria Messalina dont je fus plus tard la rivale. J'avais vu aussi son autre sœur épouser un homme brillant, un orateur dont on colportait les bons mots, ce Crispus, qui devait être plus tard mon mari, mais que je dus sacrifier lorsqu'il devint un obstacle à mon mariage avec Claude. Domitia était d'une avarice sordide. On disait qu'elle revendait ses vieilles chaussures au lieu de les jeter ou de les donner à ses servantes. Elle avait intenté à Domitius un procès à propos de la part d'héritage qu'elle avait reçue de leur père et si elle avait épousé Crispus, c'était parce qu'il était fort riche et aussi pour avoir les services d'un bon avocat qu'elle ne payait pas. A leur exemple, je commençai à m'intéresser à nos biens, et c'est une préoccupation qui ne m'a jamais quittée depuis lors.

Peu après la mort de notre mère, Tibère jugea qu'il devenait urgent d'établir mes deux sœurs, Drusilla et Livilla. Il leur trouva des maris honorables, mais sans illustration, des hommes paisibles, qui ne risquaient pas de prétendre jamais à exercer la moindre influence dans l'Etat. Quant à lui, n'ayant plus parmi ses descendants que Gaius et son petit-fils par le sang, Gemellus, il s'efforçait de tenir entre eux la balance égale. Il ne pouvait plus se soustraire à la nécessité de désigner un successeur, mais ne se résignait pas à le faire. Au fond de lui-même, et peut-être à son insu, il préférait Gaius. Il était sensible lui aussi, comme nous l'étions tous, à son extraordinaire pouvoir de séduction, tandis que Gemellus n'avait pour lui que sa naissance. Encore se demandait-il parfois s'il n'était pas en réalité le fils de Seianus, né des amours secrètes de Livilla. Quelques mots de l'empereur, surpris par Gaius au cours de leurs conversations, laissaient supposer qu'il se posait au moins la question. Gaius, lui, était véritablement le fils de Germanicus, dont il offrait, me disait-on, l'image vivante.

Gaius devait plus tard me raconter l'histoire de cette période, pendant laquelle Tibère l'appela souvent près de lui. J'appris ainsi que l'empereur s'était fait son professeur et lui avait donné des leçons d'éloquence. Admirateur des anciens orateurs, il évitait par-dessus tout les innovations, les mots nouveaux, calqués sur le grec. Il disait que Rome se suffisait à elle-même, que le latin était notre héritage le plus sacré, qu'il fallait veiller à sa pureté. Ce qui ne l'empêchait pas lui-même de composer des poèmes en grec, des vers dans le style le plus raffiné et le plus précieux. Il disait que la prose était l'expression qui convenait à la pensée des Romains, qu'elle seule possédait assez de sérieux pour se prêter à dire le droit ou démêler les circonstances d'une cause, assez de force pour montrer à une foule où était la raison, calmer une sédition, enflammer les courages. La langue grecque, disait-il encore, était celle du plaisir ; elle convenait aux heures où l'esprit se relâche et s'amuse au récit des vieilles légendes. J'ai dit sa prédilection pour l'*Odyssée,* mais il connaissait aussi parfaitement tout ce que les anciens poètes ont raconté autour des héros antiques. Il pouvait nommer les personnages les plus obscurs, dire comment s'appelait la mère de la reine Hécube, trop heureux d'en disserter avec les savants lettrés qu'il fréquentait volontiers.

Tout cela faisait le bonheur de Gaius, qui était le meilleur élève que l'on pût souhaiter. Non seulement tout se gravait dans sa mémoire, sans peine pour lui, mais il se modelait de lui-même sur son maître, lui renvoyant son image, et Tibère était charmé. Si bien qu'en peu de temps il devint un excellent orateur, comme on les aimait autrefois, et il n'était pas peu fier de son talent.

Ce talent, il pensait qu'il aurait à l'exercer lorsqu'il deviendrait à son tour empereur. Car, il me l'avoua un jour, obtenir le pouvoir était son désir le plus cher. Il n'avait jamais vécu que pour cela. Je reconnus alors qu'il était bien des nôtres. La même passion me possédait, comme elle avait, autrefois, torturé ma mère et, finalement, causé sa perte. Gaius, le plus souvent, restait à Caprée, auprès de Tibère. Il avait quitté la maison d'Antonia, après que l'empereur lui eut fait prendre enfin la toge virile et l'eut inscrit au nombre des pontifes, comme l'avait été autrefois Claude, au temps d'Auguste. Mais il ne s'interdisait pas de voyager, çà et là, en Campanie. Il appréciait tout particulièrement Pompéi, où il se rendait assez fréquemment. Là, il était l'hôte de notre oncle Claude, qui y possédait une villa. Parmi les dépendances de cette villa se trouvait un grand verger où poussaient, entre autres, des poiriers magnifiques, qui donnaient des fruits d'une taille exceptionnelle. Ce qui avait été à l'origine d'un drame. Claude, de l'un de ses nombreux mariages, avait un fils, qu'il avait nommé Drusus. Ce Drusus, que son père avait fiancé, bien qu'il n'eût encore que trois ans, à la fille de Seianus, se trouvait dans la villa de Pompéi, à la saison des poires, et jouait à envoyer un fruit en l'air, pour le rattraper ensuite avec la bouche. Il imitait les poissons ou les chiens à qui l'on jette quelque nourriture. Mais il ne fut pas aussi adroit. La poire qu'il avait lancée retomba bien dans sa bouche, mais elle alla jusque dans sa gorge, qu'elle obstrua. L'enfant, qui était seul dans le jardin, ne put ou ne sut comment l'enlever et il mourut étouffé. Gaius me fit bien souvent le récit de cet accident qui semblait beaucoup le réjouir. Il le commentait, en disant que ce Drusus était bien le fils de son père, même s'il était aussi celui d'Urgulanilla, qui n'était pas un modèle de vertu. Ce qui le prouvait, c'était la sottise du jeu qu'il avait imaginé et qui avait provoqué sa mort. De leur côté, les habitants de Pompéi étaient flattés de savoir que le petit-fils favori de l'empereur se plaisait chez eux. Ils en firent un de leurs deux principaux magistrats municipaux, et cet honneur ravit Gaius. Naturellement il ne put en exercer les charges, mais le titre seul lui parut d'excellent augure pour la suite de sa carrière.

Vers le même temps où il avait donné des maris à nos deux sœurs, Tibère donna une femme à Gaius, qu'il voyait fort enclin à chercher un peu partout des aventures faciles. Il lui fit épouser une jeune fille appartenant à l'une des plus illustres familles de Rome, le clan des Junii. Cette Junia Claudia, que l'on appelait du diminutif de Claudilla, était fort jeune, et je la plaignais d'avoir un tel mari. Mais n'étais-je pas moi-même l'épouse d'un homme assez peu recommandable, dont je savais qu'il me trompait ? J'étais d'ailleurs bien résolue à lui rendre la pareille, ou, mieux encore, me débarrasser de lui d'une manière ou d'une autre, lorsqu'il m'aurait rendue mère, et je savais qu'il le savait, ce qui créait entre nous une situation curieuse, une tension qui devenait par moments une sorte de haine amoureuse et se traduisait par des élans charnels, aussi violents que peu satisfaisants, pour lui comme pour moi. Nous en sortions brisés et nous détestant mutuellement plus que jamais.

Je ne sus jamais au juste quels furent les rapports de Gaius et de Claudilla. Leur mariage avait été célébré à Antium, dans une villa qui appartenait à notre héritage paternel. Tibère était présent. Il avait quitté, pour la circonstance, sa retraite, ce qui montrait bien l'importance qu'il y attachait, mais il n'avait pu se résoudre à aller jusqu'à Rome. Naturellement, j'étais présente. Gaius se conduisit avec une grande dignité, ce qui ne l'empêchait pas de me lancer, dès qu'il le pouvait, des clins d'œil qui signifiaient clairement que ce n'était pour lui qu'une comédie obligée, dans laquelle il ne se sentait pas véritablement engagé. Il n'était pas facile de le contraindre ! Il n'eût toléré aucun obstacle à son ambition ou même à la réalisation de quelque fantaisie du moment. En le voyant se prêter si sérieusement aux rites du mariage qui devaient le lier pour une vie entière à cette jeune et insignifiante Claudilla, moi aussi j'avais envie de rire. Claudilla, elle, n'avait certainement aucune arrière-pensée. Elle était fière, en cette circonstance solennelle, d'engager son existence à jamais pour un homme jeune et beau, dont elle était visiblement amoureuse. Tibère avait voulu que le mariage fût célébré dans la forme la plus traditionnelle, celle qui crée entre les époux une union quasi indissoluble. Les fiancés partagèrent, selon le rite, une galette de *far*, ce vieux blé que, pour ma part, je trouve immangeable. Je préfère de beaucoup les crêpes de froment, dans lesquelles on enroule de la viande de porc hachée, mais il paraît que ce n'était pas encore la mode, aux temps anciens où nos ancêtres ont réglé, une fois pour toutes, le rite de la *confarreatio !* Je le regrette vivement. Heureusement que Domitius et moi nous avions été mariés plus simplement, et la crêpe de *far* nous avait été épargnée. Elle ne le fut pas à Gaius, qui parut s'en délecter, tandis que Claudilla faisait la grimace. Je me dis qu'elle ne saurait pas dissimuler, et qu'elle n'était pas l'égale de son jeune mari. Elle accepta d'assez bonne grâce d'allumer la torche qu'on lui présenta et d'absorber la coupe d'eau claire qui, avec la flamme de la torche, symbolisait les nécessités les plus élémentaires de la vie, celles dont étaient privés tous ceux que la cité rejetait de son sein, ceux à qui l'on interdisait l'eau et le feu ! De ces parias, qui n'étaient plus rien au regard des divinités, et que l'on n'avait pas le droit d'accueillir à son foyer, j'en avais vu beaucoup, depuis le règne de Tibère. Ma pensée allait vers mes deux frères aînés et aussi à ma mère, que la volonté du prince avait si injustement exclus de la communauté humaine. Cette pensée assombrit sensiblement la joie que j'aurais dû éprouver à ce mariage dans notre villa d'Antium, où, plus tard, moi-même...

Mais de la joie, je ne pouvais en éprouver. S'il y avait en moi quelque sentiment, c'était une secrète jalousie en voyant Claudilla qui allait ce soir, lorsque serait levée l'étoile de Vénus, devenir l'épouse de Gaius. Je dois dire tout de suite que ce mariage, en dépit de tous les rites, ne fut pas heureux. Non que Claudilla se montrât revêche, ou infidèle. La pauvre enfant n'y songeait pas. Elle se donna à son mari, et, quelques mois plus tard, mettait au monde un enfant. Mais ni celui-ci ni elle-même ne survécurent. Elle mourut en lui donnant le jour. Gaius était libre d'épouser une autre femme.

Ce veuvage apparut comme une occasion envoyée par les dieux. Le préfet du prétoire qui avait remplacé Seianus, un certain Naevius Sertorius Macro qui profitait lui aussi pour agir à sa guise de l'éloignement où vivait Tibère, voyant que les forces du prince diminuaient, décida de tout miser sur Gaius, d'en faire son obligé et, pour cela, provoqua une liaison entre sa propre femme, Ennia, et celui dont il entendait bien faire le successeur de Tibère. Comme Gaius était veuf, il n'hésita pas à promettre le mariage à Ennia, une fois qu'il serait empereur. Lors de nos longs entretiens après la mort de Tibère, Gaius se vanta d'avoir été un comédien hors pair et me dit, ce dont je me doutais, qu'il n'avait jamais eu l'intention d'épouser Ennia qui était, au lit, la femme la plus détestable, la moins coopérative qu'il eût rencontrée. Il ajoutait qu'il avait connu des compagnes plus agréables et, en même temps, il ne cessait de me regarder avec une expression évidente de désir. Mais cela ne se produisit que bien plus tard.

Pour le moment, mes relations avec Domitius devenaient de plus en plus difficiles. Il était jaloux de Gaius, car il devinait l'attrait qui me portait vers lui. Cela, il ne me le disait pas ouvertement, mais il me critiquait sous tous les prétextes possibles. Il me reprochait ce qu'il appelait l'insensibilité avec laquelle j'avais accueilli la mort de mes frères et de ma mère. Mes moindres actions provoquaient ses sarcasmes. Mes parures lui semblaient toujours trop coûteuses. Sa propre avarice l'amenait à regretter chaque sesterce que je dépensais pour moi-même, alors que cet argent provenait de la fortune que je tenais de ma famille. Assez perspicace, il connaissait parfaitement les ambitions qui étaient en moi et me possédaient tout entière, et il savait que je le méprisais, lui, de n'en pas avoir. Il savait aussi que, pour satisfaire les miennes, je n'hésiterais devant rien. Certes, il ne me disait pas tout cela expressément, et il lui arrivait de jouer envers moi la comédie de la tendresse, mais je n'étais pas dupe et si moi-même je continuais à vivre auprès de lui comme si de rien n'était, c'était que je conservais l'espoir qu'il me donnerait cet enfant que je désirais tant et qui ne pouvait être que le sien. Mais pour cela, il fallait attendre la fin de Tibère, quel que fût le successeur qu'il se choisirait.

Naturellement, je souhaitais avec passion que ce fût Gaius. Je ne doutais pas que, une fois que je serais la sœur de l'empereur, mon influence ne devînt grande à la cour, que j'y brillerais par ma beauté, que d'innombrables solliciteurs se presseraient à ma porte et que mon nom serait célèbre jusque dans les villes les plus lointaines de l'Empire. Et j'allais encore plus loin dans mon rêve : l'enfant que je mettrais au monde, si j'avais le bonheur que ce fût un fils, recevrait un jour le pouvoir, ou, grâce à moi, le prendrait. Je me promettais bien d'y veiller !

Je sais aujourd'hui que mes rêves d'alors étaient chimériques ; bien qu'il m'ait été donné d'en réaliser la plupart, ce qui me cause la plus grande amertume, c'est que même ceux-là ne m'ont pas apporté tout ce que j'en espérais. Je me demande maintenant si, en accordant aux mortels l'objet de leurs prières, ce n'est pas pour les dieux le moyen le plus efficace de les punir. Dois-je penser que ce que je souhaitais était contraire à l'ordre des Destins, à cet ordre fixé une fois pour toutes, que Tibère se flattait de découvrir, grâce à l'art de son cher Thrasylle, qu'il consultait de plus en plus ? Cela, qu'il existât une fatalité inflexible, je ne pouvais alors y croire un seul instant. Tout, en moi, se révoltait contre cette idée. Je me découvrais une force que je croyais irrésistible, je sentais que j'étais libre, qu'il dépendait de ma volonté ou de rester à jamais la femme de Domitius, obéissante, vivant dans son ombre d'une vie diminuée ou, au contraire, de devenir l'une de ces reines illustres dont la légende et l'histoire ont gardé et exalté le souvenir. Je pensais à Bérénice, cette reine d'Egypte qui avait mérité qu'une boucle de ses cheveux devînt une constellation. Je pensais aussi à Ariane, que Bacchus avait aimée et qui, elle aussi, avait reçu la consécration de l'immortalité. Et, pensant à Ariane et à son diadème que je voyais scintiller dans le ciel, je ne pouvais pas ne pas me souvenir que notre aïeul Antoine avait été de son vivant honoré comme un nouveau Bacchus, que, comme le dieu, il avait parcouru l'Orient escorté d'un cortège triomphal. Certes, il avait dû s'incliner devant la flotte et les armées du dieu Auguste et de mon grand-père Agrippa, mais j'étais certaine que sa défaite terrestre n'avait pas prévalu sur son destin divin.

Tout cela faisait que je priais les dieux pour que Gaius devînt le successeur de Tibère. J'ai reconnu depuis que, en se réalisant, mon vœu ne m'apporta pas ce que j'attendais. Loin de là. La fascination exercée sur moi par mon frère ne me permettait pas de découvrir quelle était sa nature profonde, ce qu'il y avait en lui d'instable, de déconcertant et d'imprévisible, tout ce que, jusque-là, dissimulaient sa jeunesse et sa gaieté. Je ne découvris que bien plus tard que celle-ci n'était jamais si grande que lorsqu'elle était provoquée par la souffrance ou le malheur d'autrui. Mais ces réflexions ne me vinrent que bien des années plus tard. Pour le moment, je suivais avec le plus grand intérêt le déroulement des intrigues qui se nouaient et se dénouaient à la cour de Caprée. Domitius, en observateur impartial et cynique, me révélait tout ce qu'il pouvait en apprendre. Ce qui n'était pas grand-chose. Par lui, je sus que, comme je m'y attendais, Gaius se comportait en parfait courtisan, qu'il ne manquait pas d'observer, chaque matin, l'humeur de son grand-père et se conduisait en conséquence, allant jusqu'à façonner son visage sur celui qu'il voyait au prince. Je me souvenais de sa conduite chez la vieille Antonia ! Je sus aussi que Tibère n'était pas dupe, qu'il reconnaissait chez Gaius cet art de la dissimulation qu'il pratiquait lui-même au plus haut degré. Un jour, dans un moment d'abandon, il avait dit devant un serviteur que, en la personne de Gaius, il « nourrissait un serpent qui dévorerait le peuple romain ».

Domitius me délaissait de plus en plus. Il se disait très absorbé par les tâches dont le chargeait l'empereur, et qu'un affranchi aurait pu aussi bien remplir, et les honneurs dérisoires qu'il lui accordait. Mais Domitius était très fier de ces fonctions, et je ne l'en méprisais que davantage. Que m'importait qu'il fît partie, avec les maris de mes sœurs, de la commission chargée de restaurer les quartiers de la Ville dévastés par un incendie ? J'aurais apprécié davantage qu'il construisît des thermes sur la Voie Sacrée. Au moins, une inscription témoignerait de son rôle en cette affaire et transmettrait son nom à la postérité, et son consulat ne passerait pas totalement inaperçu. Mais le déblaiement des décombres, la reconstruction de quelques maisons, la répartition des indemnités entre les propriétaires, rien de cela ne me semblait glorieux. J'avais sans doute tort, mais je nourrissais de plus hautes ambitions. Fallait-il donc désigner, pour des tâches aussi médiocres, les descendants des plus célèbres parmi les Romains d'autrefois ? Naguère, un Domitius remportait des victoires sur le champ de bataille, annexait des provinces, pacifiait des peuples barbares. Maintenant, il discutait avec des entrepreneurs, vérifiait des devis et des factures ; il était éloigné de tout pouvoir réel.

Contre Domitius, j'avais aussi d'autres griefs, moins injustes, et beaucoup plus personnels. J'appris un beau jour qu'il était compromis dans un procès que l'on intentait, au nom de l'empereur, à une certaine Albucilla, la femme d'un personnage décrié, autrefois l'un des agents de Seianus. Albucilla était célèbre par la facilité avec laquelle elle accueillait les amants. Ce qui n'aurait guère eu de conséquence si, précisément, le préfet du prétoire qui avait succédé à Seianus n'avait voulu frapper le mari de cette femme. Une vieille loi voulait que le mari qui ne punissait pas une épouse infidèle fût accusé de complicité. Il va sans dire que cette loi n'était guère appliquée. Naevius Macro la fit revivre, et cela était d'autant plus risible que lui-même favorisait les amours de sa femme et de Gaius. Quoi qu'il en soit, un procès en adultère exige que l'on nomme les complices de la femme. Parmi eux se trouvait Domitius. Avait-il réellement été l'amant d'Albucilla ? On n'invoquait contre lui aucune preuve décisive, mais cela était probable. Je le savais fort amateur d'aventures féminines et, pour mon compte, je n'eus guère de doutes. Je n'en fus pas autrement émue. Ce qui me toucha davantage, ce fut une autre accusation, mentionnée lors du procès. Domitius, si l'on en croyait les accusateurs, aurait eu avec sa sœur Lepida des relations incestueuses. Si la chose était véritable, ce ne pouvait être qu'une vieille histoire, puisque Lepida vivait alors sagement, avec son second mari, mais qu'elle fût ancienne ou récente, cette accusation me rappelait trop ce qui s'était passé entre Gaius et Drusilla pour que je puisse en accepter l'idée avec légèreté. J'admettais bien que dans notre famille, qui était de race royale, l'inceste fût permis. Je n'avais pas oublié ce que j'avais vu en Egypte, au temps de mon père, ni, surtout, ce que m'avait enseigné Chaerémon. L'inceste de Domitius et de Lepida était, lui, illégitime ! Du moins je voulais m'en persuader, car, après tout, Domitius était par sa mère le petit-fils d'Antoine, comme l'avait été Germanicus. Mais il n'avait pas été, comme mon père, adopté dans la famille du prince, et cela faisait toute la différence entre nous.

De notre importance au regard des dieux, j'avais autour de moi des indices certains. Deux catastrophes s'étaient abattues sur la Ville, au cours de l'été. Le Tibre avait débordé si abondamment que, pendant plus d'un mois, il n'avait été possible de se déplacer qu'en bateau.

Chacun savait que les dieux manifestaient ainsi leur colère contre le prince régnant, et annonçaient un nouveau règne. Et puis, il y avait eu un incendie, certainement de même signification. Les philosophes ne nous enseignent-ils pas que la fin d'une grande période de l'univers est marquée par un immense embrasement ? Je suis persuadée que Rome est, à leurs yeux, d'une si grande importance qu'ils lui envoient, pour elle seule, des signes semblables à ceux qui concernent le monde entier, dont la Ville est l'image, à l'intérieur de son enceinte sacrée. Un autre présage nous fut annoncé. Il venait d'Egypte, où était apparu l'oiseau Phénix. Si l'inondation et l'incendie étaient des signes qu'un cycle finissait, l'apparition de l'oiseau présageait une renaissance. Ici encore, j'étais redevable à Chaerémon de ce que j'en savais. Je savais à la vérité peu de choses, sinon que cet oiseau était un être divin, dont la vie était prodigieusement longue et couvrait de nombreuses générations humaines. On disait aussi qu'il était issu du Soleil, le grand dieu des Egyptiens, que, quand il sentait que venait le temps où il lui faudrait mourir, il s'envolait vers le pays des Ethiopiens et, là, amassait un bûcher avec de l'encens. Ce bûcher, le Soleil l'allumait et l'oiseau s'y consumait. Puis, lorsque tout n'était plus que cendre, un nouvel oiseau, jeune et fort, au plumage étincelant de pourpre et d'or, en jaillissait et s'envolait, pour commencer une nouvelle vie. J'étais persuadée qu'il allait en être de même pour Rome, que le vieux prince allait mourir, qu'un jeune roi allait surgir, et je priais les dieux pour que ce fût Gaius.

Sur ces entrefaites, la nouvelle se répandit que Thrasylle était mort. Les astres lui avaient appris qu'il devait mourir avant Tibère. Cela, il l'avait révélé à l'empereur mais il avait ajouté que celui-ci mourrait dix ans après lui, ce qui ne lui avait pas été annoncé par la configuration des planètes, mais n'était de sa part qu'une invention destinée à flatter le prince et, en même temps, faire en sorte que celui-ci ne mît pas fin à une vie à laquelle la sienne était liée. Plus tard mourrait Thrasylle, plus longue serait l'existence de Tibère ! Lorsque Domitius m'avait appris cette prédiction de l'astrologue, j'avais soupçonné la ruse. Je pensais vraiment que leurs destins à tous deux étaient liés et que, Thrasylle mort, Tibère ne lui survivrait guère. Et c'est bien ce qui arriva. Le lendemain des ides de mars, la nouvelle fut annoncée dans la Ville : l'empereur était mort. On ne donnait aucune précision. C'était Naevius Macro qui avait envoyé la lettre officielle au sénat. J'en adressai une de mon côté à Gaius, pour savoir ce qui s'était réellement passé. Il me répondit par un mot très bref, dans lequel il me priait de ne pas m'inquiéter, que tout allait bien et qu'il se préparait à revenir dans la Ville. Sur la mort de Tibère, aucun détail. Et je ne pus jamais lui en arracher davantage. Ce qui m'intrigua toujours. De toutes les rumeurs qui couraient, laquelle était vraie ? Presque tout le monde s'accordait à penser que Tibère avait été assassiné. Les avis différaient sur la manière dont cela s'était passé, et sur le nom de l'assassin. Le silence obstiné de Gaius signifiait-il que c'était lui le coupable, qu'il avait, de ses mains, tué son grand-père ? Je ne pus jamais avoir sur ce point aucune certitude. Je veux encore douter aujourd'hui qu'il ait accompli un tel acte. Je me souviens que, lorsque, quelques jours après la mort de Tibère, il fit tuer Gemellus, il insista pour que cette mort fût matériellement un suicide, que l'on ne portât pas la main sur son frère adoptif, mais qu'il s'enfonçât lui-même l'épée dans le corps. Ce qui, fut-il révélé, n'alla pas sans difficulté, car Gemellus ignorait tout de la manière de tuer et ne savait comment s'y prendre. Il commença par se blesser, d'une main tremblante. Il fallut l'achever. Voilà ce qui me laisse croire que Gaius ne tua pas lui-même son grand-père, même s'il chargea quelqu'un de le faire. Il ne voulait pas encourir, par un tel parricide, la colère des dieux. Je me suis souvent demandé, pourtant, si les dieux avaient été réellement dupes et si la maladie qui devait le frapper, quelque temps plus tard, n'eut pas là son origine, dans la malédiction provoquée inévitablement par l'assassinat d'un proche. En d'autres temps, Gaius eût été cousu dans un sac et jeté au fleuve. Au lieu de cela, il fut proclamé empereur.

***

Dès que la mort de Tibère fut connue, Domitius vint me trouver et me dit : « Je suis libéré de ma promesse. Tibère n'est plus là pour m'interdire de t'aimer ! » En réalité, il y avait longtemps que parler d'amour entre nous n'était plus de saison, même si cela, dans un passé déjà lointain, avait pu l'être. Pourtant, lorsque je compris que ce que je désirais tant était désormais possible, j'éprouvai une émotion profonde, quelque chose qui ressemblait à de l'amour. Mon destin de femme allait donc se réaliser ! Il le serait par cet homme, envers qui j'éprouvais des sentiments contradictoires : de la rancune, pour n'être que ce qu'il était, du mépris pour celui qui n'avait pas su empêcher que l'histoire de ses aventures et de ses mésaventures amoureuses devienne la fable de tout Rome. Etais-je donc une épouse dédaignée, moi aussi, comme il y en avait tant autour de nous ? Pourtant, j'étais belle, et digne d'éveiller des passions. Avais-je donc perdu tout mon pouvoir ? Il y avait d'autres hommes que Domitius, et il ne tenait qu'à moi d'éveiller leurs désirs.

C'est avec de tels sentiments que, ce soir-là, je rejoignis Domitius. Me croira-t-on si je dis que, au cours de cette nuit, je parvins fort bien à les oublier, qu'ils s'effacèrent, engloutis dans quelque chose de plus fort ? En Domitius j'oubliai le mari infidèle, l'homme cynique et brutal, je ne sentais plus que sa force qui me dominait, m'emportait, faisait de moi ce que, depuis près de dix ans, je voulais être enfin : son épouse. Et lui, de son côté, sut retrouver pour moi des délicatesses, des élans qui me rappelèrent nos premières nuits. Si bien que pendant ces quelques heures il me sembla que tout pouvait recommencer. Puis, lorsque se leva le jour et que je retrouvai les objets familiers, et, au-dehors, la lumière blanche du printemps, je compris que rien n'était vraiment changé, sinon peut-être en moi, s'il était vrai que cette nuit ait pu être celle où je serais enfin féconde. J'avais atteint ma vingt-deuxième année. N'était-ce pas trop tard ?

Pendant les mois qui suivirent je fus tourmentée d'inquiétude. Puis, un matin, je sentis en moi un étrange mouvement, dont je n'étais pas maîtresse. Quelque chose, dans mon sein, se déplaçait. Et, soudain, mon angoisse s'apaisa. Il était désormais certain que je serais mère. Domitius avait accompli ce que voulait la nature. Il pouvait disparaître de ma vie.

Je passai tout le temps de ma grossesse tantôt à Rome, tantôt dans notre villa d'Antium, où la fraîcheur amenée par la mer m'aida beaucoup à traverser un été qui fut torride et que mon état me rendait presque insupportable. L'automne venu, je n'avais plus le courage de revenir dans la Ville et c'est à Antium que, le seizième jour avant les calendes de janvier, naquit mon fils. Sa naissance me fut particulièrement douloureuse. Comme cela s'était passé pour son arrière-grand-père Agrippa qui, on le sait, devait ce nom à cette présentation, très pénible pour la mère et de mauvais augure pour l'enfant, le futur maître du monde se présenta les pieds en avant !

Le travail fut extrêmement long. Il dura toute la nuit, et je souffris beaucoup. J'étais assistée par notre médecin, Xénophon, et nous nous trouvions dans la plus haute chambre de la tour qui s'élève à l'angle de la villa. Au moment précis où Xénophon saisit entre ses mains l'enfant qui sortait de mon sein, le premier rayon du soleil jaillit de la mer, à l'horizon, et vint éclairer mon fils, avant même d'atteindre la terre. Quel présage était-ce là — car je ne doutais pas que les dieux n'aient voulu, ainsi, nous découvrir un peu de l'avenir qui attendait cet enfant. Je me rappelai alors ce que m'avait dit Chaerémon, lorsqu'il m'avait montré des images sculptées sur les murs d'un temple, pendant notre voyage dans le sud du pays. On y voyait le roi qui recevait, lui aussi, le premier rayon du soleil, et Chaerémon m'avait enseigné le sens de cette image. Il m'avait dit que, à des dates déterminées, le roi devait retrouver la force qu'il tenait de son père le Soleil. Ainsi, le premier instant vécu par mon fils le désignait pour régner. Pour en être tout à fait sûre, je demandai à Balbillus, le fils de Thrasylle, ce qu'il en pensait. Balbillus n'était pas moins versé que son père dans la science des astres. Il était aussi, comme Chaerémon, fort savant sur tout ce qui touchait à la religion des Egyptiens. Il se trouvait alors près de moi, à Antium, et je soupçonne fort qu'il avait demandé mon hospitalité pour être l'un des premiers à connaître l'horoscope de l'enfant qui était sur le point de naître.

Balbillus donc, avant de me répondre, regarda longuement le ciel, au cours de la nuit suivante. Puis il réfléchit, tout en traçant avec l'extrémité d'une baguette des figures sur le sable. A la fin il me dit que, assurément, cet enfant serait roi, mais qu'il tuerait sa mère ! Cet oracle, depuis lors, n'a jamais cessé de me hanter. Comme je l'ai déjà dit, j'avais répondu impulsivement à Balbillus : « Qu'il me tue, pourvu qu'il règne ! » Et, alors, je le pensais vraiment. Je ne voyais que le début de la prédiction, et aucun sacrifice, même celui de ma vie, ne me semblait trop lourd, si c'était le prix à payer pour que mon fils devienne empereur. Aujourd'hui, peut-être ne ferais-je pas le même choix s'il m'était donné d'en faire un. Mon amour pour Nero n'est pas moindre, assurément, mais n'avais-je pas été victime d'une illusion, en acceptant ainsi de mourir pour lui assurer un pouvoir dont il ne semble pas devoir bien user mais abuser, contre moi et peut-être jusqu'à sa propre perte ? Ce marché de dupes, je ne peux plus le rompre. Je suis prisonnière de mes vœux d'alors. J'ai moi-même scellé mon destin, sur une impulsion. Mais, et cela, je me le répète sans cesse, avais-je été libre d'agir autrement ?

Lorsque Domitius, qui était resté dans la Ville où allaient commencer les Saturnales, apprit qu'il était devenu le père d'un fils, il se borna à répondre au messager qui le lui annonçait : « Il n'est pas possible que rien de bon naisse de moi et de cette femme. » Ce mot n'était certes pas de bon augure. Peut-être parce qu'il annonçait les destins, comme il arrive si souvent, qu'une parole, prononcée à l'étourdie, soit prémonitoire, parce que ce sont les dieux qui l'ont provoquée. Peut-être aussi parce qu'il exprimait le sentiment profond de ce mari devenu hostile, de ce père qui reniait ainsi son fils. Je ne pouvais pas encore croire à la perversité de cet enfant qui était né de moi, mais je ressentais durement le cynisme de Domitius.

Ainsi, ce fils que je porterais au pouvoir — de cela j'étais parfaitement sûre —, à qui serait confié le destin d'innombrables mortels, cet enfant, devenu un homme, ne serait qu'un monstre ? Qu'est-ce qui autorisait Domitius à dire cela ? Le sentiment qu'il avait de lui-même, des forces mauvaises qu'il portait en lui, et dont j'avais eu tant d'exemples ? Mais chacun sait que les vices d'un père ne réapparaissent pas forcément chez les enfants. Même en admettant que certains traits de caractère, tournés vers le mal chez Domitius, se retrouvent en son fils, comme sa violence, son amour du lucre, n'était-il pas possible, par une éducation attentive, de les mettre au service de meilleures fins ? J'entendais bien y veiller. Je serais une mère attentive !

Quant à moi, étais-je donc, aussi, un monstre ? Quels reproches pouvait m'adresser Domitius ? Que découvrait-il donc en moi de si abominable ? Les griefs que j'ai mentionnés, ma prétendue insensibilité aux malheurs des miens, mon amour de l'argent (auquel le sien ne le cédait en rien), était-ce cela qui faisait de moi un monstre ? Mais peut-être pensait-il à cette force qui m'animait et qu'il n'avait jamais pu briser, ce qu'il appelait parfois ma « superbe », ma volonté de rendre à notre maison le rang dont l'avaient écartée la mort de mon père puis l'hostilité de Tibère, qui avait abattu mes deux frères ? Tout faire pour relever ces ruines, était-ce monstrueux ?

Je ne désirais pas le pouvoir pour les plaisirs ou les avantages qu'il procure, la satisfaction secrète de se sentir au-dessus de tous. Certes, il ne me serait pas désagréable de pouvoir penser que les lois n'étaient pas faites pour moi, mais, avant tout, il me semblait juste que nous, les héritiers du dieu Auguste, nous, les survivants de l'antique *gens Julia,* nous conservions le rang que nous avait assigné la divinité. Cela importait à Rome, à son salut, et à celui de tout l'Empire. Voulait-on que recommencent les malheurs qui avaient précédé la venue d'Auguste ? Pouvait-on imaginer le retour des querelles, des intrigues entre les Grands, comme celles qui avaient autrefois provoqué les guerres civiles ?

⁂

Lorsque Domitius eut ce mot, qui me blessa si profondément, à la naissance de Nero, les neuf mois de ma grossesse s'étaient écoulés depuis la mort de Tibère et j'avais assisté à bien des événements, qui avaient bouleversé ma vie. Tibère était mort non pas à Caprée, mais sur la terre de Campanie, à Misène, où se trouvait une villa impériale qu'il aimait bien. Dès que nous apprîmes la nouvelle, nous y allâmes, Domitius et moi, comme l'exigeait notre parenté avec le défunt. Là, nous trouvâmes Gaius, qui jouait à la perfection la comédie de la tristesse mais que nous sentîmes plein d'une joie secrète. Il est vrai que tout le monde se réjouissait, non seulement à Misène, dans l'entourage du prince, mais à Rome et dans toute l'Italie. On condamnait un peu partout la tyrannie qui venait de prendre fin, on voulait croire que les délateurs, si volontiers écoutés par Tibère, cesseraient de provoquer des procès dont l'issue, inévitable, était l'exécution des personnages les plus considérables et les plus estimés. Surtout, plus profondément, la trop longue durée d'un règne fait naître la lassitude. Il faut que, parfois, le soleil se couche pour que se lève un nouveau jour. Gaius était ce soleil levant ! Et il le savait. Chacun le saluait comme tel. Une grande foule s'était amassée autour de la villa de Misène et réclamait sa présence. Elle maudissait, en même temps, la mémoire de Tibère et j'entendis des cris exigeant que le corps ne fût pas emmené à Rome, pour y recevoir les honneurs habituels, mais brûlé dans le théâtre d'Atella, à l'endroit où l'on joue les farces traditionnelles dont se délectent les Campaniens. A leurs yeux, l'empereur, redouté quelques heures plus tôt, n'était plus qu'un bouffon dont le rôle était achevé et dont il convenait de se débarrasser au plus vite.

Cet ultime outrage à Tibère, Gaius ne le voulut pas, et nous prîmes le chemin de Rome, en procession, derrière le char où reposait notre aïeul. Ce fut un long voyage. Des soldats en armes nous précédaient. Au bord des routes, dans la campagne, le long des rues, dans les villes et les villages, les gens se massaient et le plus souvent, après avoir gardé un moment de silence à notre passage, ne tardaient pas à pousser des cris de joie lorsque Gaius apparaissait. Le cortège funèbre devenait une procession triomphale. On tendait les bras vers le jeune héros. Les paysans lui offraient qui un agneau, qui un chevreau nouveau-nés (car c'était la saison !), comme à une divinité du printemps. On agitait des torches enflammées, semblables à celles qui, dans les Mystères, annoncent la venue des Déesses salutaires. Les femmes appelaient Gaius des noms les plus tendres. Elles lui disaient « mon astre », « mon petit », « mon enfant », et tendaient les bras vers lui.

Gaius restait impassible. On aurait pu croire qu'il était devenu dieu, et que c'était son image que l'on voyait. Cet enthousiasme nous accompagna jusqu'à la Ville. Là, les citoyens les plus éminents aussi bien que les plus humbles vinrent l'accueillirent lorsqu'il fit son entrée.

Je regagnai la maison, où Domitius n'habitait plus depuis longtemps et, là, je commençai à attendre les premiers signes qui me permettraient d'espérer que dans quelques mois je serais mère. A attendre, aussi, de savoir comment il me serait permis d'agir sur Gaius pour qu'il exerçât le pouvoir de la manière la plus efficace et la plus conforme à l'idée que je m'en faisais. Les premiers actes du règne furent ceux que je pouvais souhaiter. L'éloge funèbre de Tibère, qu'il prononça, fut tout à fait digne de celui qu'il avait fait de la vieille Livie. Il sut mentir agréablement quand il parla des vertus de Tibère. En réalité le but de son discours était de rappeler à tous que lui-même était le seul et véritable héritier d'Auguste et de Germanicus. Le nom de Germanicus était dans toutes les mémoires. Il suffisait à émouvoir, à entraîner les cœurs ; il suggérait un temps où reviendrait la Liberté — ce mot où sont enfermées tant d'illusions. J'ai dit, déjà, que Gaius, s'il dédaignait assez généralement les ouvrages littéraires, était un orateur assez habile. Son désir d'éloquence n'était pas seulement pour lui le moyen de réaliser les ambitions qu'il pouvait avoir, encore moins le sentiment d'un devoir, celui de tout Romain dans la cité : être capable de persuader, de conseiller, de faire triompher la vérité — c'était, je l'ai toujours compris, la part de jeu que comporte la rhétorique, l'art de présenter sous son meilleur aspect la thèse que l'on veut faire triompher.

Cette éloquence de la tromperie, il la maniait mieux que personne. Elle lui était aussi utile que les épées de ses prétoriens.

Accueilli par le peuple et le sénat comme l'enfant longtemps éloigné qui revient au foyer, Gaius s'appliqua à en jouer le rôle. Il voulait se montrer généreux, bienveillant, oublieux du passé et, surtout, fidèle à la mémoire des siens. A peine avait-il prononcé l'éloge funèbre de Tibère qu'il partit pour les îles où étaient morts sa mère — qui était aussi la mienne — et notre frère Nero. Je me souviens. C'était en mars, et il faisait un temps épouvantable. Orages et tempêtes se succédaient. Il quitta Rome, malgré cela, pour se rendre à Pandateria et à Pontia. Son départ fut une véritable comédie. La foule, sur son passage, le suppliait de ne pas s'embarquer et mettre en péril sa personne, et lui, répondait, du haut de son char, qu'il le devait, qu'il ne pouvait pas laisser plus longtemps en exil sa mère et son frère, qu'il risquerait la mort plutôt que de retarder leur retour. Les sénateurs demandèrent solennellement aux dieux de le protéger pendant ce voyage. J'étais allée, pour assister à ce départ, jusqu'à la porte Capène et là je pus l'entrevoir. Il m'aperçut et, abandonnant un instant son air solennel, il me fit un clin d'œil et esquissa l'ombre d'un sourire. Puis il reprit le jeu. Car, il venait de me le signifier, tout cela n'était qu'un jeu, le mime du Pouvoir. Et c'était Tibère que les gens de Misène auraient voulu brûler dans le théâtre d'Atella ! Le bouffon, en réalité, c'était Gaius. Il voulait incarner la Piété. Le dernier acte de la pièce, ce fut le jour où, revenant avec les cendres qu'il était allé chercher dans les îles, il rentra dans la Ville à la tête d'un détachement militaire, tandis que des chevaliers romains, parmi les plus marquants, transportaient sur des brancards les urnes, objets de tels honneurs.

Nous tous qui appartenions à sa famille, nous eûmes droit, nous aussi, à des distinctions qui auraient été impensables pendant le règne de Tibère. Chacun eut sa part. Antonia fut honorée à l'égal de Livie. Quant à nous, ses sœurs, notre nom fut ajouté au serment que prêtaient les magistrats. Nous étions devenues des personnages officiels, notre sort indissolublement lié à celui de l'Etat ! J'aurais dû me réjouir. Mais, en réalité, je savais que tout cela n'était qu'une mise en scène, l'un des jeux auxquels se plaisait Gaius. Quel jeu passionnant, dont les acteurs étaient non seulement les sénateurs, les citoyens de la Ville mais l'humanité entière ! Mais je connaissais bien Gaius. Je redoutais le moment où il se lasserait de cette comédie. Qu'imaginerait-il alors ? Dans son affectation à entourer d'égards tous les membres de notre famille, il avait tiré l'oncle Claude de son obscurité, et en avait fait son collègue au consulat. Ce qui ne l'empêchait pas de le tourner en dérision, dans notre intimité, et de lui faire des farces plus ou moins drôles, dont je fus souvent témoin. Claude, nous le savions tous, était fort distrait et, lorsque nous dînions ensemble au Palatin, invités par Gaius, il lui arrivait parfois d'être en retard. Tout le monde était installé. Il n'y avait plus de place pour lui. Gaius, impassible, faisait mine de ne pas s'en apercevoir. Alors le malheureux Claude trottait à travers la salle, en contournant les tables et les lits, jusqu'au moment où quelqu'un consentait à l'accueillir. Claude, lorsqu'il avait dîné et, selon son habitude, sans modération, ne pouvait résister au sommeil. Il s'endormait et se mettait à ronfler. Alors, Gaius s'amusait à lancer sur lui des noyaux de dattes ou d'olives. Dans son sommeil, Claude essayait de parer les coups ; il agitait les mains, comme s'il chassait des mouches, mais ne s'éveillait pas. Il ne revenait à lui qu'après avoir gesticulé et s'être longuement frotté les yeux. Ce qui suggéra une autre plaisanterie, aussi exécrable que cruelle. Un jour que Claude s'était ainsi endormi à table, Gaius fit attacher à chacune de ses mains une sandale, et s'arrangea pour qu'il s'éveille en sursaut. Sur quoi Claude, à son habitude, entreprit de se frotter vigoureusement les yeux. Le contact des semelles fut rude et lui arracha un cri. Naturellement, tout le monde se mit à rire d'un aussi bon tour. Tout le monde sauf moi. Ma sympathie, mon affection pour mon oncle n'étaient pas moindres qu'elles ne l'étaient lors de notre voyage en pays étrusque, et je le plaignais d'être ainsi victime des facéties juvéniles de Gaius.

L'adolescence de Gaius me semblait ne jamais devoir finir. Il était dans sa vingt-cinquième année et s'amusait encore à des farces de gamin ! Je savais bien que sa popularité, qui ne cessait de croître, reposait en grande partie sur sa jeunesse, qui formait un tel contraste avec la vieillesse de Tibère, mais il n'est pas bon non plus que l'âge mûr se fasse trop attendre, surtout chez le maître du monde. Il est des dieux jeunes, il en est d'autres qui ont su vieillir. Gaius saurait-il les imiter ? Parfois j'en doutais.

Depuis la mort de Junia Claudilla, Gaius n'avait plus d'épouse. Je lui remontrai qu'il lui fallait, au plus tôt, se remarier, que les lois prescrivaient le mariage aux citoyens et que, lui, le premier d'entre eux, il devait donner l'exemple. Il me répondit que, pour le moment, il avait « sa petite Drusilla » et qu'elle lui suffisait. Mais que, bientôt, il se trouverait une épouse. J'appris ainsi que ses amours avec sa sœur n'avaient pas cessé. Ce n'était pas une surprise, leur intimité apparaissait de bien des façons. J'ai dit ce que je pensais de tels incestes, qui ne me scandalisaient point, mais il n'en était évidemment pas de même aux yeux de nos concitoyens, qui voyaient dans de telles amours le comble de l'abomination, un « monstre » envoyé par les dieux pour annoncer quelque catastrophe. De loin en loin le sénat avait à juger des procès intentés à tel ou tel que l'on accusait d'un inceste de cette sorte. Gaius échapperait-il à ce jugement universel ?

Nous étions à la fin de l'été, et je m'alourdissais. Je

passais, comme je l'ai dit, la plus grande partie du temps dans la villa d'Antium, si bien que je ne fus pas témoin de l'étrange scène qui se déroula à Rome, lors du mariage de Livia Orestilla et de Pison. Gaius avait été invité à la fête et il s'y était rendu. Et voici qu'au beau milieu du festin des noces il s'écria tout à coup, en s'adressant à Pison étendu sur le lit de table en face de lui, à côté de sa nouvelle épouse : « Ne te serre donc pas contre elle d'aussi près. Tu ne sais donc pas que c'est ma femme ! » Et il la fit emmener aussitôt tandis que lui-même quittait la table, au milieu du désarroi général. Le lendemain, il publiait un avis disant que, « dans l'obligation où il était de donner une femme à l'empereur, il avait suivi l'exemple des ancêtres et d'Auguste lui-même, lorsqu'il avait enlevé Livie à son mari ».

Visiblement, Gaius avait agi sur un coup de tête. Je connaissais Orestilla. C'était une femme assez ordinaire, maniérée, mais, j'avais pu le constater, à peu près dépourvue de cervelle. Elle s'habillait et se parait assez mal. Tantôt elle gardait un silence pénible, tantôt elle bavardait et disait n'importe quoi. Elle n'avait pour elle que la noblesse de sa famille, mais ce mérite, qui n'était pas vraiment le sien, n'apparaissait pas sur sa personne ni dans la manière dont elle se comportait. Pourquoi mon frère s'en était-il épris aussi brusquement ? Il n'y avait qu'une explication possible : il avait décidé tout à coup d'imiter le dieu Auguste, et s'était jeté sur la première venue. Je crus comprendre la raison qui l'avait déterminé à se donner une épouse de cette manière : il s'était aperçu qu'il avait atteint, précisément, l'âge où Auguste avait enlevé Livie, et il ne voulut pas attendre davantage pour en faire autant ! Si seulement Orestilla avait eu les qualités — ou, si l'on préfère, les défauts — de Livie ! Le règne de Gaius eût peut-être duré plus longtemps !

Je me trouvais à Antium lorsque, au mois d'octobre, me parvint la nouvelle que Gaius était malade, très malade, et que l'on craignait pour sa vie. On ne savait au juste de quel mal il souffrait. Pallas, un affranchi d'Antonia, que j'avais connu chez elle et qui paraissait éprouver pour moi quelque sympathie, vint me trouver à Antium, envoyé par Claude, et me dit l'inquiétude générale. Gaius avait de forts accès de fièvre. Parfois, il restait plongé dans une sorte d'hébétude, puis venait une période d'excitation, pendant laquelle il tenait des propos étranges. Il parlait aux dieux. Il se comparait à Jupiter, ou même s'identifiait à lui. A d'autres moments il s'adressait aux dieux de l'Egypte, à Horus, à Rê, et les priait de lui donner la force de parvenir jusqu'à eux. Ou bien il se croyait sur la barque des morts. Il interpellait Anubis et le défiait. Quand il revenait à lui, il ne se souvenait de rien, ou prétendait ne pas se souvenir.

Pallas, quant à lui, n'éprouvait pas beaucoup d'inquiétude. Sans que nous nous en soyons fait la confidence, nous soupçonnions que ce délire de Gaius pouvait n'être qu'une comédie. Tout cela cesserait le jour où il aurait atteint le but qu'il visait, c'est-à-dire, apparemment, donner à tout le monde l'impression qu'il vivait chaque jour en compagnie des divinités, qu'il était possédé par elles, qu'il était leur familier. En attendant, me dit Pallas, l'angoisse était générale. Les gens, dans la Ville, se pressaient autour des autels et des temples, adressaient aux divinités du Salut prières et sacrifices pour que le prince recouvre la santé. Nuit et jour le Palatin était entouré d'une foule épaisse, avide de nouvelles. Certains allaient jusqu'à formuler des vœux extravagants, plus, disait Pallas, par flagornerie que poussés par un réel dévouement. Naturellement, ces gens espéraient bien une récompense et plus le vœu était fou, plus la récompense serait considérable. Du moins ils l'espéraient. Un homme jura qu'il se tuerait si les dieux accordaient au prince de survivre, échangeant sa propre vie pour conserver celle de l'empereur. Un autre jura de devenir gladiateur lorsque le prince bien-aimé aurait retrouvé la santé.

Pallas regardait tout cela avec ironie. Il n'était pas dupe. Je sentais en lui une force, un orgueil qui l'élevait au-dessus de toutes les formes de servilité. Pourtant, il était né esclave, dans la maison d'Antoine, mais bien après la mort de celui-ci. Il était maintenant dans celle d'Antonia. A qui le connaissait bien, il laissait entendre qu'il appartenait à une race illustre, qu'il descendait des antiques rois d'Arcadie. Jamais il ne précisait de quelle manière. Quant à moi, j'ai toujours été fort sceptique sur cette glorieuse généalogie. Cette noblesse qu'il avait en lui, il ne la devait certainement pas à d'hypothétiques ancêtres, mais à son intelligence, à sa clairvoyance, à son indomptable volonté, qui lui permirent de surmonter tous les obstacles et de devenir le conseiller et le favori de Claude et d'être pour moi plus encore.

Après qu'il m'eut ainsi informée des nouvelles du Palatin, Pallas me quitta. Lorsqu'il fut parti j'éprouvai un curieux sentiment, qui me portait vers lui. Ce n'était pas un élan de la chair — dont me gardait, d'ailleurs, l'état où je me trouvais — mais l'intuition que, le moment venu, cet homme saurait être pour moi un allié, un bon allié, résolu et fidèle.

Au bout de quelques jours, j'appris que le mal dont souffrait Gaius s'était apaisé. Je pensai, à part moi, qu'il avait cessé de jouer la comédie. D'après ce que l'on me dit, il sortait de cette maladie comme transformé. Ce n'était plus le prince bienveillant, désireux d'être aimé que l'on avait connu. Il commença par contraindre à s'acquitter de leurs vœux les deux personnages qui avaient offert leur vie pour sauver la sienne. Il obligea à descendre sur l'arène celui qui avait promis de se faire gladiateur, et l'opposa à plusieurs adversaires successivement. L'homme combattit vaillamment, ce qui, finalement, le sauva. Le public réclama son salut, et Gaius n'osa pas aller contre le souhait de tous.

Il n'en fut pas de même pour l'autre, qui s'était offert comme victime de substitution. Gaius le livra à des esclaves qui le couronnèrent d'herbes sacrées, l'entourèrent de bandelettes et le précipitèrent du haut du mur des Esquilies. Je retrouvais, dans de telles actions, cette perversité que je connaissais bien, que j'avais vue se développer en lui à mesure qu'il grandissait. Il me paraissait de moins en moins capable de résister aux impulsions qui lui venaient, incapable aussi d'envisager les conséquences des actes qu'il était ainsi amené à commettre. Je n'étais pas encore revenue à Rome qu'il avait déjà répudié Orestilla, en déclarant publiquement qu'elle ne savait pas faire l'amour et que, au lit, elle l'ennuyait terriblement. Je soupçonnai qu'en réalité il continuait d'être amoureux de Drusilla, et que nulle autre femme ne pouvait le satisfaire. Avant même cette fameuse maladie, il l'avait mariée à Aemilius Lepidus, avec qui il était lui-même fort intime. Lepidus était un peu plus jeune que Gaius et sa beauté justifiait le surnom héréditaire dans sa famille. Gaius et lui étaient des amis très chers, qui n'avaient rien à se refuser l'un à l'autre.

Je revins à Rome, avec la nourrice qui tenait mon fils dans ses bras, le septième jour avant les calendes de janvier. C'était le jour de la purification. La cérémonie eut lieu dans notre maison du Palatin. Gaius tint absolument à y assister. Claude, lui aussi, se trouvait là. Lorsque je demandai à Gaius quel nom donner à l'enfant, il me répondit, avec un mauvais sourire, qu'il fallait l'appeler « Claude ». C'était manifestement absurde, Claude n'ayant jamais été que le nom de la *gens*. Aussi je refusai et, sur le conseil de Claude, je choisis d'appeler mon fils Nero. Cela montrait bien qu'il appartenait à la famille de Germanicus et rappelait le souvenir de notre frère, que Tibère avait fait mourir. Et puis, Nero est un beau nom. Je connaissais assez la langue sabine pour savoir qu'il signifie « le Fort » et le protégé de la déesse Nerio, dont on dit qu'elle est ou qu'elle fut l'épouse du dieu Mars, patron par excellence de la jeunesse. Nerio est aussi la déesse de la Sagesse. Elle est pour les Sabins, comme me l'expliqua mon oncle, ce que Minerve est pour les Etrusques et, à leur suite, les Romains. Mon fils serait à la fois beau et fort, il serait sage, aussi, comme il convient à un roi.

Tels étaient les rêves dont je me berçais alors.

⁂

Gaius avait toujours aimé se déguiser. Dans son enfance, il se plaisait à prendre tantôt l'apparence d'un Barbare, tantôt celle d'un Perse ou d'un Egyptien et se promenait dans la maison ainsi accoutré. Ce goût ne l'avait pas quitté. Je fus stupéfaite le jour où je le vis dissimulé dans une immense cape brodée de perles et d'or qui le recouvrait tout entier et dans laquelle il s'embarrassait à chaque pas. On n'apercevait que ses bras, chargés de bracelets d'or. Pendant les mois qui suivirent, il revêtit je ne sais combien de costumes différents, comme un acteur jouant une pièce où il doit tenir plusieurs rôles. Il aimait particulièrement les longues tuniques avec des manches qui descendaient jusqu'au poignet, surtout si ces tuniques étaient ornées de broderies en or, ce qui lui donnait l'air d'un prêtre venu d'Asie. Il ne se contentait pas, pour ses vêtements, d'étoffes en laine ou en lin. Il s'affublait de tuniques et de manteaux grecs en soie, qui contrastaient étrangement avec les chaussures de soldat pour lesquelles il avait une prédilection. Peut-être pour rappeler le surnom que lui avaient donné les légionnaires de Germanie. Mais il ne dédaignait pas non plus les socques de femme. Le plus souvent, il n'avait aux pieds que des sandales, comme celles que l'on porte au gymnase.

Ces extravagances, curieusement, ne nuisaient pas à son prestige, pas plus que l'on ne s'indignait, dans le peuple, des actes de cruauté qu'il commettait de plus en plus fréquemment. Je commençai à comprendre qu'il existe, autour de qui se trouve posséder le pouvoir, une sorte de protection divine, une lumière d'illusion qui dissimule longtemps aux yeux de la foule la nature véritable du tyran. Gaius en était un exemple des plus évidents. On l'aimait, quoi qu'il fît, on l'admirait, on approuvait tout ce qu'il disait et tout ce qu'il faisait. Il pouvait défier impunément et les dieux et les hommes.

C'est au cours de cette année-là qui était la seconde du règne de Gaius, sous le consulat de M. Aquila Julianus et de P. Nonius Asprenas, que je connus Annaeus Seneca. Il était alors tribun de la plèbe et, à ce titre, avait souvent l'occasion de fréquenter la maison du prince. Il n'avait pas encore quarante ans, mais sa carrière avait été retardée par un long séjour qu'il avait fait en Egypte, quelques années après le voyage que nous y avions fait nous-mêmes. Il était allé là-bas pour tenter de rétablir sa santé, qui était fort fragile ; et qui devait le rester. En ce moment encore, il souffre d'un curieux mal, des crises d'étouffement qui l'abattent, et auxquelles il donne le nom, assez sinistre, d'entraînement à la mort. Le climat, sec et chaud, de l'Egypte avait eu un effet favorable, mais ne l'avait pas guéri définitivement. Son séjour là-bas l'avait beaucoup marqué. Comme je l'avais été moi-même, il avait été séduit par ce qu'il y avait vu et, toujours avide de connaissances nouvelles, curieux de tout ce que comprend l'univers entier, il avait interrogé les savants de là-bas, comme nous l'avions fait nous-mêmes. Mais il avait apporté à cette enquête un sérieux, un acharnement qui nous avaient fait défaut. Lui aussi, il connaissait Chaerémon, et l'avait retrouvé avec plaisir à Rome. Ce fut précisément Chaerémon qui l'amena dans la maison du Palatin et me le présenta. Je n'ignorais pas qui il était. On commençait à parler beaucoup de lui. Il avait une grande réputation d'éloquence, même si les gens d'âge mûr l'accusaient d'affecter un style nouveau, de rompre avec la saine tradition d'autrefois. Quant à moi, ce que j'avais lu de lui, deux ou trois discours publiés, me plaisait assez. Je le trouvais spirituel, souvent profond, et cela me suffisait. Pour toutes ces raisons, je fus heureuse de le rencontrer. Peut-être aussi avais-je comme la prémonition du rôle qu'il serait amené à jouer dans ma vie.

Nous étions aux premiers jours de l'été et il faisait très chaud. Je reçus mes visiteurs dans le jardin, à l'abri du grand vélum qui mettait un peu d'ombre le long du portique. Je m'étais étendue sur un lit de repos. Sénèque et Chaerémon étaient assis sur des tabourets semblables à ceux des magistrats sur leur estrade. L'ensemble donnait une grande impression de dignité et de calme. Nous devions avoir l'air de philosophes en train de discourir. Derrière nous, un grand laurier-rose était déjà en boutons. Dans le ciel, des vols d'hirondelles poursuivaient les insectes, des nuées de moucherons qui défiaient la chaleur. Parfois, passaient quelques mouettes, qui avaient remonté le fleuve et essayaient de découvrir, jusque sur la colline, quelques débris de nourriture dont elles se feraient un festin.

Brusquement, parmi tout ce calme, la porte du petit pavillon au fond du péristyle s'ouvrit avec violence. Je tournai la tête dans cette direction et je vis la nourrice de Nero qui se précipitait au-dehors, dans notre direction. Je savais qu'elle était censée, comme tous les jours, demeurer près de l'enfant pendant la sieste. Je fus terriblement effrayée et, sans plus réfléchir, je bondis et courus vers le pavillon, suivie de Chaerémon et de Sénèque. La nourrice continuait : « Maîtresse, venez vite. Regardez. Ici. Oh, c'est affreux ! » D'abord je ne découvris rien d'extraordinaire. Nero, dans sa corbeille, dormait, ses petits poings fermés. Tout semblait calme, dans la pénombre fraîche de la pièce. A la fin je demandai : « Mais qu'as-tu donc, Eglogé, tu deviens folle ? Cesse donc de crier ! » Sans répondre, Eglogé me montra une sorte de ruban posé sur le coussin et formant un cercle autour de la tête de mon fils. En m'approchant, je découvris que c'était une peau de serpent, toute sèche, parcheminée, comme on en voit, l'été, dans la pierraille des sentiers. Je la montrai à Chaerémon qui resta un moment silencieux, ferma les yeux et dit : « Tu ne pouvais espérer de meilleur présage, Agrippine. Un serpent est venu ici se dépouiller de sa vieillesse et commencer une nouvelle jeunesse. Ce n'est pas un hasard s'il a choisi pour le faire le lit de ton fils. Nero régnera. Il succédera à un vieil homme. Conserve précieusement un peu de cette peau. Elle témoigne de la volonté des dieux. »

Je confiai la dépouille du serpent à Eglogé, en lui demandant de la ranger précieusement parmi mes trésors. Plus tard j'en fis enfermer une lanière dans un bracelet d'or que, depuis ce moment, Nero porte au bras droit, sans jamais le quitter. Je reste persuadée, encore aujourd'hui, que le serpent venu visiter Nero ce jour-là n'était autre qu'un « Bon Démon », comme il en apparaît un peu partout en Orient. Ces divinités sortent de la terre, et leur apparition est chaque fois bénéfique. Chaerémon me le confirma au moment même. Sénèque ne dit rien, mais je lus dans ses yeux qu'il hésitait aussi bien à croire à la valeur du présage qu'à le rejeter absolument. Quant à moi je fus transportée de joie, une joie qui resta tout intérieure, car il n'est pas bon de laisser paraître des sentiments de cette sorte. Le règne de Gaius ne faisait que commencer. Etait-ce le moment de penser à son terme ? Et puis, ce que je savais de Gaius, ce que je voyais de lui depuis mon retour à Rome n'étaient pas sans m'inquiéter.

Les victimes de ses facéties étaient de plus en plus nombreuses. Le Cirque et les spectacles de gladiateurs tout particulièrement lui fournissaient l'occasion de se livrer à des plaisanteries de plus en plus cruelles, ainsi le jour où — j'en fus témoin, du haut de ma colline — il fit enlever les toiles qui protégeaient contre le soleil les spectateurs des courses au Grand Cirque. Il faisait une chaleur accablante. Même à l'ombre, je voyais les gens s'éventer avec tout ce qu'ils trouvaient, et s'essuyer le front. Par la volonté de Gaius, les concurrents s'attardaient. C'est le moment qu'il avait choisi pour faire replier les toiles. Au bout de quelques instants, il devenait presque impossible de demeurer assis sur les gradins. Et les chars ne partaient toujours pas ! Quelques spectateurs se levèrent et tentèrent de quitter le Cirque. Lorsqu'ils eurent réussi, non sans peine, à se glisser jusqu'à l'une des issues, ils trouvèrent en face d'eux des soldats qui les empêchèrent de sortir. Les malheureux, qui avaient abandonné leur place, chèrement conquise, durent rester debout, sous le soleil écrasant. Il y eut des insolations et des morts. Et lui, il se réjouissait, déclarant à qui voulait l'entendre que les Romains n'étaient plus le peuple qu'ils étaient autrefois, qu'ils n'étaient plus capables de supporter les présents des dieux. Mais qu'il y mettrait bon ordre.

J'évitais, autant que je le pouvais, de paraître en public. Le plus souvent je restais tranquillement dans la maison du Palatin, où se réunissaient autour de moi quelques amis choisis. Et, parmi eux, Sénèque, dont j'appréciais de plus en plus la culture et l'esprit. Domitius était presque toujours absent, en quête d'une aventure féminine ou d'une autre, mais, surtout, passant des jours et des nuits à boire. Pour se livrer à ces plaisirs, il vivait le plus souvent dans sa villa de Pyrgi. On le voyait peu à Rome, ce qui ne me causait nul chagrin. Depuis qu'il avait prononcé sur Nero et sur moi le jugement que j'ai dit, je le haïssais et ne voulais plus rien avoir de commun avec lui. Je l'avais aperçu une fois sur le Forum, tandis qu'il se rendait à une séance du sénat. Je crus ne pas le reconnaître, tant il avait changé : des traits empâtés, le visage bouffi, un ventre énorme. Il était visiblement malade. Combien de temps vivrait-il encore ? La perspective de sa mort ne m'attrista aucunement, mais plutôt m'apporta le sentiment d'une délivrance. Enfin je serais libre. Je pourrais choisir un mari dont l'appui servirait mes ambitions. Assurément, il m'eût été possible de faire rompre notre mariage, même si les formes dans lesquelles il avait été célébré créaient quelques difficultés que ne manqueraient pas de soulever les pontifes. Je préférai attendre. Ce ne serait plus très long, étant donné l'état dans lequel il se trouvait.

Sénèque m'amusait. Bien que je n'aie jamais eu beaucoup de sympathie pour la philosophie et les philosophes, celui-ci me semblait différent. Il ne s'embarrassait pas de longs discours sur la logique et la physique, deux sciences qui m'ont toujours semblé ennuyeuses et incertaines. Il ne cherchait pas à démontrer ce qui était évident en disant, par exemple : « S'il y a du soleil, c'est qu'il fait jour. S'il fait jour c'est que j'y vois clair », et ainsi de suite jusqu'à ce qu'on ne sache plus trop de quoi il est question. Il n'essayait pas non plus de montrer que nos opinions sur les dieux ne sont que de grossières illusions auxquelles il vaudrait mieux renoncer. Il croyait que la prière est efficace, moins, peut-être, parce qu'elle agit sur la volonté des dieux que parce qu'elle purifie notre âme et notre pensée, qu'elle fait en sorte que tout notre être ne soit plus qu'une seule et même volonté.

Il avait parfaitement compris les ambitions que je formais. Elles ne lui semblaient pas coupables. Il avait assez de bon sens pour avoir constaté que les choses n'étaient pas si heureusement disposées par la providence divine (à laquelle il croyait) que les mortels n'aient pas à la seconder dans ses desseins. Il pensait que le Destin, quelle que soit sa nature, ne concernait que le résultat de nos efforts. Il n'avait aucun pouvoir sur notre âme elle-même ou, comme il disait, sur notre être intérieur. De celui-ci, nous étions les seuls maîtres. Il dépendait de nous que nos passions ne l'emportent pas sur notre raison et, si nous y parvenions, de trouver en nous la paix. Le reste : l'argent, la santé, le plaisir, la gloire, appartenait à ce qui nous était extérieur. Il fallait ne pas lui attacher de prix, mais le recevoir ou le perdre avec la même indifférence.

Je ne pouvais m'empêcher, lorsqu'il en était à ce point de ses raisonnements, de lui objecter que c'était là une attitude paresseuse. Un Romain appartenant à une grande maison, un sénateur, un chevalier chargé des intérêts du prince dans une province ou un grand service de l'Etat avaient-ils le droit de considérer comme des choses indifférentes le bon ordre public ou la rentrée exacte des impôts, sans lesquels il n'était plus ni armée ni ravitaillement possible pour la Ville, plus rien de ce que nos ancêtres avaient construit, et qu'il nous appartenait de sauvegarder, avec la paix universelle ?

Il me répondait alors qu'un homme en paix avec lui-même serait mieux à même que quiconque de réaliser ce qui était le premier devoir des hommes soucieux d'agir selon leur propre nature : se mettre au service de leurs semblables. « Même si tu n'es pas philosophe, me disait-il — et je regrette que tu te refuses à le devenir —, tu n'ignores pas la différence qui existe entre les hommes et les autres êtres animés. Ce n'est même pas, comme on le dit trop souvent, leur faculté à vivre ensemble, à former des sociétés. Les abeilles, les fourmis le font aussi ; pense aux loups, et à toutes les bêtes sauvages, si promptes à se sacrifier pour le troupeau. Les humains agissent d'une manière comparable, mais ils sont les seuls à pouvoir le faire selon la Raison, à prévoir, à imaginer des séries d'actions en vue d'une fin lointaine. En cela, ils ressemblent à Jupiter. Ne crois-tu pas que le prince, quel qu'il soit, est pour l'humanité entière, ou du moins l'ensemble de l'Empire, ce qu'est Jupiter pour tout ce qui existe ? Le prince, lorsqu'il décide de prendre telle ou telle mesure, ou lorsqu'il répond par un rescrit à une demande d'un gouverneur, crée un Destin pour les peuples. Faut-il donc que les hommes à qui ce Destin est imposé cessent d'agir, de vivre, de penser ? »

Je ne pouvais que reconnaître la vérité de ce qu'il disait. Mais, loin de me détourner de mes projets ambitieux, cela ne faisait que renforcer ma résolution. J'appartenais, par tout mon être, à la race des dieux. J'étais de ceux qui fixent des Destins, même si le mien était déjà décidé, parmi les divinités. Lorsqu'il se réaliserait, il serait bien temps alors de l'accepter, avec plus ou moins de résignation. Jusque-là, je devrais lutter, et j'étais bien résolue à n'épargner aucun effort, à ne reculer devant aucun moyen, à tuer s'il le fallait. La vie et la mort n'étaient-elles pas de ces biens extérieurs dont parlait Sénèque ? Grâce à lui je comprenais que les avantages que procure le pouvoir ne sont rien, au prix de cette toute-puissance quasi divine, oui, vraiment divine, que seul possède un roi. Et l'empereur de Rome n'était-il pas plus qu'un roi ?

***

Dans notre maison, lors de ses visites, Sénèque rencontrait mes sœurs. Drusilla, qui ne se trouvait jamais loin de l'endroit où était Gaius, et Livilla, que Tibère autrefois avait mariée à M. Livinius. A la différence du mari de Drusilla, Lepidus, dont j'ai dit les relations avec Gaius, Livinius était un personnage fort sage, préoccupé surtout d'accomplir ses devoirs de sénateur ou, selon les moments, de gouverneur dans les provinces où il était envoyé. Gaius l'avait chargé du gouvernement de l'Asie, tâche dont il s'acquittait fort bien, à la satisfaction des provinciaux. Livilla, qui l'avait d'abord accompagné, s'arrangea pour que Gaius lui ordonnât de revenir à Rome, sous quelque prétexte qu'il imaginerait. Il n'aimait pas, ou plutôt n'admettait pas que ses sœurs soient loin de lui. Nous étions moins ses sœurs que des maîtresses dont il ne pouvait se passer, moi comme les autres. Il m'est arrivé parfois, au cours de cette période, avant l'expédition de Germanie, d'être appelée par lui au Palatin et retenue pour la nuit. Mais, comme je l'ai dit, de nous trois il préférait Drusilla, qui, je le voyais, prenait sur lui plus d'empire chaque jour, si bien que mon tour d'être appelée revenait rarement. Ce dont je n'étais pas mécontente. Livilla, me semblait-il, était moins réservée. Gaius se plaisait à nous faire rencontrer Lepidus au cours de ces soirées, et tandis que lui-même s'unissait à Drusilla, il nous livrait à son mari, tantôt Livilla ou moi, tantôt les deux à la fois. Je repense sans plaisir à ces interminables nuits où nous étions les jouets de celui à qui j'évitais de penser comme à un frère et qui m'apparaissait désormais comme un maître dont j'étais l'esclave.

A mesure que durait son règne, il imaginait des caprices toujours plus nombreux, des mises en scène dans lesquelles il devenait dieu. Les divinités de l'Egypte étaient presque toujours présentes dans son délire. Il en prenait le costume et les attributs. Dans le palais qu'il s'était fait aménager au Palatin, il avait installé une salle consacrée à la déesse Isis, la déesse à laquelle j'avais si souvent rêvé. Il y faisait venir des courtisanes, qu'il revêtait des attributs de la déesse avant de les étreindre. Sans doute se prenait-il pour Osiris !

Au milieu de ces folies, et d'autres encore, plus cruelles, que je n'ai pas à rappeler ici car elles sont bien connues, brusquement Drusilla mourut. C'était, je m'en souviens, à la fin du mois de juillet. Elle ne fut malade que pendant trois jours. Gaius la veilla constamment. Au soir du troisième jour elle mourut. Le désespoir de Gaius fut sans mesure. Il s'enferma, ne voulut ni recevoir ni même voir qui que ce fût. Il refusa d'assister à ses funérailles et, ce jour-là, courut se dissimuler aux yeux de tous dans sa villa d'Albe, où il passa son temps à jouer aux dés ! Avec son inconséquence habituelle, tantôt il affichait les signes de deuil les plus évidents, tantôt il parcourait, l'air joyeux, les routes d'Italie et de Sicile, en proclamant que Drusilla était devenue déesse.

Assurément, ce n'était pas la première fois qu'un père ou un mari voulaient se persuader que la fille ou l'épouse qu'ils avaient perdue continuait de vivre au-delà de la mort, qu'elle était devenue déesse, et ils lui offraient des sacrifices. Peut-être avaient-ils raison. Sénèque, aussi sceptique qu'il soit lorsqu'il s'agit du sort des âmes après cette vie, n'exclut pas que certaines, au moins, puissent subsister quelque temps et devenir des démons. Drusilla avait-elle mérité d'être l'une d'elles ? Je l'aimais bien, certes, je connaissais sa simplicité, la douceur de son caractère (qui, je dois l'avouer, était une qualité peu commune dans notre famille), je savais aussi quelle affection profonde elle portait à Gaius. Mais toutes ces vertus suffisaient-elles pour qu'elle devînt déesse ? Je persistais à penser que la première condition pour le mériter est la force, la volonté de demeurer fidèle à soi-même. C'est cela, seulement, qui peut maintenir l'âme dans son être et surmonter la dissolution du corps. Aussi je doutais fort que notre sœur eût échappé au sort commun.

Gaius, lui, n'en doutait pas. Il voulut que sa chère Drusilla fût honorée comme une déesse, une nouvelle Isis, qu'il appela Panthea, « Celle dont la divinité est universelle ». Et, comme il était empereur, et tout-puissant, il ne manqua pas de gens pour dire comme lui. Un personnage, surtout, se distingua dans ce concert de flatteries. J'étais présente lorsque Livius Geminus vint trouver Gaius et lui dit que, passant par hasard un matin sur la voie Appienne, il avait vu, de ses yeux, Drusilla monter au ciel, accompagnée par des êtres ailés qui la soutenaient. Ce Geminus était un homme considérable, un sénateur chargé précisément d'entretenir et de surveiller la route en question. Ce qui donnait à son témoignage un poids de plus. Gaius l'écouta avec la plus grande attention, le remercia et lui demanda de bien vouloir raconter publiquement, au sénat, la révélation qu'il avait eue. Ce qu'il fit, sous serment, appelant sur lui-même, s'il mentait, les plus terribles malédictions. Les Pères applaudirent, et Geminus fut largement récompensé. Il reçut une gratification d'un million de sesterces.

Sénèque était présent à la séance, et, par lui, je sus quels étaient les sentiments véritables de l'assemblée. Personne ne crut Geminus. L'histoire était plus que suspecte. On l'avait déjà racontée à propos de Romulus, puis d'Auguste. Après de tels personnages, Drusilla faisait pauvre figure. Parmi les sénateurs, les uns félicitèrent ironiquement Geminus et, en secret, admirèrent l'audace de sa tromperie. D'autres s'indignèrent, refusèrent de lui parler et même de le saluer. Ce qui ne chagrina guère Geminus, dont la situation de fortune, peu brillante jusque-là, se trouva rétablie grâce à la crédulité du prince.

La divinisation de Drusilla consola si bien Gaius que, sans plus tarder, il décida de prendre une nouvelle épouse. Son choix tomba sur Lollia Paulina, simplement parce qu'il avait entendu dire que sa grand-mère, au temps d'Auguste, avait été d'une grande beauté. Je ne sais s'il avait eu l'occasion de la voir elle-même. Quant à moi, je la connaissais bien. C'était la femme la plus vaine, la plus coquette de tout l'Empire. Elle adorait les perles. Elle en mettait partout, sur les tuniques les plus simples. Elle aimait aussi les émeraudes, surtout parce qu'elles étaient plus coûteuses que les autres pierres. Je l'ai vue, après son mariage avec Gaius, habillée de cette façon au cours non pas d'une cérémonie officielle, mais d'un simple repas de fiançailles, où elle répétait que sa parure valait quarante millions de sesterces, ce qui ne laissait pas de provoquer la jalousie de toutes les dames présentes. Mais, elle, affectant de croire qu'on mettait sa parole en doute, offrait de faire apporter les reçus signés par les marchands. Tout le monde savait que ces richesses provenaient de l'héritage laissé par son grand-père, ce Lollius, autrefois donné par le dieu Auguste comme conseiller à son petit-fils qu'il avait chargé de réorganiser les provinces d'Orient. Les intrigues de Lollius avec les rois avaient fini par être dénoncées. Elles lui avaient procuré de grandes richesses, qui, certainement, auraient été confisquées si, comme il l'en avait menacé, l'empereur l'avait appelé à rendre des comptes devant le sénat. Il évita le procès en prenant du poison, si bien que son fils et, après lui, sa petite-fille purent conserver l'héritage.

Telle était cette Lollia, plutôt sotte. Etait-elle vraiment aussi belle qu'on le disait ? Je la comparerais volontiers à une statue grecque, aux formes que l'on dit parfaites, et aux yeux vides. D'ailleurs, ce n'était pas sa beauté à elle que recherchait Gaius, mais le reflet de celle qui avait fait la gloire de sa grand-mère ! Elle se trouvait alors en Macédoine, avec son mari, Memmius Regulus, qui gouvernait le pays. Gaius leur envoya à tous deux l'ordre de revenir immédiatement à Rome. Regulus fut contraint de répudier Lollia — ce qui le chagrina beaucoup, parce qu'il ne pouvait plus disposer de la fortune des Lollii — et, au cours des fiançailles qui suivirent entre Lollia et Gaius, de jouer le rôle du père. J'assistais à la cérémonie. Lollia était vêtue d'une manière plus ridicule que jamais. Elle faisait mille manières, et on la sentait profondément heureuse d'accéder au premier rang ! Quant à moi, pour le moment, je restai dans l'ombre, mais je me promis bien, le cas échéant, de lui faire regretter le moment où, elle, elle en était sortie !

Son bonheur, en tout cas, ne dura pas longtemps. Gaius la répudia quelque temps plus tard, et lui interdit d'avoir, à l'avenir, aucune relation charnelle avec un homme, quel qu'il fût. Le prétexte de cette répudiation était que Lollia était stérile. En réalité, j'appris par l'indiscrétion d'une servante que, certes, Lollia restait sans postérité, mais parce qu'elle le voulait bien. Elle était trop fière de son corps pour risquer d'en déformer la perfection en donnant le jour à un enfant. Je me réjouis, à part moi, en pensant à ce que son insatiable coquetterie lui avait coûté. Pour l'instant, et aussi longtemps que Gaius serait empereur, elle devrait se contenter d'admirer et de faire admirer, de loin, ses émeraudes et ses perles. Et Gaius était jeune !

Moi-même, j'étais lasse du célibat que m'imposaient les absences continuelles de Domitius, et je ne l'étais pas moins des fantaisies de Gaius. J'avais dépassé, largement, ma vingtième année. Pourrais-je, un jour, être aimée pour moi-même ? Je me pris d'une vive passion pour un jeune Sicilien, d'humble origine, qui n'était autre qu'Ofonius Tigellinus, que j'ai vu, depuis, s'insinuer dans l'amitié de Nero. Tigellinus était d'une grande beauté, de celle que l'on admire, parfois, chez les pêcheurs napolitains et qui enflamme certains hommes. Cette beauté l'avait beaucoup aidé à faire son chemin dans le monde. Au demeurant, il était parfaitement corrompu, se prêtant à qui le payait. Il s'était insinué dans la maison de Vinicius et l'on disait que Livilla avait succombé à son charme. Mais elle me le céda volontiers, lorsqu'elle apprit qu'il était à mon goût, et nous nous aimâmes. Ce n'était pour moi qu'un entraînement des sens ; quant à lui, je ne pouvais supposer un instant qu'il appréciât dans nos amours plus que la satisfaction de tenir dans ses bras une sœur de l'empereur.

Outre cette liaison avec Tigellinus, je finis par accepter les hommages de Pallas. Tigellinus satisfaisait mes sens mais l'humilité de ses origines m'interdisait de le considérer autrement que comme l'instrument de mon plaisir. Il en allait autrement de Pallas, dont je pouvais attendre d'autres services. Depuis la mort d'Antonia il vivait, comme je l'ai dit, dans l'entourage de Claude, qui l'appréciait beaucoup, et il n'ignorait rien de ce qui se passait dans la Ville. Il était en même temps prudent et discret, et il m'avait laissé entendre, respectueusement, que je pouvais compter sur lui. Encouragé par moi, il devint mon amant. Ce lien, me semblait-il, serait le garant le plus sûr de son dévouement. Je n'eus jamais depuis lors à m'en repentir.

Cette vie que nous menions autour de Gaius, et où le plaisir avait sa place, fut bientôt malheureusement bouleversée, par la faute de mon frère, ses fantaisies et son désir effréné de s'élever au-dessus des humains. Après avoir construit un pont à travers la baie de Naples et l'avoir parcouru au galop de ses chevaux, déguisé en dieu Soleil, il décida brusquement de partir en guerre contre les Germains. Il était poussé, probablement, par le désir d'imiter notre père, mais aussi sans aucun doute parce que, dans son esprit, une expédition en Germanie ne pouvait que préparer la conquête de la Bretagne, cette province perdue depuis la tentative de Caesar. Il était le Soleil, il devait donc, comme le dieu, atteindre les pays du Couchant. En réalité, de tous ces projets, aucun ne fut réalisé, et chacun sait de quelle façon ridicule il se conduisit, mais cette expédition et l'absence de Gaius eurent pour nous, ses sœurs, des conséquences tragiques.

Gaius partit pour la Gaule à la tête d'un étrange cortège qui, à part les cohortes de la garde, n'avait rien de guerrier mais rappelait plutôt celui qui accompagnait son aïeul Antoine lorsqu'il était au service de Caesar, le dictateur. Il y avait là des acteurs, des danseurs, des gladiateurs, des conducteurs de char avec leurs attelages, mais aussi des femmes sans honneur, des mignons, et tout l'appareil d'une vie de plaisir. Livilla et moi étions du voyage, ainsi que Lepidus. Gaius et la cour voyageaient sur des chariots et allaient si vite que les soldats pouvaient à peine suivre et devaient allonger les étapes. Ils murmuraient en secret contre le prince, qui avait si peu d'égards pour eux. Je sentais le mécontentement grandir. Pourtant, tout se passa bien aussi longtemps que nous fûmes en route. Mais, lorsque l'armée fut parvenue à Moguntiacum, où elle fit sa jonction avec les forces commandées par Lentulus Gaetulicus, un officier particulièrement estimable et adoré de ses hommes, je vis bien que personne ne prenait Gaius au sérieux. Qu'allait-il se passer ? Allions-nous vers une rébellion ouverte ? Mais qui oserait en prendre l'initiative ? Gaetulicus avait, plusieurs fois, fait venir Lepidus dans sa tente. Qu'avaient-ils à se dire ? Ils ne me mirent pas dans leur confidence, mais je craignais le pire.

Gaius, lui aussi, avait des soupçons. En dépit des airs qu'il se donnait, je savais qu'il avait peur. C'était l'une de ses nombreuses faiblesses. Elle expliquait beaucoup de ses cruautés et la manière dont il traitait les grands personnages qu'il redoutait. Toujours aux aguets, et renseigné par les affranchis qui l'entouraient, il apprit très vite que Gaetulicus et Lepidus avaient des entretiens dont ils ne lui disaient rien. Il en conclut qu'ils formaient une conjuration pour l'assassiner, Gaetulicus appuyé sur ses soldats et comptant sur Lepidus pour parvenir jusqu'à lui, en un moment où il serait sans défense. Dès qu'il eut formulé ce soupçon, et sans réfléchir davantage, ni se préoccuper de réunir des preuves, il fit arrêter les deux hommes, après avoir disposé les prétoriens autour de ses quartiers, de manière à empêcher toute intervention de la part des soldats de Gaetulicus. Il y eut un simulacre de procès, ou plutôt une longue diatribe de Gaius lui-même, dénonçant l'ingratitude avec laquelle les deux hommes avaient récompensé ses bienfaits. Puis, sur-le-champ, il les fit égorger, en sa présence, par un centurion de la garde. Après quoi il ordonna que l'on aille nous chercher, Livilla et moi, et lorsque nous arrivâmes dans sa tente, les premiers objets qui se présentèrent à nous furent les corps de Gaetulicus et de Lepidus, étendus devant le tribunal du prince. Ma sœur et moi ne pûmes retenir un cri d'horreur. Alors Gaius nous dit :

« Regardez bien vos complices. Ah, vous vouliez me tuer ! Vous n'auriez pas hésité, si je vous avais laissé faire, mais vous aviez oublié que rien n'est caché à ma Providence. Je sais ce que vous espériez, mes deux excellentes sœurs. Je connais vos habitudes. Je n'ignore pas ce qu'était Lepidus pour vous deux. Rien que pour cela, vous méritez d'être sévèrement punies, comme l'exigent les lois du dieu Auguste. » Puis, après ce discours, il nous renvoya toutes deux dans la tente qui nous était réservée, gardée par un piquet de prétoriens. Nous connûmes alors des jours d'angoisse. Gaius allait-il nous faire exécuter, nous aussi ? Nous n'avions pas participé à la conjuration, qui, elle-même, était peut-être imaginaire. Mais notre innocence ne nous protégerait pas, et cela nous le savions. Quel sort nous attendait-il ?

Deux jours après l'exécution, les cadavres de Gaetulicus et de Lepidus furent placés sur le bûcher, en notre présence, sur l'ordre de Gaius. Tandis que les flammes montaient dans le ciel et consumaient peu à peu cette chair, bien des souvenirs revenaient en moi. Certes, Lepidus ne m'avait jamais inspiré une grande passion, et si je l'avais laissé s'unir à moi, c'était toujours sur l'ordre de mon frère. Mais je revoyais ce corps gracieux, qui ne m'avait jamais laissée totalement indifférente. Je me rappelais sa jeunesse, sa gaieté, et aussi son cynisme lorsqu'il me racontait ses amours avec Gaius. C'était un peu de moi-même que le bûcher engloutissait. Bientôt, il n'y eut plus que des cendres, qu'un soldat recueillit et déposa dans deux urnes. Gaius avait-il attendu ce moment pour nous mettre à mort, une fois que nous aurions assisté aux funérailles de ceux qu'il appelait nos complices ? Pourtant, je ne pouvais le croire, après la comédie de piété qu'il avait jouée dès qu'il avait pris le pouvoir. Après avoir, comme il l'avait fait, honoré la mémoire de sa mère et de ses frères, pouvait-il faire périr aussi misérablement les derniers survivants de sa famille ?

Pendant la nuit qui suivit les funérailles, il me fut, naturellement, impossible de dormir. Livilla et moi, nous nous traînions à peine lorsque, au petit matin, sonnèrent les trompettes du camp et qu'un centurion vint nous chercher et nous demanda de le suivre. Il refusa de répondre à nos questions et se contenta de nous dire qu'il obéissait aux ordres de l'*imperator*. Le prince nous convoquait, sans délai. Nous devions comparaître à son tribunal. Tout cela n'était guère rassurant.

Gaius siégeait déjà devant le *praetorium*, entouré de prétoriens. Je le reconnus à peine. Ce n'était plus le compagnon, parfois l'amant, l'adolescent attardé et provocateur que je connaissais, mais un personnage nouveau, effrayant. Au cours des derniers mois il avait déjà beaucoup changé, mais je m'étais accoutumée aux transformations que les années imposaient à son visage. Cette fois, dans la lumière incertaine de l'aube, ce n'était plus mon frère que je voyais. Son visage était plus pâle que jamais, ses yeux disparaissaient presque au fond de ses orbites sous son front que la calvitie (qu'il n'avait pas pris soin de dissimuler, contrairement à son habitude) rendait immense et menaçant. Ses traits étaient contractés ; ses mâchoires serrées faisaient de lui une sorte de démon grimaçant. Son cou, plus décharné encore que de coutume, achevait de le rendre hideux. Pourtant, c'était bien lui, mon frère, que je devais maintenant affronter. Je savais qu'il jouait la comédie, une fois de plus, qu'il se composait un masque destiné à inspirer la terreur. Jamais il ne consentait à être lui-même et sincère. Même en ces circonstances dramatiques, et en raison d'elles, il se composait un personnage. Et je me demandais jusqu'où cela allait le mener.

Après un long silence, il commença enfin à parler. Il répéta, comme si c'était une vérité établie, les accusations qu'il avait portées contre nous, et, en conclusion, il ajouta :

« Je devrais vous faire exécuter toutes les deux, comme l'ont été vos complices, mais, dans ma grande bonté, je me contenterai de vous condamner au bannissement. Désormais vous ne pourrez quitter l'île de Pontia, où vos gardes vont vous conduire. Dès demain vous vous mettrez en route. Toi, Agrippine, tu porteras dans tes bras, durant tout le trajet, l'urne qui contient les cendres de ton cher Lepidus. Je suis sûr que tu apprécieras de le sentir une fois de plus contre ta poitrine. Je veux que tu profites, jusqu'à la fin, de la compagnie de ton amant. »

J'essayai en vain de plaider notre cause, de lui démontrer que j'ignorais tout de la conjuration, si même elle avait été réelle. Il ne me laissa pas parler, en disant qu'il n'avait pas seulement des îles mais aussi des épées. Il ne me restait plus qu'à me taire.

Ce retour vers Rome fut une terrible épreuve. L'urne était lourde. S'il m'avait imposé de la porter — et les soldats de l'escorte veillaient à ce que l'ordre fût exécuté — c'est, je le compris, qu'il voulait se libérer ainsi, d'une manière symbolique, de la secrète blessure que lui avait causée, il y avait vingt ans, le retour des cendres de notre père, le lent cheminement, auprès de notre mère, de Brundisium jusqu'à la Ville. Et s'il m'avait choisie, moi, au lieu de Livilla, pour porter l'urne, je devinai que c'était parce que, de ses sœurs, après Drusilla, j'étais celle qu'il sentait la plus proche de lui, celle qui remplaçait sa mère.

Enfin, le voyage prit fin. Je fus déchargée de mon horrible fardeau. Mais nous n'eûmes même pas le droit de franchir le seuil de notre maison, ni l'une ni l'autre.

Telles que nous étions, il nous fallut partir pour notre lieu d'exil. Une vie nouvelle, misérable, d'où était exclu tout plaisir, commençait pour ma sœur et pour moi.

Pendant le trajet des bords du Rhin jusqu'à Rome, j'avais eu le temps de réfléchir à ce qui m'attendait. Au fond de mon infortune, je tirai une consolation du fait que j'étais vivante, alors que j'aurais pu, aussi, perdre la vie. Cette vie, il me faudrait la conserver. Je jugeai peu probable que Gaius me fît tuer, comme cela risque d'arriver aux exilés, que l'on commence par faire oublier à tous avant de les égorger. Si Gaius avait voulu ma mort, rien ne s'opposait à mon exécution publique, devant les soldats. Donc, il avait décidé que je vivrais, et j'étais bien décidée à le faire. Sans tarder, je commençai à organiser mon existence sur cette île, où la présence de bannis n'éveillait plus la curiosité. La surveillance n'était pas sévère. Le centurion responsable de nos personnes, Livilla et moi-même, était assez débonnaire et avait tendance à nous accorder certaines facilités, à condition que nous ne cherchions pas à quitter l'île. Nous disposions d'une sorte de cabane, non loin du rivage. Il y avait deux lits, un foyer où allumer du feu, comme on le pouvait, en ramassant des broussailles et des épaves. Près de la cabane, un puits, dont l'eau était loin d'être excellente, mais avec laquelle il était possible d'arroser les quelques plantations que quelqu'un, je ne savais qui (j'espérais que ce n'était ni ma mère ni Nero), avait eu le courage d'entreprendre dans un repli de terrain. Livilla restait prostrée, et appelait la mort, tandis que je tentais de rendre la vie possible. Le garde venait de temps en temps nous apporter quelque nourriture, des rations militaires, qui consistaient surtout en blé. Je découvris, dans un coin de la cabane, un vieux moulin formé de deux pierres de lave, qui me permit d'obtenir une farine mêlée de son. J'en fis des galettes, que je cuisais sur des pierres plates chauffées sur notre feu. Livilla, d'abord, refusa d'y goûter, puis, morte de faim, elle s'y résigna.

J'avais réussi à dissimuler, sous une tunique, une bourse contenant quelque monnaie. Cela me permit d'acheter les services d'une fille un peu folle que l'on voyait errer dans la campagne. Grâce à elle, je me procurai de la vaisselle de terre et, de loin en loin, une nourriture moins rude que notre mauvaise farine. Peu à peu, la vie devenait tolérable, si l'on consentait à l'accepter au lieu de faire comme Livilla, toujours gémissante au souvenir des plaisirs qu'elle goûtait autrefois dans sa maison de Rome. Le plus pénible était l'inaction. Avec elle venaient l'ennui et, finalement, le désespoir. A ce problème, j'imaginai deux solutions : d'abord, cultiver, tant bien que mal, le petit jardin que j'avais découvert. La fille me fournit les plants de quelques herbes aromatiques et des graines. Je pus ainsi, après quelques mois, récolter des concombres, qui nous rafraîchirent pendant la forte chaleur de l'été. Je me rappelai ce que m'avait révélé Eutychus, lorsqu'il me faisait lire les vers où Virgile décrit le bonheur de ce vieillard qui, à Tarente, et précisément sur une terre aussi ingrate que celle où nous nous trouvions, « chargeait sa table de mets qu'il n'avait point achetés ». Je n'avais pas oublié non plus les propos de Sénèque, si attentif à me faire découvrir quelles ressources nous pouvons trouver en nous, même lorsque s'effondre notre univers.

Grâce à la bienveillance de notre gardien, je pus bientôt profiter d'un autre plaisir, celui de nager dans la mer. Il m'avait donné la consigne de ne pas m'écarter au-delà d'une certaine limite, mais il ne craignait pas réellement que je m'évade à la nage et je n'en avais moi-même aucune envie. Je me baignais donc chaque jour, longuement, et je sentais que c'était là un remède efficace à mes maux.

Mon principal souci était le sort de Nero, mon fils. Lorsque Gaius m'avait enjoint de partir pour la Germanie, il m'avait fallu le laisser à Rome. Je ne pouvais compter sur Domitius, de plus en plus malade, et qui ne quittait plus sa villa de Pyrgi. J'avais eu recours à sa sœur, Lepida, qui avait bien voulu accueillir Nero dans sa maison. Je n'étais pas très rassurée sur la manière dont elle l'élèverait. Mais je n'avais aucune autre solution. Cette séparation, qui m'éloignait de Nero et faisait que, si je le revoyais un jour, il serait pour moi un étranger, m'était fort pénible. Après avoir attendu si longtemps cet enfant, voilà qu'il m'était enlevé ! Mais je m'interdisais d'y penser, en me disant que c'était pour lui aussi que je luttais, pour le retrouver lorsque je serais rendue à la liberté.

De temps en temps j'apercevais des pêcheurs, les uns lançant leur ligne depuis le rivage, les autres traînant un filet derrière leur barque. Je compris que je pourrais peut-être, grâce à eux, avoir quelque communication avec le reste du monde. Cela n'irait certainement pas sans risque mais, au prix de quelques précautions, il me sembla que la chose était faisable. Un jour que je nageais, loin de mon gardien qui somnolait à l'ombre derrière un rocher, je pus me glisser le long d'une barque et engager la conversation avec le pêcheur. En prévision d'une rencontre de cette sorte, j'avais avec moi une pièce d'or, qui fut auprès de lui la meilleure des introductions. Tout le monde évidemment, parmi les rares habitants de l'île, mais aussi sur la côte, connaissait notre existence. L'homme ne fut pas étonné par mon apparition et, moyennant le prix que je lui proposais, accepta que je lui donne un message qu'il se chargerait de faire porter à Rome. Le soir, je rédigeai une lettre pour Pallas. Le lendemain, le pêcheur revint et je pus la lui remettre. Quelques jours plus tard, par le même moyen, je recevais une réponse de Pallas.

Peu à peu, grâce à ce stratagème, je pus avoir les nouvelles de Rome. En peu de mots, Pallas m'apprit d'abord que Gaius s'était marié, une fois de plus. Il avait épousé, me disait Pallas, Milonia Caesonia. Ce qui me causa une véritable stupéfaction. Quoi, cette femme, bien plus âgée que Gaius et franchement laide, mère déjà de trois enfants, était parvenue à rendre mon frère amoureux d'elle ? C'était incroyable. Pallas me disait que le prince en était follement épris. Je savais qu'elle avait trouvé le moyen, depuis quelques mois, après la mort de Drusilla, de se glisser dans l'intimité de Gaius et l'on eut la preuve de leur liaison lorsque, trente jours seulement après leur mariage, Caesonia mit au monde une petite fille, que son père appela Drusilla (quel hommage à la mémoire de la morte !) et qui, plus tard, prouva par sa méchanceté qu'elle était bien de lui.

Par les lettres de Pallas, j'appris aussi que mon oncle Claude venait de contracter son troisième mariage, cette fois — et ce me fut une grande surprise — avec Valeria Messalina. Claude avait quarante ans. Messalina quinze, dix ans de moins que moi. Elle appartenait à notre famille et, comme nous, descendait du dieu Auguste, en même temps qu'Antoine. Elle était, assurément, digne de notre lignée ! Mais cela ne me rassura pas pour autant. J'avais vu Messalina grandir dans la maison de sa mère, ma belle-sœur Lepida, qui l'avait eue de son premier mari. J'aurais dû l'aimer. Mais cela m'avait été impossible. Quelque chose en elle m'effrayait. Adolescente, elle ne manquait pas d'un certain charme, celui de la jeunesse, avec son visage plein et rond, que n'embellissait pas un nez charnu et assez fortement busqué. Volontiers insolente, elle n'avait connu aucune discipline mais avait toujours été livrée à elle-même par sa mère qui avait laissé le soin de son éducation aux nourrices, aux affranchis et aux esclaves, selon les humeurs et les caprices de l'enfant. Si bien qu'elle n'en avait jamais fait qu'à sa tête et n'obéissait qu'à la fantaisie du moment et à ses instincts.

Une lettre de Pallas m'apprit que, malheureusement, Lepida recommençait avec Nero ce qu'elle avait fait avec sa fille, qu'elle se préoccupait peu de lui et l'abandonnait, lui aussi, à la compagnie de valets. Ses pédagogues, si on peut les appeler ainsi, étaient un coiffeur et un danseur. Etranges maîtres pour assurer l'éducation de celui dont j'espérais bien faire, un jour, le maître du monde ! Je me consolai en me disant que mon exil ne durerait pas toujours. Il serait temps, alors, d'aviser. Pour Messalina, il était déjà trop tard. Qu'allait-il advenir de ce mariage avec Claude ? Cette fille volontaire, indisciplinée et, je le devinais, tout entière dominée par ses sens, quelle compagne serait-elle pour mon oncle ? Et lui, pourquoi l'avait-il épousée ?

Jusqu'à ce moment, il n'avait pas eu beaucoup de chance avec ses épouses. Des fiançailles bientôt rompues, au commencement de sa vie, puis celle qu'il devait épouser mourant le jour même fixé pour les noces, ensuite l'incroyable Urgulanilla, dont il se sépara parce qu'elle menait une vie de débauche. C'était une femme brutale, du moins si j'en crois ce que l'on en dit et ce que m'avait confié mon oncle, lors de notre mémorable voyage en pays étrusque. On la soupçonnait d'avoir, un jour de colère, tué un homme ! Je ne l'avais pas connue moi-même. Le divorce avait eu lieu pendant l'une des dernières années de la vie du dieu Auguste. Depuis lors, Claude n'avait pas d'épouse. Sa situation à la cour du Palatin, le peu d'estime que l'on avait pour lui faisaient que les pères de jeunes filles se souciaient peu d'en faire leur gendre. Je soupçonnais que Messalina avait décidé, sans prendre conseil de personne, de devenir sa femme. Il est vrai que son père était mort à l'époque où elle naissait et que plus personne ne se souciait d'elle. Je ne crois guère qu'elle l'ait jamais aimé. Que vit-elle en lui ? Sans doute un mari qu'elle pourrait mener à sa guise, un homme déjà vieux, qui avait la réputation d'être grand amateur de femmes, dont elle pourrait aisément satisfaire les sens, tandis qu'elle-même trouverait son plaisir ailleurs, au gré des aventures qu'elle pourrait avoir. Le calcul de Messalina était assez clair. C'était celui d'une adolescente que rien ne retenait. Je voyais moins bien pourquoi Claude s'y était prêté. Peut-être avait-il été séduit par la jeunesse même de Messalina, mais aussi les flatteries, les caresses qu'elle ne lui avait certainement pas ménagées. Claude, j'avais pu m'en apercevoir, gardait en lui un fond de naïveté que l'âge n'avait pas entamé. Il était naturellement porté à croire tout ce qu'on lui disait, ne soupçonnait jamais que l'on pût user d'hypocrisie envers lui. Si Messalina lui affirmait qu'elle était amoureuse de lui, il ne voulait pas en savoir davantage. Il était prêt à l'aimer, à en faire son épouse. Le besoin de tendresse qu'il conservait en lui, et dont il m'avait donné des preuves, l'empêcha de réfléchir davantage. Lorsque j'appris ce mariage, je me dis que moi-même autrefois, si je l'avais désiré, j'aurais pu le séduire et je regrettais presque de ne pas l'avoir fait. Mais à ce moment-là, j'avais d'autres ambitions et je ne pouvais imaginer qu'un jour ce serait lui qui...

Claude avait eu, certainement aussi, une autre raison pour accepter le mariage avec Messalina. Urgulanilla lui avait bien donné deux enfants, mais ils étaient morts tous deux. Ne pouvait-il espérer que Messalina, enfin, le rendrait père ? Cet espoir, je le comprenais. N'avais-je pas, moi-même, appelé de mes vœux le jour où j'aurais un enfant ?

Le temps n'était plus où Gaius affectait d'honorer son oncle et où il ne le ridiculisait que dans l'intimité du palais. Le mépris qu'il lui portait n'était plus dissimulé. J'appris que pendant les jours où nous étions emmenées en exil, Livilla et moi, le sénat avait envoyé à l'empereur une délégation pour le féliciter d'avoir échappé à la conjuration de Gaetulicus et Lepidus, et, afin d'honorer la famille du prince, en avait confié la présidence à Claude. Ce qui déplut fort à Gaius qui, m'écrivait Pallas, s'indigna que l'on eût choisi son oncle, comme s'il était encore à l'âge où l'on doit s'incliner devant les remontrances d'un oncle ! Lorsque la délégation se présenta, il entra dans une violente colère, allant jusqu'à se précipiter sur Claude si brutalement que le malheureux tomba dans le fleuve près duquel ils se trouvaient tous deux ! On eut beaucoup de peine à ramener notre oncle sur la rive.

J'appris aussi que la rancune de Gaius continuait de s'exercer contre toutes les personnes qu'il croyait ou feignait de croire complices de la conjuration. Pallas m'écrivait, non, je crus le discerner, sans quelque malice, et peut-être satisfaction, que Tigellinus avait été, lui aussi, frappé de bannissement, pour la seule raison qu'il avait été mon amant. J'avoue ne pas en avoir été autrement émue. Le jeune Sicilien retrouverait, sur quelque rivage lointain, la vie qu'il avait connue dans son enfance, et il n'était pas homme à se laisser vaincre par le désespoir.

Je faisais part à Livilla de toutes les nouvelles que je recevais. Mais elle n'y prenait que peu d'intérêt. Chaque instant lui pesait. Elle n'entrevoyait pas la fin de notre bannissement, peut-être même n'avait-elle plus l'énergie suffisante pour la souhaiter. Elle ne pouvait imaginer qu'un jour elle reprendrait sa vie d'autrefois. Et pourtant, elle venait à peine de dépasser sa vingtième année !

Quant à moi, je ne perdais pas l'espoir. Ce que m'écrivait Pallas sur la conduite de Gaius me laissait à penser que l'empereur devenait dément. Il se comportait d'une manière si déraisonnable que la folie était la seule explication possible. Et c'était pour moi une raison d'espérer. Il était impossible que Rome fût à la merci d'un prince dément. On ne pourrait le tolérer. Lorsque son règne finirait, d'une manière ou d'une autre, ce serait pour nous la fin du supplice. Je rêvais parfois, la nuit, à notre retour dans une Rome qui nous accueillerait avec de grands transports de joie, qui nous rendrait notre rang et nos honneurs. Le jour revenu, je me traitais de folle. Certes, on pouvait s'attendre à ce que

Gaius perdît le pouvoir, mais, ensuite, que se passerait-il ? Y aurait-il quelqu'un pour le prendre, ou allait-on connaître de nouvelles guerres civiles ? Si Rome se donnait un nouveau maître, que l'on trouverait parmi les sénateurs, notre famille perdrait son rang. Ah, si Germanicus avait vécu, il aurait été appelé, par la voix de tous, à recueillir l'héritage. Je maudissais Tibère, qui avait si bien réussi à exterminer, un à un, les membres de notre famille et n'avait laissé subsister que le moins digne.

En Gaule, Gaius, cependant, se couvrait de ridicule. Il faisait la guerre à l'Océan et prétendait régner sur lui aussi bien que sur la terre entière. Il se croyait vraiment devenu dieu. Il lui arrivait, m'a-t-on raconté depuis, d'interpeller Jupiter, et de le défier. Il avait entrepris de jeter un pont entre le Palatin et le temple du dieu, au Capitole. Ainsi, disait-il, nous serons voisins, lui et moi. De toutes ces excentricités, je ne fus pas témoin, évidemment. Je les appris plus tard. Ce que je savais, c'est que la patience des Romains commençait à se lasser. Les simples citoyens voyaient avec inquiétude que le prince vivait dans la plus grande familiarité avec deux rois venus d'Orient, Agrippa de Palestine, Antiochos de Commagène. Ne risquait-il pas d'en recevoir des leçons de tyrannie ? Les sénateurs étaient encore moins rassurés. Gaius exigeait d'eux qu'ils lui donnent de plus en plus d'argent, sous les prétextes les plus divers. Pour créer de nouveaux impôts et alourdir les anciens, son imagination était d'une grande fertilité. Mais, en outre, il persécutait de mille façons les personnages les plus importants, si bien que beaucoup non seulement souhaitaient sa mort et la demandaient aux dieux, dans leurs prières secrètes, mais étaient prêts à passer à l'action. Ce qui arriva avant la fin de la quatrième année de son règne. Deux officiers de la garde, les tribuns des soldats Chaerea et Sabinus, décidèrent de le tuer. Ce qu'ils firent lors des Jeux palatins le septième jour avant les calendes de février.

Je fus aussitôt prévenue par une lettre de Pallas, que m'apporta le pêcheur, devenu un grand ami, et qui trouvait à ce commerce plus de profit qu'à poursuivre les poissons du golfe. En même temps que la mort de Gaius — que je reçus avec des sentiments fort mêlés, qui n'étaient pas tous joyeux, même si cela signifiait pour Livilla et moi le retour dans la ville — la lettre m'annonçait la nouvelle la plus stupéfiante, la plus imprévue et finalement la meilleure que je pouvais espérer : Claude succédait à Gaius, l'oncle au neveu. Les prétoriens avaient voulu qu'il en fût ainsi. Le sénat ne s'y était pas opposé. Claude serait donc empereur. Il l'était déjà. Les soldats lui avaient prêté le serment rituel. On avait bien un peu parlé, au sénat, de rétablir la République, mais aucun des Pères ne le voulait vraiment. Claude était frère de Germanicus, ce qui était de bon augure. Ce nom seul promettait que le nouveau principat pourrait être concilié avec la liberté.

Lorsque j'annonçai la nouvelle à Livilla, elle ne voulut d'abord pas y croire. Elle me dit que Pallas cherchait à me flatter, en me faisant espérer que nous allions être enfin libres. Lorsque je lui fis comprendre que ce ne pouvait être le cas, elle me dit que, de toute façon, elle n'avait plus envie de vivre, qu'elle était vouée au malheur et, si on me rappelait à Rome, que je parte sans elle. Elle voulait mourir sur cette île, comme notre mère et notre frère. Ses lamentations n'en finissaient pas. Je la laissai donc à son désespoir, si peu justifié désormais, et je réfléchis d'abord à ma situation, puis, de proche en proche, aux voies de la Providence divine. Ces deux ordres de considérations étaient pareillement encourageants. Claude étant empereur, j'avais auprès de lui un allié tout trouvé, Pallas, qui appartenait à sa maison. J'avais aussi pour moi les souvenirs de notre amitié, lorsque je n'étais

LIVRE IV

MON ONCLE CLAUDE

Claude n'avait pas perdu de temps pour nous arracher à notre exil. Notre rappel avait été l'un des premiers actes de son règne. Comme l'avait fait Gaius au début du sien, il voulut rendre hommage à sa famille. En même temps qu'il mettait fin à notre supplice, il instituait des Jeux solennels en l'honneur de son père, Drusus, et de sa mère. Il proclama la divinité de Livie et, ce qui de sa part était un retour aux plus anciennes coutumes, établit des courses de chars consacrées à sa mémoire. Plus que jamais il entendait rendre évidente la prédestination de notre famille. Ce qui n'était pas sans me plaire et me confirmer dans mes espérances. Aussi, afin de lui témoigner notre reconnaissance et avant même de revenir chacune dans notre maison, Livilla auprès de son mari et moi dans la demeure, maintenant vide, du Palatin, nous allâmes directement au palais. Il nous reçut avec la plus grande cordialité, moi surtout, qui avais toujours été sa préférée, mais il eut aussi quelques mots aimables pour Livilla, en l'assurant qu'il était très heureux de la rendre à « son excellent ami Vinicius ». Il ajouta, en bafouillant quelque peu, ce qui était un signe d'émotion, que les dieux l'avaient appelé au rang qui était maintenant le sien pour réparer le mal que Gaius avait fait. Il souhaitait faire oublier le souvenir de sa folie et de ses injustices, et, pour cela, il avait tout naturellement commencé par nous.

Je trouvai à mon oncle comme une dignité nouvelle. Ce n'était plus le pauvre Claude, qui s'attendait toujours à être en butte à quelque plaisanterie, et n'osait jamais être lui-même. Il était vraiment l'empereur, à la fois le premier des citoyens et le guide de tous les habitants de l'Empire. Il le savait et cela lui conférait un calme, une sérénité que je ne lui avais jamais connus. J'en fus heureuse, naturellement, mais aussi un peu triste, car je le sentais plus loin de moi que dans le passé. Alors, brusquement, par un élan du cœur, je me dis que je ferais tout pour retrouver cette intimité qui m'avait été si précieuse. Puis, nous le laissâmes à ses affaires, qui étaient aussi, désormais, celles de l'Etat.

Livilla, donc, se rendit chez elle, où l'attendait Vinicius, qui avait, lui aussi, à se louer de la clémence de Claude. Il se trouvait en effet parmi les sénateurs qui accompagnaient Gaius le jour où, revenant du théâtre, le tyran avait été assassiné dans un couloir du palais. Il aurait pu être considéré comme complice des meurtriers — ce qu'il était peut-être — et, comme eux, être exécuté par Claude, qui jugeait devoir faire un exemple, afin d'éviter qu'à l'avenir des officiers du prétoire aient l'idée de trahir leur serment et de tuer leur *imperator*. Vinicius ne fut pas inquiété, bien que quelques-uns de ses amis aient tenté de le faire proclamer empereur pendant les deux ou trois jours d'incertitude qui avaient précédé la désignation de Claude par le sénat, légalisant ainsi ce qu'avaient décidé les soldats. Vinicius avait repris tranquillement sa vie habituelle, de grand seigneur, de sénateur dont l'avis faisait autorité parmi les Pères. Et il retrouva Livilla, sans grandes démonstrations, mais avec une satisfaction visible, comme si elle revenait vers lui après un long voyage.

Pendant notre retour, Livilla m'avait fait part de son

inquiétude. Comment son mari allait-il la recevoir alors que Gaius l'avait bannie en la déclarant coupable d'adultère ? Elle s'attendait à quelque scène violente, peut-être à un divorce. Elle fut un peu déconcertée en constatant que rien de tel ne se produisit. J'avais prévu qu'il en serait ainsi, et je l'avais dit à ma sœur, qui s'était refusée à me croire, sans doute pour le plaisir pervers de nourrir ses angoisses. Mais Vinicius était un homme calme et sage. Il en avait donné la preuve dans le passé, car il n'avait rien ignoré des relations que sa femme avait eues avec Gaius et avec Lepidus. Il l'avait accepté comme un mal inévitable. Il mettait en pratique le précepte que le poète Naso donnait aux maris, leur conseillant de ne pas se montrer jaloux envers leur femme, ou leur maîtresse, et de faire preuve de savoir-vivre en acceptant, avec une âme égale, ce qu'ils ne pouvaient empêcher.

Le rôle de mari n'est jamais facile, lorsque mille tentations assiègent une femme — et quelle femme, quelle qu'elle soit, en est à l'abri ? Il était particulièrement difficile lorsque leurs épouses étaient les sœurs de Gaius. Vinicius avait évité le sort de Lepidus. Il est vrai qu'il n'avait jamais eu avec Gaius les mêmes relations que celui-ci. Il s'était tenu soigneusement en dehors de ces intrigues et de ces jeux ! Quant à mon mari à moi, il était trop occupé de lui-même, de ses débauches personnelles pour se soucier des aventures que j'avais pu avoir, et qui me semblaient bien modestes, avec Pallas et Tigellinus. J'avais appris sa mort, au cours de l'été qui précéda notre rappel. L'hydropisie avait eu raison de lui, dans sa villa de Pyrgi. La nouvelle ne m'avait pas beaucoup émue. Depuis longtemps il ne m'était plus rien. Il avait cessé d'exister pour moi après la naissance de Nero, sinon même beaucoup plus tôt, à partir du moment où je savais que je n'étais pas stérile. Domitius buvait trop. La vie publique ne l'intéressait pas. Mes ambitions, s'il les soupçonnait comme c'était probable, lui restaient totalement étrangères. Il portait sur toutes choses un regard ironique, sauf lorsqu'elles le concernaient directement. Alors, il était capable de violentes colères, comme celles qui, dans sa jeunesse, étaient restées mémorables, et que j'ai rappelées.

J'étais donc vraiment seule, dans cette Rome enfin libérée des folies de Gaius. Dans notre maison du Palatin je ne trouvai qu'une vieille servante, restée là peut-être par fidélité, peut-être plutôt, je le soupçonnais, parce qu'elle n'avait pas d'autre asile possible. Elle me raconta ce qui s'était passé en mon absence. Gaius avait confisqué tous mes biens. Cela, je le savais. Ce que j'ignorais, c'était la manière dont cette confiscation avait eu lieu, la violence avec laquelle les agents du fisc avaient agi, enlevant tous les meubles qui avaient autrefois appartenu à Germanicus et à ma mère. Naturellement ils avaient commencé par mes bijoux et mes parures, qu'ils s'étaient partagés, n'en remettant aux trésoriers du prince que ce qu'ils ne pouvaient dissimuler. Heureusement mon amie Acerronia, sur la fidélité de qui je puis compter et je compterai toujours, avait réussi à en sauver une partie. Il n'en demeurait pas moins que devant cette maison dévastée, dont avaient disparu mes plus précieux souvenirs, ceux de mon enfance, et ceux qui étaient attachés à la personne même de ma mère, ceux qui me donnaient l'illusion que rien n'avait péri, que le temps continuait de se dérouler, je fus presque désespérée. Les objets meurent moins vite que les humains. S'ils viennent à nous être enlevés, eux aussi, plus rien ne reste. A cette impression de solitude, de total dénuement, s'ajoutait comme l'impression d'avoir subi un viol, une souillure que rien ne saurait effacer.

Puis, les premiers moments passés, je refusai de m'abandonner à ce mouvement, qui me portait à ne plus rien souhaiter que m'anéantir. Je me raisonnai. La nouvelle de mon retour s'était répandue, et plusieurs de nos affranchis revinrent, pour m'aider à reprendre la vie. Claude me fit verser une somme d'argent assez considérable. Puis les revenus de nos domaines recommencèrent à affluer. Je pus assez rapidement remeubler la maison, remplacer les boiseries qui avaient été arrachées, les peintures murales souillées ou découpées. Je m'aperçus que tout cela n'était pas sans me procurer un certain plaisir. Depuis le temps où notre maison avait été décorée pour la première fois, la mode avait changé. On n'aimait plus guère les grands tableaux qui occupaient toute une paroi. On préférait des compositions plus compliquées, où l'on voyait des colonnades, surmontées de faîtes qui semblaient flotter dans le ciel, et sur lesquels étaient posés des oiseaux inhabituels. Je me passionnai pour ce nouveau style. En même temps je réussis à découvrir, chez les marchands de l'Argilète et de Suburre, des objets venus d'Egypte, pour remplacer ceux que j'avais perdus et qui me rappelaient le grand voyage de mon enfance. Il y avait des statues de sphinx, des images représentant Anubis, et, bien sûr, ma chère Isis. Je parvins de cette façon à reconstituer un peu du décor d'autrefois. Il me semblait que je pouvais abolir le temps, cicatriser l'horrible blessure provoquée par la folie de Gaius.

Je ne dois pas oublier non plus, parmi les achats que je fis alors, avec bientôt une véritable frénésie qui m'aidait à oublier ma peine, les nombreuses étoffes de soie importées par les marchands syriens et qui, disaient-ils, avaient été apportées au prix d'un long voyage depuis le pays des Sères, très loin, dans les régions où se levait le Soleil. Des rayons de l'astre naissant, certaines conservaient les nuances, les couleurs de l'aurore ; d'autres offraient la pourpre du soir. Il y avait aussi les tapisseries de notre province d'Asie. J'en achetai un grand nombre, pour parer les lits de table et ceux de nos chambres. Telle fut l'occupation de mes premiers mois. Je recevais beaucoup de visiteurs, des amis que je retrouvai avec plaisir. Parmi eux, Sénèque, l'un des plus assidus. Mais je constatai, avec amusement, qu'il se rendait au moins aussi souvent chez Livilla que chez moi, et ses visites ne semblaient pas déplaire à ma sœur. Je n'ai jamais su très exactement jusqu'où allait leur intimité. À vrai dire, je ne m'en suis jamais beaucoup souciée. Sénèque était pour moi un ami. Je n'avais aucun droit à censurer sa conduite, en supposant même qu'elle dût l'être. Sa vie privée restait fort secrète et je ne vis jamais son épouse d'alors. Nos conversations portaient presque exclusivement sur des sujets très généraux. Le souvenir du règne de Gaius lui inspirait des réflexions ingénieuses sur l'exercice du pouvoir et les sentiments qu'il fait naître dans l'esprit d'un prince. Et c'était, aussi, l'une de mes préoccupations.

Bien souvent je m'interrogeai, en me demandant pourquoi Gaius nous avait traitées, ma sœur et moi, avec tant de rigueur. Ni elle ni moi n'avions commis aucun crime, aucune faute à son égard. J'en venais même à douter que la prétendue conjuration de Gaetulicus et Lepidus ait été bien réelle. Ce qui était une réalité, c'était la férocité, la cruauté de mon frère. Lui dont j'avais connu la gentillesse, la gaieté lorsqu'il était enfant et adolescent, comment avait-il pu accomplir des actes aussi monstrueux que ceux qu'on lui reprochait maintenant ? Il était allé, me disait-on, jusqu'à nourrir les fauves destinés aux Jeux avec la chair de prisonniers, exécutés à cette fin. Chaque fois qu'un condamné était mis à mort, il recommandait au bourreau de ne le frapper que par petits coups, afin que le supplice dure plus longtemps. Comme cela contrastait avec la tendresse dont, bien souvent, je l'avais vu faire preuve !

Dans ses relations avec nous, sa famille, apparaissait la même incohérence. Peu de temps après avoir rendu à sa mère et ses frères les honneurs que j'ai dits, il avait désespéré notre grand-mère par la manière dont il la traitait, refusant de lui accorder un entretien, la rudoyant, affectant de croire qu'elle avait l'intention de l'assassiner. Si bien que la pauvre femme était morte de chagrin. Beaucoup de personnes allaient même jusqu'à assurer qu'il lui avait fait donner du poison, ce que je ne veux pas penser. Quoi qu'il en soit, il la priva de tous les honneurs funèbres que son rang aurait dû lui valoir. Et, tandis que brûlait le bûcher, quelque part sur l'autre rive du Tibre, il regardait la fumée qui montait dans le ciel, et qu'il apercevait du haut de la tour du palais où se trouvait sa salle à manger favorite, et ne cessait de plaisanter avec ses familiers.

Qu'il eût fait exécuter son frère Gemellus, cela, je le comprenais. C'était une mesure politique, nécessaire. Le pouvoir ne se partage pas et la sécurité de l'Etat était en jeu. Mais pourquoi avoir fait tuer aussi Junius Silanus, le père de Claudilla, sous le prétexte ridicule qu'il aspirait à prendre le pouvoir ? Silanus, après la mort de sa fille, n'avait cessé de considérer Gaius comme un fils. Il lui donnait des conseils, les meilleurs du monde, et cela exaspérait mon frère, qui finit par le tuer.

Des conduites aussi contradictoires me déroutaient. Je ne croyais guère que le mal, plus ou moins réel, dont il avait souffert au début de son règne, ait provoqué chez lui un changement profond, un dérèglement de l'esprit. Ce qui m'apparaissait plutôt, c'était une évidente continuité entre les espiègleries de l'enfant et les cruautés du tyran, le désir d'aller contre toutes les règles acceptées par les autres, d'exalter sa propre personne, de défier l'univers entier, bref, de se conduire comme un dieu. Ce que j'avais vu de mon frère, en ses derniers temps, ce que l'on m'en avait dit s'accordait assez bien avec cette idée que j'avais. Je savais aussi que Gaius, au fond de lui-même, n'avait jamais cessé d'avoir peur, et, plus il prenait conscience de son pouvoir, plus il redoutait les périls que cela entraînait pour lui. Le mépris d'autrui, joint à une crainte maladive qui l'obsédait, fit de mon frère l'exemple le plus évident des maux que le pouvoir absolu peut causer dans un Etat.

La conduite de Gaius était l'un des sujets dont nous nous entretenions le plus volontiers avec Sénèque. Et, à partir des leçons du passé, nous esquissions ce que pourrait être, dans l'avenir, le sort de Rome. Sénèque avait deviné l'ambition qui m'animait, et je savais, sans qu'il me l'eût dit bien clairement, qu'il était prêt à la soutenir. Il ne se faisait aucune illusion sur la nature humaine, telle que la montre le spectacle des cités et des peuples, les passions qui aveuglent la raison, l'attachement à toutes les fausses valeurs, le règne de la force. Il en concluait que si l'on devait se mettre en colère contre tant de crimes, on ne tarderait pas à tomber dans un état de rage confinant à la folie. Peu à peu, il m'ouvrait les yeux et me faisait comprendre que le grand secret d'une monarchie, la seule manière pour faire qu'elle ne dégénère pas en tyrannie, était de rendre le monarque aussi proche que possible de la Sagesse ! Là se trouvait le point d'équilibre, dans le cœur et la raison du prince. Je me laissais volontiers persuader par ses paroles, qui s'accordaient si bien avec mes propres réflexions sur la conduite de Gaius, puisqu'il m'apparaissait, avec une évidence désormais totale, que tout, au cours de ce règne devenant, d'année en année, plus détestable, avait sa source dans l'emprise que les passions et les troubles de l'âme exerçaient sur lui. Et je me promettais bien de veiller à ce que Nero ne fût jamais victime des illusions qui, je le voyais maintenant, avaient obscurci la raison de mon frère.

Je pensais que Nero, lorsqu'il serait en âge d'entendre Sénèque, pourrait profiter de ses conseils, que cela l'aiderait à devenir à son tour le dépositaire du pouvoir et, surtout, lui permettrait de le conserver, ce qui est assurément le plus difficile, comme venait de le montrer l'exemple de Gaius. Comment Nero pourrait-il devenir le disciple de Sénèque? Je ne l'imaginais pas d'une façon précise. Je ne voulais évidemment pas faire de Nero un homme d'école. Mais je commençais à entrevoir que la sagesse ne passe pas forcément par les bavardages traditionnels chez les Grecs et leurs disciples romains. Sénèque s'en tenait fort éloigné, et c'était l'une des raisons pour lesquelles je l'estimais autant.

Je remis donc à plus tard la réalisation de ce qui n'était encore qu'un rêve assez imprécis. Des préoccupations plus immédiates s'imposaient à moi. Pour le moment, Rome avait un empereur, mon oncle Claude. Serait-il, lui, un « bon » empereur, ou allait-il recommencer les erreurs de mon frère ? Si, pour être un bon empereur, il convenait d'abord de maîtriser ses passions, je doutais fort que Claude y parvînt. Je voyais bien qu'il était totalement dominé par sa nouvelle épouse, et j'avais tout à redouter de Valeria Messalina. Son emprise sur lui était totale. Il était amoureux d'elle avec passion, et des raisons honorables pouvaient justifier — s'il se préoccupait de le justifier, ce que je ne croyais guère — l'entraînement des sens. Messalina venait de lui donner deux enfants, et de mettre fin à ce qui avait été pour lui un long regret. Gaius régnait encore lorsque était née Octavie. Un peu moins d'un an plus tard, vint Britannicus — qui ne portait encore que le nom de Germanicus ! — alors que Claude n'était qu'au vingtième jour de son règne. Les dieux — et Messalina — le comblaient !

Je comprenais bien que Messalina essaierait, par tous les moyens, de conserver la fascination qu'elle exerçait sur lui et que, par conséquent, elle ferait tout pour nous éloigner, Livilla et moi. Nous étions encore jeunes, un peu moins qu'elle, certes, mais encore suffisamment pour que notre jeunesse ne laisse pas indifférent un homme comme Claude. Lorsque nous rendions visite à notre oncle, ce qui était assez fréquent, Messalina s'arrangeait pour être toujours présente. Je ne tardai pas à mesurer le danger. Livilla, elle, fut moins sage. Impatientée par les manœuvres de Messalina pour l'empêcher de rencontrer le prince sans présence indiscrète, elle trouva le moyen d'avoir avec lui des entretiens d'où l'autre était exclue. Alors la jalousie de Messalina ne connut plus de limites. Et, de plus, Livilla ne projetait-elle pas de la détrôner, elle, la mère d'Octavie et du petit Germanicus ? Sa propre sécurité lui imposait d'abattre une rivale détestée, qui ne la flattait pas, ne lui adressait aucun des hommages auxquels elle croyait avoir droit. Pendant plusieurs mois elle ne dit rien, mais prépara le piège dans lequel, finalement, Livilla fut prise.

De mon côté, je devinai le péril et je fus plus prudente. Certes, je ne pouvais rester sans époux, mais il me semblait bien difficile de supplanter Messalina, qui était alors dans toute sa gloire de jeune mère. L'idée d'épouser Claude m'avait effleurée, certes. Il était le frère de mon père, ce qui faisait de ce mariage un inceste, selon la tradition romaine. Mais cela ne m'effrayait nullement. Un empereur pouvait modifier les lois, en créer de nouvelles. Mais le moment n'était pas encore venu, s'il venait jamais, et je devais jeter mes filets sur un autre.

Le mari que je choisirais devait remplir certaines conditions bien précises. Il devait appartenir à une grande famille, alliée à la nôtre, d'aussi près que possible. Il ne devait pas non plus être trop âgé, mais cela m'importait moins. Il fallait surtout qu'il fît un empereur présentable, lorsque le moment viendrait de donner un successeur à Claude. Après bien des réflexions, qui m'amenèrent à éliminer un grand nombre de personnages, le meilleur candidat me sembla être Sulpicius Galba. Il avait une excellente réputation. Quant à sa noblesse, elle était incontestable. Il rattachait son origine, par son père, à Jupiter, par sa mère à la Crétoise Pasiphaë, qui descendait du Soleil et comptait la magicienne Médée parmi ses lointaines cousines. Je dois avouer que tant d'illustrations me laissaient assez indifférente. Il me suffisait que lui-même appartînt à une vieille famille romaine, qui s'était illustrée bien souvent au temps de la République. Je pouvais, quant à moi, lui apporter le prestige des Julii. D'ailleurs il avait été, dans sa jeunesse, familier d'Auguste et de Livie, qui lui portait une grande affection et avait avec lui quelque parenté.

Mais il n'y avait pas que cela. Galba semblait être désigné par les dieux pour régner un jour sur Rome. On racontait sur lui d'étranges histoires, qui ne me laissaient pas indifférente. Cela avait commencé au temps de son grand-père : un jour que le vieillard offrait un sacrifice pour effacer le mauvais présage d'un coup de foudre, tombée sur un arbre de leur propriété, un aigle lui avait arraché des mains les entrailles de la victime et les avait transportées sur un chêne chargé de glands. On consulta les devins, qui donnèrent une réponse inattendue : les dieux annonçaient par ce prodige qu'un jour la famille des Sulpicii posséderait le pouvoir.

Une autre fois, et alors que Galba n'était encore qu'un enfant et qu'il jouait dans la maison de Livie, Auguste, en passant, lui pinça la joue et lui dit : « Toi aussi, mon petit, tu goûteras à une bouchée de notre pouvoir. » C'était une inspiration soudaine. Auguste n'avait aucune raison de penser vraiment ce qu'il venait de dire. Mais nous savons bien que les divinités se plaisent à mettre dans la bouche des mortels, parfois, des paroles qui annoncent l'avenir. Les Destins s'étaient encore manifestés une troisième fois, lorsque Tibère avait cru lire dans les astres que Galba deviendrait empereur. Ce qui l'avait fort ému, mais le bon Thrasylle l'avait aussitôt rassuré. Cela, lui avait-il dit, ne se produirait que lorsque Galba aurait atteint un âge avancé. Sur quoi mon grand-père avait répondu : « Dans ce cas, qu'il vive, puisque cela ne me concerne pas directement. » Mais il y eut plus surprenant encore. Il avait une vingtaine d'années lorsqu'il rêva que la déesse Fortuna lui disait qu'elle se trouvait debout, devant sa porte, et que s'il n'allait pas la chercher au plus tôt elle tomberait au pouvoir du premier passant venu. Intrigué, il se leva et lorsqu'il eut ouvert la porte qui donnait sur la rue, il découvrit, placée à même le seuil, une statue de bronze, haute de plus d'une coudée, qui représentait la déesse. Il la prit dans ses bras et la transporta, dès qu'il le put, dans la villa de Tusculum, qui appartenait à sa famille et où il se plaisait à passer l'été. Il la déposa dans le laraire et, chaque mois, lui adressait des prières et lui offrait des sacrifices.

Où aurais-je pu trouver un mari plus visiblement prédestiné à régner ? Je décidai donc de me faire épouser par lui. Malheureusement, il était déjà marié avec une certaine Lepida, de la famille des Aemilii, qui lui avait donné deux enfants. C'était un obstacle, mais peut-être pas insurmontable. Cette Lepida était de faible santé. Espérant qu'elle ne se dresserait pas longtemps sur mon chemin, je me mis à faire des avances à Galba. Ce qui déplut fort à la mère d'Aemilia, et provoqua une altercation, au cours d'une réception, entre elle et moi. La vieille dame s'emporta avec une grande violence et s'oublia jusqu'à me frapper ! Il est vrai que je ne lui avais pas ménagé les insolences. Peu de temps après Lepida mourut, ainsi que ses deux enfants. Galba était veuf. La voie m'était ouverte, mais j'avais changé d'idée. Galba, de son côté, ne témoignait pas d'un grand désir de se remarier, et puis, toute réflexion faite, les vertus qui étaient les siennes ne m'attiraient guère. Il avait, certes, toute mon estime, mais j'avais peur de beaucoup m'ennuyer avec lui ! Je me disais aussi que rien n'est moins certain qu'un présage, que ce serait folie de m'engager en me fiant à ceux qu'avait reçus Galba. Ce qui me découragea, finalement, ce fut la prédiction de Thrasylle, assurant à

Tibère que Galba régnerait, mais en son grand âge. Or, il n'avait que dix ans de plus que moi. Me faudrait-il attendre si longtemps pour parvenir au pouvoir ? J'abandonnai donc les espoirs que j'avais, un moment, fondés sur Galba et je jetai mon dévolu sur le mari de ma belle-sœur Domitia, l'aînée, ce Passienus Crispus qui avait défendu ses intérêts contre Domitius et obtenu gain de cause. Pourquoi lui ? Les dieux ne l'avaient pas honoré de prodiges, même incertains, mais il était fort riche et, en outre, c'était un homme d'esprit, comme je l'ai dit. Il figurait, de plus, parmi les amis de Sénèque, qui l'avait en haute estime. Il ne me fallut pas longtemps pour le détacher de sa femme, que je haïssais (et qui me le rendait bien). Elle avait refusé de le suivre en Asie, dont Claude lui confia le gouvernement peu de temps après son avènement, et il en avait été fort mécontent. Il lui gardait rancune d'avoir préféré les délices de sa magnifique propriété de Baïes et ses domaines de Ravenne, où elle se rendait en automne, à la saison où la terre met partout l'abondance. Aussi, lorsqu'il revint, il refusa de vivre avec elle et ils divorcèrent, l'année même où il était consul pour la deuxième fois.

Mon mariage avec Crispus ne fut pas seulement le résultat d'un engouement sentimental. J'avais acquis assez d'expérience pour savoir qu'un mariage d'amour, s'il ne manque pas de charme au début, peut devenir assez vite un obstacle pour une femme soucieuse de faire bonne figure dans le monde, et plus encore si elle est, comme moi, désireuse de parvenir au rang suprême. J'avais d'autres motifs que l'amitié que je portais à Crispus. Et d'abord sa richesse. Car, j'en étais parfaitement consciente, il me faudrait disposer de moyens considérables pour parvenir à mes fins. Je devrais faire preuve de générosité pour m'assurer des soutiens et, aussi, mener une vie fastueuse, les Romains ayant tendance à admirer et respecter les personnages que leur richesse élève au-dessus du commun. Ils ont le sentiment que les dieux les aiment, et que, par conséquent, ils méritent qu'on les estime, qu'on reconnaisse en eux des êtres exceptionnels. Il était inconcevable qu'un pauvre soit appelé à gouverner l'Empire. Donc, Crispus était riche, très riche et si je partageais sa fortune, tout me serait plus facile.

Mais là ne s'arrêtait pas ce que je pouvais attendre de lui. Il était, dans Rome, un grand personnage. Il avait le prestige que lui valait son éloquence, qui était, dans sa famille, un véritable don héréditaire. De plus, adopté par le petit-neveu de Sallustius, l'historien ami de Caesar, il avait eu accès à des secrets d'Etat, dont la connaissance pouvait se révéler fort utile. C'était son père adoptif, je ne l'oubliais pas, qui avait autrefois aidé, dans l'ombre, le dieu Auguste et aussi Tibère dans des affaires où il était impossible d'agir au grand jour. Il y avait là un art auquel Crispus s'était trouvé, tout naturellement, initié et auquel j'aurais peut-être à recourir. Je fus bien amusée lorsque je lus le petit poème que Sénèque composa pendant son exil et qu'il dédia à Crispus. Sénèque y faisait allusion à ce talent caché de son ami, en écrivant : « Crispus, toi qui n'avais jamais de pouvoir sinon lorsque tu voulais rendre service... » Certes, le véritable Crispus n'était ni le consul ni le gouverneur de provinces, mais l'homme qui avait encore à son service le réseau naguère organisé par son père adoptif et dont l'efficacité s'étendait à travers tout l'Empire. J'entendais en profiter pour moi-même. Et je me disais aussi que si, dans un proche avenir, je trouvais un meilleur parti, il serait toujours possible d'abandonner Crispus.

Ces préoccupations me laissaient peu de temps pour penser à mon fils, qui continua pendant quelques mois de vivre chez sa tante Lepida. Cela ne me plaisait guère, mais que pouvais-je faire, aussi longtemps que ma maison ne serait pas entièrement réorganisée ? Et puis, il y avait une autre raison. J'avais pu constater que

Lepida s'était prise d'affection pour Nero et compris qu'elle souhaitait le conserver chez elle le plus longtemps possible, même si elle s'occupait peu de son éducation. Or, Lepida, depuis le mariage de sa fille avec Claude, et plus encore depuis que celui-ci se trouvait au pouvoir, avait acquis, du moins je le pensais, une certaine influence au Palatin. Je n'avais donc aucun intérêt à me la rendre hostile. Mais, d'autre part, je réfléchissais que, entre Lepida et Claude, il y avait Messalina qui, elle, me haïssait et qui redoutait en moi, comme en Livilla, une rivale possible. Je ne doutais pas non plus qu'elle n'eût que fort peu de sympathie pour mon fils, surtout depuis qu'elle-même en avait donné un à l'empereur. Tout bien considéré, je résolus d'affronter le déplaisir de Lepida et de reprendre Nero. Je le fis dès que j'eus suffisamment réorganisé notre maison, rassemblé les serviteurs qui s'étaient dispersés et dont je retrouvai quelques-uns, acheté de nouveaux esclaves. Tout cela achevé, il redevint possible d'avoir mon fils près de moi. Il n'avait encore que cinq ans.

Lepida n'eut pas beaucoup à souffrir de cette séparation. Elle était occupée par d'autres changements dans sa vie. Elle venait de perdre son second mari, remarquable seulement par sa noblesse, beaucoup moins par son esprit et ses talents. Son principal mérite était d'être le descendant du dictateur Sulla, mais il n'avait ni l'énergie, ni l'ambition, ni l'intelligence de son illustre ancêtre. Lorsque Lepida le perdit, Claude ne voulut pas qu'elle vieillît dans le célibat comme ma mère autrefois, et il décida de lui donner un troisième mari. Il alla le chercher en Espagne, où il gouvernait la province. C'était un membre de la *gens Iunia,* qui, dans un passé récent, avait eu des liens avec notre famille. Cet Appius Silanus, donc, revint d'Espagne, à la demande du prince et accepta le mariage que celui-ci lui proposait. Silanus n'eut garde de refuser. N'était-ce pas un honneur de devenir ainsi le beau-père de l'empereur ? Claude, charmé de sa docilité, l'admit dans son intimité. Il ne pouvait plus se passer de lui. Intimité dangereuse, comme Silanus n'allait pas tarder à l'éprouver.

Depuis qu'elle était mère d'un fils, Messalina régnait en maîtresse à la cour de Claude. Elle avait commencé par s'attacher les principaux affranchis qui exerçaient diverses fonctions dans l'administration impériale et qui, pour cette raison, étaient en contact permanent avec le prince. Elle n'eut aucun mal à y parvenir car, fort conscients de la passion de Claude pour sa femme, tous comprenaient que leur intérêt était de la servir dans tout ce qu'elle ordonnerait et, surtout, de favoriser ses intrigues. La plupart m'étaient connus. Ils avaient été esclaves dans la maison d'Antonia et de Gaius, et c'était celui-ci qui les avait affranchis. A la vérité, tous étaient des hommes remarquables, et d'une grande culture. L'un d'eux même, Polybius, était poète ! J'ai déjà nommé Pallas et dit les importants services qu'il m'avait rendus, et aussi les relations qui s'étaient établies entre nous. Les autres n'étaient pas moins utiles à connaître. Callistus avait servi Gaius, d'abord avec le plus grand dévouement, puis, devant la folie grandissante de mon frère, il avait tenté de former une conjuration pour y mettre fin. Il avait été le complice de Chaerea, mais jusqu'à quel point personne ne le sut jamais. Il était fort habile et réussit à échapper au sort que Claude infligea aux conjurés. Il y avait aussi Narcissus, qui dirigeait le service de la correspondance impériale et, à ce titre, jouissait d'une influence quasi illimitée, parce que Claude, dont je connaissais bien les sautes d'humeur, restait parfois assez longtemps sans prendre connaissance des lettres qu'on lui adressait, depuis les plus lointaines provinces, et chargeait Narcissus de répondre en son nom. Il y avait enfin Polybius, qui, lui, servait de secrétaire à Claude et l'aidait dans les études auxquelles il se complaisait. Il ne manquait pas de travail, car mon oncle n'avait pas interrompu les recherches auxquelles il avait toujours été attaché. Il poursuivait simultanément son histoire des Etrusques et ses réflexions sur l'écriture et la grammaire. Il s'efforçait de rassembler toutes sortes de documents provenant d'Italie et des provinces, de vieilles inscriptions, que Polybius était chargé de faire copier ici ou là, lorsque quelque mot étrange, porteur d'un sens oublié, avait éveillé la curiosité d'un de ses informateurs. Polybius flattait ses manies. C'est lui qui lui suggéra d'ajouter aux lettres dont tout le monde se sert deux caractères, ridicules et inutiles, que Claude rendit obligatoires et qui, aujourd'hui, sont déjà presque oubliés.

Tels étaient les quatre personnages les plus importants de l'Empire. Et, tous les quatre, ils étaient à la dévotion de Messalina, qui, elle, était bien décidée à user de leur influence pour prendre une part du pouvoir. Mais que voulait-elle vraiment ? Je me le suis bien souvent demandé. D'abord, je pense, comme la plupart des femmes, dominer son mari, se substituer à lui dans les affaires de toute nature auxquelles elle prenait quelque intérêt. Cela, je le comprenais, pour éprouver moi-même ce désir et aussi parce que, je le savais, il avait toujours animé les femmes romaines. Elles ne s'étaient jamais résignées à n'être que des comparses sans importance, confinées dans les activités de la vie domestique. Déjà, me disait-on, au temps de la République, elles intervenaient par leurs conseils et leurs intrigues dans la conduite de l'Etat. Elles dominaient leur mari ou leurs amants et avaient, par leur obstination, raison de leur résistance, lorsqu'ils se risquaient à ne pas être de leur avis. J'avais entendu répéter à satiété le mot du vieux censeur, cet insupportable bourgeois d'un village du Latium, que « les Romains commandaient au monde, et leurs femmes commandaient aux Romains », et j'étais bien décidée à faire qu'un jour il se vérifie encore de notre temps. Je ne trouvais donc pas étonnant ni en soi condamnable que Messalina eût la même ambition. Mais entre elle et moi, que de différences ! Moi, j'étais portée par les Destins. Notre famille était visiblement appelée par les dieux à occuper le premier rang dans l'Etat. L'avènement de Claude, si inattendu, imposé à Rome contre une volonté assez générale n'en était-il pas la preuve ? Or, Messalina n'appartenait que par une moitié d'elle-même à notre lignée. Elle avait pour père un Valerius, noble sans doute, mais un personnage de second rang. Tandis que moi, à la fois par mon père et par ma mère j'appartenais au sang du dieu Auguste. Elle, elle ne pouvait remonter qu'à Octavie, sa sœur. Moi, non seulement ma grand-mère paternelle était fille de cette même Octavie mais mon autre grand-mère n'était autre que Julia, seul enfant du dieu. Ce qui me donnait un droit incontestable à participer au pouvoir, aussi directement que le comportait mon sexe.

Mais il y avait plus grave. Messalina avait à peine plus de seize ans. J'avais dix ans de plus qu'elle et, pendant ces dix années, que d'expériences avaient contribué à me former ! Je savais, pour l'avoir découvert chez Gaius, les tentations terribles que recèle la puissance. Sénèque, à plusieurs reprises, m'avait appris la nécessité pour un prince d'être d'abord maître de lui-même. Messalina le comprendrait-elle ? Même si elle n'exerçait pas directement le pouvoir, elle en serait assez proche pour en user. Or, il ne nous fallut pas longtemps pour constater que cette femme, encore adolescente, était totalement dépourvue de sagesse et même de mesure. Elle agissait en toutes choses selon ses impulsions, et les plus vulgaires, comme celles qui naissent au cœur des filles les plus ordinaires. Vaine, avide d'hommages, elle était en même temps jalouse de toutes les femmes qui avaient la réputation d'être belles. Et elle usait de son influence pour provoquer leur perte.

Sa première victime fut Livilla, qui était d'une grande beauté et, après l'épreuve de notre commun exil, avait acquis encore plus d'éclat, une sorte de sérénité, une douceur pleine de charme. Claude l'avait découverte. Il l'invitait souvent à venir lui tenir compagnie. Ils restaient de longs moments à converser, seul à seul. Il m'arrivait de taquiner ma sœur à propos de ces tête-à-tête. Elle me répondait en riant, et me jurait qu'entre eux il n'y avait rien de répréhensible, qu'elle aimait la conversation de notre oncle, comme je l'aimais moi-même autrefois, qu'elle l'admirait, en raison de ses connaissances en toutes sortes de domaines, et qu'elle était chaque fois touchée par sa naïveté, presque enfantine. Je n'étais pas entièrement persuadée par les propos de ma sœur. Je devinais qu'elle était sensible, elle aussi, au rang qu'il occupait dans l'Etat. Elle était flattée par cette intimité qu'elle avait avec lui. Mais je pensais aussi que leurs rapports n'allaient pas au-delà de cette amitié, du moins jusque-là. Tel n'était pas l'avis de Messalina qui, je l'appris par Pallas, était de plus en plus inquiète. Ce qui se traduisit d'abord par des propos outrageants, qu'elle tenait à l'égard de Livilla, puis des insinuations concernant sa conduite. Livilla avait eu le tort de ne pas lui rendre les hommages qu'elle croyait lui être dus. Messalina décida de se venger et, en même temps, de mettre fin aux relations, dangereuses pour elle, de Claude avec cette rivale. Pour cela, elle chargea quelques hommes dévoués de rassembler des preuves établissant que Livilla était loin d'être fidèle à son mari, qu'elle avait un amant, qui n'était autre que Sénèque, et que sa conduite tombait sous le coup des lois d'Auguste sur l'adultère. Puis elle la dénonça à Claude, qui se laissa persuader et consentit à ce que l'accusation fût portée devant le sénat. Les Pères, comme on pouvait l'attendre de leur docilité, condamnèrent Livilla et Sénèque à l'exil. Narcissus avait beaucoup aidé Messalina à persuader le prince en cette affaire. Claude ne se résigna pas aisément à chasser Sénèque de Rome. Il le prouva en commuant, pour lui, la peine d'exil en celle de bannissement, qui permettait au condamné de choisir son lieu de résidence et lui laissait la possession de ses biens. Crispus et moi-même, nous vîmes notre ami partir pour l'île de Corsica, et nous en fûmes fort peinés, pour plusieurs raisons, qui ne tenaient pas seulement à l'affection que nous avions pour lui.

Claude n'était au pouvoir que depuis quelques mois et, déjà, on discernait que se formait contre lui une opposition qui pouvait, un jour, devenir redoutable. Beaucoup de sénateurs jugeaient que le prince ne jouissait pas de toute sa raison. Ils le prenaient pour un être fantasque, totalement déraisonnable, mené par ses passions, et dont on pouvait attendre le pire. Crispus était assez de leur avis. Il aimait répéter que, de Claude, il préférait les bienfaits plutôt que l'estime ; que, de la part d'Auguste, au contraire, il préférait une simple marque d'estime. Tel était aussi le jugement que les principaux personnages de Rome portaient sur Claude. Et, parmi eux, se rangeait Sénèque, le plus éloquent de tous, que son éloquence et son talent mettaient au premier rang, même si son origine n'était pas des plus illustres. Narcissus l'avait parfaitement discerné et, je le savais encore et toujours par mon ami Pallas, avait voulu éloigner un homme assez prestigieux pour réunir autour de lui tous ceux qui souhaiteraient abattre Claude.

Livilla fut donc envoyée en exil, une fois de plus. Je savais, par expérience, à quel point cette nouvelle épreuve l'abattrait, et je craignais fort de ne jamais la revoir, si jamais elle était rappelée, ce qui était d'ailleurs fort peu probable. Aussi longtemps que Messalina serait l'épouse de Claude, aussi longtemps durerait son exil. Pendant le bref procès de ma sœur, son mari n'était pas intervenu. C'était, comme je l'ai dit, un homme calme et préoccupé essentiellement de sa propre tranquillité et de l'avancement de sa carrière. Il se garda de dire ou de faire quoi que ce fût qui pût déplaire au prince, et celui-ci lui conserva sa faveur. Deux ans plus tard, et alors que Messalina avait fait tuer Livilla dans son exil, Vinicius accompagna Claude pendant la ridicule expédition de Bretagne. Son indifférence et son égoïsme furent punis plus tard, certes, et je m'en réjouis à ce moment, mais lorsqu'il abandonna aussi lâchement Livilla dans le malheur qui la frappait, je ne pus m'empêcher de lui dire ce que je pensais de sa conduite. J'allai donc le trouver et je lui fis de vifs reproches. Il me répondit, fort tranquillement, qu'il ne convenait pas de discuter les décisions du sénat approuvées par le prince. Agir autrement serait un crime de lèse-majesté, qui remettrait en cause les lois mêmes de l'Etat. Je lui demandai alors s'il pensait que cette décision était juste. Il m'avoua alors, un peu contre son gré, qu'il ne le croyait pas, qu'il avait toute confiance dans la fidélité de Livilla, mais que son opinion à lui, en une telle matière, n'entrait pas en ligne de compte ; que, s'il contestait le jugement, il tomberait lui-même sous le coup d'une accusation de complicité et, bien loin de secourir son épouse, il risquait une peine d'exil. Et il ajouta : « Lorsque je serais en exil, de quel secours lui serais-je ? » Je lui fis alors promettre qu'il ferait tout pour l'aider, lui faire parvenir ce qui nous avait tant manqué, à nous-mêmes, dans l'île de Pontia, et, surtout, la réconforter en lui montrant que, pour nous au moins, elle n'était pas retranchée du monde, que nous continuions de lui être proches. Vinicius me le promit, mais je ne fus pas très rassurée. Comment, lui qui était si visiblement inquiet pour son propre sort, aurait-il la générosité de le compromettre pour adoucir celui de l'exilée ?

Sûre de dominer Claude, Messalina commença de mener, au Palatin même, une vie de plaisirs. Et son plaisir, à elle, consistait à séduire des hommes, à devenir leur maîtresse. Elle commença par les affranchis du prince, mais, très vite, ils ne lui suffirent plus. Tandis que Claude, amateur de sommeil et de vin, s'endormait chaque soir aussitôt le dîner achevé, Messalina prétextait elle aussi un grand besoin de dormir mais, accompagnée d'une servante, elle s'en allait, déguisée sous une grande cape et affublée d'une perruque blonde, chercher des aventures un peu partout dans les rues. Elle courait les tavernes et même les quartiers les plus mal famés de Rome, entre le Forum et Suburre. On m'a dit, même — mais je ne sais si cela est vrai —, qu'elle avait loué pour son usage une sorte de loge comme celles où les plus viles courtisanes reçoivent leurs clients. Et là, sur le lit de maçonnerie habituel dans ces sortes d'endroits, elle se donnait à tout-venant. Seul, un mince rideau de toile grossière séparait alors l'impératrice de la foule plébéienne qui emplissait les rues. Aux hommes qui se présentaient, elle disait qu'elle s'appelait Lycisca et, effectivement, elle se conduisait comme on prétend que le font les louves, toujours prêtes à certaines époques à recevoir le mâle. Naturellement, Claude ne savait rien de tout cela et personne n'était assez hardi pour le lui apprendre. On y eût risqué sa vie.

Messalina cherchait à satisfaire, par ces débauches grossières, les insatiables besoins de sa chair. Ce qui ne témoignait pas d'une haute qualité d'âme. Tout ce que Pallas me disait d'elle me confirmait dans l'idée qu'elle était sotte. Comment pouvait-elle imaginer que ces débauches ne la conduiraient pas, un jour, à sa perte ?

Depuis que Livilla et Sénèque étaient éloignés de Rome, je restais le plus souvent chez moi. Et je voyais grandir Nero, son intelligence s'éveiller, sa sensibilité s'affirmer. Mais il ne se passait pas de jour sans que je tremble pour sa vie. Je savais que Messalina le craignait, comme un rival possible pour son propre fils, et je la pensais capable d'armer des assassins contre lui. Je n'étais assurément pas la seule à penser ainsi, car une légende se répandit dans Rome. On raconta que l'impératrice avait chargé deux hommes de le tuer, qu'ils avaient réussi à pénétrer dans sa chambre tandis qu'il faisait la sieste, mais que, soudain, un énorme serpent était apparu sur l'oreiller du lit et les avait mis en fuite. Je savais bien que c'était faux. Le serpent était certainement celui qui avait mué, autrefois, dans le lit de Nero, mais il n'avait jamais menacé personne ! Je commençai par tourner en ridicule ce que l'on me racontait puis, brusquement, je compris que cette fable était un message que m'adressaient les dieux. Je me rappelai l'enfance d'Hercule, les deux serpents envoyés par la marâtre jalouse, et lui les étouffant dans ses mains enfantines. C'est ainsi qu'avait commencé sa vie terrestre. Celle-ci achevée, il était devenu dieu. Le symbole me sembla clair. Comme Hercule, Nero serait roi. Comme lui il serait divinisé. Je priais seulement le ciel qu'il ne connût pas les mêmes souffrances que le fils d'Alcmène. Et je ne l'en aimai que davantage.

Lorsque je racontai tout cela à Crispus, et lui dis les espoirs que je formais, il rit beaucoup. Je pus vérifier ce que Sénèque pensait de lui, qu'il était l'homme le plus habile au monde pour découvrir les illusions dont nous nous berçons. Il me dit que j'étais bien comme tout le monde et, je me souviens encore de ses paroles, « que je ne fermais pas ma porte à ce qui pouvait me flatter, que je la tirais seulement. C'est ainsi, ajoutait-il, que l'on en use avec une maîtresse, à qui l'on a fermé sa porte, mais qui nous cause un grand plaisir si elle la pousse, un plus grand encore si elle l'enfonce ». Je dus convenir qu'il avait raison, que je regardais cette légende comme un présage parce qu'elle satisfaisait mon ambition de mère. Mais je me gardai bien de lui dire que ce n'était pas seulement comme mère que je rêvais du pouvoir pour Nero, que c'était à moi que je pensais, mon propre rêve que je poursuivais, et qui devait demeurer secret. Cette ambition, qui était pour moi, comme je l'ai dit et répété déjà, une sorte de devoir sacré, Crispus ne pouvait la comprendre. Elle lui aurait semblé une illusion vulgaire, une passion comme une autre, le goût, si répandu, de la domination et auquel il convenait de ne pas céder.

Crispus, avec toute son intelligence et ses connaissances immenses, était un homme simple, d'une simplicité qu'il avait su retrouver et qui était celle d'un véritable philosophe. Il était parfois étrange. Près de sa villa de Tusculum, il existe un bois sacré, composé de fort beaux hêtres. Crispus s'était pris d'une vive affection pour l'un d'eux. Il avait coutume de s'étendre à son ombre, il lui offrait des libations de vin et même, parfois, l'embrassait et lui donnait des baisers. Auprès des serviteurs, c'était un sujet de plaisanteries. Crispus n'était-il pas un peu fou ? Lorsque je fus témoin, la première fois, de ces marques d'amour données à un arbre, j'avoue m'être posé la question. Puis, je réfléchis et j'imaginai des raisons qui pouvaient expliquer cette étrange conduite. Un arbre est un être féminin, qui possède en lui une force presque infinie pour vivre lui-même et pour donner la vie. Les feuilles et les fruits sont comme des enfants qu'il fait naître et se répandre autour de lui, et qu'il abandonne à leur destin. Chacun est semblable à une mère, comme on en rencontre tant dans nos villages, entourée de petits garçons et de petites filles qui se pressent autour d'elle. Crispus aimait la vie pour elle-même. Peut-être aurait-il souhaité avoir un enfant avec moi. Il ne me l'a jamais avoué. Il savait bien quelle eût été ma réponse. Aussi me suis-je parfois demandé si la comédie à laquelle il se livrait, cette affection qu'il témoignait à son arbre, n'était pas destinée à moi-même, pour me faire comprendre que je manquais à mon devoir, à ma nature de femme. Aurais-je dû imiter la générosité du hêtre, la puissance de vie qu'il recelait ? À la vérité, je n'en avais nulle envie. Je n'éprouvais aucun goût pour une telle destinée. Je n'étais pas une mère de village. D'autres forces m'animaient. Nero ne serait jamais que mon seul enfant. Ce serait lui, et nul autre que je porterais au premier rang !

*
**

Lasse, peut-être, de parcourir la ville à la recherche d'amants toujours nouveaux — et qu'elle se gardait de revoir jamais — Messalina avait fini par installer, dans une dépendance du palais, un lieu où elle pourrait accueillir qui elle voudrait. J'ai eu, plus tard, l'occasion de visiter ce salon consacré aux amours. C'était un ensemble formé autour d'une cour bordée de colonnes sur les quatre côtés. Sous les portiques s'ouvraient des chambres, dépourvues de fenêtres, et assez semblables à celles dont elle avait l'habitude à Suburre. Mais la tenture qui fermait chacune d'elles était un tapis de Syrie, un fond de pourpre brodé de figures toutes différentes. Les nuances de la pourpre étaient savamment graduées, passant par degrés insensibles de la couleur orangée de l'aurore au violet, comme on en voit, le soir, en automne. Quant aux figures des broderies, je me souviens d'avoir entrevu des griffons, les uns à tête d'oiseau, les autres à tête de lion, des silhouettes de léopards, des tigres bondissant, ainsi que des divinités ailées, des Amours, naturellement, comme l'appelait la nature de ce lieu, des Psychés aussi, par couples, avec les Amours. Ailleurs, c'était le cygne de Jupiter posé sur le corps de Léda, puis Danaé s'ouvrant à la pluie d'or. J'aperçus aussi le dieu sous la forme d'un taureau enlevant Europe, et Pasiphaë pénétrant dans la génisse de bois fabriquée exprès pour elle par Dédale, tandis qu'à l'arrière-plan le taureau, farouche, regarde de côté l'étrange animal préparé pour lui. Je cherchai en vain la figure de Junon. Les artistes qui avaient travaillé pour Messalina n'avaient pas osé représenter la déesse des amours légitimes. A moins que Messalina elle-même ne l'ait bannie du lieu de ses débauches. Au fond de son cœur, craignait-elle sa vengeance ?

Dans chaque cellule était dressé un lit, recouvert aussi

de couvertures précieuses et garni de coussins fort moelleux. Messalina était lasse, apparemment, des rudes divans de maçonnerie où, jusque-là, elle prenait ses ébats.

Lorsque je devins moi-même maîtresse du palais impérial, je fis détruire ce pavillon, qui ne recelait que des souvenirs fâcheux. Ce fut dommage, et je le regrettai, car il ne manquait pas de charme. Si l'on oubliait les cellules, trop révélatrices, on ne pouvait qu'apprécier le jardin aménagé dans la cour, comme on en voit dans les maisons campaniennes les plus simples. Deux arbres y étaient plantés. Ils étaient encore jeunes, mais vigoureux. Il y avait un platane et un pin. Si le temps leur avait été laissé de croître, leur ombre n'eût pas manqué de faire que ce jardin en miniature devînt un asile de paix, de silence et de sérénité, tout ce que Messalina cherchait peut-être à son insu et qu'elle avait si peu connu pendant sa brève existence. A l'époque où je visitai ce pavillon, Crispus n'était plus, mais je pensai à lui, en me disant qu'il eût trouvé là, sans doute, l'image du bonheur philosophique, celui que lui apportait le bois de Tusculum, cet accord harmonieux avec le monde, que ne viennent briser ni le désir ni rien qui soit hors de sa place. Et j'étais étonnée que cette jeune femme, esclave de ses passions, de ses sens d'abord, mais aussi d'une avidité insatiable qui lui faisait toujours aspirer à plus de richesse, ait pu créer un tel pavillon. Car c'est elle qui l'avait voulu ainsi. Je me disais alors que l'objet de nos souhaits, lorsque nous l'atteignons, échappe parfois à notre contrôle, qu'il devient autre chose, que nous errons dans la nuit et que nos actions entraînent des conséquences dont nous ne sommes pas maîtres. Tel était sûrement le cas pour Messalina. Il en allait de ce petit jardin comme de ses amours toujours recommencées. Les deux demandaient autant d'efforts pour apaiser le sentiment d'insatisfaction qui la rongeait. Chaque homme qu'elle voyait et dont elle sollicitait les caresses lui semblait être celui qu'elle attendait, et qui la comblerait. De même, lorsque le platane et le pin auraient atteint leur plein développement, il n'y aurait plus rien à désirer, chaque instant serait vécu pour lui-même, sans espoir ni crainte.

Je me doutais bien que Messalina, lorsqu'elle se retirait dans ce pavillon et y organisait ce qu'il faut bien appeler ses orgies, ne s'interrogeait pas sur les motifs qui la faisaient agir ainsi. C'est à Sénèque que je devais de pouvoir ainsi méditer sur les vices qui surgissent de toutes parts dans notre âme, et nous cachent notre vérité. Il m'avait appris que ces vices sont des tendances qui vont contre notre nature : « Tous les vices, m'avait-il dit, sont en guerre contre la nature ; tous, ils cherchent à s'éloigner de l'ordre naturel. Le plaisir ne vise à rien d'autre, sinon se complaire dans l'anarchie et non seulement s'écarter du bien mais s'en éloigner autant que possible et s'établir fermement à l'opposé. » Certes, ces paroles, Sénèque me les avait dites avant d'avoir appris les excès de Messalina, qui ne nous furent réellement connus qu'à partir des années pendant lesquelles Sénèque dut vivre dans l'île de Corsica, mais j'avais été frappée par leur vérité, ce besoin qui, parfois, surgit en nous de prendre le contre-pied de tout ce qui est établi et qui, de proche en proche, nous oppose non seulement aux autres humains mais à notre propre nature. Je l'avais parfois éprouvé moi-même et je n'étais pas certaine d'en être totalement libérée. Mais je savais aussi que, s'il m'arrivait d'y succomber, ce n'était point par aveuglement, mais consciemment, et pour des fins que moi seule je pouvais connaître et justifier.

Lasse de courir les rues, donc, Messalina désira se donner à des amants moins vulgaires et, soit manque d'imagination soit inclination véritable, elle jeta d'abord son dévolu sur Silanus, son beau-père, que sa mère venait d'épouser. Mais Silanus refusa ses avances. Le piquant de l'aventure ne le séduisit pas. Messalina commença par être furieuse, comme peut l'être une femme dédaignée, puis elle eut peur. Elle craignit que Silanus ne révélât à Claude la manière dont elle s'était conduite. Elle demanda conseil à Narcissus, qui jugea le danger réel. Tous deux conclurent qu'il fallait perdre Silanus. Narcissus se chargea de le faire. Un matin, à l'aube, il pénétra hors d'haleine dans la chambre de Claude et raconta qu'il venait d'avoir un songe dans lequel il avait vu Silanus en train d'assassiner l'empereur. Feignant la plus grande émotion, il ajouta toutes sortes de détails, si bien que le pauvre Claude se voyait déjà mort. A ce moment Messalina se présenta et dit qu'elle avait eu la même vision. Impossible de douter. C'était bien un présage, qu'il fallait conjurer. Silanus reçut, dans la journée même, l'ordre de mourir. Il se fit aussitôt ouvrir les veines. Mais, auparavant, il raconta l'histoire à Lepida, lui révéla comment sa fille avait tenté de le séduire et quelle était la cause véritable de sa mort. Après quoi il tendit son bras à son médecin et moins d'une heure après il était mort.

Lepida n'eut apparemment pas beaucoup de chagrin. Elle n'éprouvait pas, je crois, une grande affection pour ce mari, que le prince lui avait imposé. Il était peut-être trop sage pour elle. Libérée par sa mort, elle put s'adonner à ses plaisirs, qui étaient à peu près les mêmes que ceux de sa fille, mais, je dois l'avouer, avec beaucoup plus de modération. Elle se contentait de deux ou trois amants, appartenant à sa maison. L'un d'eux était son affranchi, Pâris, qui devint plus tard si célèbre par ses talents de danseur, mais qui était, en fait, un personnage redoutable.

Il me revient à ce propos une bien curieuse histoire, par laquelle il apparaît que Lepida n'était pas moins avide d'argent que ne l'était sa fille. C'est elle qui avait affranchi Pâris, jusque-là son esclave. Mais elle ne l'avait pas fait gratuitement, et par amour pour lui. Elle avait exigé qu'il lui versât la somme de dix mille sesterces pour prix de sa liberté. Aussi longtemps que durèrent leurs amours, ce marché ne fut pas contesté, puis, ces derniers temps, lorsque leurs relations se firent moins tendres, Pâris prétendit qu'en réalité il était né libre et que c'était un abus que de lui avoir fait verser un prix pour son affranchissement. Lepida refusa de le rembourser. Le cas fut porté devant Nero, qui avait bien connu le mime au temps où il vivait chez Lepida, et avait pour lui de l'estime et de l'affection. Il donna gain de cause à Pâris. Je sais que, au moment où j'écris, la ville entière parle de cette histoire, qui ne fait honneur ni à Pâris ni à Lepida.

Au temps dont je parle, alors que Lepida était encore aimée de Pâris, Claude partit en Bretagne, où il espérait, naïvement, faire croire qu'il avait remporté la victoire, et Messalina disposa sans contrainte du palais. Le pavillon dont j'ai parlé était déjà construit et je sus alors, par ce que me dit Pallas, à quel usage elle le destinait. Elle y convoqua des dames de l'aristocratie, épouses de sénateurs et de chevaliers importants, accompagnées de leurs maris. D'abord, elle se contenta de n'en faire venir que quelques-unes, puis un plus grand nombre. Des tables étaient dressées sous les portiques. Tout le monde était invité à boire si généreusement que, dans l'ivresse générale, hommes et femmes ne tardaient pas à s'abandonner aux désirs que le vin avait fait naître en eux. C'est à leurs amours qu'étaient destinées les cellules du péristyle.

Ainsi, Messalina avait entrepris de transformer en prostituées les plus grandes dames de Rome, et elle y réussissait. Je me demandai si, en s'assurant la présence des maris, elle en espérait une sorte de volupté perverse, qu'elle prenait à avilir les uns et les autres, outre l'excitation provoquée par le spectacle lui-même. Sénèque ne m'avait-il pas prévenue, lorsqu'il avait montré que les vices de l'âme ne tendent à rien moins qu'à détruire tout ce qui compose notre nature ? Ici, Messalina détruisait cette part de respect mutuel, sans laquelle la société humaine ne peut que se défaire. Comment, au lendemain d'une telle nuit, ces hommes et ces femmes pourraient-ils supporter de se revoir ? Mais je réfléchis en même temps que, toute sotte qu'elle fût, Messalina ne manquait pas de ruse. Même en l'absence de Claude, un risque subsistait. Quelqu'un pouvait avoir l'idée de tout raconter au prince lorsqu'il reviendrait. Mais le scandale serait si énorme que, si Claude était tenté de punir les coupables, il ne pourrait le faire qu'en les exilant, voire en les faisant mettre à mort. Le sénat et les premières décuries de chevaliers seraient décimés. Prendrait-il un tel risque ? La présence des maris faisait d'eux des complices, et les lois juliennes sur l'adultère n'étaient pas abrogées. Messalina ajoutait donc au plaisir pervers d'une débauche collective une sorte d'assurance qu'elle resterait impunie.

Tandis que j'essayais de comprendre Messalina, je me rappelai que mon frère, en maintes circonstances, n'avait pas agi différemment. J'avais décelé en lui la même impulsion à souiller les meilleurs sentiments, lorsque, par exemple, il nous avait prostituées à Lepidus ou qu'il m'avait condamnée à porter dans mes bras l'urne funèbre de mon ancien amant. Je me souvenais aussi qu'il avait forcé des sénateurs, revêtus de leur toge, à courir le long des routes, auprès de sa voiture ou à faire office de serviteurs pendant qu'il dînait. C'était donc ce même goût de la destruction que je retrouvais chez Gaius et chez Messalina, les deux cousins. L'un et l'autre avaient pour aïeul Antoine, qui avait, lui aussi, éprouvé de telles passions, et n'avait pas su leur résister. Etait-ce seulement le goût du plaisir qui l'avait poussé à devenir le mari d'une reine, à humilier devant elle la majesté romaine, à se prétendre, de son vivant, l'égal d'un dieu, enfin à porter ouvertement les armes contre Rome ? Etranges plaisirs, acquis au prix de mille peines, et qu'il aurait pu goûter paisiblement dans ses villas ;

non, ce qu'Antoine cherchait à satisfaire, n'était-ce pas ce même goût du sacrilège, que je retrouvais chez Gaius et chez Messalina ?

Je me disais alors que, moi aussi, je portais en moi le sang d'Antoine, et non pas seulement celui d'Auguste, du dieu Auguste. Ne connaîtrais-je point les mêmes tentations ? Cette pensée me causait une grande angoisse et, pour la combattre, je m'interrogeais sur moi-même, sur les sentiments et les impulsions qui m'animaient. Et je découvris alors qu'il existait une grande différence entre mon frère et ma cousine et moi-même. Eux, ils n'aimaient rien tant que détruire, souiller, avilir eux-mêmes et les autres. Moi, au contraire, j'étais poussée par une force intérieure à construire, à exalter en moi des puissances qui, j'en étais persuadée, allaient dans le sens du Bien, vers ce qu'exigent notre nature et celle de l'Univers.

A ce point de mes réflexions, je me disais, un peu ironiquement, que les leçons de Sénèque n'avaient pas été perdues pour moi, que mon horreur de la philosophie n'incluait pas la sienne. Je voyais clairement que la grandeur de Rome et de son Empire était conforme à l'ordre du monde et qu'il valait la peine d'y contribuer, aussi grands que soient les efforts que cela exigeait. Mais, me disais-je encore, ces efforts ne risquaient-ils pas de faire mon malheur, de me condamner à une vie d'angoisses et de tourments ? Sur ce point aussi je fus secourue par le souvenir de ce que m'avait dit Sénèque. Il m'avait enseigné que, si l'on recherchait la sérénité, il convenait de n'entreprendre que des actions en accord avec notre nature profonde. Or, ma nature, à moi, n'était pas de méditer dans le silence. Elle me poussait à parvenir au rang suprême, non pas en raison des avantages matériels qu'il comporte, mais pour lui-même, parce que je me sentais profondément romaine, et je n'oubliais pas les vers de Virgile, rappelant aux Romains qu'il leur appartient de gouverner le monde.

Aussi longtemps que je ne serais pas à même d'y contribuer directement, je ne pourrais trouver la sérénité. Or, cette tâche, je me sentais capable de l'accomplir, mieux que personne, mieux, assurément, que ce malheureux Claude, que bernaient aussi bien sa femme que ses affranchis.

Messalina avait établi autour de lui un réseau de connivences qui lui dissimulait toute réalité. Ses principaux complices étaient les hommes que j'ai dits. Mais elle utilisait aussi des auxiliaires plus humbles, des servantes dressées à toutes les subtilités des amours charnelles, et dont Claude appréciait les services. Certes, il était moins exigeant en ce domaine que ne l'avait été son oncle Tibère, à Caprée, mais les inventions de ces filles lui plaisaient assez. Je suppose que Messalina l'abandonnait assez volontiers à elles, non seulement parce que c'était une garantie de sa propre liberté, mais aussi parce que cela lui donnait le droit de le mépriser. Et la satisfaction qu'elle en éprouvait étouffait en elle le sentiment de jalousie qui eût été naturel, chez toute autre, à l'égard de celles qui, ne fût-ce que très temporairement, tenaient dans leurs bras l'homme qui était et restait son mari !

Toutes ces précautions, pourtant, pouvaient se révéler insuffisantes, une faille se produire dans ce mur de complicités qu'elle avait élevé autour de Claude. Quelques honnêtes gens subsistaient dans son entourage. Parmi eux le préfet du prétoire Justus, un vieux soldat qui avait servi sous Auguste, et fut indigné par la conduite de l'impératrice. Il essaya de tout révéler à Claude. Messalina eut grand-peur, mais elle réussit à l'empêcher de parvenir jusqu'à lui et obtint sa destitution, au prix de quelques caresses.

Je m'aperçois, en revenant sur ces années, que presque tous mes souvenirs portent sur Messalina et ses intrigues. La raison en est peut-être la vie que nous menions, Crispus et moi. Vie sage, retirée, qui convenait assez au caractère de mon mari, mais assez peu au mien. Il se plaisait dans la villa de Tusculum, à l'ombre de son hêtre. Il guettait les premiers bourgeons qui s'ouvraient, les feuilles qui se dépliaient. Je me demande s'il ne leur adressait pas des paroles d'encouragement. Du moins ne l'a-t-il jamais fait en ma présence. Il savait fort bien que j'avais peu de sympathie pour ce jeu auquel il se livrait et dans lequel il était facile de discerner qu'il entrait une grande part de comédie. Je n'ai jamais aimé les affectations de cette sorte. Certes, j'avais été sensible, pendant mon enfance et mon adolescence, au charme de notre jardin du Palatin, mais depuis lors des objets plus importants m'occupaient tout entière. Crispus, lui, bien qu'il eût exercé des charges officielles, avait préféré l'ombre. Il n'avait aucun mal à se tenir loin des affaires et il trouvait la sérénité sous le hêtre, pareil, me disais-je, au berger de Virgile. Aussi, alors que nos relations restaient en apparence aussi bonnes et intimes qu'aux premiers jours de notre mariage, je ne cessais de me dire que ma vie ne pouvait demeurer à jamais ce qu'elle était devenue, que Crispus n'était pour moi qu'un asile provisoire, en attendant que les circonstances deviennent favorables à mon ambition. Mais, aussi longtemps que Messalina régnerait au Palatin, la prudence m'imposait de me faire oublier.

Une nouvelle qui me parvint à ce moment me confirma dans ma résolution. Livilla avait été tuée dans son exil. Personne ne douta que ce ne fût sur l'ordre de Messalina. Claude n'avait aucune raison de mettre à mort une nièce qu'il aimait bien, autrefois, et qui n'était coupable d'aucun crime. Et je me disais, non sans amertume, que Livilla, si peu portée à lutter, si disposée à accepter passivement les coups du destin, avait, bien malgré elle, provoqué la jalousie de Messalina, alors que moi... Plus que jamais je devais m'abstenir de tout ce qui pouvait servir de prétexte à notre abominable cousine.

Claude, par une sorte d'inspiration soudaine, avait décidé de conquérir la Bretagne et mena grand bruit autour de son expédition. Il avait même fait rassembler des éléphants, qu'il n'eut d'ailleurs jamais l'occasion d'engager et qui ne dépassèrent pas la Gaule. Lui-même resta six mois absent de Rome, sur lesquels il ne passa que seize jours dans l'île ! Mais cela suffit au sénat pour qu'on lui décernât le triomphe et toutes sortes d'honneurs, qu'il partagea avec Messalina. Elle obtenait ce que Tibère avait longtemps refusé à sa mère. Elle fut une seconde Livie, mais sans les vertus et les habiletés de celle-ci. Ses habiletés, à elle, étaient d'une autre sorte. Elles n'avaient pour objet que de lui procurer toujours de nouveaux amants, et, sur ce point, son audace ne connaissait plus de bornes. Elle ne vivait plus que pour cela et risquait tous les dangers.

Ainsi, elle s'était amourachée de Mnester, que j'ai bien connu. Il était d'une grande beauté et c'était un acteur de talent. Il avait été l'un des favoris, sinon même le mignon de Gaius. Mnester, en dépit de toutes les tentatives de Messalina, se refusait à elle. Alors, pour le conquérir malgré lui, elle avait imaginé un stratagème assez extraordinaire. Le sénat avait ordonné, pour condamner la mémoire de Gaius à l'oubli, de fondre toutes les monnaies de bronze frappées à son effigie. Elle s'était fait attribuer la masse de métal ainsi obtenue et s'en était servie pour faire couler des statues représentant Mnester. C'était un honneur exceptionnel, inouï, en échange duquel elle espérait bien que l'autre consentirait à la satisfaire. En quoi elle se trompait. Il continua, obstinément, à la repousser. Elle prit donc un parti extrême. Elle alla trouver Claude, revenu de Bretagne, et se plaignit à lui de la conduite de Mnester, non certes du refus qu'il lui opposait, dont elle ne précisa pas la nature, mais, plus généralement, l'accusa d'insolence à son égard et elle pria son mari d'ordonner à l'acteur de faire « ce qu'elle lui demanderait ». Elle avait bien choisi son moment, alors que Claude, à la fin d'un dîner, n'était guère capable de poser des questions. Il fit, sans méfiance, ce qu'elle voulait et enjoignit à Mnester de se mettre totalement à la disposition de l'impératrice. C'est ainsi que, finalement, elle obtint ce qu'elle souhaitait si passionnément.

Tant de débauches ne passaient pas inaperçues même du petit peuple, qui se moquait ouvertement de Claude. Mais lui faisait semblant de ne pas entendre, et peut-être ne comprenait-il pas, car il était le plus souvent plongé dans ses pensées, tout occupé à former quelque projet. Je n'ai jamais connu personne d'aussi distrait ; on eût dit qu'une partie de son esprit se trouvait toujours loin de lui, ce qui l'amenait à tenir des propos étranges, qui faisaient rire. Ainsi, à la fin d'un procès auquel j'assistais, comme on lui demandait en faveur de qui il décidait, il se borna à répondre : « Je suis pour celui qui a dit la vérité. » Et l'on ne put lui en faire dire davantage.

Beaucoup d'autres histoires couraient sur son compte. Toutes ne lui donnaient pas le beau rôle, mais elles n'étaient pas toutes à sa défaveur. On louait son zèle à juger, sa patience à écouter les avocats, sa bonne volonté évidente, même si l'on regrettait que, chaque fois qu'il descendait les marches du tribunal, il trébuchât et dût être soutenu par une main secourable. Généralement, dans le peuple, il avait bonne réputation, ce qui n'était pas sans me causer un certain plaisir. La vieille affection que je lui conservais y trouvait son compte. Je regrettais d'autant plus de ne pouvoir lui rendre visite et avoir avec lui des conversations comme celles d'autrefois, au cours desquelles il m'apprenait tant de choses. Mais la toute-puissance de Messalina, dans le palais, m'incitait à ne pas y paraître et à mener une vie retirée, bien contraire à mes goûts. Nous allions souvent, Crispus et moi, dans la villa de Tusculum et nous passions beaucoup de temps à l'ombre des hêtres. Il y avait là une sorte de sanctuaire, autour d'un autel de pierre orné de reliefs représentant des joueurs de flûte, des couronnes et des bucranes. Crispus l'aimait beaucoup. Il avait fait planter tout autour des rosiers qui grimpaient sur un treillis de bois et, lorsqu'ils étaient en fleur, répandaient un parfum délicieux. L'ombre des arbres était fraîche, même lorsque le reste du jardin était écrasé de soleil. Nous restions là, étendus sur des lits de repos, et nous bavardions. Nous parlions de ce qui se passait à Rome, et, un jour, je fis la remarque que jamais la Ville n'avait connu une si grande profusion de spectacles et de jeux publics et je demandai à Crispus ce qu'il en pensait.

« Ton oncle, me répondit-il, est assez âgé et il a suffisamment d'expérience pour savoir que dans une cité comme la nôtre, où tout dépend du prince, il n'en existe pas moins un juge suprême, qui décide finalement de tout, en dernière instance, même si, en apparence, il n'a pas son mot à dire. Ce juge souverain, c'est le petit peuple de Rome. Et il faut lui complaire. Tu sais comme moi que la raison n'a pas de prise sur lui ; il n'obéit qu'à des idées vagues, à des mots sans contenu précis, qui font naître dans les esprits des élans spontanés, souvent absurdes, mais avec lesquels le prince doit compter.

« Tu te rappelles ce que raconte Platon, à propos de cet attelage de chevaux qui entraîne notre âme ? Rares, dans la Ville, sont les hommes qui se laissent guider par le cheval docile, patient et paisible. La plupart sont entraînés par l'autre, celui qui n'est que violence et rébellion, qui n'obéit ni à la parole ni même à l'aiguillon. Le prince est le cocher, qui doit conduire cet étrange attelage, faire que les deux bêtes entraînent le char où il veut le mener. Il doit agir sur l'un et sur l'autre de manière différente. Au premier il parlera doucement, il le raisonnera ; l'autre, il le flattera, il l'apaisera en lui donnant des friandises, il imaginera tous les moyens de lui faire plaisir. Il se gardera surtout bien de provoquer son mécontentement. Or, c'est bien ce que fait Claude, et j'admire sa politique. Tu te rappelles comment Gaius s'était arrangé, par maladresse ou insouciance, peut-être par défi, de telle sorte qu'à un certain moment tous les greniers de la Ville étaient vides et où il ne restait du pain que pour quelques jours ? A quelles émeutes n'avons-nous pas échappé ! Claude n'a pas oublié la leçon. Il a tout fait, tu le sais comme moi, pour qu'à l'avenir le peuple n'ait plus jamais faim. Mais il ne suffit pas de nourrir le cheval rétif, il faut ne jamais le laisser oisif ni permettre qu'il s'ennuie, mais entretenir en lui des passions inoffensives. Aussi longtemps que la plèbe romaine s'enthousiasmera pour les exploits accomplis par des gladiateurs ou des chevaux et qu'elle admirera des animaux venus de loin mourir sur l'arène, aussi longtemps le calme régnera ici.

— Crois-tu vraiment, répondis-je, que Claude soit un aussi profond politique ? Et qu'il ait pensé à ce que raconte Platon ? Il est assez peu philosophe, et, sur ce point, je l'approuve assez. J'admire, certes, que tu connaisses si bien les livres de Platon, mais je reste persuadée que Claude a d'autres raisons de donner tant de Jeux.

— Naturellement, dit Crispus, je ne pense pas non plus que ce soit un dialogue de Platon qui lui ait enseigné la prudence lorsqu'il s'agit de conduire le peuple. Je puis même te dire qu'en matière de politique, Platon déraisonne et qu'il faudrait être fou pour tenter de mettre ses idées en application. Mais on peut penser aussi que Claude a découvert tout cela par lui-même, en s'inspirant des exemples que lui avait donnés ton estimable frère.

— Tu oublies quelque chose, ô mon mari. Tu ne tiens pas compte de sa passion pour le passé de notre peuple, pour les rites qui risquent d'être oubliés, ou les traditions qui se perdent. Il est persuadé — je le sais par les nombreuses conversations que j'ai eues avec lui, au temps où cette maudite louve ne me tenait pas éloignée de son intimité — que la grandeur, l'existence même de Rome exigent que tout cela soit continué, religieusement. Toute négligence met notre cité en péril. Notre alliance avec les divinités qui nous ont faits ce que nous sommes ne peut être sauvegardée qu'à ce prix. Or, tu le sais aussi bien que moi, les dieux sont toujours présents aux Jeux. Ce n'est pas sans raison que la procession apporte leurs images jusque dans la grande loge du Cirque, qu'on les installe sur des lits, et que les danseurs gesticulent, chantent et dansent en leur honneur. Qu'adviendrait-il de nous si l'on changeait quoi que ce soit à nos fêtes, qui sont aussi celles des dieux ? »

Crispus ne fut pas entièrement persuadé que ce fût l'explication, ni, si telle était l'intention de mon oncle, qu'il eût raison d'agir ainsi. Je le soupçonne fort de penser, à la manière, dit-on, des épicuriens dont il imite le mode de vie, que les affaires des hommes n'intéressent en aucune façon les dieux. Il ne l'avoue pas nettement, mais sa conduite ne peut guère s'expliquer autrement. Le petit autel près duquel nous nous trouvions n'était sans doute pour lui qu'une jolie chose, qu'il aimait sans croire que, par son intermédiaire, nous pouvions atteindre les divinités. Et, tandis que tombait le soir, que l'air se faisait plus doux, et que Crispus somnolait, je réfléchissais à ce que j'attendais des dieux. Je crois qu'ils se soucient de nous. De cela, je suis sûre, mais je crois aussi que nous ne pouvons tout attendre d'eux. Ils ne peuvent encourager la paresse. Il faut les aider à conduire notre vie et celle de notre cité. Ils attendent que nous, les Romains, nous les assistions dans leur lourde tâche, qui est de gouverner l'univers. Et les Jeux institués en leur honneur sont des moyens qu'ils nous offrent pour y parvenir. De cela, j'avais l'intuition ; j'ai toujours ressenti toutes les péripéties des Jeux comme des images où se reflètent des aspects de tout ce qui existe. Comme dans le monde réel, on y voit des combats, qui s'achèvent pour les uns par la victoire, pour les autres par la mort. N'en est-il pas ainsi dans la réalité ? Et puis, il y a la découverte, exaltante, de la gloire. Cette gloire, qui s'attache aux chevaux vainqueurs d'une course, les animaux eux-mêmes la ressentent. Il est visible qu'ils aiment les acclamations de la foule. En de tels moments, je suis moi aussi emportée par un étrange sentiment qui me donne l'impression de m'élever au-dessus de la terre ; il me semble que plus rien ne peut s'opposer à moi et à ma volonté, quelle qu'elle puisse être. Et je sens, en même temps, que les spectateurs partagent tous ce transport. Je m'interrogeais sur cette force irrésistible qui anime simultanément des milliers d'hommes et de femmes dont tous les regards sont dirigés vers le char du vainqueur parcourant une dernière fois la piste. C'est là, sur la longue piste du Cirque, que je découvrais Rome, non par un acte de raison (cela eût été absurde !) mais par un mouvement, que je ne pouvais contrôler, de mon être le plus profond.

Ces réflexions, poursuivies sous les hêtres de Tusculum, dans la senteur des roses, me confirmaient dans mon ambition de devenir un jour le guide de cette masse humaine, si diverse en elle-même, mais qui trouvait son unité dans cette victoire, remportée en son nom, et pour elle, par quatre chevaux qui, à la différence de ceux de Platon, s'étaient élancés ensemble, avaient fait ensemble l'effort de parvenir les premiers à la ligne de craie qui marquait le terme de leur course. Je ne pouvais qu'approuver Claude de multiplier les occasions offertes au peuple d'éprouver cette exaltation de la gloire. Je me demandais seulement s'il le faisait en pleine connaissance de cause, s'il était conscient des forces qu'il libérait ainsi ou bien, comme je l'avais suggéré à Crispus, s'il ne faisait que céder à sa passion des choses antiques, à son respect pour les traditions dont il m'avait parlé avec un tel sérieux pendant notre voyage à Faesulae, il y avait déjà bien des années.

Le ciel était devenu obscur. Il était temps de rentrer. J'eus quelque mal à éveiller Crispus, qui était profondément endormi. Enfin il me reconnut et me remercia d'un sourire en disant qu'il n'avait jamais passé meilleur après-midi. Ce qui, dans sa bouche, était un compliment. Je m'en contentai.

*
**

A la suite de mes réflexions de Tusculum et du « bon après-midi » de Crispus, je décidai de fréquenter plus assidûment les Jeux que donnait mon oncle. C'est ainsi qu'au mois de juillet suivant, sous le quatrième consulat de Claude et le troisième de L. Vitellius, je me trouvai au Cirque, pendant les Jeux célébrés pour commémorer la victoire de Caesar. Le soleil était brûlant. Nous étions loin des hêtres de Tusculum. Les toiles tendues au-dessus du Cirque ne suffisaient pas à tempérer la chaleur. J'étais assez peu à mon aise, d'autant moins que, pour passer inaperçue dans la foule, je devais conserver sur ma tête la *palla* qui dissimulait mon visage et me faisait ressembler à n'importe quelle matrone soucieuse de sa réputation. Je n'avais avec moi qu'une seule servante. Elle avait pris place à mon côté et nous n'étions que des spectatrices anonymes. Nous nous trouvions (non sans intention de ma part) juste en face de la tribune impériale, au-dessus de laquelle étaient installées les divinités, sur leur couche sacrée. Dans la tribune, il y avait Claude, Messalina et un troisième personnage, un homme jeune, très beau, qui ne devait pas encore avoir atteint sa trentième année. Je n'aurais pu dire son nom. En revanche je reconnus, debout au second rang, Polybius et Narcissus.

Ce qui me frappa d'abord, ce fut l'air imposant de mon oncle. Je ne l'avais pas vu depuis plusieurs mois. Ses cheveux étaient devenus un peu plus blancs, ce qui ajoutait à sa majesté. Bien qu'il fût assis, je fus frappé par sa taille. Sa tête s'élevait très nettement au-dessus des autres. Il regardait devant lui, dans le vague, le visage immobile, figé, comme sur une médaille. De part et d'autre de son nez, un pli descendait vers l'extrémité des lèvres, ce qui donnait l'impression d'une amertume intérieure. Etait-il donc vraiment malheureux ? A cause de Messalina, ou du fardeau de l'Empire ? J'éprouvais un élan de tendresse, presque de pitié, pour cet homme qui avait connu tant de vicissitudes, tant d'humiliations et qui parvenait au seuil de la vieillesse sans qu'il pût entrevoir le temps où il serait enfin lui-même ! Etait-ce donc là tout ce qu'apportait le pouvoir, cette lassitude que je devinais sur son visage ? Oui, mais, avant d'en arriver là, n'avait-il pas connu des jours exaltants, pendant lesquels il s'identifiait aux dieux, conscient d'être, comme eux, maître d'imposer à des multitudes d'êtres humains la destinée qu'il voudrait ? Cette apparente indifférence, que l'on pouvait prendre pour de la sérénité, mais dont je savais, en moi-même, ce qu'elle recouvrait, était le prix qu'il lui fallait maintenant payer pour ces bonheurs passés. Mais je doutais que ces bonheurs, il les eût jamais désirés. Il n'avait rien fait pour parvenir au rang suprême. Il avait été le jouet des dieux. Le manteau impérial l'avait enserré comme un filet de rétiaire s'abat sur un combattant de l'amphithéâtre et le paralyse, jusqu'à ce que vienne le coup fatal. Je croyais voir les dieux et les déesses, rassemblés sur leur Olympe, et jouissant de ce spectacle, d'un mortel aux prises avec son destin. Et je me rappelai un jour où Sénèque m'avait tenu des propos semblables. Il parlait de Caton, qui avait lutté avec courage et accepté la mort, bien plus, qui l'avait provoquée, sur cette arène où il avait combattu et qui n'était autre que l'univers ! A ce moment, ma pensée se reporta vers cet ami lointain, perdu dans les solitudes d'une île sauvage, à moitié déserte. Resterait-il donc toujours en exil ? Pourquoi Claude ne le rappelait-il pas ? Pour quel crime, un si long châtiment ? J'éprouvais un mouvement de colère contre cet homme, que je voyais là, et dont tout à l'heure j'avais presque pitié. Si les dieux sont parfois cruels, lui, ne l'était-il pas aussi ?

Puis ma colère se porta, en même temps que mes yeux, sur Messalina, qui, je le savais bien, était la cause de cet éloignement de l'homme le meilleur, le plus merveilleux que j'aie jamais connu. Elle était là, exposée à tous les regards comme les prostituées devant leur cellule. Je retrouvai en elle cette apparence enfantine qu'elle avait au moment de son mariage avec Claude, et que la dizaine d'années qui s'était écoulée depuis n'avait guère modifiée. L'étrange vie qu'elle menait ne semblait avoir aucune prise sur elle. Son air d'innocence, si trompeur, était apparemment immuable ! Mais cette innocence, sa parure ici n'en donnait guère l'idée. Comme à son ordinaire, Messalina était vêtue avec la plus grande recherche, ou plutôt avec une somptuosité insolente. Ce que l'on voyait d'elle, d'abord, c'était une tunique de soie très légère et transparente, qui ne dissimulait rien de sa poitrine et, si elle avait été debout au lieu d'être assise dans cette loge, n'eût rien laissé deviner du reste de son corps. Certes, il faisait très chaud, ce qui était une excuse à ce véritable déshabillé, mais une excuse seulement. Sur ses épaules une *palla,* de soie également, qui semblait n'avoir aucun poids. Tunique et *palla* étaient de couleur vive, celle-ci d'un rose presque rouge, la tunique ornée de larges rayures faisant alterner les teintes de l'or et de la pourpre, séparées par des bandes d'une éclatante blancheur. Dans sa chevelure, un diadème constellé de perles, qui lui donnait, avec quelque bonne volonté, l'allure de la déesse Diane, dont elle n'avait pourtant ni l'énergie virile ni surtout la chasteté. A son cou, trois rangs de perles qui, certainement, ne venaient pas de Bretagne car elles étaient de l'orient le plus pur et aucun voile ocré n'en ternissait l'éclat. A chacun de ses doigts (et elle devait regretter de n'avoir que deux mains !) un anneau, tous ornés d'une pierre de couleur. De loin, je pouvais distinguer des rubis et des améthystes. Il devait y avoir aussi des émeraudes, mais elles disparaissaient au milieu de cet invraisemblable étalage.

Ainsi parée, avec plus de somptuosité qu'il n'eût convenu même à une déesse, elle tournait sans cesse la tête vers la droite et vers la gauche, pour être bien sûre que tout le monde la voyait. Mais je remarquai aussi que, par instants, elle jetait un bref regard derrière elle, vers le troisième personnage qui se trouvait en retrait. Je me demandai qui il pouvait bien être.

A ce moment je m'aperçus que l'homme qui était assis à ma droite, un chevalier évidemment, car il portait à son doigt un anneau d'or, se pressait contre moi plus qu'il n'eût été convenable. J'en profitai pour engager la conversation avec lui, tout en me reculant légèrement pour lui faire comprendre qu'il devait se montrer plus modéré. Comme l'entrée des chars se faisait attendre, ce me fut un prétexte tout trouvé. « Sais-tu pourquoi, lui dis-je, nous restons si longtemps assis dans cette chaleur, sans rien voir ? Est-ce que les chevaux font la sieste ? Ce n'est pourtant pas encore l'heure !

— Les chevaux n'y sont pour rien. Il faut bien donner le temps à l'Augusta de se faire voir. Le prince ne peut lui refuser ce plaisir car je suppose qu'il lui en refuse d'autres... Lorsque la course commencera on ne regardera que les chevaux, et, pour elle, ce sera fini.

— Mais crois-tu que le spectacle qu'elle nous offre vaille celui que nous attendons ?

— Ah, femme, si tu étais à sa place, tu ne parlerais pas ainsi. Tu trouverais que le temps pendant lequel on t'admire ne serait jamais assez long. Mais est-il femme au monde qui en admire une autre ? Je ne sais s'il en est même une qui avoue s'admirer elle-même ! Elles s'inventent des défauts, pour se faire dire qu'elles sont des beautés parfaites. Ainsi, toi, si j'osais, je te dirais...

— Ne parle pas ainsi, homme inconnu. Je n'ai pas le droit de t'entendre. Dis-moi plutôt, si tu le sais, qui est ce jeune homme qui se tient derrière l'Augusta et qu'elle ne peut s'empêcher de regarder de temps en temps ?

— Ah, il te plaît ? N'est-ce pas qu'il a belle allure ? Il s'appelle Silius, et je suis étonné que tu ne le connaisses pas, car tu m'as bien l'air d'être une grande dame et lui et son père ont fait assez de bruit dans Rome. Il est consul désigné et on dit que l'Augusta n'a d'yeux que pour lui. »

Juste à ce moment, la course commençait. Je n'eus donc pas à répondre. C'était donc C. Silius, le fils d'un des amis les plus fidèles à mon père, mais dont la carrière avait été gênée longtemps par la condamnation dont son père avait été frappé, au temps de Tibère. Il n'avait exercé sa première magistrature que sous le principat de mon frère, et pendant mon exil à Pontia. Je n'avais jamais eu l'occasion de le voir. J'avais entendu parler de lui naturellement, mais la vie retirée que nous menions, Crispus et moi, ne m'avait pas permis de le rencontrer. Je pouvais maintenant constater qu'il méritait la réputation qu'on lui faisait d'être « le plus beau des Romains ». Il était évident que Messalina avait jeté son dévolu sur lui. C'était elle, évidemment, qui l'avait fait désigner comme consul pour une prochaine année. Obtiendrait-elle ce qu'elle attendait de lui ? S'il refusait, je ne pouvais que le plaindre. L'Augusta n'admettait pas qu'on lui dise non.

Pendant les sept tours de piste accomplis par les chars, je restai silencieuse, mon voisin aussi. Lorsque la dernière boule eut été abaissée, à la fin de la première course, la conversation reprit avec mon voisin, qui se montrait maintenant plus discret. Il commença par l'éloge de l'attelage vainqueur, un Vert. C'était la faction qu'il préférait. Il m'énuméra les victoires remportées par les Verts, ou, comme il disait, « les poireaux », sous le principat de Gaius, et cela me rappela le temps où nous assistions avec mon frère, du haut de la tribune officielle, Livilla, Drusilla et moi, à toutes les courses, ce qui était quelquefois bien long ! Mais, pour mon enthousiaste voisin, aucune course n'était trop longue, et il semblait n'être jamais las de ce genre de spectacle. Il approuvait Claude d'avoir introduit une quatrième faction. Cela donne davantage d'animation, disait-il, et il racontait toutes sortes d'anecdotes à la gloire des chevaux, des traits d'intelligence, de dévouement. Il était intarissable. Je ne l'écoutais qu'à moitié, heureuse seulement qu'il reportât son intérêt sur les chevaux plutôt que sur moi.

La chaleur devenait intolérable. Il était maintenant plus de la moitié du jour et le soleil était plus ardent que jamais. Si bien qu'à la fin je ne pus supporter la *palla* sur ma tête et que, sans trop réfléchir, je la rejetai sur mes épaules. Mon voisin, alors, interrompit son discours, comme s'il avait reçu brusquement un coup et me regarda d'un air stupéfait. Puis il se pencha vers moi et murmura : « Est-ce que je me trompe, dis-moi, n'es-tu pas la fille de Germanicus, sous les ordres de qui j'ai autrefois servi en Germanie ? Oui, c'est bien toi. Pardonne-moi mon insolence de tout à l'heure, mais, tu le sais, au Cirque... C'était simplement un hommage à ta beauté. Mais que fais-tu là ? On ne te voit pas souvent en ville, ces temps-ci ?

— Oui, c'est bien moi, dis-je. Je ne voulais pas être reconnue, mais je vois que tu as bonne mémoire et que tu n'as pas perdu le souvenir de mon père. Cela fait de toi un ami. Mais garde-toi de prononcer mon nom.

— Oui, je comprends (et il jeta un regard rapide vers la loge impériale). Je sais ce que tu crains. Tu as certainement raison. Je suis heureux de te rencontrer, et de te dire ce que je pense. » A ce point de son discours, il baissa la voix, regarda tout autour de lui puis il me dit :

« Tu sais, nous sommes beaucoup, des sénateurs, oui, des sénateurs, des chevaliers, beaucoup de simples citoyens aussi, qui regrettons encore que ton père ne soit pas devenu empereur. Lui, c'était un véritable Romain, brave à l'ennemi, bon et compréhensif pour les soldats, et d'une telle intelligence. Il avait tous les talents. Tu connais certainement mieux que moi ses poèmes, et, puisque nous sommes aux courses, tu te souviens de celui qu'il a composé à la mémoire du cheval d'Auguste ? Pourquoi a-t-il fallu que... Mais je me tais. De ce que les dieux nous envoient, il faut nous contenter. Nous avons eu son fils, ton frère. » Il me jeta un regard oblique et cessa un instant de parler, enfin il reprit :

« De lui je ne te dirai rien. Tu en sais plus long que moi à son sujet. Maintenant il est mort et on n'a pas voulu en faire un dieu. On a eu probablement raison. Je ne discute pas. Aujourd'hui, nous avons ton oncle. Ce n'est pas un mauvais empereur, certainement pas, mais je ne le comprends pas toujours très bien. Il est généreux envers le peuple et il distribue beaucoup d'argent, pour toutes sortes d'occasions et puis, il n'est pas avare lorsqu'il s'agit de donner des spectacles. Non seulement il garde tous ceux qui existaient avant lui, mais il en imagine de nouveaux, de très anciens, auxquels personne ne pensait plus. Cela plaît, et d'abord à lui-même, je pense. Tout le monde sait qu'il éprouve une véritable passion pour les choses d'autrefois, et tout le monde y trouve son compte. On sourit parfois, mais on apprécie. On apprécie, autant, qu'il ait enfin décidé d'amener dans la Ville de l'eau fraîche en abondance. J'ai vu les arcades qu'il a fait construire dans la campagne. C'est un beau travail. Pas encore terminé, je veux bien, mais il ne s'en faut plus de beaucoup. Mais, à côté de cela, quelle idée a-t-il de déclarer citoyens romains tous ces sauvages qui habitent dans les pays au-delà des Alpes, qui, lorsqu'ils viennent à Rome, ont une drôle d'allure avec leurs braies, comme ils disent, et leurs capuchons immenses ? Des citoyens, ça ? Ce n'est pas parce qu'il est né dans une de leurs villes que, eux, ils sont devenus romains. Et voici qu'il y en a qui vont être sénateurs, siéger à la curie, avec les descendants de nos glorieux ancêtres. Ils n'ont pas réussi, autrefois, à prendre d'assaut le Capitole. Ils pourront désormais y pénétrer avec la garde d'honneur. Je pense qu'il a ses raisons pour agir ainsi mais je t'avoue que je ne comprends pas.

« C'est un bon homme, certes. Un peu familier, et je n'approuve pas beaucoup la façon qu'il a de discuter avec les spectateurs, au théâtre, de laisser les gladiateurs s'approcher de lui et engager conversation, comme si c'étaient des gens fréquentables. Et, de plus, ce n'est pas sûr. Ils sont armés. Lui, il est sans armes. C'est une tentation, tu ne crois pas ? Je sais bien qu'il y a des gardes, mais tout de même... »

L'homme ne cessait de parler. Il dit encore bien des choses dont je n'ai pas conservé le souvenir, tant il était abondant et je ne l'écoutais pas avec beaucoup d'attention. Je me souviens seulement qu'il ne nommait pas Messalina par son nom, qu'il l'appelait toujours l'Augusta (par pure volonté de flatter, comme beaucoup dans l'entourage de l'impératrice, car elle ne reçut jamais ce titre, tandis que moi, Gaius me l'avait donné dès les premiers jours de son règne), mais il ne semblait pas avoir beaucoup d'estime pour elle. Je me gardai bien de le presser sur un pareil sujet. L'idée qu'il se faisait de Claude me semblait assez juste : un mélange de bon et de mauvais et, parmi les reproches informulés qu'il lui adressait, je retenais surtout ce qui apparaissait à ce chevalier romain comme un manque de retenue. Une familiarité excessive, sans discernement, avec tout le monde. Sur ce point, j'étais assez de son avis. Il existe, dans la personne du prince, comme une étincelle divine, qu'il lui appartient de reconnaître et de faire vivre. S'il y réussit, le peuple et le sénat lui accorderont les honneurs de l'apothéose, mais il faut, pour cela, que toute sa vie ait apporté la preuve qu'il a bien accompli la mission dont les dieux l'ont chargé. Cela, pouvait-on l'affirmer de Claude ? Je n'en étais nullement sûre. Mais lui-même, était-il conscient de ce qu'exigeait son état ?

Quoi qu'il en soit, je percevais mieux que jamais que mon oncle se trouvait au centre d'intrigues où les ardeurs charnelles de Messalina n'étaient pas seules en cause. Les ambitions politiques n'y avaient-elles point part ? Je décidai de m'en éclaircir et pour cela d'avoir recours à Pallas, une fois de plus. J'étais sûre, au moins, qu'il ne me trahirait pas. Je lui fis donc porter un message, lui demandant de venir me trouver chez moi, à la nuit close. Il ne se fit pas attendre et, le soir même, il se présentait à la petite porte qui ouvre sur le fond de notre jardin.

C'était une soirée magnifique, tiède après la forte chaleur du jour. Quelques lueurs un peu plus claires traînaient encore dans le ciel et les grillons avaient commencé leur chanson. Dans un cyprès devait se trouver un hibou qui, de loin en loin, se faisait entendre. Je sais que son cri passe pour être d'un mauvais présage, qu'une maison sur le toit de laquelle il se pose est vouée au malheur. Du moins on le dit et on le répète, mais sans beaucoup de raison. J'ai vu bien souvent un hibou sur le toit d'une maison, la nuit dans la campagne, et il n'en est rien résulté de fâcheux pour les habitants. Je crois qu'ils se soucient peu de prédire l'avenir, mais seulement d'attraper quelque souris dont ils feront leur déjeuner. Il n'en va pas de même du grand duc, qui, lui, est certainement un oiseau funèbre. D'abord, il hante non pas les demeures des hommes, mais des lieux déserts, des endroits inaccessibles et son cri n'est pas sonore et doux comme le chant du hibou, c'est un long gémissement, pareil à ceux que font entendre les pleureuses, pendant que le cadavre d'un mort brûle sur le bûcher. Et cela n'est certainement pas sans raison.

Lorsque la porte s'ouvrit pour admettre Pallas, que précédait un petit esclave, ce ne fut heureusement pas un grand duc qui salua son entrée, mais un hibou, un honnête hibou, sans doute dérangé dans son sommeil et qui abandonna la branche sur laquelle il dormait pour traverser obliquement le jardin et aller se poser à l'autre extrémité du bosquet. J'étais installée sous le portique, étendue sur le lit que j'ai en particulière affection. La servante n'avait pas encore apporté la lampe. J'aime épuiser jusqu'au dernier rayon la lumière du crépuscule, si bien que, sans être éblouie par une lampe, j'aperçus la silhouette de mon ami qui suivait l'allée, tout au long du canal de la fontaine. Je me dis qu'il venait à ma demande, alors que Crispus était absent, parti en me donnant quelque vague prétexte, aussi peu précis qu'à son ordinaire. Pallas croyait-il à un rendez-vous amoureux ? L'idée ne me déplut pas. Lui était-elle venue à lui aussi ? Je crus comprendre que peut-être... si j'en jugeais par son empressement à venir jusqu'à moi, et à me saluer d'un mot de tendresse. Je fis semblant de n'avoir pas compris et, tout en le saluant à mon tour, je le priai, par un geste, de s'asseoir sur le siège placé près de moi et je commençai à parler :

« Ne t'étonne pas, très cher, que je t'aie demandé de te rendre ici ce soir, et je te dois des remerciements pour être venu aussi vite. J'ai besoin de ton aide et je sais qu'elle ne m'a jamais fait défaut. Sois assuré de ma reconnaissance. Tu sais à quel point mon existence est, aujourd'hui, bien différente de ce qu'elle fut autrefois. Je me sens menacée et la retraite où je me contrains à rester ne pourra peut-être pas toujours garantir mon salut. Tu n'ignores pas d'où peut venir le coup. Si je veux le parer, ou tout au moins essayer de le faire, il faut que je sois au courant de ce qui se passe à la cour.

Messalina est-elle satisfaite de la vie qu'elle mène ? Ou bien crois-tu qu'elle prépare de nouvelles intrigues, dont je serais l'une des victimes ? Lors des derniers Jeux de la Victoire de Caesar, j'assistai aux courses de chars et le hasard a fait... » Pallas m'interrompit : « Le hasard existe-t-il pour ma chère Agrippine ? dit-il en souriant. Je ne le crois pas. Ou alors, tu as beaucoup changé. » Je me mis à rire. « Oui, j'ai un peu aidé le hasard, mais peu importe. Je me trouvais assise juste en face de la loge impériale et je vis, au second rang, derrière l'Augusta, un homme dont le nom est, paraît-il, C. Silius... — Ah, tu as vu Silius. Il ne se cache pas. Pas assez, je trouve, mais c'est son affaire. Tu sais qu'il est inscrit sur la liste des futurs consuls. Cela, grâce à l'Augusta. Ce n'est un secret pour personne, sauf, bien sûr, pour le prince, qu'elle est amoureuse de lui ; alors, elle facilite sa carrière. C'est une vieille famille. Le père a eu des ennuis, tu le sais ? » Je le savais. Cela s'était passé sous Tibère, et s'était fort mal terminé : un procès, puis la mort volontaire. Ainsi, grâce à Messalina, la famille allait retrouver son rang. Que l'homme dont Messalina espérait faire un amant — l'un de ses amants — fût l'un des consuls désignés me confirmait dans mes soupçons. Ce n'était probablement pas seulement une affaire d'amour, mais quelque chose de plus grave que préparait l'Augusta.

« Je vois, dit Pallas, que cela te donne à réfléchir. Je ne suis pas moins inquiet que toi. Qu'une jeune femme se plaise à séduire les hommes et à conquérir des amants, on peut le comprendre et le tolérer aussi longtemps que cela reste une affaire privée. Mais il est fatal qu'un jour ou l'autre, avec le temps, on ne s'en tienne pas là, que l'on ait envie de mettre à la place d'un mari dont la compagnie n'est plus désirée un homme plus jeune et que l'on aime. Ce n'est plus une affaire privée, mais une affaire d'Etat, et je crains bien... »

Il se tut. Ses craintes rejoignaient les miennes. Nous

restâmes un long moment silencieux. Le hibou, du haut de son perchoir dans le cyprès, avait recommencé son cri. La lune était maintenant visible, à travers les branches, une lune d'une blancheur éclatante, qui illuminait le jardin et faisait miroiter l'eau de la fontaine. Tout était si calme et, pourtant, il me sembla percevoir comme une menace. Etait-ce l'appel de l'oiseau, en dépit de ce que je m'étais dit pour me persuader qu'il n'avait rien de funeste ? Le parfum des roses continuait de nous envelopper. Le feuillage du laurier-rose luisait doucement, près de moi. Pas un souffle de vent, rien qui justifiât le frisson qui m'avait soudain parcourue. Pallas, lui aussi, me sembla brusquement inquiet. Il se retourna pour jeter un coup d'œil derrière lui, comme s'il avait peur de quelque présence hostile dans l'ombre, dissimulée par la haie de buis qui, à cet endroit, borde le portique. Nous étions seuls. Il put s'en convaincre et, avec un soupir, me dit :

« Pardonne-moi, Agrippine. Avec elle, je ne suis jamais tranquille. Elle a des gens qu'elle paie pour l'informer de tout ce qui se passe. Avant de venir ici, j'ai pris toutes les précautions possibles. Si quelqu'un me demande chez moi, mes serviteurs diront que je dors, que j'ai interdit que l'on me dérange. Ils me sont fidèles ; pourtant, je suis inquiet. L'Augusta est de jour en jour plus puissante sur l'esprit du prince. Elle fait de lui ce qu'elle veut. Et même des hommes que l'on aurait cru plus sages ne reculent devant rien pour la flatter. Vitellius se promène toujours avec la pantoufle qu'elle lui a donnée. Quand elle ou Claude peuvent le voir, il la sort et lui donne des baisers. Elle rit, mais elle est flattée. Claude aussi. Il trouve, apparemment, que c'est un hommage pour lui, qu'il est heureux d'avoir une épouse qui inspire une telle passion. Sur quoi le grave censeur Vitellius range la pantoufle dans le pli de sa tunique et, un autre jour, recommence la comédie. »

Je ne pus m'empêcher de rire, à l'idée de Vitellius

embrassant une pantoufle de Messalina et prenant un air extasié devant l'impératrice. Je connaissais l'homme; je savais que c'était un excellent général, plein de bon sens et de courage et nullement sot. Pour agir ainsi, il devait avoir ses raisons. Il estimait probablement que, Claude une fois disparu, ce serait l'Augusta qui interviendrait pour la désignation de son successeur. Et, sans aucun doute, elle ferait tout pour que le pouvoir revienne un jour à son fils, celui à qui son père avait donné le nom de Britannicus depuis la victoire sur les Bretons — ce qui était un présage, ou, du moins, un signe certain de ses intentions — et qui n'avait encore que six ans ! Silius permettrait d'attendre qu'il fût en âge de régner. Or, ce projet que je devinais chez Messalina, je ne pouvais l'admettre. Il était trop semblable à ceux que je formais moi-même. Le successeur de Claude devait être Nero, et pas un autre !

Pendant que je réfléchissais, Pallas resta silencieux. Il avait fort bien deviné le cours de mes pensées et il se garda de les interrompre. Son silence n'avait rien d'hostile. S'il m'avait dit tout cela, c'était pour me prémunir contre les intrigues de l'Augusta. L'étrange conduite de Vitellius était un signe qui confirmait ce que j'avais soupçonné depuis que je savais qui était l'homme qui se tenait debout dans la loge impériale. Tout concordait pour rendre évident que Messalina préparait une manœuvre destinée à lui permettre de conserver son rang après la mort de Claude, une mort qu'elle aurait provoquée, au moment opportun. J'entrevoyais la manière dont le drame se déroulerait : Claude éliminé, on présenterait Silius aux soldats, on le ferait acclamer ; on montrerait Britannicus au peuple et aux prétoriens. Ce qui achèverait d'entraîner les hésitants. Les partisans de Germanicus verraient dans cet enfant le neveu de leur héros et ils se rallieraient au fils de Claude. Quant à moi, je n'existerais plus pour personne, en attendant qu'un centurion de la garde vienne m'égorger et, probablement, égorger aussi Nero. Messalina aurait triomphé.

Parvenue à cette conclusion, je levai les yeux. Pallas était toujours là. Je lui tendis la main, sans rien dire, et je le pris par le bras. Tous deux, nous marchâmes un moment dans l'allée, autour du bassin, en gardant le silence. La lune s'était déplacée, là-haut. Le hibou s'était envolé ; j'avais entendu son vol lourd, quelque part au-dessus de la maison. Si son cri avait retenti, je crois que j'aurais eu vraiment peur, tant je sentais que ce moment serait décisif. J'étais prête à accueillir tout présage qui se présenterait. Mais la nuit resta silencieuse, elle aussi. Lorsque nous fûmes arrivés à la porte du jardin, Pallas me quitta en disant seulement : « Courage. Je ne te ferai pas défaut. »

*
**

A partir de cette mémorable soirée, je m'ingéniai à obtenir, sur ce qui se passait au palais, tous les renseignements possibles. Cela fut plus facile que je ne l'avais pensé. Il y avait, parmi le personnel, des anciens esclaves d'Antonia, d'autres qui m'avaient autrefois connue et qui avaient conservé quelque amitié pour moi ; grâce à eux, je fus bientôt au courant de bien des secrets. D'abord, j'eus quelque scrupule à user de tels moyens, puis je me dis que pour combattre Messalina il fallait user des mêmes armes qu'elle, que c'était pour moi et, plus encore pour Nero, une question de vie ou de mort.

Parmi les révélations qui me furent faites de cette manière, j'appris que la mort de Vinicius, l'ancien mari de Livilla, avait été voulue par Messalina ; qu'elle l'avait fait empoisonner. Tout le monde était au courant dans l'entourage du prince. On pensait généralement que l'impératrice s'était éprise de Vinicius, qu'il avait refusé de devenir son amant et qu'elle l'avait fait tuer, à la fois par dépit et aussi parce qu'elle craignait qu'il ne la dénonçât à Claude et ne révélât aussi à l'empereur le rôle qu'elle avait joué, d'abord en faisant exiler Livilla, ensuite en s'arrangeant pour qu'elle soit exécutée. L'explication ne manquait pas de vraisemblance, du moins apparemment. Mais si Vinicius avait eu réellement l'intention d'attaquer Messalina, en rappelant des événements déjà anciens, pourquoi eût-il attendu si longtemps ? Je soupçonnai qu'il y avait d'autres raisons qui avaient incité l'Augusta à supprimer mon malheureux beau-frère. N'était-ce pas qu'avant de pousser Silius à agir elle jugeait prudent de supprimer toutes les personnes qui avaient eu quelque rapport avec notre famille ? Vinicius avait été le gendre de Germanicus et, à ce titre, pouvait être un obstacle à ses ambitions à elle. C'était pourtant, je le répète, un homme calme, réservé, apparemment dépourvu de tout esprit d'intrigue, et satisfait de son sort. Et je me disais que si Messalina le redoutait, alors qu'il était si visiblement inoffensif, elle ne m'épargnerait certainement pas, moi, qui avais des raisons évidentes de m'opposer à elle. Elle savait qu'il ne serait pas facile de me faire renoncer à mon rang et d'obtenir que je m'efface devant elle. Si elle luttait pour amener son fils au principat, elle devait bien savoir que je lutterais aussi pour le mien. Plus que jamais j'étais bien décidée à ne pas céder.

Bientôt j'eus une nouvelle preuve de la politique menée par l'Augusta, lorsqu'elle obtint la condamnation et la mort de Valerius Asiaticus, qui, pourtant, n'avait rien de commun avec notre famille. On me dit qu'elle voulait s'emparer de ses jardins, qui, cela est vrai, sont magnifiques. En effet, si elle parvenait à faire condamner Asiaticus sous un prétexte quelconque, le fisc s'emparerait des biens, et le fisc c'était elle ! Mais elle devait avoir des motifs plus subtils et surtout plus sérieux. Elle ne manquait pas de jardins. Le domaine impérial était déjà assez considérable pour que la plus avide des femmes puisse s'en satisfaire. Il y avait ceux de Mécène, ceux de Domitia, et beaucoup d'autres. Pourquoi aurait-elle brusquement voulu devenir maîtresse de ce vieux parc, l'un des plus anciens de la Ville, et dont les arbres étaient à moitié morts ? Elle avait certainement d'autres raisons, et il n'était pas difficile de les découvrir. Asiaticus était l'un des hommes les plus riches de Rome. Il était extrêmement populaire. D'abord à cause de son physique. Il était grand, d'une force considérable et un athlète accompli. Il s'entraînait chaque jour. Ce qui provoquait le mépris de Sénèque, qui disait, à son propos, que c'était une occupation indigne d'un être humain que de cultiver ses muscles, de développer son cou et sa poitrine, que, de toute façon, on ne peut jamais devenir aussi fort ni aussi lourd qu'un bœuf. Il ajoutait que, à ce régime, l'esprit aussi s'alourdissait.

Je ne sais si l'esprit d'Asiaticus avait souffert de ce régime, mais lui-même avait assez bien réussi sa carrière. Mais à quel prix ! Officiellement ami de Gaius, il en avait accepté sans sourciller les pires insultes, par exemple lorsque mon frère avait critiqué devant lui, pendant un banquet, la manière dont sa femme se comportait au lit ! Et lui, qui était en général peu patient, s'était incliné, et n'avait pas protesté. Il avait continué de fréquenter la cour, mais tout le monde savait qu'il haïssait Gaius. Sans participer directement à l'assassinat du prince, il avait déclaré publiquement qu'il ne l'avait pas fait, mais qu'il aurait bien voulu le faire. Si bien qu'il était devenu fort populaire. Cela, joint à sa richesse, pouvait faire de lui un candidat fort présentable à l'Empire, une fois Claude disparu. J'étais persuadée que telle était son intention et que Messalina, elle aussi, l'avait compris. Il était une menace pour Britannicus et pour elle-même.

Telle fut, je pense, la raison pour laquelle elle chargea Sosibius, le précepteur de Britannicus, de montrer à

Claude le danger qu'Asiaticus pouvait lui faire courir, à lui-même et à son fils. Asiaticus, né en Gaule, était fort connu et estimé dans les provinces. Il était, dit Sosibius, sur le point de se rendre dans sa patrie, et, là, il pourrait sans difficulté soulever contre l'empereur les légions de Germanie. Son prestige auprès des soldats était grand. Il avait prouvé sa valeur pendant l'expédition de Bretagne et ses exploits au gymnase étaient légendaires. Claude eut peur et, sans réfléchir davantage, ordonna qu'on lui amène Asiaticus.

Le procès fut vite expédié, dans la chambre même du prince. Pallas était présent, et c'est par lui que j'en connus les détails. Vitellius y avait joué le principal rôle, avec son hypocrisie et sa servilité habituelles. C'était un vieil ami d'Asiaticus et il commença par présenter sa défense avec des larmes dans la voix. Tout le monde croyait qu'il allait conclure en demandant l'acquittement. Il se contenta de dire que, en raison de tant de mérites, le prince devait laisser à l'accusé le choix de sa mort ! Tel fut le verdict de Claude. La mort d'Asiaticus est restée célèbre, par le calme dont il fit preuve, menant, au cours de sa dernière journée, la vie qui lui était habituelle, et par le soin qu'il prit de faire dresser son bûcher à un endroit où ses vieux arbres, qu'il aimait tant, ne risquaient pas d'être endommagés par la chaleur. Lorsque vint le soir il se fit ouvrir les veines et s'endormit dans la mort. L'Augusta pouvait être rassurée.

Quant à moi, je ne l'étais guère. Messalina obtenait du prince tout ce qu'elle voulait. Souvent même, elle ne le consultait pas, ainsi lorsqu'elle terrorisa Poppaea Sabina, que lui préférait Mnester. De son propre chef elle la menaça de la prison. Sabina eut peur et se suicida. Et tout cela sans que Claude en sache rien. Le complot devenait évident. Je le voyais se développer. Lorsque Claude fit célébrer des Jeux séculaires — une idée à lui, que lui avaient suggérée ses recherches sur les antiquités de Rome — il y eut un carrousel troyen. Les jeunes gens des plus nobles familles s'exhibèrent, à cheval, dans le Cirque. A leur tête, Nero et Britannicus. Nero avait belle allure. Il le savait et il en était fier. Et moi aussi. En revanche, Britannicus avait du mal à rester sur sa monture. Il était encore bien petit ! Mais sa mère avait insisté, évidemment, pour qu'il participe à cette exhibition qui présentait au peuple les hommes, encore à peine sortis de l'enfance, ou plus jeunes encore, qui seraient les acteurs de l'histoire, pendant le siècle à venir. Tandis que les files de cavaliers enroulaient et déroulaient leurs spires sur l'arène, que les trompettes faisaient entendre leur abominable musique enrouée, que le vélum, au-dessus de nos têtes, claquait au vent de mer qui s'était levé au début du jour, et que les armes des prétoriens disposés devant la loge impériale et aux entrées du Cirque reflétaient les rayons du soleil et lançaient de brusques éclairs, je me demandais quel serait l'avenir. Appartiendrait-il à son fils, ou au mien ?

Je sais, aujourd'hui, quelle est la réponse des dieux. C'est Nero qui règne. Britannicus n'est plus, et je voudrais qu'il fût encore vivant. J'aurais une arme contre mon fils. Et cette pensée me glace. Ai-je donc besoin d'une arme contre celui que j'ai porté au pouvoir ? Etrange retournement du Destin. Je devrais être heureuse, comblée, et je ne le suis point. Ce pouvoir, est-il vrai que je le désirais pour Nero, ou pour moi-même ? Ne devait-il donc être qu'un instrument, dont j'userais à ma guise. On me dit que, dans la lointaine Bretagne, il y a des reines qui ont toutes les prérogatives des rois. Pourquoi n'en est-il pas de même à Rome, et faut-il qu'une femme ne puisse devenir puissante qu'en se faisant obéir d'un homme ?

Pendant les Jeux dont je parle, la faveur du peuple allait, de toute évidence, à Nero. C'est lui que l'on acclamait. Je savais que la plèbe se plaisait à reconnaître en lui les traits et l'allure de Germanicus, son idole. La simple ressemblance physique n'était que l'une des raisons de cette faveur. Instinctivement, chacun sentait que cet adolescent que l'on admirait n'était pas assuré de parvenir à l'âge d'homme. On redoutait Messalina. On avait peur pour lui, et aussi pour moi-même. On savait que l'Augusta me haïssait, qu'elle avait fait périr Livilla. Je pouvais être la prochaine victime. On n'aurait même pas besoin d'obtenir le consentement de Claude. Le prince ignorait bien des choses qui se passaient en son nom. Gaius était cruel, certes, mais il agissait librement, volontairement. Claude ne l'était pas moins, et autant par lâcheté que de propos délibéré.

Les ambitions de Messalina n'étaient plus un secret pour personne. On savait qu'elle avait décidé de mettre fin à son mariage avec Claude et, en même temps, au règne de ce mari devenu encombrant. Elle ne dissimulait plus son amour pour le beau Silius qui, afin d'être plus libre, avait répudié Junia Silana, son épouse. Je l'avais plainte, à ce moment-là. Comme j'avais eu tort ! J'ai été bien mal récompensée de mon amitié pour elle. Mais, après tout, elle était alors victime des intrigues de Messalina et je pouvais penser qu'elle serait mon alliée. Je me trompais. J'aurais dû savoir que dans l'entourage des puissants il n'y a guère de place pour l'honneur et la fidélité. Sénèque, s'il avait été alors présent à Rome, aurait pu m'en faire ressouvenir. Il m'eût été d'un grand secours si j'avais pu lui demander conseil.

Messalina, cependant, allait chaque jour chez Silius, accompagnée d'une suite nombreuse. Elle avait même commencé à aménager la maison de celui qu'elle considérait déjà comme son mari. Elle y avait fait transporter, depuis le palais, des objets et même des meubles qu'elle aimait particulièrement. Les souvenirs les plus précieux du siècle passé avaient quitté la demeure des Julii pour la maison de Silius. Il y avait une grande statue d'Isis, qui avait autrefois appartenu aux

Ptolémées, et des urnes taillées dans une pierre rare, servant au culte de la déesse. Elles avaient contenu, au temps de Cléopâtre, de l'eau du Nil, ce qui leur donnait un caractère sacré. Auguste les avait apportées à Rome après la prise d'Alexandrie. Messalina s'était emparée aussi d'autres dépouilles de l'Orient, autant par avidité que par bravade, pour signifier que c'était elle, désormais, la maîtresse de l'Empire. Mais, comme le veut l'antique dicton : ceux que Jupiter veut perdre, il commence par leur ôter la raison, et elle n'avait plus la sienne. Ce qu'elle aurait dû prévoir, si elle avait conservé quelque bon sens, ne tarda pas à se produire. Les affranchis du prince s'émurent, lorsqu'ils comprirent ce qui se préparait. Le premier, Polybius, entreprit de révéler à Claude ce qui se passait, mais il le fit si maladroitement que l'empereur se moqua de lui et n'eut rien de plus pressé que de tout raconter à Messalina. Fort habilement, celle-ci para le coup et, feignant un grand embarras, expliqua à son mari que Polybius, depuis longtemps, le trahissait et entretenait une correspondance régulière avec des ennemis du prince. Elle lui montra une sorte de longue lettre, écrite par Sénèque depuis son lieu d'exil et contenant d'incroyables flatteries, dans lesquelles l'affranchi était non seulement placé sur le même rang que Claude mais égalé aux plus grands héros d'autrefois, les Scipions, les Pompées, le dieu Auguste lui-même. Elle lui remontra que Sénèque espérait sans aucun doute que Polybius l'aiderait à préparer un complot contre l'empereur, seul moyen, pensait-il, d'obtenir son rappel. Claude, comme d'habitude, la crut et, sans réfléchir, fit exécuter son affranchi.

Pallas, Callistus et Narcissus comprirent qu'il n'y avait plus de temps à perdre s'ils ne voulaient pas avoir le même sort. Ce qu'ils redoutaient surtout, c'était que Silius prît le pouvoir. Pallas me raconta qu'ils s'étaient réunis, un soir, dans une maison isolée de la voie Appienne et que, là, ils avaient élaboré un plan d'action. Ils se demandèrent d'abord si le mieux ne serait pas d'intimider Messalina, de l'amener à rompre avec Silius. En échange, ils lui promettraient le secret. A la réflexion, ils jugèrent qu'une telle démarche avait peu de chances d'aboutir. Ils savaient Messalina fort obstinée et peu disposée, surtout, à renoncer lorsqu'elle avait jeté son dévolu sur un homme. Ils décidèrent de ne rien dire à l'Augusta et d'agir directement sur l'esprit du prince.

Pour dominer plus sûrement Claude, Messalina avait coutume de lui fournir les services de jeunes femmes qui lui donneraient l'illusion de l'amour. Elle n'avait pas oublié que Livie faisait de même avec Auguste, et elle suivait son exemple. Pourquoi ne pas charger l'une ou l'autre de ces femmes, qui n'étaient que des prostituées vulgaires, d'alerter le prince et de lui révéler ce qui se passait, à son insu, dans sa propre maison ?

On était aux derniers jours du mois d'août. Claude était allé à Ostie participer à la série des fêtes célébrées en l'honneur du dieu Vulcain. Il faisait extrêmement chaud, comme si les fournaises du dieu étaient grandes ouvertes dans le ciel. Les raisins achevaient de mûrir, protégés par le feuillage des ormeaux. Ce fut le moment choisi par Messalina pour célébrer son mariage avec Silius. Elle ne se cacha pas ; au contraire, elle donna à cet acte absurde tout l'éclat possible. Moi-même, dans ma retraite, j'en entendis les échos. Il y eut le cortège habituel avec les joueurs de flûte, dont la musique parvint jusqu'à moi, tandis que la procession, partie de la maison de Messalina et de Claude, descendait du Palatin, par la rue de la Victoire et, à travers le Forum, gagnait la maison de Silius. Tout cela faisait beaucoup de bruit. C'était bien l'aventure la plus folle que l'on puisse imaginer.

Dès le début de la cérémonie, un émissaire, posté par Narcissus pour surveiller Messalina, se précipite à Ostie et avertit son maître que l'Augusta est en train d'épouser Silius selon les rites, et qu'elle ne reconnaît plus le prince comme son époux. Narcissus prévient aussitôt Calpurnia (c'était le nom de la petite prostituée qui se trouvait dans la chambre du prince) et, comme convenu, elle transmet la nouvelle à Claude qui, d'abord, refuse d'y croire. Calpurnia fait alors appel à Cléopâtra, l'autre fille, qui assure au prince qu'elle aussi en a entendu parler, et qu'il n'y a pas le moindre doute. On fait venir Narcissus, qui se jette aux pieds de Claude et lui demande pardon pour lui avoir si longtemps caché la conduite scandaleuse de sa femme. Le prince est bouleversé. On crie, on pleure. Claude lève les bras au ciel et, comme à son ordinaire, ne sait plus que penser. A la fin il se laisse persuader. Les officiers du palais sont convoqués. Tous lui confirment que la situation est grave, que Rome est en révolution, que Silius a de nombreux partisans et qu'il va prendre le pouvoir. « Je ne suis donc plus empereur ? » demande Claude. On lui répond qu'il l'est encore, mais qu'il doit se hâter s'il veut le rester. Une voiture était prête ; on l'y fit monter, presque de force, et on prit le chemin de la Ville. Narcissus dirige tout. Contrairement à l'étiquette, il s'installe dans la voiture du prince et décide Claude à lui confier pour ce jour-là tous les pouvoirs militaires et le commandement de la garde. Ainsi, un affranchi devenait le maître du monde, parce que le prince avait peur !

Autour de Messalina, la fête continuait. Elle avait décidé que son mariage serait celui d'Ariane et de Dionysos. Elle était Ariane, Silius Dionysos. Autour d'eux des femmes déguisées en bacchantes, des hommes en silènes. L'esprit du dieu les possédait tous, et voici qu'au beau milieu de ce délire arrivent des messagers. Ils annoncent que Claude sait tout, qu'il approche, et avec lui la vengeance. Sur quoi la bacchanale prend fin. Chacun ne songe plus qu'à son propre salut. On se disperse. Messalina se rend dans les jardins d'Asiaticus, devenus les siens. Silius va au Forum. Les autres s'enfuient comme ils peuvent, mais beaucoup furent devancés par les prétoriens de Narcissus, qui les arrêtèrent et les enchaînèrent. Messalina, dont pour une fois l'audace devint courage, traverse en toute hâte la Ville à pied et gagne la route d'Ostie. Dans la campagne, elle avise un tombereau à ordures et, moyennant quelques deniers, obtient que le conducteur la prenne auprès de lui et la conduise vers le port. Abandonnée de tous, elle espère encore avoir conservé son pouvoir sur l'esprit de l'empereur.

La rencontre eut lieu en plein champ, à un mille environ de la Ville. Messalina se jeta à la tête des chevaux du prince en criant que Claude devait l'écouter, qu'elle était la mère d'Octavie et de Britannicus. Narcissus couvre sa voix en parlant de Silius et du mariage qu'elle venait de célébrer. Puis il fait lancer les chevaux au galop et l'Augusta, en larmes, les vêtements souillés, les cheveux en désordre, est abandonnée sur la route. Pendant toute cette scène, Claude était resté silencieux, tiraillé entre sa tendresse envers l'impératrice et sa peur de n'être plus rien dans l'Empire. La peur finit par l'emporter, puis ce fut la colère lorsque Narcissus le conduisit dans la maison de Silius et qu'il vit les dépouilles de la demeure impériale que l'Augusta y avait fait porter. Sans plus attendre, Narcissus l'entraîne au camp des prétoriens et, avec son consentement plutôt que sur son ordre, les tribuns du prétoire arrêtent tous ceux que Narcissus leur désigne. Tous les complices de l'impératrice, ceux qu'elle avait aimés ou qu'elle avait sollicités, et que l'on pouvait soupçonner d'avoir souhaité la mort de Claude, sont traînés au supplice. Silius le premier qui mourut, me dit-on, avec un grand courage. En ne s'opposant pas à Messalina, il avait accepté ce risque, qu'il eût couru également s'il avait résisté. Certes, bien mieux que Claude, il eût mérité de régner !

Que dirai-je de Messalina ? Après sa vaine tentative,

elle était revenue dans ces jardins qu'elle avait tant désirés. Elle n'avait pas encore perdu l'espoir et, non sans énergie, essayait de rédiger sa défense. Peut-être eût-elle réussi à se sauver si Narcissus, sans même consulter Claude, n'avait donné aux soldats l'ordre de la tuer. Le prince, en effet, revenu de sa terreur, après un interminable dîner au cours duquel il avait beaucoup bu, avait fini par déclarer qu'il entendrait le lendemain la « malheureuse Augusta » pour qu'elle présente sa défense…

Les soldats se rendirent donc aux jardins d'Asiaticus. Ils y trouvèrent Messalina, en compagnie de sa mère qui l'engageait à ne pas attendre les exécuteurs, car elle savait bien qu'il ne restait aucun espoir. Une ou deux fois, Messalina essaya d'enfoncer un poignard dans sa gorge. Mais sa main tremblait, et ce fut le tribun du prétoire qui dut lui porter le coup fatal. La tentative de révolution avait échoué.

Tout ce que je viens de raconter, je le dois, naturellement, à Pallas qui en fut témoin, directement ou indirectement, et avec des sentiments mêlés. Lui aussi, il avait eu peur. Il n'avait pu s'opposer à rien de ce que fit Narcissus et qui, il me l'avoua, était la seule solution possible. Il n'était pas sans éprouver quelque pitié pour cette femme jeune — elle n'avait alors que vingt-trois ans — à qui avaient toujours fait défaut les conseils, ceux d'une mère et, plus encore, ceux d'un mari. Mais elle avait poussé la folie si loin que le seul remède pour elle, et pour le monde qu'elle entraînait dans une aventure insensée, était qu'elle mourût.

Quant à moi, je me dis que le chemin, désormais, était libre devant moi et que le moment était venu d'agir.

LIVRE V

CLAUDE MON MARI

Messalina était morte, et ma sécurité assurée. Je n'avais plus à faire oublier mon existence, mais, ce qui m'importait peut-être encore davantage, avec la mort de l'Augusta disparaissait le principal obstacle qui me séparait du pouvoir. Conquérir Claude, devenir son épouse m'étaient désormais permis. Cela impliquait, j'en étais parfaitement consciente, que Crispus laissât la place à un autre mari. A son égard, je n'éprouvais aucun sentiment hostile. Il n'était pas encombrant, et ne nourrissait pour lui-même aucune ambition. Pendant ces jours d'automne, tandis que se nouait et se dénouait le drame autour de Messalina, il était à Tusculum, dans sa chère villa, et présidait aux vendanges. Il m'avait souvent dit que c'était là-haut le moment de l'année le plus délicieux. Je le croyais volontiers. Quant à moi, je préférais de beaucoup rester à Rome, où me retenaient tant d'intérêts. Mais je fis une exception, poussée par la nécessité, et je me rendis à Tusculum. Je n'étais pas très à mon aise. Ce que j'avais à dire n'était pas fort agréable, et ce que je devrais taire ne l'était pas davantage. Aussi, lorsque nous nous trouvâmes seuls ensemble — ce qui n'était pas arrivé depuis longtemps — après le dîner, dans la salle à manger d'été, en plein air, et que j'abordai le sujet qui me préoccupait, j'étais fort loin d'être heureuse et en paix avec moi-même. Le plan que j'avais formé était simple : ou bien rompre notre mariage, ou bien, si Crispus s'y refusait, trouver un moyen pour mettre un terme à son existence. Mais une difficulté subsistait. Jusque-là Crispus, fort généreux, pourvoyait à notre bien-être, à Nero et à moi. Nos biens n'étaient pas considérables. Trop d'événements fâcheux les avaient diminués, depuis le temps de mon père. Il fallait absolument qu'une partie au moins de l'immense fortune de Crispus nous fût conservée.

Je commençai donc par lui remontrer que je vivais dans une relative pauvreté, et qu'il en était de même pour Nero ; j'ajoutai que, pour lui, allait bientôt venir le temps où il aurait à exercer des magistratures, ce qui coûtait fort cher. Il fallait donner des Jeux, offrir des banquets au peuple. Jamais nous ne pourrions y suffire. Il faudrait emprunter, mais sur quelles garanties ?

« Ne t'inquiète pas, Agrippine, me dit Crispus. J'y ai déjà pourvu. Tu es mon héritière. Personne ne refusera de te faire crédit, et ton fils aura la possibilité de donner les Jeux les plus magnifiques que l'on ait vus à Rome. »

Je le remerciai, avec une réelle reconnaissance. Mais la solution qu'il me proposait entraînait une difficulté imprévue. Comment, dans ces conditions, pouvais-je lui annoncer que je souhaitais rompre notre mariage ? N'était-ce pas ruiner son plan ? Je compris, brusquement, que le mien ne pourrait réussir que si Crispus venait à mourir. Je devrais donc me résoudre à provoquer sa mort ? Que m'avait-il donc fait pour que je m'y résolve ? Il avait toujours été pour moi le meilleur et le plus discret des maris. Il était le plus inoffensif des hommes. Devais-je le sacrifier à mon ambition ? Ou bien, pour le sauver, pour épargner sa vie, renoncer à toutes mes espérances ? Mais en avais-je le droit ? La mission que m'avaient confiée les dieux n'était-elle pas sacrée ? Je revis en pensée le visage de mon père, avec une extraordinaire intensité, et il me sembla l'entendre dire : « Ne m'abandonne pas, ma fille. Aussi pénible que soit le chemin, parcours-le jusqu'au bout. Il appartient à notre sang de régner sur le monde ! »

Cette vision disparut aussi brusquement qu'elle s'était présentée à moi. Une étrange angoisse me saisit. Puis je revins à moi. Crispus me regardait fixement, comme s'il cherchait à lire dans mes pensées. Je fus persuadée qu'il y avait réussi lorsque je l'entendis me dire :

« Je crois savoir ce que tu penses, Agrippine. Sache bien que je n'en éprouve aucune colère, ni contre toi, ni contre personne. La Fortune a fait que tu peux maintenant réaliser ce que tu souhaites depuis toujours — cela, je l'ai bien compris, moins à tes paroles qu'à certains silences que tu gardais dans nos entretiens, lorsque nous abordions tel ou tel sujet. Je suis le dernier obstacle entre toi et le pouvoir. Mais je ne le resterai pas bien longtemps. Si je t'ai choisie pour héritière, c'est que ma mort est proche. Je ne ferai rien pour la retarder. Je la hâterai plutôt. Tu sais quelle fut ma vie ; j'ai accompli mon devoir de Romain ; j'ai goûté pleinement aux plaisirs que donnent et la chair et l'esprit, que le divin Epicure m'en soit témoin. J'ai connu l'amitié. Tiens, à ce propos, dès que cela te sera possible, n'oublie pas de rappeler Sénèque, qui s'ennuie dans son île et qui m'a envoyé de si jolis vers ! Quant à moi, dès que le soleil sera parti visiter les régions lointaines des Ethiopiens, je mettrai un terme à cette existence. Tu sais, je serai ce convive rassasié qui se retire du banquet. Et je te laisserai à ton destin à toi. Puisse-t-il être aussi paisible que le mien ! »

Ces paroles de Crispus me tiraient d'embarras, mais, en même temps, me pénétraient comme autant de poignards, et j'éprouvai soudain envers lui une tendresse dont je ne me serais pas crue capable. Je protestai, avec un manque évident de conviction, que je souhaitais le voir vivre encore longtemps près de moi, qu'il me prêtait des idées que je n'avais jamais eues. Il me regarda longuement, sans répondre directement à mes propos, et dit enfin :

« Lorsque je serai mort, c'est à toi qu'il appartiendra de bâtir mon tombeau. Je voudrais qu'il soit élevé sur la voie Appienne, bien en vue, sur un terrain que tu achèteras, au bord même de la route. Ne regarde pas au prix, ajouta-t-il en souriant. Peu importe la forme du monument. Je veux seulement que l'on y place ma statue, debout sur un quadrige. Quatre beaux chevaux, tu sais, comme je les aime. Ils ne seront pas là pour emmener mon âme dans les îles des Bienheureux, mais pour témoigner du triomphe que, au-dedans de moi, j'ai remporté sur les tentations et les vices qui nous guettent. Tu vois, je triomphe même de la sotte passion que nous avons pour la vie. Si ma mort peut servir Rome, elle me sera bienvenue. »

Il se tut, puis : « Tu sais que je ne crois pas que les dieux interviennent dans nos affaires. Pourtant cela n'est pas absolument certain et, s'ils le faisaient, je ne voudrais pas contrarier leur volonté. Je me retire donc, ma chère Agrippine, et je souhaite que toi aussi, tu connaisses un jour la paix que j'espère et que j'entrevois, dès à présent, pour moi-même. »

On m'avait préparé, sur l'ordre de Crispus, un appartement séparé, où je me retirai. Je quittai la villa le lendemain, de bonne heure. On me dit qu'il dormait encore et souhaitait ne pas être éveillé. Je partis donc sans le saluer. Je ne le revis jamais. Nous étions restés mariés un peu plus de quatre années ; je pouvais écrire, sur l'inscription de cette tombe dont il m'avait parlé, que nous avions vécu « dans la concorde et sans querelle », selon la formule habituelle. Mon retour jusqu'à Rome fut mélancolique.

Quatre jours plus tard un affranchi de Crispus, venu de Tusculum, m'apprit que, après mon départ, son maître avait refusé toute nourriture et qu'il s'était éteint le matin même. Il ne me fut même pas nécessaire de retourner à Tusculum. Les funérailles étaient déjà terminées. Je confiai le soin à un entrepreneur d'acheter le terrain nécessaire sur la voie Appienne et d'y élever le monument que souhaitait Crispus. Il s'y dresse encore aujourd'hui. Les chevaux sont magnifiques. A mon dernier passage, toutefois, il m'a semblé apercevoir qu'une fissure s'était produite sur le poitrail de l'un d'eux. La pierre même est-elle périssable, comme l'est toute chair ?

Je ne tardai pas à entrer en possession des biens de Crispus. Ils étaient encore plus considérables que je ne l'avais espéré. Dans Rome, les nouvelles ne restent pas longtemps secrètes. Domitia, qui ne m'avait jamais pardonné de lui avoir pris Crispus, entra dans une fureur terrible lorsqu'elle sut le chiffre de la fortune qu'il me léguait et jura de se venger. Mais, contre elle, je saurais bien me défendre !

Sur ces entrefaites je reçus une lettre de Sénèque, que j'avais prévenu de la mort de Crispus. Sa réponse était une épigramme fort courte, dans laquelle il disait son chagrin, affirmant qu'il avait perdu « la meilleure partie de lui-même », que jamais plus rien ne lui causerait le moindre plaisir et qu'il aurait voulu partager avec lui ce qui lui restait à vivre. Je devinai surtout qu'il souhaitait, plus que jamais, revoir Rome et je me promis bien de lui donner satisfaction dès que j'aurais épousé Claude.

C'était ce mariage qui devait être l'étape suivante et me rapprocherait du pouvoir. Claude ne pouvait rester sans épouse. Il ne supporterait pas une vie solitaire. Certes, il ne manquait pas de concubines, mais les plaisirs occasionnels qu'elles lui donnaient ne le satisfaisaient pas. Il se plaisait à paraître en public avec une épouse à ses côtés. Il la voulait belle, et sachant se parer. Plus profondément, il avait besoin d'une épouse avec qui partager les soucis du pouvoir, qui soit une conseillère, même si, finalement, il se rangeait à d'autres avis. Ce caractère de mon oncle, je le connaissais bien. Je le savais à la fois timide et obstiné, hésitant et enclin à suivre l'inspiration du moment. Je savais aussi qu'il était fort distrait, qu'il avait tendance à oublier ce qui lui causait quelque déplaisir, et cela, à propos des affaires les plus graves. On racontait que, ayant ordonné d'exécuter je ne sais quel grand personnage, pour une raison ou une autre, lorsque le centurion qu'il avait chargé de le faire lui rendit compte, comme le font les soldats, et lui annonça que son ordre avait été obéi, il lui aurait dit : « Mais de quoi me parles-tu ? Je n'ai donné aucun ordre. » Puis il avait ajouté : « D'ailleurs tu as bien fait. Tu es venu à mon secours de toi-même. Je te récompenserai. »

La présence d'une femme auprès de lui n'était pas superflue pour le ramener, lorsque cela était nécessaire, au sentiment de la réalité.

Pour toutes ces raisons, il fallait une épouse auprès de Claude. Il fallait remplacer Messalina. De cette nécessité, tous les membres de la maison impériale en convenaient. Mais qui choisir ? Ce devait être une femme noble et belle, jeune encore et, si possible, peu encline à renouveler les excès de l'Augusta défunte. Les trois favoris du prince qui survivaient après la mort de Polybius avaient chacun sa candidate. Callistus penchait pour Lollia Paulina, Narcissus pour Aelia Paetina. Mon champion à moi était, évidemment, Pallas. Et de tout côté surgissaient des arguments, plus ou moins sincères. Chaque affranchi espérait que, si la femme qu'il recommandait était choisie, elle lui témoignerait sa reconnaissance. Aelia Paetina avait été autrefois mariée à Claude ; ils s'étaient séparés pour des raisons futiles. Le temps avait effacé ce malentendu. Pourquoi ne pas reprendre une union qui, en somme, n'avait pas été malheureuse ? Ainsi parlait Narcissus. Il ajoutait que de ce mariage était née une fille, Antonia, qui retrouverait ainsi une vraie famille.

Callistus plaidait la cause de Lollia. Il vantait sa beauté, rappelait qu'elle avait déjà régné, lorsque Gaius l'avait épousée ; qu'elle avait été répudiée, certes, mais parce qu'elle était stérile, et c'était, disait Callistus, un argument de plus en sa faveur, puisqu'elle ne pourrait ainsi donner au prince des enfants qui supplanteraient Octavie et Britannicus. La paix régnerait dans la maison impériale. Un moment, cette Lollia parut sur le point de l'emporter. Elle désirait passionnément retrouver le rang qu'elle avait eu, pour quelques mois, auprès de Gaius. J'avais appris qu'elle consultait des devins pour savoir si Claude l'épouserait, et cela me donnait contre elle une arme dont je devais me servir plus tard.

Pallas, qui savait que depuis longtemps mon oncle et moi avions l'un pour l'autre une vive et profonde affection, fut plus habile que les deux autres. Il s'arrangea pour me ménager avec Claude des entretiens au cours desquels nous retrouvions notre intimité d'autrefois, et davantage encore. Si bien que je ne tardai pas à être pour lui plus qu'une nièce et déjà presque une épouse. Ouvertement, Pallas vantait mon origine, rappelait le souvenir de Germanicus, me faisait un mérite d'apporter au prince un fils déjà grand, issu d'un père appartenant à la plus illustre noblesse de Rome et qui s'était rendu célèbre par son combat pour sauver la liberté. De plus, disait Pallas, mon mari venait de mourir et j'étais assez jeune, si je me remariais avec un autre que l'empereur, pour mettre au monde des enfants qui pourraient, par leur noblesse, porter ombrage à la maison impériale. Et on ne pouvait me contraindre à vivre dans le veuvage.

Il n'appartenait assurément pas aux affranchis de prendre une décision. Celle-ci ne pouvait venir que de Claude, mais bientôt la discussion fut portée sur la place publique. Mon mariage devenait une affaire d'Etat, sur laquelle chacun faisait connaître son avis. On s'accordait généralement à me donner la préférence. Il y avait peu de gens pour parler en faveur de Lollia et de Paetina : elles n'étaient pas filles de Germanicus et ne bénéficiaient pas de son prestige. Contre toute attente, le fait que Gaius eût été mon frère était un argument de plus en ma faveur. On avait oublié ses folies, sa cruauté pour ne conserver que le souvenir de sa jeunesse, de sa gaieté, et des premiers mois de son règne, lorsqu'il était aimé. Seul, il est vrai, son entourage le plus proche avait eu à souffrir de ses accès de colère et de sa tyrannie. Quant à moi, je croyais sentir que l'exil auquel il nous avait condamnées, Livilla et moi, favorisait ma cause. On me plaignait, on m'admirait d'avoir triomphé du malheur et vaincu la Fortune. Et puis, j'étais si différente de Messalina ! On parlait avec indulgence de ce qu'on appelait mes écarts d'adolescence ; on en faisait porter la responsabilité à Gaius ; d'ailleurs, je n'avais jamais provoqué de scandale. Tout au plus avais-je été la victime innocente des intrigues inévitables autour du pouvoir. Bref, c'était moi que le sénat et le peuple de Rome souhaitaient voir épouser Claude.

Un obstacle, pourtant, subsistait. Claude était le frère de mon père et, pour cette raison, notre mariage avait le caractère d'un inceste. Impur au regard des divinités, il constituait une menace pour l'Etat tout entier. Je me demandais comment résoudre la difficulté lorsque je fus secourue par un allié imprévu, Vitellius, qui était alors censeur et, à ce titre, jouissait d'un prestige tout particulier en matière de morale. Peu de temps avant les Saturnales, il vint de lui-même me trouver et me déclara, sans autres préliminaires, qu'il était prêt à m'aider si je le désirais. Il ne portait plus sur lui la pantoufle de Messalina et, apparemment, était guéri de la passion qu'il affichait pour elle. Lorsque nous fûmes seuls il me dit :

« Ne crois pas, Agrippine, que je regrette Messalina. Elle devenait trop dangereuse. Grâce aux dieux, tu ne lui ressembles pas, et je serais heureux de te servir. Le peuple romain souhaite que tu deviennes impératrice. Tu le sais et je n'ai pas besoin de t'en donner les raisons. Tu les connais aussi bien que moi. Tu n'ignores pas non plus le préjugé qui existe contre ce mariage que toi et moi nous désirons. Ce qu'il faut, c'est créer une situation telle que ton union avec Claude devienne inévitable, qu'elle s'impose avec une telle évidence qu'elle l'emporte sur le vieux préjugé. Et il est une manière d'y parvenir : imagine que le prince donne sa fille en mariage à ton fils. Vous seriez déjà unis, par là même. Rien ne pourrait plus empêcher que vous le soyez officiellement. »

Je lui répondis que son plan me paraissait fort ingénieux, mais qu'il se heurtait à une grave difficulté. Octavie était déjà fiancée à Silanus et il n'existait aucune bonne raison pour rompre ces fiançailles. Le fiancé plaisait à Claude, qui lui avait accordé des honneurs exceptionnels. Comment le prince pourrait-il se déjuger ?

« Ne crains rien. J'ai contre Silanus une arme irrésistible. Laisse-moi faire et je te garantis le succès. »

Il ne voulut pas me préciser quel était son plan, mais je ne tardai pas à l'apprendre. Quelques jours plus tard, au sénat, Vitellius accusa Silanus d'avoir eu avec sa sœur Junia Calvina des relations incestueuses. Etait-ce vrai ? Peut-être, mais je ne m'en souciais guère. Calvina m'était odieuse ; on la disait belle (ce qu'elle n'était pas véritablement), surtout elle était coquette et cherchait les hommages. Elle en trouvait. Si son frère épousait Octavie, c'en était fait de mon influence. Il était possible que Claude ne résistât pas à ses avances. Je le connaissais assez pour savoir que c'était plus que probable. L'accusation lancée contre elle par Vitellius, vraie ou fausse, était donc bienvenue.

Pendant que Vitellius parlait, Claude se montra fort intéressé. Il répugnait, évidemment, à donner sa fille à un mari qui aurait eu de telles relations avec une sœur.

Finalement, il se laissa persuader. Dès le lendemain, il faisait prévenir Silanus que les fiançailles étaient rompues et Vitellius, en sa qualité de censeur, excluait le jeune homme de la liste des sénateurs. Silanus, aussitôt, se démit de ses fonctions de préteur, qu'il exerçait cette année-là, et se retira de la vie publique. Etait-il réellement coupable ? Aujourd'hui encore je ne le pense pas. Vitellius m'était venu en aide, et en aide aussi au Destin. Le sort de Silanus comptait peu lorsqu'il s'agissait de si grands intérêts.

J'avais écrit à Sénèque pour lui conter toute l'histoire. Il me répondit fort spirituellement par une épigramme, comme il aimait à en composer pour charmer son ennui. Je la retrouve et je ne résiste pas au plaisir de la reproduire ici :

« Tu es belle, je l'avoue, riche, noble, charmante ; je le reconnaîtrai, si tu veux ; rends-moi la pareille. Oui, tu n'es pas chaste ; oui, tu as été surprise. Tu diras que non. L'affaire est venue devant les juges ; de nouveau, elle dit que ce n'est pas vrai. Dis plutôt : “ Oui, mais une fois seulement, oui, mais j'étais une enfant, et lorsqu'on m'a surprise, avec qui, avec mon frère ! ” C'était ton frère. Ce n'est rien, Jupiter aussi a fait la même chose. Mais ce que Jupiter n'a pas fait, vous, vous le faites. »

Ce petit poème circula dans Rome et fit beaucoup rire. Mais, ce qui surtout m'importait, Nero allait pouvoir épouser Octavie ! Si bien que mon mariage avec Claude apparaîtrait comme inévitable. Encore cette fois, ce fut Vitellius qui emporta la décision. Au moment même où il écartait Silanus de son alliance avec Octavie, il demanda solennellement à Claude, qui siégeait sur son tribunal au Forum, s'il était prêt à faire ce que lui demanderaient le peuple et le sénat. Une telle question était légitime de la part d'un censeur. Claude fut charmé par le caractère archaïque de cette démarche et répondit sans hésiter qu'au regard de la loi il était un citoyen comme les autres, et qu'il devait obéissance au censeur. On se serait cru aux meilleurs temps de la Liberté ! Sur quoi le censeur, fort de cette réponse, pénètre dans la curie, où le sénat tenait séance et demande à prendre la parole. Les Pères le lui permettent. Alors, en quelques mots, avec sobriété, il déclare que le prince ne peut rester sans une épouse, que l'intérêt de l'Etat exige qu'il se marie au plus tôt. Puis, comme les sénateurs, unanimes, approuvaient ce discours, il affirme que le meilleur parti auquel on pût songer était moi-même. Il fit brièvement mon éloge et aborda enfin le point délicat. Certes, dit-il, j'étais la nièce de Claude par mon père, mais un tel mariage, s'il était inhabituel, n'avait rien qui choquât la nature. L'usage seul l'interdisait. Aucune loi n'avait confirmé ce qui n'était qu'une coutume propre aux Romains, inconnue de presque tous les peuples, et que rien ne justifiait.

Sur quoi les Pères se levèrent, acclamèrent Vitellius et une délégation vint chercher Claude qui attendait le dénouement de cette comédie. Une foule était déjà massée devant la curie et autour du tribunal du prince. On acclame l'empereur. Des cris s'élèvent pour le supplier d'obéir à l'ordre des Pères. Il répond qu'il y est tout disposé. Un décret du sénat, pris sur-le-champ, rend légal le mariage entre un oncle et la fille d'un frère. Claude décide alors que le nôtre aurait lieu sans retard, dès que seraient terminées les cérémonies qui marquent le début de l'année.

Cependant la procédure contre Silanus et sa sœur suivait son cours. Claude, toujours exact à poursuivre jusqu'à son terme l'exécution d'une sentence ou d'une loi, fait décréter contre Calvina une condamnation en bonne et due forme. Elle fut expulsée d'Italie. Claude, qui n'avait pas de plus grand plaisir que de ressusciter les rites oubliés, fit célébrer dans le bois de Diane, à Némi, dans le sanctuaire de la déesse chaste par excellence, des sacrifices expiatoires, qui devaient détourner la malédiction entraînée par l'inceste et qui menaçait le peuple romain tout entier. Il en avait trouvé la recette dans un recueil vieux de plusieurs siècles et que lui seul, ou presque, était capable de déchiffrer. Ainsi, au moment même où il bravait les conséquences que pouvait entraîner notre propre mariage, il n'hésitait pas à punir de manière exemplaire un crime fort semblable à celui que nous commettions nous-mêmes et bien des gens, dans le public, ne se firent pas faute d'en rire. Quant à moi, forte de ce que je croyais être l'approbation des dieux, je n'éprouvais aucune crainte et ne redoutais aucun châtiment.

Notre mariage fut célébré, quatre jours après les calendes de janvier, avec une grande solennité et, comme on pouvait s'y attendre de la part de Claude, dans les formes les plus traditionnelles. Il vint lui-même me chercher dans la maison du Palatin, comme si j'étais une jeune fiancée, pour me conduire à son foyer, au palais. Le chemin n'était pas long. De part et d'autre s'étaient rassemblés des hommes et des femmes, en grand nombre, qui nous acclamaient, le prince et moi. « Io Hyménée, io hyménée », criaient-ils, et longtemps leur voix me poursuivit. On nous souhaitait longue vie et de nombreux enfants, mais, sur ce point, j'étais bien décidée à ne pas accomplir leur vœu, et je savais que Claude n'en était pas plus désireux que moi. Si j'avais Nero, lui il avait Britannicus et Octavie.

Cependant, nous étions parvenus au seuil du palais, où nous attendaient les devins, dont j'écoutais les prédictions, toutes plus merveilleuses les unes que les autres, d'une oreille distraite. Je ne sais si Claude fut plus attentif, mais ce qu'ils nous dirent n'avait rien d'inattendu. Je me laissai aller à rêver et je me disais que Messalina, cinq mois plus tôt, avait suivi le même rituel et que cela avait été la dernière chose qu'elle avait faite, avant de perdre Silius, et elle-même. Pour moi, au contraire, j'étais au bord d'un avenir que j'avais voulu, et désiré avec passion.

Perdue dans mes pensées, je manquai presque à prononcer les paroles rituelles qui devaient promettre à Claude que je serais une autre lui-même, en quelque endroit qu'il lui plût de se rendre. Rappelée à l'ordre par mon mari, je le fis enfin, tout en restant persuadée que ma docilité aurait des limites et que je saurais faire en sorte que la sienne, envers moi, n'en ait aucune !

L'étoile du soir brillait lorsque je fus portée, dans les bras d'un affranchi, au-dessus du seuil du palais. Claude m'avait priée d'accepter que cette partie du rituel fût accomplie par un autre. Il l'eût fait lui-même s'il n'avait pas eu peur de trébucher sous mon poids ! J'entrai donc ainsi la première dans la maison de mon époux. Etait-ce un présage ? Mais lequel ? Les dieux me promettaient-ils que j'y serais, un jour, seule maîtresse ?

Telles étaient mes réflexions tandis que des jeunes gens et des jeunes filles, en chœur, chantaient le chant d'hyménée. Oui, que le petit démon du mariage, qu'ils invoquaient, vînt nous honorer de sa présence ! Qu'il vînt vite et que tout cela s'achève. Brusquement, cette interminable cérémonie me devint insupportable. J'éprouvais une sorte de malaise en me souvenant du jour où Domitius m'avait prise dans ses bras, sur cette même colline où Rome était née, non loin de l'endroit où nous nous trouvions maintenant. Aurais-je vraiment voulu que le cours du temps se fût arrêté, lorsque Domitius m'avait, pour la première fois, tenue contre sa poitrine ? Certes, mon affection envers Claude était réelle, mais je ne sentais envers lui aucun de ces élans qui font désirer à une jeune vierge de se retrouver, enfin, sur le lit nuptial. Nous n'avions, depuis plusieurs mois, plus aucun secret l'un pour l'autre, rien à découvrir. Nous étions déjà comme de vieux époux. Ce que je vivais en cet instant n'était pas le début d'un mariage, mais celui d'un règne. Et cela, il me fallait le dissimuler.

J'étais investie d'une tâche par le sénat et le peuple de Rome. Elle consistait à assister l'*imperator* dans celle qui lui avait été confiée à lui-même. Vitellius l'avait bien précisé dans son discours aux Pères. Mon empire à moi s'étendrait sur la maison du prince. Je devais lui épargner les soucis domestiques. Là s'arrêterait mon domaine. C'est tout juste si l'on ne me demandait pas de filer la laine ! Cette pensée m'indigna et, en même temps, me donna envie de rire. Qu'en avait-il été pour Messalina ? Le désir lui était-il venu, un jour, de tenir une quenouille, de faire tourner un fuseau ?

Après le mariage ce fut le dîner qu'il me fallut subir. Il était abondant et somptueux, comme les avait toujours aimés Claude. Je me souvenais de ce qu'il m'avait raconté de ses débuts dans la vie publique. Il n'avait guère changé depuis. On servit des mets rares, beaucoup de poissons cuits dans des sauces dont l'odeur violente emplissait le triclinium. La coutume veut qu'aux repas de mariage soient offerts aux époux des plats très épicés. Ce que j'appréciais peu. Les cuisiniers, ce soir-là, n'avaient pas épargné le poivre ni la cannelle, allant jusqu'à mêler leurs saveurs. Il y avait les habituelles pièces de gibier présentées sur des lits de feuillage avec des pâtisseries. C'était la saison des sangliers. Il y eut une laie, entourée de marcassins modelés en pâte. Mais, avant cela, le premier service qui avait accompagné le vin miellé comportait d'incroyables quantités d'huîtres et d'oursins. Les huîtres étaient de celles que l'on trouve dans le lac Lucrin. J'aime beaucoup les huîtres et c'est là, entre Sénèque et moi, un sujet toujours renouvelé de discussions. Il les déteste et trouve mille bonnes raisons pour n'en pas manger. C'est un mets recherché et cher, et il n'a pas assez de sarcasmes contre ceux qui s'en délectent. Il dit qu'elles se nourrissent de fange et qu'elles introduisent cette ignominie dans notre corps. Si je comprends bien, il juge que les huîtres ne sont pas une nourriture pour des philosophes. J'ai beau lui répondre que les fruits de la mer, les huîtres, les oursins et les moules sont des présents de Neptune et que l'on risque d'offenser le dieu si on les méprise, il ne veut rien entendre.

Je me rappelai ces discussions que nous avions eues autrefois, et je regardais Claude qui dévorait une effrayante quantité de coquillages et buvait du vin miellé dans de vastes coupes. Il ne pensait à rien d'autre qu'à manger, et je savais qu'il allait peu à peu s'enfoncer dans une somnolence dont il ne sortirait que demain. Ma nuit, du moins, serait tranquille !

Il y eut, au dîner, une innovation : on apporta des réchauds emplis de charbons ardents, couverts d'une sorte de cloche en terre cuite. Sous la cloche, de petits pâtés garnis de viande achevaient de cuire. L'idée était excellente. Je me demandai si elle plairait à Sénèque, qui, décidément, occupait beaucoup ma pensée ce soir-là.

Comme il était naturel, nos enfants participaient au dîner. Il y avait Britannicus, tout menu, assis à côté d'Octavie, qui s'occupait beaucoup de lui et l'empêchait de trop manger. De temps en temps, elle glissait un regard en direction de Nero, fier de ses onze ans et qui gardait l'air hautain. Quelle existence les attendait tous les trois ? J'avais appris, quelques instants avant le dîner, que Silanus venait de se donner la mort. Octavie le savait-elle ? Elle semblait l'ignorer. Ce qu'elle savait, en revanche, c'est que ses fiançailles étaient rompues et elle pouvait deviner que Nero était appelé à remplacer Silanus et cela expliquait la manière dont elle le regardait, à la dérobée.

Le suicide de Silanus me donnait à réfléchir. Evidemment, il n'avait pas voulu survivre à la fin de ses espérances et au déshonneur d'une condamnation. Voyant qu'il ne pourrait jamais succéder à Claude, et que sa carrière de sénateur était désormais arrêtée, il avait préféré mourir. Je me demandai ce que j'aurais fait à sa place. Si j'avais connu pareille désillusion, aurais-je eu le courage de survivre ? A la vérité, je le pensai. Je n'avais jamais désespéré lors de notre exil, alors que notre avenir, à ma sœur et à moi, était bien sombre. J'avais su, ensuite, me préserver contre l'hostilité de Messalina. Le devais-je à mon habileté, à ma force d'âme, à une inflexible volonté ? Peut-être aussi à une protection divine particulière, les dieux m'ayant choisie pour être l'instrument du Destin ? Je constatais à quel point la succession de Claude provoquait de convoitises. Je me souvenais aussi comment il était devenu empereur, après la mort de Gaius. Aucune clairvoyance humaine ne pouvait prévoir que cet homme, déjà âgé, méprisé jusque-là de tous, dépourvu de prestige aussi bien parmi les Quirites que parmi les soldats, deviendrait le maître de Rome et le demeurerait pendant des années, qu'il réussirait à conquérir la Bretagne alors que le dieu Caesar y avait échoué, et ferait régner la paix dans l'Empire. Etait-ce le hasard qui avait fait tout cela ? Il n'existait aucune règle, aucune loi pour créer un empereur et Rome était, à cet égard, semblable chaque fois à une ville prise d'assaut, dans laquelle les lois n'ont plus aucune force. Le butin appartient à qui s'en empare. Or Claude n'avait rien fait pour s'emparer de quoi que ce soit ! Il était caché derrière cette tenture, au Palatin, tremblant de peur tandis que les prétoriens parcouraient le palais à la recherche des assassins qui venaient de tuer leur *imperator*. Ils l'avaient découvert, reconnu, acclamé. Non, ce n'était pas le hasard qui était responsable, qui avait fait que le frère de Germanicus et non un autre se fût trouvé en cet endroit, au moment propice. Et il s'en était suivi que, pour la troisième fois, un descendant de Julia, donc du dieu Auguste, obtenait le pouvoir. Non, le hasard n'avait joué aucun rôle. Ce n'était pas comme lorsqu'on lance en l'air un sesterce ou un denier et que l'on ne peut savoir de quel côté il retombera. Et, s'il en était bien ainsi, alors j'avais ma chance, et Nero aussi, puisque nous étions du même sang que Tibère, Gaius et Claude ! Tout m'invitait à joindre la force qui m'animait, et que j'avais toujours sentie en moi, à ce que je devinais de la providence divine.

Maintenant que j'étais l'épouse du prince, je pouvais reprendre mon fils et le faire vivre définitivement près de moi. Aussi, un matin d'avril ensoleillé, mais où se faisait encore sentir le froid de l'hiver, je me fis conduire chez Lepida. Il était très tôt, car je tenais à ce que cette démarche se fît dans la plus grande discrétion. Le ciel, d'un bleu profond et qui semblait inaltérable, me frappa, tandis que, enveloppée dans une *palla* de laine et installée au fond de ma litière, je m'interrogeais sur cette immobilité, cette image de la sérénité, capable en un instant de se changer en un paroxysme de violence. Nero, mon fils ! Toi que je me préparais à reprendre à mes côtés, que cachait ta sage conduite en ma présence, ce front serein ? Quelles chances nous seraient-elles données d'avoir, toi et moi, des rapports harmonieux ?

Nero ! J'allais enfin pouvoir vivre sans trembler pour lui. Certes, au début du règne de Claude, il était revenu vivre près de moi, mais quelques jours seulement, car je n'avais pas tardé à craindre le pire, à mesure que Messalina se montrait plus violente et bien décidée à perdre ceux ou celles qu'elle jugeait être ses ennemis. Il était prudent de ne pas nous exposer, mon fils et moi, à sa jalousie. Nero n'avait encore que quatre ans ; il était déjà drôle, fantasque, un peu comme l'avait été Gaius, et il me témoignait beaucoup d'affection. Il aimait être aimé. L'amour que je lui portais accroissait la peur que m'inspirait Messalina, et lorsque, comme je l'ai dit, courut le bruit qu'elle avait armé des hommes pour l'assassiner, je fus vraiment effrayée. Il me parut nécessaire de l'éloigner de moi, encore cette fois, pour assurer sa sécurité, autant que je le pourrais. Je demandai à Lepida si elle consentirait à le reprendre et le garder chez elle, sous sa protection. Elle accepta avec le plus vif enthousiasme. Elle avait beaucoup regretté son départ et elle le retrouverait avec bonheur. Je compris qu'elle était jalouse de moi, à son propos, et qu'elle s'était beaucoup attachée à lui, même si, en fait, elle ne s'était pas préoccupée de l'instruire. Un instant, je fus tentée de garder Nero près de moi, mais je réfléchis que, aussi longtemps qu'on ne le verrait pas à mes côtés, nous serions, lui et moi, mieux protégés contre les intrigues de l'impératrice. Lepida, je l'ai dit, était brouillée avec sa fille, si bien que celle-ci ne venait jamais lui rendre visite et ne voulait rien savoir de ce qui se passait dans sa maison. Si elle ne voyait pas Nero, elle cesserait de penser à lui ; elle oublierait son existence (elle ne manquait pas d'autres préoccupations) et nous serions tranquilles. Maintenant que Messalina était morte, Nero pourrait revenir auprès de moi et vivre au palais, comme Britannicus et Octavie. Non seulement l'affection que j'éprouvais pour lui y trouverait son compte mais cela préparerait la réalisation de mes projets. Il était urgent qu'il apparût comme un membre de la famille impériale et même que, par sa seule présence, il éclipsât Britannicus. Il fallait aussi habituer Claude à le voir et faire en sorte qu'entre eux naquît quelque sympathie. Ce que je ne désespérais pas d'obtenir, tant je trouvais moi-même mon fils séduisant.

Jusque-là, comme je l'ai dit, il n'avait eu qu'une éducation de hasard. Il n'avait été confié qu'à des maîtres de rencontre, aussi bien chez Lepida que chez moi. Je lui avais appris moi-même à lire. Dans la maison de Lepida, il passait presque tout son temps aux écuries. Il aimait les chevaux et avait appris, en dépit de sa jeunesse, à conduire un quadrige. C'est un art difficile, mais il y excellait. Il s'y exerçait dans les jardins que Lepida possédait au Vatican et où Gaius avait fait construire un véritable cirque, pour son propre usage. Là, sur la terrasse qui domine la courbe du Tibre, Nero se plaisait à lancer son attelage au galop et à le guider d'une main ferme. Lorsque je l'y avais vu ainsi, par hasard, brillant de jeunesse, sa chevelure blonde flottant au vent, le regard de ses yeux clairs fixé loin devant lui, je crus contempler le char du Soleil, guidé par un dieu. Gaius aussi avait voulu se rendre semblable au Soleil. Il n'y avait pas beaucoup réussi. Nero, lui, y parvenait sans le vouloir, par ce qui me semblait une sorte de miracle et une promesse.

Mais il n'était encore qu'un jeune dieu et je craignais qu'il n'eût pas, avant longtemps, la force de conduire un attelage aussi pesant que celui de l'Empire. Je me rappelai le sort de Phaéton, que son inexpérience avait précipité du haut du ciel. A tout prix, il fallait le préparer au rôle que je lui destinais. Si les efforts que nous ferions pour cela n'étaient pas vains (et pourquoi le seraient-ils ?) un jour viendrait — pas trop éloigné — où il serait le maître du monde. L'univers s'inclinerait devant lui, et lui, il s'inclinerait devant moi.

Cependant, ma litière approchait des Carènes ; nous avions commencé de gravir la pente du mont Oppius, et l'angoisse m'étreignait de plus belle devant l'imminence du face à face que je ne voulais cependant pas différer. Et s'il allait ne pas m'aimer... s'il allait ne pas m'accepter ?

Lorsque je fus arrivée chez Lepida, on me fit pénétrer dans le péristyle. Le contraste était si total entre le brouhaha de la ville qui s'éveillait de toutes parts et ce havre de paix que je retrouvai immédiatement mon calme, dans ce silence où l'on n'entendait que le piaillement des oiseaux et la chute cristalline de l'eau dans la fontaine. Je me fis avancer un siège dans la chaleur du soleil et priai que l'on allât chercher Nero. Tandis que j'étais seule, l'ondulation d'une lyre parvint à mes oreilles et me charma. C'était une longue modulation accompagnée par un chant intermittent. L'harmonie était parfaite, la voix juste, claire et puissante, et cette voix d'adolescent me toucha comme eût fait un sourire. Ainsi mon fils n'était pas seulement un excellent aurige, il chantait et jouait de la lyre avec talent ! Je vis là un présage. Apollon, le divin lyricine, qui se dresse devant le temple du Palatin, a toujours été depuis la naissance du dieu Auguste — et avant même, peut-être, si l'on en croit ce que l'on raconte des amours d'Atia et du dieu — le patron et le protecteur des princes de notre famille. Et voici que Nero était semblable à lui. Les divinités ne lui promettaient-elles pas l'empire du monde ? Et au monde, en même temps, l'harmonie et la paix ?

Tandis que je méditais de la sorte, pleine d'espoir, je guettais l'arrivée de Nero. Lui-même était caché dans l'ombre de la colonnade et, aussi, me guettait. Je sentis sa présence, muette, imperceptible, comme d'instinct. N'avons-nous pas toujours été, lui et moi, deux fauves qui ne cessent de s'épier ? Feignant d'entrer, il s'approcha :

« Je te salue, mère ! prononça-t-il sans me lâcher du regard, cherchant à deviner mes sentiments, mon humeur.

— Mon enfant, il me tardait de te retrouver ! dis-je.

— Réellement ? »

Et je revois l'expression de son visage.

« Tu comprendras, peu à peu, que tu es la raison de mes actes.

— Je vois cependant, ma mère, que tu me préfères la cour et la haute société de Rome. Il est vrai que tes activités au Palatin te laissent peu de temps pour les choses mineures… Du reste, même si je ne suis encore à tes yeux qu'un enfant, je suis moi aussi très occupé. »

Je l'interrompis, excédée par tant d'insolence et de froideur. « Mon fils, sache que tout ce que j'ai fait, je l'ai fait pour nous, pour nous deux, moi et toi. Il est temps maintenant que tu prennes ta place auprès de ta mère…

— Mais ma tante Lepida, qui a veillé sur moi toutes ces années, qui m'a écouté, exaucé mes vœux, cela serait-il juste...

— Je suis ta mère, et moi seule !

— Ma tante ne serait-elle en vérité qu'une nourrice à tes yeux ? ajouta-t-il en prenant une mine attristée, bien propre à aiguiser la jalousie que j'avais laissée paraître.

— J'ai connu des temps cruels, Nero, durant lesquels Lepida accepta de me secourir, et tu fus à l'abri auprès d'elle, toi, mon espoir, mon seul souci... Ta tante ne saurait néanmoins aucunement me supplanter !

— La reverrai-je quand il me plaira, mère ?

— Elle pourra nous rendre visite lorsque tes nouvelles occupations — elles ne sauraient que croître — te le permettront, Nero. Tu continueras à entraîner tes attelages, à exercer ton art du chant, et jouer de la lyre dans un petit salon que j'ai fait décorer pour toi de peintures qui représentent des acteurs et aussi, vois comme cela tombe bien, Orphée charmant de sa lyre les animaux sauvages. J'ai pu constater, tout à l'heure, les progrès que tu as accomplis dans ton art. Ton talent de musicien est grand, et je m'en réjouis, il me prouve que tu es sensible à la beauté, profondément, dans ton cœur. »

Je revois, encore aujourd'hui, Nero devant moi. Il plongea son regard dans le mien, étonné, puis ravi, avant de se précipiter à mon cou. Sur l'instant, cette exubérance, qui le soumettait à son premier mouvement et devait devenir l'un de ses traits de caractère les plus inquiétants, me combla. Enfin, mon enfant me revenait, mon fils, que je destinais aux honneurs les plus hauts. Ma jalousie s'effaça. Je comprenais qu'il se débattait dans le doute, cherchant à s'assurer de l'authenticité de mon amour. Je pris mon fils dans mes bras. Il se serra contre moi, me couvrant de baisers et me berçant de mots affectueux et tendres :

« Mère, tu me manques tant ! Quand je chantais, ce

matin, c'est à toi que je m'adressais... Ces paroles, je les avais inventées pour toi... C'est vers toi que ma lyre s'envolait... Mère, je suis prêt à te suivre. Depuis longtemps j'attendais ce moment ! Tu verras, je ne suis plus un enfant, je ne serai d'aucun poids pour toi ! Je veux être ton soutien ! Je resterai à tes côtés et empêcherai quiconque de mal intentionné de s'approcher de ma mère. »

Il quitta précipitamment mes bras pour se mettre à danser, tourbillonnant, esquissant les mimiques les plus invraisemblables et faisant mille grâces. « Personne, mère, n'osera plus t'approcher que pour se prosterner devant l'impératrice ! Tu verras que personne ne t'aimera plus que moi... » Puis se calmant soudain, il revint vers moi, le visage grave et l'air soucieux, et murmura :

« Tu me l'as dit, mère, je suis ton fils, ton unique, ton enfant que tu aimes plus que tout, et qui t'aime. Parle-moi, mère, du Palatin, où je vais te suivre. »

Je fus, certes, touchée par ses propos ; pourtant, son ultime question ne manqua pas de me surprendre, sur le moment. Je finis par me persuader que cet intérêt nouveau était de bon augure, puisqu'il allait dans le sens de mes désirs. Ma lucidité ne cessait, cependant, de me lancer des avertissements en me représentant que Nero possédait à la perfection l'art d'être aimable, qu'il était un excellent acteur, d'une grande intelligence. Mais où se situait le calcul, où finissait la vérité, où commençait la flatterie ?

Je quittai la maison de l'Oppius sans que Lepida eût paru, et durant le retour au Palatin, je m'interrogeai sur les moyens à employer pour que se réalise mon rêve. Imposer Nero à Claude ne serait pas bien difficile. Je m'y emploierais, avec l'aide de Pallas, qui m'était plus dévoué que jamais. Mais Nero lui-même, comment le former à cette destinée qui, si visiblement, l'attendait ? Je le voyais jeune et beau, comme Gaius, mais cela, il l'était déjà ; je le voulais prudent comme Tibère, habile et sage comme le dieu Auguste. A nous d'y veiller. Je ne me souciais pas du tout qu'il ressemblât à Claude, sinon, peut-être, par la facilité que j'aurais à le dominer, par moi-même, ou par l'intermédiaire des affranchis dont je saurais l'entourer.

Mais je n'oubliais pas qu'un empereur de Rome se devait d'être d'abord un orateur, semblable à ceux de l'ancien temps, un homme capable d'entraîner les esprits, de se faire obéir par la seule puissance de sa parole, de persuader aussi bien les Pères, dans la curie, que le peuple au Forum. L'ombre des grands citoyens du passé, pendant les siècles de la Liberté, continuait de dominer la vie publique. Elle hantait les mémoires et ce serait pour un jeune prince à la fois une force, s'il parvenait à les égaler, et un péril si, par malheur, il ne réussissait pas à les faire oublier.

Mais l'empereur de Rome ne devait pas être seulement habile à parler ; il était aussi détenteur du pouvoir militaire, de cet *imperium* qu'il masquait, tant bien que mal, à l'intérieur de la Ville, mais qui faisait pourtant de lui, qu'on le voulût au non, le maître absolu de la cité en armes, et dans tout le reste du monde. Il fallait qu'il fût, comme l'avaient été Germanicus et, avant lui, Tibère, capable de conduire nos armées à la victoire, de combattre lui-même sur le champ de bataille et de frapper un ennemi de sa main. Nero était bien jeune encore, mais il était nécessaire de faire de lui, au plus tôt, un soldat.

Etre un orateur, c'est-à-dire un homme prestigieux par le verbe et l'esprit, être, en même temps, un héros invincible au milieu des armes, à quel mortel était-il donné d'être à la fois l'un et l'autre ? Ce défi, Nero l'acceptait. Ou, du moins, je l'acceptais pour lui. Et je connaissais deux hommes capables de nous y aider.

L'un d'eux, le plus important à mes yeux, était Sénèque, mon ami des temps heureux, lorsque, au début du règne de Gaius, il brillait de tout son éclat, l'orateur sans conteste le plus admiré au point que Gaius en avait conçu de la jalousie et un jour, après l'avoir entendu, avait résolu de le faire exiler ou tuer. Je l'en avais détourné en lui faisant valoir que Sénèque, en dépit de sa jeunesse, était un homme malade et qu'il ne tarderait pas à mourir d'une mort naturelle. A quoi bon se rendre odieux par un crime et ne pas laisser la nature accomplir son œuvre ? J'avais eu la chance que Gaius me crût. Il épargna mon ami, qui ne sut jamais que sa vie avait été menacée par la jalousie du prince ni à qui il devait le salut.

Donc, ce que je devais obtenir avant toute autre chose était le retour de Sénèque. Claude ne fit aucune difficulté pour me l'accorder. Il se souvenait de lui comme d'un esprit brillant et ne se rappelait plus très bien pourquoi on l'avait exilé. « Ah oui, me dit-il lorsque je lui en parlai, il paraît qu'il avait été trop galant avec ta sœur, la pauvre Livilla. J'ai bien regretté d'apprendre sa mort. Ne s'est-elle pas suicidée ? Enfin, peu importe aujourd'hui. Sénèque se pique, me dit-on, de philosophie. Il aurait dû mettre ses maximes en pratique. L'amour est un désir naturel, je le sais bien, et tu le sais bien, toi aussi, Agrippine. J'ai lu chez Cicéron que le sage pouvait être amoureux, mais attention, que ce soit seulement pour devenir l'ami de l'être aimé. Cela me plaît assez, oui, assez. Pourtant, à mon sens, ce n'est pas tout à fait satisfaisant. Dans l'amour il n'y a pas que l'amitié, n'est-ce pas ? Il faut séparer les deux choses. Sénèque aurait dû le faire, et cela ne lui a pas porté chance. Enfin, j'ai essayé d'adoucir sa punition, et, si cela te fait plaisir, je vais le rappeler à Rome. Il m'a envoyé avant de partir en exil un beau discours, en trois livres, sur la colère. Je t'avoue que, quand je l'ai reçu, j'ai été un peu piqué. Il savait sûrement que je suis colérique. Personne ne l'ignore à Rome. Il avait l'air de me faire la leçon. Enfin, je lui ai pardonné. Bien que je n'aie pas aimé, non plus, ce qu'il a écrit à Polybius pour qu'il plaide sa cause auprès de moi. Il tombait mal. Il n'avait pas choisi le bon avocat. Ce pauvre Sénèque, il n'a pas de chance ! mais je te l'abandonne, puisque tu me dis que sa présence ici te ferait plaisir. Mais prends bien garde, Agrippine, de faire, mieux que lui, la différence entre l'amitié et l'amour. »

Je remerciai Claude et j'écrivis sans retard une lettre dans laquelle j'annonçai à Sénèque qu'il avait l'autorisation de revenir à Rome. Ce que Claude fit confirmer sans retard par ses bureaux.

Nero serait donc l'élève de Sénèque, qui lui enseignerait la rhétorique, et peut-être, encore plus que l'art de parler en public, celui de penser, de peser le poids des arguments, de mesurer la force des idées, sinon toujours leur vérité. Je veillerais à ce qu'il n'en fît pas un homme d'école, mais, je le savais, Sénèque était lui-même fort loin d'en être un, et j'avais confiance. Il restait à attendre que le retour du printemps lui permît de s'embarquer sans risque et de revenir à Rome.

Le second maître auquel je pensais pour Nero, celui qui devait lui enseigner le métier des armes, était Afranius Burrus, un chevalier qui était, depuis de nombreuses années, un procurateur de la maison impériale. Il était venu de Gaule, de cette partie de la Gaule qui est romaine depuis longtemps. Cette origine serait auprès de Claude un argument de plus en sa faveur, car le prince était, par principe, bien disposé envers tous les hommes qui, comme lui-même, étaient nés au-delà des Alpes. Burrus administrait la Chersonnèse de Thrace pour le compte des princes successifs et, lorsque la guerre avait éclaté contre nous en Thrace, il était intervenu avec bonheur, si bien que, couvert de gloire, il était devenu célèbre du jour au lendemain. Il est vrai que, au cours d'un combat, il avait été blessé au bras gauche, si gravement qu'il n'en avait jamais recouvré complètement l'usage. Je pensai qu'il aimerait, après ses nombreuses années de service dans ce canton perdu de l'Orient, revenir à Rome et mener une existence plus douce. Je le lui demandai par une lettre. Il me répondit que me servir serait le plus cher de ses vœux — il me prenait apparemment pour une nouvelle Messalina. Je lui répondis, à mon tour, qu'il s'agissait d'initier mon fils à l'art militaire. Que là se borneraient ses services. Quelques mois plus tard, le temps de remettre la province à un successeur et de régler quelques litiges, il arriva à Rome. Claude lui avait conservé son titre de procurateur, avec le traitement impliqué.

Ces dispositions une fois prises, je m'occupai des affaires qui me concernaient directement. La première, l'une des plus importantes, était d'accroître notre fortune, à Nero et à moi. Nous possédions maintenant celle de Crispus, l'une des plus importantes de Rome, mais serait-elle suffisante pour ce que je voulais faire ? Non, quoi qu'aient pu dire mes ennemis, je crois ne jamais avoir aimé l'argent pour lui-même et pour le plaisir d'en posséder toujours davantage. Mais la conquête du pouvoir coûte cher. Il faut acheter des concours ou des complaisances. Il faut acheter le peuple, distribuer des gratifications aux prétoriens, donner des Jeux toujours plus nombreux et plus magnifiques. Quelle fortune privée pourrait y suffire ? Il fallait que la mienne fût déjà quasi impériale.

Pour l'accroître, j'usai de tous les moyens. Des hommes à moi s'occupaient de prêter de l'argent, d'autres faisaient impitoyablement rentrer les créances. J'avais aussi des patrons de bateau qui naviguaient pour moi, achetaient du blé au meilleur cours en Egypte, le revendaient lorsqu'il se faisait plus rare en Italie. Je m'ingéniai aussi à m'insinuer dans les bonnes grâces de toutes les vieilles personnes dépourvues de famille. J'allais leur rendre visite, je leur tenais compagnie, je leur faisais de petits présents. La plupart me témoignaient leur reconnaissance en m'inscrivant sur leur testament. Je me dois de dire que je n'ai jamais rien fait pour hâter leur départ de ce monde. Nous avions le temps, Nero et moi ! Si j'ai fait tuer quelques personnes, à cette époque, ce fut toujours pour de sérieuses raisons. Ainsi Lollia Paulina, dont Callistus avait vanté les mérites lorsqu'il s'agissait de donner une épouse à Claude. Elle ne s'était jamais consolée de son échec. Elle ne s'avouait pas vaincue et continuait de consulter astrologues et devins pour qu'ils lui indiquent un moyen de parvenir à ses fins. Je me doutais qu'elle n'hésiterait pas, pour m'abattre, à faire comme autrefois Plancine en Syrie, à user de magie et à essayer de m'envoûter en appelant sur moi la malédiction des divinités infernales. Peut-être même, comme Plancine avait fait contre mon père, recourrait-elle au poison. Instruite par cet exemple, je décidai de ne pas me laisser faire et de l'attaquer. Ce ne fut pas difficile. Je l'accusai de pratiques religieuses interdites et je laissai entendre qu'elles constituaient autant de manœuvres contre la vie du prince. L'accusation fut présentée au sénat par un homme à moi, que m'avait indiqué Vitellius. Claude lui-même prit la parole et conclut que Paulina était dangereuse pour l'Etat. Les Pères suivirent les conclusions du prince. Paulina fut bannie d'Italie ; on ne lui laissa, de sa fortune qui était immense, que cinq millions de sesterces. Ce qui, à mon avis, était encore beaucoup trop. Aussi, avec la permission de Claude qui m'accordait tout ce que je voulais, je lui fis envoyer un tribun du prétoire qui l'égorgea et me rapporta sa tête.

Lorsque l'on me présenta cette tête, encore souillée de sang séché, je ne la reconnus pas. Elle était si différente de la Lollia que j'avais connue, fière de sa beauté, toujours parée, sans un pouce de ses joues qui ne fût recouvert de fard, que je crus que l'on m'abusait, que, pour la sauver, on avait tué à sa place une autre femme. Mais je savais à quel signe je pourrais m'assurer que cette tête était bien la sienne. Je demandai qu'on la mît entre mes mains. Alors, j'entrouvris cette bouche crispée par la mort, je glissai mes doigts entre ses lèvres et examinai les dents. Je savais que l'on avait dû lui en enlever deux, l'une à droite, l'autre à gauche et, effectivement, je découvris les deux cavités. C'était bien Paulina. On ne m'avait pas trompée. J'étais vengée.

Je me débarrassai aussi, mais sans aller jusqu'à la faire mourir, d'une autre rivale possible, une certaine Calpurnia, dont Claude un jour, pendant une conversation à laquelle j'assistais, avait loué la beauté. Je réussis à la faire exiler. Les prétextes ne manquaient pas. Calpurnia menait une vie assez libre, ce qui ajoutait à mes craintes. Assurément, elle n'hésiterait pas un instant à répondre favorablement, si le prince lui faisait entendre qu'il la trouvait à son goût. Pour le moment, Claude m'était apparemment tout dévoué, mais je le connaissais et je tenais à ce que rien, aucune tentation, ne vînt le faire changer d'avis. Donc Calpurnia dut quitter Rome. Elle s'en alla, dans une lointaine province, où elle vit paisiblement. Qu'elle s'y fasse oublier, si elle est sage.

***

Le printemps était déjà bien avancé lorsque Sénèque revint à Rome et se présenta au Palatin, pour remercier l'empereur. Il fut reçu dans la salle des audiences. Claude, majestueux, se tenait sur un tribunal. A ses côtés, Narcissus et Pallas. J'étais un peu à l'écart, en un endroit d'où je voyais tout. Sénèque parut et s'avança vers le prince. J'eus quelque peine à le reconnaître. Je me rappelais un homme jeune, dans la force de l'âge. Près de dix ans avaient passé et blanchi ses cheveux, creusé dans son visage deux rides profondes qui faisaient saillir ses pommettes. Autrefois il était entièrement rasé. Aujourd'hui il portait la barbe, une barbe courte, assez mal soignée, qui lui donnait, un peu trop à mon goût, l'air que l'on prête traditionnellement aux philosophes. Pourtant, je le connaissais assez pour savoir qu'il n'aimait guère les affectations de cette sorte. Il m'avait dit autrefois que la philosophie, par son nom même, était suspecte à la plupart des gens ; ce n'était pas la peine de les provoquer davantage en ayant l'air de rompre avec les coutumes suivies par tous. Il ajoutait que la philosophie avait, entre autres desseins, celui de renforcer les liens qui unissent les hommes, de rendre la société plus solide, plus chaleureuse. C'était lui être infidèle que d'établir, dans notre apparence même, des différences qui nous séparaient de nos semblables.

Je me souvenais de ces paroles tandis qu'il s'inclinait devant le prince et lui exprimait sa reconnaissance, et je me promis de les lui rappeler, en lui suggérant de mieux peigner sa barbe.

« Je suis heureux de te revoir parmi nous, disait Claude. J'ai toujours aimé ce que tu écris. C'est plein de bon sens, et tu le dis bien. Nous autres, qui sommes chargés par les dieux de conduire les hommes, nous avons besoin de gens comme toi. Tu montres à tous le chemin de la raison. Tout le monde veut être heureux mais il est rare que l'on emploie, pour y parvenir, les moyens qu'il faut. Vous autres, les philosophes, vous êtes là pour dénoncer les erreurs où nous tombons. J'ai apprécié ce que tu écrivais à ta mère pour la consoler de ton exil — tu vois que je t'ai suivi, de loin —, mais je ne suis pas tout à fait de ton avis. Que tu consoles ta mère, c'est bien, c'est louable, et je t'en félicite, mais dire que l'exil n'est pas une peine, qu'il est indifférent pour le sage de vivre ici ou là dans le monde, là, je ne suis plus d'accord. Si on se trouve bien partout, alors de quels châtiments disposerons-nous contre ceux qui violent les lois et qu'il faut punir ? Mais je suis bien tranquille. Tu disais cela pour rassurer ta mère, en réalité tu sais toi-même que ce n'est pas tout à fait vrai. Tu t'es bien ennuyé dans ton île, n'est-ce pas ? Rome te manquait. Bon, eh bien, profites-en maintenant, et n'en abuse pas. »

L'audience était finie. Sénèque se retira. Je l'avais fait prévenir, par un billet que lui avait remis ma chère Acerronia, qu'il vînt me retrouver dans mes appartements privés. Ce qu'il fit et, me sembla-t-il, avec empressement. Au début de notre entretien, il se montra un peu cérémonieux. Ma nouvelle situation le gênait, visiblement. Il restait debout tandis que je m'asseyais sur un lit de repos. Je lui dis de venir près de moi. « Rien n'est changé entre nous, lui dis-je, depuis que tu nous rendais visite, à la pauvre Livilla et à moi. Messalina n'est plus là pour nous faire épier. J'ai pris sa place, mais, sois-en bien sûr, je ne l'imite pas. Je veux que nous soyons amis, comme par le passé et puis, je te le dis tout de suite, j'ai besoin de toi. Mais d'abord, il y a une chose urgente. Je veux que tu te fasses peigner la barbe, même si tu te refuses à te faire raser. » Sénèque me jeta un regard étonné. « Ma barbe ? » dit-il, puis il se mit à rire : « Ah oui, elle est un peu hirsute. Tu as raison. Je l'ai laissée un peu à l'abandon, exprès, pour paraître devant le prince. C'est lui qui m'avait envoyé loin de Rome. Il fallait que j'aie l'air d'un suppliant. Je lui aurais fait outrage si je m'étais montré trop gai ! Mais sois sûre que, dès ce soir, à l'heure du bain et avant le dîner qui m'attend chez Lucilius, je cesserai d'avoir cet aspect philosophique qui conviendrait mieux à un disciple de Diogène et de Demetrius et qui te choque.

« Tu me dis que tu as besoin de moi. J'en suis charmé. En quoi puis-je te servir ?

— Je veux que tu sois le précepteur de Nero. Je ne t'apprendrai rien, sans doute, en te disant que j'ai l'intention de le faire adopter par le prince. Deux fils valent mieux qu'un, lorsqu'on règne. On est ainsi mieux garanti contre les coups de la Fortune. » Je me tus un instant, et je le regardai droit dans les yeux. Il soutint mon regard et je découvris dans le sien comme une lueur d'amusement, tandis qu'il me répondait gravement :

« Tu as raison, Agrippine. Deux fils, bien sûr. Il peut arriver tant de choses ! Mais, dans tout cela, quel est mon rôle ?

— Voici. Au cas où la Fortune... Je veux dire, si Nero se trouvait dans la nécessité de prendre le pouvoir, il serait souhaitable, n'est-ce pas, qu'il en fût capable ? Tu sais mieux que personne quels sont les devoirs d'un prince. Inutile de les énumérer. Tu ne penses pas, je suppose, que Rome puisse revenir au temps de la Liberté ?

— Non, certainement, si tu entends par là que le pouvoir souverain appartiendrait à des magistrats élus chaque année et, dans les provinces, à des gouverneurs qui ne seraient responsables que devant les Pères, c'est-à-dire, finalement, devant eux-mêmes et leurs amis. La République est morte. Ne cherchons pas à la ressusciter. Je sais que tu n'aimes pas beaucoup la philosophie. Tu as tort, Agrippine. Elle peut être bonne conseillère, si l'on n'en abuse pas. En tout cas, elle permet de comprendre comment la Nature elle-même, depuis toujours, a réglé toute chose. L'univers est ordonné merveilleusement. Comment croire que le cours des astres n'est que le résultat d'un mouvement qui se serait produit par hasard ? S'il en était ainsi, on verrait les corps célestes s'entrechoquer et se détruire réciproquement. Au lieu de cela, tout se déroule d'une manière harmonieuse, aussi bien dans le ciel que sur la terre. Rien de ce qui se passe n'est sans une cause, que, souvent, nous pouvons discerner. Pense aux mouvements de l'Océan, qui se produisent par degrés, selon que la lune en attire les eaux ou, quand vient le moment, à l'heure juste, leur permet de retourner dans les profondeurs. Ne crois-tu pas que cet ordre est l'effet d'une intelligence, qui gouverne tout ce qui est ?

« Mais, alors que les choses obéissent, d'elles-mêmes, à cette intelligence, les humains, par une extraordinaire exception, se refusent le plus souvent à le faire. Soumis à des passions qui naissent en eux, comme les tempêtes qui un moment bouleversent le ciel, ils apportent le trouble non seulement en eux-mêmes mais dans la cité où ils naissent. Les tempêtes du ciel ne sont que passagères ; elles n'ébranlent pas les régions les plus hautes du ciel, où vivent les dieux. Il n'en va pas de même, hélas, pour les passions humaines, qui peuvent faire beaucoup de mal. Notre monde terrestre obéit de mauvais gré à la raison. Aussi est-il nécessaire que s'y exerce la volonté, sage et clairvoyante, d'un roi. Cela, le dieu Auguste l'avait compris. Il fut lui-même juste et bon. Depuis lors, malheureusement...

« Mais je vois que tu es de mon avis. Tu voudrais donner à Rome le meilleur prince possible et, pour cela, tu crois avoir besoin de mon aide. Je ne te la refuserai pas et, puisque tu veux bien me confier ton fils, je m'efforcerai de lui apprendre ce dont, un jour peut-être, il aura besoin. De toute manière l'exemple qu'il pourra être pour un autre que lui ne sera pas sans utilité. Il m'arrive même parfois de penser que, si deux frères étaient appelés ensemble au pouvoir, cela pourrait être avantageux pour tout le monde. L'un porterait la toge, l'autre le manteau de guerre. Mais il faudrait qu'ils s'entendent bien. Cela est-il possible, crois-tu, Agrippine ? »

Ce fut à mon tour de sourire. C'était pour moi une idée nouvelle, de penser que Britannicus et Nero pourraient se partager l'Empire et régner côte à côte, et je ne pensais pas que Sénèque parlât sérieusement. Ses propos étaient destinés à me faire croire qu'il se méprenait sur ce que je voulais vraiment et les véritables projets que je formais. Je ne fus pas dupe, naturellement, mais je fis semblant de l'être, et il ne le fut pas plus que moi. Nous étions faits pour nous entendre. Notre silence, ce jour-là, scella notre complicité.

⁂

Le choix que j'avais fait de Sénèque pour diriger la jeunesse de Nero fut bientôt connu de tout le monde, et approuvé. On pensait qu'ayant eu à souffrir de Claude, il était mieux que personne désigné pour donner à mon fils des conseils de modération et de clémence. Les Pères se réjouissaient de voir l'un des leurs reprendre sa place parmi eux et retrouver son prestige d'antan. Ce que l'on savait de son attachement à la philosophie garantissait que c'était un homme honnête. Ce jugement favorable porté généralement sur Sénèque contribua à me donner bonne réputation et tout un parti se forma pour faire en sorte que Nero apparût comme l'héritier de Claude. Si bien que, lorsque je suggérai au consul désigné de présenter au sénat une motion demandant à Claude de fiancer Octavie à Nero, le consul ne se fit pas trop prier. La motion fut votée.

Sénèque avait perdu presque toute sa fortune pendant son éloignement de Rome. Je me fis un devoir de lui en procurer une, suffisante pour qu'il pût tenir son rang. Je ne savais que trop à quel point la pauvreté est incompatible avec le prestige dans la cité. Sénèque eut donc, de nouveau, de grands domaines dans les provinces, qui lui rapportaient des revenus considérables. Plus tard, on le lui a beaucoup reproché. Ce qui était fort injuste, car, en dépit de cette fortune, il menait la vie la plus simple qui soit et lorsque je lui demandais pourquoi il ne profitait pas davantage de ce qu'il possédait, il me répondait que la plus grande et la première des richesses était de ne pas en avoir besoin, qu'il était plus facile de naviguer poussé par un vent favorable, mais que, même par vent contraire, il est encore possible de naviguer. « Et dis-toi bien, ajoutait-il, que l'argent est un mauvais maître mais un bon serviteur ! »

Cependant, tout me souriait. Claude ne jurait que par moi et, de son côté, Pallas ne cessait de lui représenter qu'il devenait plus nécessaire que jamais de placer, à côté de Britannicus, un guide et un soutien. Pour cela, disait Pallas, il convenait que le prince adoptât Nero. C'était un argument fallacieux, car il n'y avait entre les deux jeunes gens qu'une différence de trois ans, et Claude était toujours vigoureux et, apparemment, capable de gérer les affaires de l'Etat.

« Ne crains-tu pas, dis-je à Pallas un jour où il me rapportait une conversation qu'il avait eue avec Claude pour lui conseiller d'adopter Nero, que le prince ne comprenne que cet avis que tu lui donnes n'a pour but que de l'amener à déposséder son fils des droits qu'il doit à sa naissance ?

— Ne crains rien, Agrippine. Je lui fais valoir que s'il adopte Nero, il ne fera que suivre l'exemple du dieu Auguste — et il tient beaucoup à se comparer à lui. Cela le flatte. Je lui parle aussi de Tibère, qui avait adopté ton père bien que Vipsania lui eût donné un fils. Ressembler à Tibère lui plaît beaucoup moins, je le sais, mais c'est tout de même un précédent ; et tu sais à quel point il est sensible à un argument juridique ! Il avait l'air ébranlé, et je ne désespère pas de le décider. Toi, de ton côté, tu peux m'aider. Insiste pour qu'il te donne, dès maintenant, le titre d'Augusta, qu'il te le décerne officiellement. Cela devrait accroître le prestige de ton fils. Plus l'on parlera de toi et plus il sera facile de porter Nero au premier plan. »

Je suivis le conseil de Pallas. Il fallait que j'apparaisse, aussi clairement que possible, comme l'une des dépositaires du pouvoir que les dieux ont confié à notre famille. J'imaginai de demander à Claude qu'il fonde une colonie dans la bourgade où je suis née et lui donne mon nom. Il y a là un autel où les Ubiens (c'est le nom de la tribu qui est installée en cet endroit) viennent sacrifier à leurs dieux, et aussi à la déesse Roma. Mon nom ne manquerait pas, ainsi, d'être associé à celui des divinités protectrices de leur ville. Je serais l'une d'elles. Sur ces entrefaites, le sénat (à l'instigation de mes amis) m'accorda le droit de prendre place, lors des fêtes, dans le *carpentum,* ce qui m'égalait aux Vestales. Je ne me fis pas faute d'en user. A la vérité, ce n'est qu'une charrette inconfortable, telle qu'on les fabriquait dans les temps anciens, mais la bâche protège assez bien du soleil et il suffit qu'elle apparaisse pour que tout le monde lui ouvre un chemin et que l'on s'incline à son passage. Fallait-il en rire ? Bien sûr, ce n'était là que ce que Sénèque appelait une « religion de village », et l'on pouvait se moquer. Mais Sénèque lui-même reconnaissait que de fausses grandeurs ne manquent pas de puissance, qu'elles entraînent même plus sûrement les esprits que les grandeurs véritables. Ma charrette m'attirait, par son seul aspect, plus d'honneurs qu'il eût semblé raisonnable à un philosophe. Mais y a-t-il un peuple qui soit composé d'esprits raisonnables ? C'étaient les mêmes mortels qui s'inclinaient ainsi et qui, en d'autres circonstances, s'assemblaient au Forum pour maudire le prince s'il ne parvenait pas à leur procurer du pain bon marché. Tout bien pesé, il était important que leur instinct les portât à s'incliner devant ma charrette. J'en éprouvais du plaisir et l'ordre public n'en était pas troublé.

Harcelé par Pallas et par moi, Claude se décida enfin à adopter Nero. Il le faisait à contrecœur, si j'en juge par toutes les difficultés qu'il souleva, en vrai juriste. « Tu veux que j'adopte ton fils, Agrippine, et Pallas me conseille aussi de le faire. Mais tu n'as pas pensé à une chose. Ton cher Nero est fiancé à ma fille. Et tu voudrais qu'il épouse celle qui deviendrait sa sœur ? Que dirait le sénat, que dirait le peuple ? Notre mariage a déjà scandalisé tout le monde. Tu ne crois pas qu'un inceste de plus dans notre famille risque d'effrayer les Romains et de leur faire craindre que les dieux ne s'irritent ? » Je lui répondis qu'il existait des moyens de calmer la colère divine : « Toi, lui dis-je, qui connais si bien ce qui plaît aux dieux et ce qu'ils réprouvent, toi, qui es si savant dans l'art augural, ne peux-tu imaginer une cérémonie, un sacrifice, quelque chose, ce que tu voudras, pour rassurer le peuple ? Ne te prive pas de l'aide que peut t'apporter Nero. Regarde, les Barbares s'agitent un peu partout aux frontières. Les peuples chassent les rois que nous leur avons donnés et s'en donnent d'autres. Les Bretons attaquent nos colonies. Les nouvelles d'Arménie ne sont pas meilleures. Vas-tu prendre toi-même le commandement des légions ? Mais lesquelles ? Tu ne peux être partout. Penses-tu avoir assez de forces pour conduire une campagne ? Nous sommes en hiver. Il doit faire bien froid dans les montagnes et sur les bords de l'Océan ! Nero est bientôt en âge de faire ce que ton âge à toi ne te permet plus. Adopte-le et tout devient facile. Tu n'as plus à risquer ta vie sur quelque champ de bataille, et tu restes près de moi. Dis-toi bien que ta présence à Rome m'est précieuse, à moi aussi. Tu ne penses pas à moi, Claude ! »

Sur ce je versai quelques larmes, ce qui m'a toujours été facile. Je ne sais si ce fut mon chagrin ou le sens de son propre bien-être qui l'emportèrent, mais, au terme de notre entretien, le prince déclara que j'avais certainement raison. Quant à l'inceste entre Nero et sa fille, il y avait en effet un moyen très simple de l'effacer : on ferait passer la fiancée, par adoption, dans une autre famille, et les dieux n'auraient plus rien à dire ! Et les Romains non plus. Aucun obstacle ne s'opposait donc plus à l'adoption de Nero, qui eut lieu, selon les formes antiques, le cinquième jour avant les calendes de mars. Mais, si les scrupules des hommes se trouvaient apaisés, en était-il de même pour les dieux ? Je n'en étais pas totalement persuadée. Ce jour-là, en effet, le ciel entier parut s'embraser. A tous les horizons montaient des flammes rouges. On eût dit que les astres avaient pris feu, comme autant de tisons, et étaient en train de se consumer. Cet incendie, d'où ne venait aucune chaleur, dura presque tout le jour et une grande partie de la nuit suivante. Il finit par s'éteindre un peu avant l'apparition de l'aurore.

Que pouvait signifier ce prodige ? Claude semblait inquiet et je craignis qu'il ne renonçât à considérer Nero comme son fils, qu'il trouvât quelque prétexte pour annuler l'adoption. Je lui remontrai que les dieux approuvaient son acte, que cet incendie céleste signifiait seulement qu'une aube nouvelle s'était levée sur l'Empire. Je parlai longuement. Il m'écoutait en hochant la tête mais il finit par se laisser persuader. Quant à moi, je ne l'étais pas tout à fait. Les dieux avaient-ils voulu signifier que le règne de Nero serait semblable à un incendie, à la conflagration universelle dont parlent les philosophes ? Encore aujourd'hui, en repensant à cette journée et à cette nuit interminables, je ne suis pas entièrement rassurée. L'effet du prodige ne serait-il pas encore à venir ?

A la vérité, ce n'était pas le seul prodige qui s'était produit depuis le commencement de l'année. Le plus effrayant avait été l'apparition de corbeaux, en si grand nombre que leur vol avait obscurci la lumière du jour, qui tournoyaient dans le ciel de la Ville et s'étaient finalement posés sur le Capitole et le temple de Jupiter. La présence de ces oiseaux noirs, cruels et pillards, qui dévorent aussi bien le grain que l'on sème dans les sillons que la chair des morts, hommes ou animaux, est, sans aucun doute, de mauvais augure. Claude n'avait pas manqué de m'en faire la remarque. Je lui avais répondu que ce prodige était, au contraire, excellent. Ces corbeaux étaient envoyés par Jupiter, certes, mais comme ses serviteurs, appelés à consommer la défaite des ennemis de Rome. Le dieu nous annonçait que les peuples qui s'étaient levés contre l'Empire ne tarderaient pas à joncher les champs, à toutes nos frontières, en quelque endroit qu'ils livrent bataille à nos légions. Les vengeurs étaient prêts pour dévorer leurs cadavres.

Claude m'avait répondu : « Peut-être as-tu raison, Agrippine, et je souhaite qu'il en soit comme tu le dis, mais les présages sont toujours ambigus. Les dieux se plaisent à nous laisser dans l'incertitude. Si nous étions sûrs de connaître l'avenir, ou bien nous serions désespérés ou bien nous nous abandonnerions à la Fortune et ne ferions plus rien. Ce qui est indigne d'un homme, d'un Romain surtout. Il est bon de croire que nous pouvons agir sur le Destin, et peut-être le pouvons-nous en effet. Et puis, même si un présage est mauvais, impossible de jamais savoir à quoi il se rapporte. Je veux croire que ces corbeaux ne concernent pas le sort de Nero. J'ai une autre idée. Une chose me préoccupe : le blé qui se trouve dans les greniers de l'Etat ne s'est pas bien conservé. Il a fallu en détruire une grande quantité, et nous devons attendre encore plusieurs mois avant que la flotte d'Alexandrie puisse en apporter. C'est peut-être cela que veulent nous dire les corbeaux. Ils sont friands de grain, eux aussi ! »

J'avoue que cette interprétation si simple, que proposait Claude, me soulagea d'un grand poids. Le cauchemar d'une fin proche du monde, d'un grand carnage sur le sol de la Ville, tout cela s'éloignait. Le règne de Nero ne serait donc pas aussi sombre que je l'avais un moment redouté ! Je ne me laissai donc pas émouvoir outre mesure par les tremblements de terre qui se produisirent, au printemps, en Italie et à Rome même. Il y eut des maisons détruites, des paniques au cours desquelles des gens furent écrasés. Sénèque me confirma dans l'opinion que ces phénomènes n'étaient pas d'origine divine. Il m'expliqua que ce qui provoquait la terreur, c'était notre ignorance, mais que l'on pouvait découvrir les causes de ces bouleversements. Il passa en revue toutes les explications qu'en avaient données les savants d'autrefois et m'exposa la sienne : il existe, me dit-il, sous la terre, d'immenses cavernes, où s'engouffrent les vents. Là, ils s'accumulent, tourbillonnent, luttent entre eux, avec une telle violence que la voûte de ces cavernes finit par être ébranlée ; les édifices et des villes entières, installés au-dessus d'elle, s'abattent, comme des arbres que déracine une tempête. Et tout cela se produit au hasard. Les dieux n'y sont pour rien.

Je me laissai persuader et sans doute Sénèque avait-il raison, car aucune catastrophe vraiment grave ne se produisit. Bien au contraire, le printemps arriva de bonne heure, doux et chaud, si bien que le blé d'Egypte put parvenir en Italie beaucoup plus tôt que les autres années, sans avoir à braver les tempêtes de l'équinoxe, et la famine fut évitée.

Pourtant, nous n'en avions pas encore fini avec les tremblements de terre. Le peuple et le sénat avaient demandé, à grands cris, que Nero prît la toge virile, bien qu'il n'eût pas encore achevé sa quatorzième année. Claude y consentit et la cérémonie eut lieu, en grande pompe. Mais, ce jour-là, la terre trembla et encore la nuit suivante. Personne ne s'en soucia. Les sénateurs demandèrent au prince des honneurs exceptionnels pour Nero. Mes amis, parmi les Pères, se firent particulièrement insistants et Claude céda. De mon côté je veillai à ce que Nero fût populaire aussi bien auprès des soldats que dans le peuple. Il y eut des distributions d'argent, qui coûtèrent très cher, mais Claude contribua à ces dépenses sur sa cassette personnelle et moi-même je comptais bien être remboursée lorsque nous serions au pouvoir, Nero et moi. C'était un placement que je faisais.

Peu à peu, mon plan se développait. Il y eut des Jeux au Cirque et, naturellement, Nero et Britannicus participèrent à la procession, Nero en toge, Britannicus en prétexte. La différence entre eux était évidente. Nero était déjà un homme, bientôt un magistrat, son frère adoptif encore un enfant. Ce contraste, je l'avais voulu et, comme je l'avais espéré, la foule acclama Nero, tandis que le nom de Britannicus n'était pas prononcé. J'appris qu'il en fut très mortifié.

Déjà avant ce jour, les deux jeunes gens ne s'entendaient guère. On ne les voyait que fort rarement ensemble. Ils évitaient de se rencontrer, mais, comme ils vivaient tous deux au palais, leurs chemins se croisaient parfois. Un jour, peu de temps après la cérémonie qui avait marqué sa prise de toge, Nero demanda à me voir. Dès qu'il m'aperçut, il se précipita sur moi en disant : « Mère, je fais appel à toi. Quelque chose de grave vient de se produire et tu dois être au courant. J'ai besoin que tu me protèges ! » Puis, comme je l'invitais à parler, il me raconta qu'en revenant des jardins de Lepida où il s'était exercé, comme souvent, à conduire un quadrige, il s'était soudain trouvé, en plein Champ de Mars, en face de son frère. Il l'avait salué courtoisement, en l'appelant par son nom. A ce salut, l'autre répondit d'un air ironique en lui donnant non pas le nom de Nero mais celui de Domitius. « Je te dis tout cela, mère, parce que Britannicus a voulu m'insulter et cela, je ne peux pas l'accepter. J'ai été adopté officiellement par le prince. Je n'appartiens plus aux Domitii. Je suis un Claudius, comme lui, plus que lui même, parce que moi, j'ai été choisi et lui, il a été mis au monde par... par qui, tu le sais ! Et puis, non seulement je suis le fils du prince, comme lui, mieux que lui, mais bientôt je serai son gendre, et cela, il n'a pas le droit de l'oublier. »

Nero était fort en colère. Moi aussi, d'ailleurs. Britannicus allait-il essayer de contrecarrer mes plans ? Je devais, sans tarder, prendre les précautions nécessaires pour l'en empêcher. Je calmai Nero comme je pus, sans lui dire ce que je comptais faire, et je me fis introduire dès que je le pus chez le prince. Cet incident allait me permettre de brouiller Britannicus et son père, de le présenter comme un fils rebelle, irrespectueux, et, même si Claude ne prenait aucune mesure contre lui, il n'en serait pas moins prévenu à ses yeux. C'était le premier pas.

Claude m'écouta patiemment, un peu trop à mon goût. Il ne se montra pas indigné par l'insolence dont avait fait preuve Britannicus. Je soupçonnai même qu'il éprouvait quelque plaisir à apprendre ce que je lui rapportais de l'incident. Il ne me le dit pas expressément, mais il ne put réprimer un sourire, qui s'effaça bien vite lorsque je lui remontrai que la conduite de Britannicus était un danger pour l'Etat. Il prit l'air ennuyé, soupira, comme si tout cela lui pesait, mais il ne me contredit pas. « Que veux-tu que je fasse ? me dit-il enfin — Ce que je veux que tu fasses, ce que tu dois faire, c'est de ramener ton fils à une plus juste appréciation de ses devoirs, envers toi d'abord, envers Nero ensuite. Je pense que ce sont les pédagogues dont il est entouré qui lui mettent dans la tête des idées dangereuses. Il faut les renvoyer, changer son entourage, pour qu'il n'entende plus répéter, tous les jours, qu'en adoptant Nero tu lui as fait du tort à lui, que mon fils lui a pris le bien qui lui appartenait. Chasse donc ces mauvais conseillers. » Comme à son ordinaire lorsque je lui demande quelque chose, il céda sans discuter. « Eh bien, me dit-il, agis à ton gré. Tu as certainement raison. Le risque que leur discorde peut faire courir à l'Etat est sérieux. Mes fils doivent s'entendre, à tout prix. Donnons d'autres maîtres et d'autres compagnons à Britannicus. »

J'avais les mains libres. Sans plus tarder, je m'employai d'abord à perdre Sosibius, qui avait été autrefois l'âme damnée de Messalina et, depuis de nombreuses années déjà, servait de pédagogue à Britannicus, l'entretenant dans le souvenir de sa mère et formant avec lui des projets de vengeance. Il savait que son propre avenir dépendait de celui de son élève ! Pour l'abattre, je le fis accuser de préparer un complot contre Nero. Les accusateurs se montrèrent habiles. On les crut. Sosibius fut condamné et exécuté. Claude n'intervint pas.

Sosibius disparu, je le remplaçai par des hommes en qui j'avais toute confiance. Ils reçurent mission d'isoler Britannicus, de le maintenir le plus possible à l'intérieur du palais, de l'empêcher de sortir et, surtout, de voir son père. Je connaissais bien Claude : il était prompt à oublier l'existence des personnes qu'il ne voyait pas, et ce travers ne faisait que s'accentuer avec l'âge. Je prescrivis aussi aux nouveaux pédagogues de répondre, lorsqu'on leur demanderait des nouvelles de Britannicus, qu'il était malade, sujet à des crises d'épilepsie, de plus en plus fréquentes, qui survenaient inopinément et qui, s'il n'était pas constamment surveillé, pouvaient mettre sa vie en danger. Ils devaient aussi laisser entendre, à mots couverts, qu'il ne jouissait pas de toutes ses facultés, que, dans l'intérêt du prince, il valait mieux le montrer le moins possible en public. Ainsi, et très consciemment, je recommençais avec le fils les manœuvres qui avaient longtemps réussi à Livie pour maintenir le père dans l'ombre.

Nero était donc vengé. Il n'avait pas oublié l'affront. Quant à moi, j'étais certaine que Britannicus, ainsi humilié et maintenu dans l'enfance, aurait le plus grand mal à lui disputer le pouvoir, si jamais il le tentait. Je n'ignorais pas, pourtant, qu'il existait encore un parti favorable au souvenir, et au descendant, de Messalina. Au sénat, son principal représentant était un homme que je détestais, Suillius Rufus, qui avait été autrefois questeur sous les ordres de mon père, puis exilé, sous Tibère, en raison de diverses malversations ; rappelé par Gaius, il avait été l'instrument de Messalina lorsqu'elle avait décidé de perdre Valerius Asiaticus. C'était un homme abominable, mais Claude l'aimait bien parce qu'il était bon orateur et prêt à accuser sous un prétexte ou sous un autre quiconque déplaisait au prince. Il était détesté de tous, mais la faveur de Claude le protégeait. Je ne doutais pas que, le moment venu, il ferait tout pour rendre son rang à Britannicus.

Avec lui, les deux préfets du prétoire avaient été des créatures de Messalina. Ils étaient restés en fonction après sa mort, et je savais qu'ils ne m'aimaient guère. En cas de trouble, ils fourniraient à Suillius, ou à Britannicus lui-même, l'appui des cohortes de la garde. Ils n'étaient pas moins hostiles à Claude qu'à moi-même. Ils ne lui pardonnaient point d'avoir fait périr leur protectrice. Je n'avais jamais compris pourquoi l'empereur ne les avait pas destitués de leur fonction. Sans doute la raison en était l'apathie grandissante qui lui faisait négliger de plus en plus ses devoirs et, en même temps, perdre toute prudence. Ici encore il me fallait intervenir, dans son intérêt même, qui coïncidait pour une fois avec le mien.

Toutes les conditions me semblaient réunies pour que se formât une conjuration dont nous serions les premières victimes, Claude, Nero et moi-même. Le bénéficiaire en serait sans doute Britannicus, que les conjurés porteraient au pouvoir, à moins qu'un autre personnage ne surgît pour se faire lui-même proclamer empereur. Beaucoup de sénateurs haïssaient Claude, parce qu'il avait fait mettre à mort un grand nombre d'entre eux.

La prudence la plus élémentaire imposait de remplacer les deux préfets pour empêcher un coup d'Etat qui s'appuierait sur les prétoriens. Je n'eus pas grand mal à remontrer à Claude, un jour où il consentit à m'entendre sans renvoyer, comme à son habitude, l'affaire à plus tard, que la présence de deux préfets à la tête des prétoriens était une mauvaise chose, que la discipline s'en ressentait. Il n'en fallait qu'un seul. Claude me demanda qui je voulais faire nommer à ce poste. Le nom d'Afranius Burrus fut prononcé simultanément par Claude et par moi. Burrus, comme je l'avais souhaité, fut donc chargé du prétoire. Depuis son retour à Rome, je lui avais confié non seulement l'éducation de Nero, comme je l'ai dit, mais aussi le soin de sa sécurité. Après sa nomination, je me sentis plus tranquille. Et puis, je n'oubliais pas que les prétoriens avaient leur mot à dire lorsqu'il s'agissait de faire un empereur ! Si, donc, je pouvais compter sur Burrus, j'avais le droit d'envisager l'avenir avec plus d'optimisme.

Mais, dans la maison du prince, tout n'était pas encore conforme à mes vœux. Pallas était toujours mon allié, certes, et son influence sur Claude plus grande que jamais, pourtant je devais de plus en plus compter avec Narcissus, dont je comprenais mal l'hostilité envers moi. Il avait obtenu la condamnation de Messalina, c'est lui qui avait présidé à son exécution. Il avait donc tout à perdre si Britannicus parvenait à l'Empire. Que pouvait-il craindre de moi ? Que je lui garde rancune d'avoir soutenu Aelia Paetina, lorsqu'il s'était agi de donner une nouvelle épouse à Claude ? Mais cela, c'était déjà du passé, et je m'étais attachée à ne jamais lui rappeler ce souvenir. Que voulait-il donc ? Narcissus était pour moi un mystère.

*
**

Claude adorait jouer à la guerre. Il aimait s'en donner le spectacle. Ce qu'il en avait vu en Bretagne ne lui avait pas suffi, car ses lieutenants avaient fait presque tout le travail pour lui. Il se plaisait à apparaître vêtu du manteau de guerre et, faute d'un véritable champ de bataille, à regarder des hommes combattre et mourir sur l'arène. Cette passion pour de tels spectacles d'abord me surprit et me désola. Lui, que j'avais connu autrefois si bon, si compréhensif, comment avait-il pu devenir aussi cruel ? Il était toujours le premier à réclamer la mort d'un gladiateur tombé à terre, même si le malheureux avait seulement trébuché.

Puis je compris qu'en réalité il avait peur, peur de tout, de lui-même autant que des autres. Voir mourir, étrangement, le rassurait. Comme si cela le mettait, pour le moment, à l'abri du même sort. Je ne comptais plus les combats de l'arène auxquels je fus obligée d'assister à ses côtés. J'avais échappé à beaucoup de Jeux qu'il avait donnés au temps de Messalina. C'est ainsi que je ne vis pas combattre les femmes bretonnes, montées sur des chars de guerre comme c'est la coutume dans leur pays. On en avait beaucoup parlé à l'époque ! Le souvenir le plus étrange que j'aie gardé de ces divertissements de Claude est celui qui me reste des grands travaux qu'il fit exécuter au lac Fucin, grands travaux dont le demi-échec compromit un moment la situation de Narcissus à la cour et ridiculisa Claude.

Ce lac Fucin, que je voyais alors pour la première fois, emplit une vaste cuvette dans les montagnes, chez les Marses, au milieu d'un pays perdu où je ne m'étais jamais aventurée. Le dieu Caesar avait formé le projet de l'assécher, pour faire mettre en culture le terrain conquis de cette manière. Puis Caesar était mort, et on avait abandonné le chantier. Claude imagina de le ressusciter. Je ne sais trop pourquoi. Il aimait bien les grands travaux, ceux auxquels un prince attache son nom, même s'ils ne sont pas d'une utilité incontestable. De même qu'il avait peur de mourir, il craignait d'être oublié. Il avait donc chargé Narcissus de faire creuser un déversoir par lequel les eaux du lac s'écouleraient dans le Liris et, par lui, dans la mer. Il avait mis à sa disposition des sommes considérables. Au bout de plusieurs années, Narcissus vint annoncer à Claude que l'ouvrage était achevé et que l'on pouvait procéder à l'inauguration. Celle-ci, décida Claude, donnerait lieu à une fête inoubliable. Le lac fut entouré d'une palissade, doublée d'un mur en terre. On disposa, tout autour, des gradins pour le public et, sur des avancées aux endroits stratégiques, des sortes de terrasses où étaient massés des soldats. On avait même prévu des emplacements de tir pour des balistes et des catapultes. Sur des radeaux étaient rassemblés des troupes et jusqu'à des escadrons de cavalerie. Tout cela pour encadrer deux flottes de guerre sur lesquelles étaient embarqués des gladiateurs et des criminels condamnés à mort, qui figuraient, les uns une armée rhodienne, les autres une armée sicilienne. Les deux flottes devaient se livrer bataille jusqu'à la mort. Sur ces bateaux, au nombre de douze pour chaque flotte, étaient groupés dix-neuf mille hommes.

Claude et moi, nous présidions, assis à l'ombre d'un grand vélum. J'avais amené avec moi Nero. Britannicus, sur mes instructions, était resté à Rome. Il fallait signifier clairement que deux personnages seulement avaient le droit de prendre place aux côtés du prince, Nero et moi.

Claude était en manteau de guerre, d'une nuance de pourpre rare. Moi, je portais une chlamyde de soie, entremêlée de fils d'or. Nero, une simple toge blanche.

Au milieu du lac, sur un îlot artificiel, une statue du dieu Triton, en argent, brandissait une trompe qu'un mécanisme, déclenché à distance, permettait de faire retentir. C'est ainsi que devait être donné le signal du combat.

Mais un premier incident se produisit. Les combattants, comme le veut la coutume, commencèrent, avant de s'embarquer, par défiler devant la tribune impériale en prononçant la formule rituelle : « Caesar, nous qui allons mourir, nous te saluons. » Sur quoi Claude, qui à son habitude poursuivait son idée, répondit sans réfléchir : « Peut-être pas ! » Les autres, à ces mots se mettent à pousser des cris de joie, à remercier le prince, affectant de croire que, par ces simples mots, il venait de les gracier. Ils refusent de rejoindre leurs bateaux. Les prétoriens les empêchent de se disperser dans la campagne et les refoulent vers le rivage. Le désordre est partout. Claude, descendant de son tribunal, va prêter main-forte aux soldats, mais il s'empêtre dans son grand manteau, trébuche, doit être soutenu, pendant qu'il court çà et là sur le rivage, fort en colère, proférant des menaces terribles si tout le monde ne reprend pas sur-le-champ la place qui lui a été assignée. Je l'apercevais, du haut de l'estrade, pantin ridicule qui gesticulait et hurlait. Cela dura assez longtemps, puis, finalement, les centurions et les tribuns eurent raison des rebelles, et le combat put commencer.

De celui-ci je ne dirai rien, sinon qu'il fut acharné, que des cadavres ne tardèrent pas à flotter, çà et là, dans les eaux du lac. Claude était ravi. D'autant plus qu'il avait craint un moment qu'il serait privé de son plaisir.

Lorsque tout fut achevé, que l'une des deux flottes eut été déclarée victorieuse, c'était déjà le crépuscule. Il fallut remettre au lendemain la suite du spectacle, c'est-à-dire l'ouverture du canal dans lequel devaient s'engouffrer les eaux du lac. Claude était présent lorsqu'on abattit la digue qui maintenait celles-ci à leur niveau normal. Il avait fait installer une plate-forme au bord du déversoir et il comptait bien y célébrer l'événement par un grand banquet, auquel il avait invité les principaux magistrats et les notables du voisinage. Claude ne pouvait concevoir une fête sans un banquet. Il avait comme principal souci de manger et de boire et cherchait toutes les occasions de satisfaire son insatiable appétit. Mais, ce jour-là, il dut y renoncer. La digue une fois abattue, non sans mal, l'eau se rua avec une telle violence que la plate-forme où était disposée la table fut ébranlée, un des pieux qui la soutenaient arraché et entraîné par le courant. Il s'en fallut de peu que l'empereur lui-même, et moi avec lui, nous ne soyons nous aussi emportés par ce torrent. Claude était fort mécontent. Il le fut davantage encore lorsque l'on s'aperçut que le niveau de l'eau s'était établi bien au-dessus de ce que l'on attendait. Le lac ne se vidait plus. Le canal n'avait pas été creusé à une profondeur suffisante. Claude dut se rendre à l'évidence. Narcissus ou bien s'était trompé dans ses calculs (mais il avait à sa disposition des ingénieurs militaires qui, eux, ne se trompent jamais), ou bien, ce qui était de beaucoup le plus vraisemblable, il avait détourné non les eaux du lac mais les sommes qui avaient été mises à sa disposition. Du moins, ce fut l'explication que je suggérai.

Il y eut entre le prince et son affranchi une explication fort vive. Narcissus répondit à l'accusation portée contre lui qu'il avait été induit en erreur par un ressaut de rochers, couvert de broussailles, interdisant de procéder à des nivellements précis. Ce qui n'avait rien d'invraisemblable, les ouvriers s'étant trouvés dans l'obligation de ménager un seuil à la tête du déversoir pour que l'évacuation de l'eau se fît par paliers. Du moins telle fut la défense de Narcissus, que Claude me rapporta, et que je ne compris pas très bien !

Ce que je compris, en revanche, fort bien, et qui fit naître en moi une vive inquiétude, ce furent les protestations de dévouement dont Narcissus avait accompagné son plaidoyer. Claude semblait les avoir entendues avec plaisir. Accepter les arguments de son affranchi lui évitait de s'interroger plus avant sur la manière dont avaient été conduits les travaux. Quant à moi, je me disais que la faveur dont jouissait Narcissus auprès du prince pouvait me causer de grands ennuis, étant donné les sentiments qu'il me portait. Il ne les avait d'ailleurs nullement dissimulés à Claude, m'accusant de me mêler de tout et de vouloir imposer partout mon autorité. Il était clair que Narcissus était désormais mon ennemi déclaré.

Plus j'avançais dans la réalisation de mes projets, plus je rencontrais d'hostilité autour de moi. Celle de Narcissus, je m'y attendais. Celle de Lepida me surprit davantage. Lorsque j'avais repris Nero avec moi, Lepida avait feint de l'accepter d'assez bon cœur. « Tu me quittes, avait-elle dit à mon fils. De grands honneurs t'attendent, et tu oublieras bientôt cette tante près de qui tu as passé les premières années de ta jeunesse. Moi, je ne t'oublierai pas. Viendras-tu quelquefois me rendre visite ? » Nero promit de le faire. Il éprouvait quelque affection pour cette tante qui, pourtant, l'avait laissé livré à lui-même et à la plus basse valetaille. Je pensais que cette affection ne survivrait guère à leur éloignement l'un de l'autre. J'escomptais que Lepida serait vite oubliée. Mais, à mon grand déplaisir, elle s'était rappelée, de loin en loin, au souvenir de Nero, en lui envoyant des présents, en l'invitant à venir la voir chez elle et en lui faisant mille amitiés. Ce qui m'exaspérait, car je savais que ces avances étaient moins destinées à flatter Nero qu'à prendre dans son esprit la place qui m'appartenait. Je devais souvent me montrer sévère envers lui, le contraindre à passer moins de temps avec ses chevaux ou sa lyre qu'aux leçons de Sénèque ou, sous la direction de Burrus, aux exercices du Champ de Mars, qui ne lui plaisaient guère. Aussi, chaque fois qu'il voulait s'en dispenser, il prétextait qu'il devait aller voir sa tante ce jour-là. Il échappait ainsi à mon autorité, ce qui m'était fort désagréable et m'inquiétait. Nero venait en effet d'achever sa seizième année et, bien qu'il eût reçu les insignes de l'âge viril, je ne le sentais pas moins fragile, exposé à tous les entraînements d'une sensibilité fort vive, toujours prompte à s'émouvoir. Il n'était pas encore prêt à exercer le pouvoir. Or, je le comprenais à plusieurs indices, je me verrais bientôt contrainte de hâter le dénouement auquel je pensais.

De plus en plus je sentais Claude m'échapper. Nous n'avions plus aucune intimité l'un avec l'autre. Il buvait beaucoup et, lorsqu'il était ivre, il devenait incapable de dissimuler ses pensées les plus profondes. C'est ainsi qu'à plusieurs reprises, évoquant le souvenir de Messalina, il avait déclaré que son destin voulait qu'il eût des épouses scandaleuses, mais aussi qu'il ne laissât pas leur conduite sans punition. Peut-être faisait-il allusion non seulement à Messalina, mais à Urgulanilla, dont il avait exposé et laissé mourir la petite fille, Claudia, qu'elle avait mise au monde, parce qu'il prétendait qu'elle était en réalité la fille de l'un de ses affranchis. Ce qui était bien possible. Etais-je moi-même comprise parmi ces épouses scandaleuses dont il parlait ? Je n'en étais pas certaine, mais cela n'était pas impossible et il valait mieux tenir compte de l'avertissement.

Je décidai donc de prendre mes précautions. Je devinais bien que Claude, au fond de lui-même, regrettait d'avoir adopté Nero. Il avait, en privé, des élans de tendresse pour Britannicus, il le prenait dans ses bras en lui disant : « Grandis, mon enfant, grandis. Quand tu seras grand, tu verras, je ne t'abandonnerai pas ! » Un jour, il déclara que son fils serait bientôt en âge de prendre la toge virile. Il devenait évident que se formait autour du prince un parti favorable au fils de Messalina et dont, moi, je pouvais redouter le pire. Au cœur de cette faction, deux personnages : Lepida et Narcissus. La première n'oubliait pas que Britannicus était son petit-fils et, tout naturellement, elle souhaitait qu'il succédât à Claude. L'autre me détestait. Il avait, assurément, consommé la perte de Messalina. Sans lui, elle aurait sans aucun doute obtenu le pardon de Claude et repris son influence sur le prince, une fois Silius éliminé. Cela, il le savait et il pouvait tout craindre si Britannicus succédait à Claude. Mais sa haine envers moi était la plus forte. Il redoutait que je n'en vienne à un crime pour assurer le pouvoir à Nero. Or, il était entièrement dévoué à Claude, qui avait fait sa fortune. Il était prêt à sacrifier sa vie pour lui et il calculait aussi que lui-même ne risquerait rien aussi longtemps que Claude vivrait. Le danger ne se rapprocherait qu'à partir du moment où commencerait le règne d'un successeur. Dévouement et intérêt conspiraient donc pour l'inviter à veiller sur son maître, à le préserver de tout danger. Et il était parfaitement conscient que la principale menace venait de moi.

Pour moi, le seul parti à prendre était de diviser mes

ennemis pour les abattre séparément, comme autrefois, dit-on, avait fait le célèbre Horatius, face aux trois Curiatii. Je m'attaquai d'abord à Lepida. Outre la crainte qu'elle m'inspirait, j'étais ulcérée par ses tentatives pour me dérober l'affection de Nero. L'un des sénateurs qui m'étaient favorables accepta de lui intenter devant les Pères une accusation en règle. A ma suggestion, il lui fut reproché d'user de magie contre moi. A ce moment-là, le prince était particulièrement irrité contre les mages, les astrologues, les sorciers de toute sorte, tous ceux qui faisaient profession de connaître l'avenir (donc le sien !) et d'agir sur lui. Il accueillit donc favorablement l'accusation portée contre Lepida. Et cela d'autant plus que l'on reprochait aussi à la mère de Messalina de se montrer négligente dans l'administration des propriétés immenses qu'elle possédait en Calabre : les esclaves chargés des grands troupeaux qu'elle y entretenait avaient provoqué des troubles graves, par leurs pillages et leurs violences contre les habitants de la plaine. Lepida fut donc accusée de ce chef aussi. Elle fut condamnée à mort, en dépit des efforts que fit Narcissus pour la sauver. Au cours du procès, Nero témoigna contre elle et contribua beaucoup à entraîner la condamnation. J'aurais dû m'en réjouir, en constatant qu'il ne prenait pas son parti, mais j'en éprouvai en fait un véritable malaise. Mon fils était-il donc capable de trahir celle auprès de qui il avait vécu, et qu'il avait aimée ?

Lepida ainsi éliminée, restait Narcissus, mon principal ennemi. Je ne pouvais user contre lui des mêmes armes. En dépit du demi-échec des travaux qu'il avait fait exécuter pour l'assèchement du lac Fucin, il n'avait finalement pas perdu la confiance de Claude. En retour il veillait nuit et jour sur le prince, assistait tous les soirs au dîner et surveillait le serviteur chargé de goûter chaque plat, chaque coupe avant qu'ils soient présentés à Claude. J'étais exaspérée par sa présence continuelle et, plus encore, par le soupçon qu'elle impliquait. Ainsi, il craignait, ou affectait de craindre que j'empoisonne l'empereur ! Il estimait donc que ma position au palais était devenue précaire, que je m'en étais aperçue et que je ne pouvais me sauver que par un crime si je ne voulais pas connaître le sort de Messalina. N'était-ce pas lui qui avait perdu celle-ci ? Il pouvait en user de même envers moi, déterminer Claude à me faire mourir moi aussi, en agissant sur sa volonté chancelante. Au dîner qui suivrait mon exécution, le prince demanderait, comme il l'avait fait pour Messalina : « Où donc est l'impératrice ? » Puis il se remettrait à boire.

Mais mon sort n'était pas seul en cause. Il y avait Nero ! C'était de sa vie qu'il s'agissait. J'avais le droit, le devoir de la défendre. Et la seule solution, c'était de faire ce que Narcissus redoutait. L'affranchi lui-même était hors d'atteinte. Il savait trop bien se garder et je n'avais aucun moyen de corrompre l'un de ses serviteurs. Et même s'il venait à disparaître je n'en serais pas en sécurité pour autant, et Nero pas davantage. Claude comprendrait facilement d'où viendrait le coup. Il vengerait son affranchi, éloignerait Nero, ou ferait pire encore et désignerait Britannicus pour être son héritier. Quant à moi, il était bien peu probable qu'il me laissât la vie. Je devais me résigner. Claude ne pouvait rester vivant.

Parvenue à cette conclusion je me sentis envahie par des souvenirs qui ne s'étaient jamais effacés en moi. Et d'abord, et surtout, ce voyage à Faesulae, au cours duquel j'avais découvert mon oncle, sa bienveillance envers moi, sa gentillesse, et sa curiosité pour le passé des peuples. Je savais qu'il n'avait jamais renoncé à ses recherches et ses études à ce sujet, qu'il avait écrit vingt livres sur l'histoire du peuple étrusque et huit sur celle des Carthaginois. Je savais aussi que, chaque année, à Alexandrie, on en donnait une lecture publique. Claude était très fier de cet honneur et cela me remplissait moi-même d'admiration pour lui. Tel était donc l'homme que j'envisageais de faire périr ! Mais notre voyage au pays étrusque était, maintenant, vieux d'un peu plus de vingt-cinq ans, et je devais m'avouer que cet oncle prestigieux n'était plus aujourd'hui celui que j'avais connu en ce temps-là. Ses excès de table, son goût immodéré pour le vin l'avaient rendu presque obèse et, plus gravement encore, avaient endormi son esprit, qui n'était guère éveillé, et le plus souvent à demi, que vers le milieu du jour. Rome devrait-elle donc longtemps encore être gouvernée par un tel maître ? Etait-il capable de faire face aux difficultés qui surgissaient aux frontières ? Lorsqu'il rendait un jugement ou prenait une décision dans une affaire concernant des cités provinciales, il les assortissait de considérations érudites qui faisaient sourire. Voulant exempter d'impôts les gens de l'île de Cos, il ne put s'empêcher de rappeler les noms et la vie de tous les médecins célèbres nés dans l'île.

Mais il y avait encore plus grave. Tandis que les sénateurs recevaient le gouvernement de provinces déterminées, Claude décida que ses propres agents, les procurateurs impériaux, posséderaient les mêmes pouvoirs que lui. Ce qui mécontenta beaucoup de Pères, exaspérés par ce qu'ils appelaient, à part eux, la tyrannie du prince. Nero, au contraire, apparaissait comme le plus sûr garant de la liberté. Son prestige était déjà grand. Il avait pour lui sa jeunesse, comme autrefois Gaius, mais il avait commencé à donner des preuves plus sérieuses des qualités qui font un véritable prince. Comme gendre de Claude (car le mariage avec Octavie avait fini par être célébré) il avait été chargé de plaider plusieurs causes publiques et il s'en était chaque fois acquitté d'une façon particulièrement brillante. C'est ainsi qu'il avait obtenu des allégements de charges ou d'importantes subventions en faveur de cités victimes de quelque catastrophe, dont il s'était fait l'avocat. Un

Domitius, adopté par les Claudii, appartenait à la plus haute noblesse de Rome. Il faisait une autre figure que les procurateurs du prince. En lui se perpétuait l'antique tradition de l'aristocratie romaine, celle qui avait créé l'Empire. Entre Claude, empereur sur son déclin, insoucieux des grands souvenirs de Rome, qui traitait celle-ci comme si elle était sa propriété personnelle, et le jeune Nero, l'hésitation n'était guère possible. Beaucoup partageaient cet avis. Je le devinais. Je le comprenais par les acclamations dont il était accueilli lorsqu'il paraissait en public. En sa faveur aussi, jouait le souvenir des largesses que j'avais faites en son nom, comme je l'ai dit. Il avait pour lui le sénat et une bonne partie de la plèbe. J'en venais peu à peu à penser que la mort de Claude serait, en somme, un bienfait pour l'Etat. Qu'il disparût ! Ce serait le dernier, mais aussi le plus grand service qu'il rendrait à notre cité.

Un jour que Sénèque était venu me rendre visite pour m'entretenir de Nero, des progrès qu'il faisait dans l'art de la parole, la conversation en vint à tomber sur la vie politique. Ce n'était pas un hasard. J'avais soigneusement dirigé mes propos en ce sens. Sénèque, qui avait compris mon intention, s'y prêta de bonne grâce. Nous étions lui et moi seuls dans un pavillon écarté du palais, et il était possible de parler librement, ou du moins sans trop de contrainte. Sénèque, je le compris, était loin d'approuver bien des mesures prises par Claude. Il parlait avec amertume des trente-cinq sénateurs condamnés et exécutés par lui, des deux cent vingt et un chevaliers qui avaient eu le même sort, sans compter, disait-il, d'autres citoyens de moindre rang, « aussi nombreux que sable et poussière ». Tous avaient-ils mérité leur sort ? Sénèque était loin de le penser. Il me fit observer que les exécutions s'étaient faites plus nombreuses au cours des derniers temps. Il me demanda si le prince était en proie à quelque terreur qui lui ferait voir partout des ennemis qu'il fallût abattre. Je ne sus que lui répondre. La vérité était que beaucoup des condamnations auxquelles Sénèque faisait allusion avaient été prononcées sur un coup de tête de Claude, par un ordre donné à un centurion de la garde, et dont, parfois, lui-même ne se souvenait pas quelques heures plus tard! Mais cela, je ne pouvais le dire, même à Sénèque. Je gardai donc le silence. Puis nous parlâmes d'autre chose, Sénèque me faisant compliment, une fois de plus, des grandes qualités qu'il découvrait chez son élève. Il soulignait la vivacité de son esprit, sa facilité à composer des poèmes et, surtout, son goût très vif pour le théâtre. C'était chez lui un talent que Sénèque se proposait de développer, peut-être parce que lui-même se plaisait à écrire des tragédies. Mais ce ne fut pas la raison qu'il me donna :

« Les aventures survenues aux héros d'autrefois, me dit-il, sont d'excellents exemples qui nous permettent de mieux comprendre la nature de l'âme humaine et nous montrent la valeur des vertus, de celles qui nous égalent à la divinité. La force morale, la prudence, la justice, la sagesse, nous trouvons tout cela chez les poètes qui portent sur la scène Œdipe, Agamemnon, Thésée, et surtout Hercule. Ils nous apprennent comment triompher du Destin. » Puis il ajouta, après un silence, durant lequel son regard ne me quitta pas : « Et pour les rois, quelle meilleure école que la tragédie? Elle leur enseigne à ne pas confondre monarchie et tyrannie. Je sais bien que tous les princes ne sont pas appelés à renouveler les exploits d'Hercule, mais ils peuvent tous, un jour ou l'autre, rencontrer Omphale et, par elle, être amenés à abandonner leur massue pour la quenouille et le fuseau. Nero est jeune, Agrippine! Je redoute pour lui quelque reine de Lydie. C'est contre une telle rencontre que je voudrais le prémunir. Que jamais, pour aucune femme, quelle qu'elle soit, il ne se dépouille des armes qui sont les siennes, qu'il a, seul, le droit de porter. Or, cela, il peut l'apprendre par le théâtre. Pourquoi ne pas profiter de ce penchant qu'il porte en lui pour lui faire entendre les meilleures leçons, que lui donneront les poètes ? Je sais bien, ma chère Agrippine, que je me mets ici en contradiction avec Platon, et nombre de philosophes, qui ne veulent retenir de la poésie que les légendes absurdes auxquelles elle se complaît parfois. Mais c'est, pour un inconvénient en somme léger, se priver de grands bienfaits ! L'âme humaine, Agrippine, a besoin de sublime, même si, le plus souvent, elle ne peut que le rêver. N'as-tu pas éprouvé toi-même à quel point le rêve nous est nécessaire ? Il n'est pas mauvais qu'un prince aussi rêve, qu'il imagine dans son esprit plus qu'il ne pourra réaliser, mais que, peut-être, un jour... Tu vois, moi aussi je rêve. Mais ce qui est bien réel, c'est le talent avec lequel ton fils récite et chante de longues suites de vers. Je ne sais si tu l'as toi-même entendu, lorsqu'il s'accompagne de la lyre ? » Je répondis par l'affirmative. Oui, j'avais entendu Nero, à plusieurs reprises, depuis le jour où sa voix, sortie de l'ombre, m'avait charmée et si profondément émue, sous le portique de Lepida. Mais je n'y avais repensé depuis lors que comme à un passe-temps aimable, convenant à un adolescent. Chez un prince, en allait-il de même ? Pouvait-on imaginer un *imperator* romain jouant de la lyre et chantant ? Ne m'étais-je pas trompée sur Sénèque, que je considérais depuis toujours comme un homme sage ? Comment osait-il imaginer que mon fils devînt un histrion ? Nero devait être formé pour exercer le pouvoir, et non pour chanter !

Sénèque sourit, avant que j'aie pu lui dire ma surprise, sinon mon indignation. « Je sais ce que tu penses, Agrippine, me dit-il, et je puis deviner tes objections. Mais, réfléchis un peu. Rappelle-toi que l'on ne peut contraindre un arbre à prendre n'importe quelle forme, à laquelle il est rebelle. Il faut commencer par lui obéir, si l'on veut qu'il obéisse lui-même. Trouver un terrain d'entente. On peut façonner la nature, mais seulement à condition de ne jamais lui faire violence. Nero possède la nature la plus riche qui soit. Tu lui as donné, en le mettant au monde, les dons les plus merveilleux. J'essaie de faire qu'il les mette à bon usage, qu'il ne s'en serve pas pour le mal, pour son propre malheur et celui des Romains. »

Un instant, je fus sur le point de répondre : « Faut-il donc que, pour le bien des Romains, Nero devienne acteur et paraisse sur une scène en costume grec, une lyre à la main ? » Mais je me tus et gardai mes doutes pour moi, remettant à plus tard d'entendre les arguments du précepteur de mon fils. J'avais hâte d'entretenir Sénèque d'un sujet plus urgent, mais sans savoir comment l'aborder. A la fin, je dis :

« Tu te souviens, n'est-ce pas, de ce que tu écrivais à Polybius pour le consoler de la mort de son frère et de la manière dont tu louais alors le prince ? Moi, je ne l'ai jamais oublié. Tu disais : “ Regarde Caesar, à qui toute chose est permise et pour cette raison même doit s'en interdire beaucoup. ” Je pense que c'est là une excellente maxime que tu pourrais enseigner à Nero. Tu comparais aussi Claude, dans ses fonctions d'empereur, aux astres dont jamais le cours ne s'arrête. Tu exaltais non seulement sa vigilance, mais aussi sa clémence (il avait adouci ta peine !), tu affirmais à Polybius que Claude gouvernait l'univers et se faisait obéir plus par ses bienfaits que par la force des armes, qu'il était toute douceur et affection à l'égard des siens. Penses-tu toujours de même aujourd'hui, et oserais-tu l'écrire ?

— Tu sais comme moi, Agrippine, que les êtres humains, comme tout ce qui vit, sont entraînés par le temps, que les âmes, aussi bien que les corps, vieillissent et changent. On aimerait que le maître du monde demeurât immuable. Hélas, ce n'est pas possible. Il est des princes qui, jeunes, sont déjà soumis à leurs passions et s'y complaisent. D'autres, dont on attendait mieux, perdent avec l'âge les vertus dont ils faisaient preuve en leur jeunesse. Pour ce qui est de Claude, personne mieux que toi ne peut en juger. Hercule lui-même, égaré par Junon, mit à mort ses propres enfants... Mais enfin, il revint à la raison et finit par monter, sûr de lui, sur le bûcher qui fit de lui un dieu. Je ne saurais t'en dire davantage. »

Là s'arrêta notre conversation, qui me laissa beaucoup à penser. Je me demandai si le brusque départ de Sénèque, après ce que nous avions dit de Claude, trahissait le déplaisir qu'il avait éprouvé en s'entendant rappeler cette fameuse consolation, qu'il en avait honte. Pourtant, je ne le pensais pas. Il avait eu d'excellentes raisons pour l'écrire, depuis son lieu d'exil, et l'empereur méritait certainement, à ce moment-là, les éloges qu'elle contenait. Evidemment, Sénèque avait, comme moi-même, changé d'avis en constatant que le prince débonnaire des premières années n'avait pas tenu les promesses que l'on croyait deviner en lui. Mais était-ce là tout ce que Sénèque voulait me faire entendre? L'allusion qu'il avait faite à la folie d'Hercule et au meurtre des enfants qu'il avait eus de Megara n'était-elle pas un message dissimulant un avertissement? Voulait-il suggérer que Claude n'était plus qu'un tyran fou, et que la vie de Nero était menacée? S'il en était bien ainsi, quelle conclusion devais-je tirer de ses paroles?

Je me souvenais d'une conversation que nous avions eue, Sénèque et moi, à propos de l'assassinat de Gaius, au cours des quelques mois qui avaient précédé son exil. Il m'avait dit alors que le meilleur, le seul service que l'on pouvait rendre à un tyran était de le faire mourir. Je savais bien que c'est là une vieille opinion, ancrée chez les philosophes. Les Grecs pouvaient se permettre de la répéter inlassablement. Ils avaient si peu de tyrans! Et, d'ailleurs, ils les tuaient rarement. Un par accident, mais cela s'était produit dans un passé lointain. Chez nous, et plus précisément encore au temps qui était le nôtre, il en allait autrement. Le problème se posait concrètement. Etait-ce cela qu'avait voulu me faire comprendre Sénèque ? J'essayai de me souvenir avec précision de ce qu'il m'avait dit, il y avait maintenant plus de dix ans. Il ne s'agissait pas pour lui, lorsque l'on faisait mourir un tyran, de l'empêcher de nuire, mais bien de « soigner son âme » : les cruautés d'un tyran traduisent le malaise profond, inguérissable, dont il souffre. Le tuer mettra fin à ses souffrances. Que m'avait-il dit encore ? Qu'il ne consentirait jamais à donner à un tyran les moyens matériels d'exercer la violence. Il ne lui fournirait jamais ni de l'argent ni des armes, mais — ses paroles me revenaient — que le seul service qu'il accepterait de lui rendre, ce serait de « sauver son fils en bas âge ». S'il était toujours dans le même sentiment, cela signifiait-il qu'il garderait la vie sauve à Britannicus, mais n'hésiterait pas à tuer son père ? Sénèque, je ne l'ignorais pas, retenait parmi les maximes des stoïciens celle qui voulait que le sage ne change pas d'avis. Par conséquent... Oui, le conseil qu'il me donnait ainsi, à travers les années, était bien celui que je souhaitais. L'homme que je me proposais de tuer, ce n'était ni mon oncle, dont le souvenir s'estompait dans le passé, ni un mari qui ne l'était plus que de nom, mais un tyran, un empereur désormais peu capable d'assumer les tâches du pouvoir, livré à ses passions, ou, pis encore, à ses caprices. Tout me devenait clair. Le geste que j'allais accomplir ne m'était pas dicté par l'ambition (même s'il devait me permettre de la réaliser), ni par le souci de ma sécurité personnelle (même s'il devait l'assurer). En mettant fin aux jours de Claude, je servais les plus hauts intérêts de Rome. J'étais digne de mon père, digne du dieu Auguste. Le moment était venu d'agir.

***

Nous étions, maintenant, presque en automne. Claude s'était refusé à quitter la Ville, même pendant les plus fortes chaleurs. Narcissus était resté près de lui et n'avait cessé de veiller à la sécurité de son maître, aussi bien la nuit que le jour. Ces soins continuels, cette vigilance, l'avaient épuisé, si bien qu'il était visiblement malade. Incapable de dormir, il se nourrissait à peine. Pendant les derniers jours de septembre, lorsque fut terminée la célébration des Jeux romains, qui furent pour lui comme un long supplice, il eut une crise de goutte et sa santé devint si franchement mauvaise que Claude, pourtant plus préoccupé de lui-même que des autres, finit par s'en inquiéter et l'invita à prendre du repos. Il consulta le médecin Xénophon, qui fut du même avis. Narcissus s'inclina et il partit pour la Campanie. A Sinuessa où l'eau passe pour guérir la goutte, il possédait au pied du mont Massique, au milieu des vignes, une villa dominant la mer, rafraîchie par les vents du large. Il s'y retira après la fête qui commémore la naissance du dieu Auguste, libéré de sa garde par la volonté de Claude lui-même, mais non exempt d'inquiétude.

Si je voulais vraiment réaliser mon projet, je ne devais plus tarder. Une aussi belle occasion se retrouverait-elle jamais ? La mort du prince devait apparaître comme naturelle, le résultat d'une maladie, ou, tout au moins, d'un accident. La saison où nous nous trouvions me suggéra que le moyen le plus simple et le plus efficace serait de l'empoisonner, en lui servant des champignons, dont il était fort friand. Pourtant, il me parut dangereux de n'utiliser pour cela que des champignons naturellement vénéneux. Leur action était incertaine ; elle pouvait être lente ou, pis encore, ne provoquer que des malaises passagers. J'imaginais aussi que Claude serait capable de reconnaître, lorsqu'on les lui présenterait, l'espèce à laquelle ils appartenaient et refuserait d'en manger. Pour toutes ces raisons et parce que, devant l'énormité du crime, j'éprouvais une angoisse de tous les instants, je décidai qu'au poison naturellement contenu dans les champignons il faudrait en ajouter un autre, qui rendrait la mort inévitable. Mais il ne fallait pas non plus que celle-ci fût trop rapide, ce qui eût empêché de croire qu'elle était accidentelle.

Il se trouvait que l'on tenait, emprisonnée dans un cachot du palais, une femme reconnue coupable de plusieurs empoisonnements et pour cette raison condamnée à mort. C'était une sorte de sorcière originaire de Gaule et venue à Rome chercher fortune en y exerçant ses divers talents, parmi lesquels le principal était celui de préparer des poisons. Elle avait immédiatement trouvé des clients parmi les riches Romains qui souhaitaient se débarrasser qui d'un parent fortuné trop lent à mourir, qui d'un mari ou d'une épouse devenus importuns, mais une maladresse commise par l'un de ses clients avait fini par l'exposer à une accusation et à un procès où sa culpabilité fut prouvée. Dans sa prison, elle attendait la mort. Je la fis venir, une nuit, à l'insu de tous, et je lui exposai, en la mettant au compte d'une de mes amies, la difficulté où je me trouvais. Je savais bien que mon mensonge ne l'abuserait pas, mais qu'elle comprendrait que je lui offrais ainsi un moyen de se sauver, si elle savait se montrer discrète. De ce côté, je n'avais rien à craindre.

Lucusta (c'était son nom) promit de me fournir une drogue qui aurait les effets que je souhaitais. A sa demande, je la fis conduire chez elle, sous bonne garde. Le lendemain, elle réintégrait sa prison, non sans m'avoir remis une petite boîte emplie d'une poudre blanche, en m'avertissant que c'était une substance mortelle, qu'il suffirait que « mon amie » en ajoute une pincée à la nourriture de la personne qu'elle voudrait faire mourir. L'effet désiré se produirait moins d'une demi-journée plus tard.

Une dernière difficulté se présentait. Comment faire absorber à Claude la poudre mortelle ? Heureusement pour moi, Halotus, qui était alors chargé de goûter avant le prince les plats que l'on servait, accepta de m'aider. Il promit de répandre le poison sur un champignon particulièrement magnifique parmi ceux qui composeraient le plat favori de Claude. Je n'avais donc plus à compter sur la nature. L'art y suppléerait.

Tout se passa comme nous l'avions prévu, Halotus et moi. Claude mangea goulûment les plus beaux champignons sur le plat qu'on lui servit. Bientôt après, il fut pris de vomissements et, en même temps, il fallut l'emporter hors de la salle, tandis que se déclarait une violente diarrhée. J'étais épouvantée. Le poison allait-il poursuivre ses effets, ou n'allait-il pas être rejeté avant d'avoir pu agir ? Je quittai brusquement le banquet, feignant la plus vive inquiétude. Certes, j'étais inquiète, mais pour d'autres raisons que celles que je laissais croire. Xénophon était déjà auprès de Claude. Il avait tout deviné. Sans lui laisser le temps de réfléchir, je lui suggérai de m'aider à achever le crime. Lui, sans me répondre autrement que d'un regard, alla prendre dans une cassette dont il ne se séparait jamais une petite fiole pleine d'un liquide dont il imprégna une longue plume d'oie, puis il introduisit celle-ci dans la gorge du prince, comme pour l'aider à vomir. Sur ce, Claude, qui jusque-là semblait éprouver de vives douleurs et gémissait, se calma. Les spasmes qui l'agitaient cessèrent. Il parut s'endormir. Xénophon, sans prononcer un mot, me regarda longuement puis, après ce qui me parut être un signe d'affirmation, si léger et si fugitif que je demeurai quelque temps incertaine, à me demander si ce n'était pas une illusion de ma part, il détourna la tête pour dire aux serviteurs qui se trouvaient là : « Que le prince dorme ; que nul ne le dérange. Demain, il aura recouvré la santé ! »

Sénèque, qui avait assisté au dîner, me rejoignit dès

que je revins dans la salle du banquet. Je lui annonçai que Claude, si l'on en croyait son médecin, ne se trouvait pas en danger, mais qu'il n'en convenait pas moins de réunir le sénat et, selon l'usage, de procéder à des prières publiques pour le salut du prince. Sénèque ne fit aucun commentaire et me promit de transmettre le message, puis il quitta le palais, tandis que Burrus, appelé par moi d'urgence au Palatin, faisait doubler la garde qui l'entourait et n'en laissait sortir que les serviteurs que j'aurais dûment autorisés à le faire, pour quelque raison impérieuse. Il fallait à tout prix que l'on n'apprît, en ville, que ce que je voulais faire connaître.

Xénophon et moi, nous avions nous-mêmes transporté Claude dans sa chambre, si bien que personne n'avait pu s'apercevoir qu'il ne respirait plus. Nous restions près de lui, comme s'il était encore vivant et, de temps en temps, Xénophon demandait à un serviteur ou à un autre d'apporter une couverture chauffée pour en envelopper le prince. Nous laissions croire qu'il avait été engourdi par un excès de vin — ce qui lui arrivait souvent — et qu'il suffisait d'attendre qu'il revienne à lui. Dès la nouvelle du malaise qui avait frappé leur père, les deux filles de Claude, Antonia et Octavie, ainsi que Britannicus étaient accourus auprès de lui. Je m'étais arrangée pour qu'ils ne puissent l'approcher. Je demandai à Antonia et à Octavie d'attendre des nouvelles dans une autre pièce. Quant à Britannicus je le retins dans mes bras avec de grandes démonstrations, lui disant qu'il était ma consolation, l'image même de son père, et je lui demandai instamment de ne pas me laisser seule, mais de suivre avec moi le retour de son père à la vie.

Je redoutais en effet par-dessus tout que l'on n'apprît, en dépit de tous mes efforts, la mort de Claude, que cette nouvelle ne parvînt au camp des prétoriens et que, d'eux-mêmes, les soldats ne s'empressent de proclamer l'avènement du fils de Claude. Britannicus ne devait apparaître, sous aucun prétexte. Quant à Nero, il fallait encore attendre avant de le présenter aux prétoriens. J'avais en effet consulté Balbillus, qui avait hérité de son père, je l'ai dit, une connaissance profonde de la science des astres, et je lui avais demandé de m'indiquer le moment qui serait favorable pour annoncer la mort du prince et marquer ainsi le changement de règne. Il m'avait répondu que ce serait le treizième jour avant les ides, au milieu de la journée, quand le soleil aurait atteint son point le plus haut dans le ciel. Or nous étions seulement à la veille. Donc, jusqu'au lendemain, pendant toute la nuit et encore pendant la matinée, le secret devait être gardé.

La nuit qui nous séparait du jour fatal fut très certainement l'une des plus longues de mon existence. Quelque hâte que j'eusse à conduire toute l'affaire au dénouement préparé depuis longtemps, je devais attendre et jouer la comédie. Je restai donc auprès de Claude, en compagnie de Xénophon. Britannicus, après avoir essayé de résister au sommeil, s'était endormi dans mes bras. Je l'avais emmené dans sa chambre d'où, sur mon ordre, on devait l'empêcher à tout prix de sortir. Le médecin et moi, nous faisions semblant de veiller ce qui n'était plus qu'un cadavre. De temps en temps je sortais de la chambre pour ordonner à un serviteur de faire parvenir au camp un message dans lequel j'annonçais aux prétoriens que le rétablissement du prince était en bonne voie, qu'ils pourraient le voir bientôt parmi eux.

Tandis que les heures s'écoulaient avec une incroyable lenteur, pendant tout ce temps où je ne pouvais agir, des souvenirs m'envahissaient. Je me souvenais, avec une extraordinaire netteté, de ce que m'avait raconté Claude de la manière dont Servius Tullius était devenu roi, grâce à Tanaquil. Brusquement il m'apparut que je jouais, pour mon propre compte, le rôle qui avait été celui de la reine, tant de siècles avant moi ! Chez moi, comme chez elle, la même volonté d'imposer aux Romains un roi qui n'était pas le fils charnel de celui qui venait de disparaître et n'avait aucun droit à lui succéder. Mêmes précautions aussi pour réaliser cette substitution. J'éprouvais quelque satisfaction à me voir moi-même dans un tel rôle. Il y avait une différence, toutefois. Tanaquil n'avait pas fait mourir Tarquin. Tandis que moi...

A ce moment, les raisons (assurément excellentes) que j'avais eues d'agir comme je l'avais fait ne m'apparurent plus aussi bonnes. Ce Claude, cet oncle que je revoyais dans mon souvenir, celui qui m'avait raconté l'histoire de Tanaquil, c'était le même dont je faisais semblant de veiller le corps. Il ne se lèverait jamais de cette couche, qui serait son lit funèbre, lorsqu'on le déposerait sur le bûcher.

Ce moment de faiblesse ne dura point. Quelle que fût, en cet instant, la puissance du souvenir, il fallait que mon fils régnât. Qu'il règne donc, même s'il doit, un jour, m'ôter la vie ! J'avais accepté depuis longtemps cette condition imposée par les Destins et que m'avait révélée Balbillus. En moi-même, je renouvelai le pacte, et j'en conçus une véritable exaltation. Ce fut comme si je donnais une nouvelle fois le jour à Nero. Les dés étaient jetés. Rien ne pourrait arrêter les Destins. J'avais, à tout jamais, consenti à leur déroulement et le moment n'était plus aux délibérations. Tout ce qui me restait à faire, c'était de prendre les dispositions nécessaires pour que se jouât enfin la grande scène dont j'avais si longtemps rêvé. Je réglai moi-même le spectacle.

Au moment précis où le soleil parvint à son zénith, juste à l'aplomb de l'obélisque d'Auguste, au Grand Cirque, les portes du palais s'ouvrirent. Nero parut, accompagné de Burrus, et se présenta, immobile, en haut des degrés. Devant lui se tenait rassemblée, pour attendre la relève, la cohorte qui était de garde depuis la veille. Celle qui devait la remplacer arrivait à ce moment précis, et se forma en carré sur l'esplanade. Burrus, alors, prit la parole et leur dit simplement : « Soldats, voici votre empereur ! » Ce qui signifiait clairement qu'il attendait leurs acclamations. Quelques-uns saluent Nero et l'appellent *imperator*. D'autres restent silencieux. Deux ou trois voix s'élèvent pour réclamer Britannicus. Des visages se tournent, vers la droite et vers la gauche, pour le chercher. Mais Britannicus n'est pas là. Alors, ils se résignent et saluent Nero. Il leur faut un *imperator*. Autant celui-ci qu'un autre ! Sur quoi le nouvel empereur descend vers eux et prend place dans une litière, que Burrus avait fait apporter. Puis, tandis que la cohorte qui prend la garde gagne les emplacements fixés, l'autre, qui vient d'être relevée, escorte la litière qui se dirige vers le camp.

Pendant cette cérémonie, qui était décisive, j'étais restée dans l'ombre, en arrière du seuil, le cœur battant, mais je ne doutais plus de l'issue. Tout allait se passer comme je l'avais souhaité. Après tant d'efforts et de risques volontairement acceptés, le dénouement était venu. Mon fils était empereur et j'entendais bien, moi sa mère, moi qui l'avais fait ce qu'il était aujourd'hui, j'entendais bien partager avec lui ce que je lui avais donné.

LIVRE VI

MON FILS NERO

Je restai donc dans le palais, où gisait le cadavre de Claude, gardé par quelques serviteurs. J'attendais le retour de Nero. Ce fut Burrus qui revint du camp le premier, bien avant la tombée de la nuit. En soldat bien discipliné il venait au rapport ! Ce qui ne fut pas sans me causer un certain plaisir, comme si je participais moi-même à la hiérarchie. Il était à peine arrivé que Sénèque se présenta et demanda à me voir. Je les reçus tous les deux dans le petit atrium. Burrus parla le premier. Au camp, me dit-il, tout s'était bien passé. Les soldats n'avaient pas protesté lorsqu'il leur avait présenté Nero. Personne n'avait prononcé le nom de Britannicus. Le nouvel empereur avait pris place sur le tribunal et, dans le silence de tous, commencé à parler. Il l'avait fait, me dit Burrus, avec une grande dignité. Debout, vêtu du manteau pourpre de l'*imperator* (apporté par Burrus, qui n'avait rien négligé !), il paraissait, certes, bien jeune et l'on avait d'abord peine à croire qu'il fût le chef et l'âme de tant d'hommes, non seulement de ceux qui étaient assemblés à ses pieds mais d'une infinité d'autres, invisibles, dispersés sur toute l'étendue de l'Empire et ignorant encore qu'ils dépendaient maintenant d'un autre empereur. Mais, dit Burrus, à mesure qu'il parlait il devenait plus assuré et on oubliait sa jeunesse. Très simplement, avec les mots de tous les jours, il avait d'abord confirmé aux prétoriens la mort de son père, puis il leur avait promis que, dans les armées et en premier lieu dans la garde, rien ne serait changé, que les situations acquises et les privilèges étaient maintenus. Il leur annonça enfin ce qu'ils attendaient tous, une distribution d'argent égale à celle qu'ils avaient reçue de Claude. Alors ils l'acclamèrent avec un grand enthousiasme. C'était fini. La transmission des pouvoirs avait eu lieu.

Nero, dit Burrus, s'était attardé quelque temps parmi les soldats. Il avait réuni les tribuns des cohortes et les centurions des premiers rangs pour leur dire son estime et la confiance qu'il mettait en eux. La réunion durait encore mais serait bientôt terminée. Nero ne tarderait pas à revenir au palais. Il avait hâte, me dit Burrus, de venir embrasser sa mère. Sur quoi le préfet du prétoire me quitta, me laissant seul avec Sénèque pour attendre le nouvel empereur.

Lorsque nous fûmes seuls, Sénèque me dit : « Tu triomphes, Agrippine. Tu as rendu le pouvoir au véritable sang du dieu Auguste, celui qui coule dans tes veines. Tu as rendu aux tiens le rang qui fut celui de ton père, et plus encore. Maintenant tu n'as plus à lutter pour conquérir. Tu auras peut-être, cependant, à livrer d'autres combats pour que ce que tu as fait soit durable. Fassent les divinités que ton fils se souvienne qu'il te doit tout et qu'il se montre digne de ce que tu lui as donné ! Ce fils, je crois maintenant le mieux connaître. Je le sais encore fragile, dominé par les élans de son cœur. Je sais qu'il a pour toi un amour profond. Ne lui ménage pas le tien. Dis-toi bien que toi, qui lui as permis d'accéder au rang suprême, tu vas désormais jouer dans sa vie un autre rôle, autre mais non pas moindre. Nero a besoin de ton affection, de ta compréhension. Le sort de Rome dépend de votre entente. »

Sénèque en était là de ses propos lorsqu'un serviteur vint nous annoncer que le prince arrivait et demandait à me voir. Avant que j'aie pu répondre, il était devant moi, vêtu non plus du manteau de l'*imperator* mais de cette toge blanche, qu'il avait été si fier de recevoir. Il me semblait que cette cérémonie, qui avait marqué l'avantage définitif qu'il prenait sur Britannicus, était seulement d'hier, et voici que, devant moi, j'avais le maître du monde. Dans le regard que nous échangeâmes, il y avait, de sa part aussi bien que de la mienne, autant de tendresse que de fierté. Je m'avançai vers lui. Alors, il se jeta dans mes bras, comme l'enfant qu'il était encore, et m'embrassa.

« Mère, me dit-il, c'est à toi que je veux faire hommage de cette toute-puissance que je te dois. Je te promets d'être à jamais le meilleur des fils. » Puis, se tournant vers Sénèque : « Et à toi, Sénèque, je te promets d'être le meilleur des princes. Si je puis espérer y parvenir — et je ferai tout pour cela —, c'est à toi que le monde devra en attribuer le mérite, à toi, et à tes leçons, que tu ne me refuseras pas, je pense. J'en aurai besoin encore longtemps. »

Sénèque l'assura, en termes choisis, de son amitié et de sa déférence. Ainsi commençait déjà la comédie, le mime du pouvoir ! Sous mes yeux je voyais s'effacer l'adolescent que Nero était encore hier, et surgir un personnage nouveau, qui s'esquissait et allait bientôt incarner la majesté de Rome, cette majesté que toutes les nations reconnaissent en nous et autrefois la propriété du peuple entier. Cette majesté appartenait désormais à un seul être, celui que j'avais devant moi, mon fils !

Mon fils ! L'était-il encore ? Ne serait-il pas bientôt emporté loin de moi, en vertu de la logique irrésistible de ce choix que les dieux avaient fait de lui pour être leur représentant parmi les mortels ? Les paroles que venait de prononcer Sénèque, pour me persuader d'accepter un nouveau rôle, contenaient-elles une menace, un présage ? En tout cas, un avertissement, dont je me proposais bien de tenir compte... si je le pouvais.

Mais déjà Nero et Sénèque s'entretenaient d'affaires sérieuses, combien sérieuses puisque, dès le lendemain, Nero devrait affronter le sénat. Il était question des groupes entre lesquels se partageaient les Pères, de l'état d'esprit avec lequel ils accueilleraient le ralliement des soldats. Je m'aperçus que Nero n'était pas aussi ignorant que je le pensais des factions et des intrigues. Sans doute son précepteur l'en avait-il averti.

Pendant qu'ils parlaient sans se soucier de moi, je me demandais, sans plaisir, quel serait désormais mon rôle à moi, celui que souhaitait Sénèque. Devrais-je rentrer dans l'ombre, n'être plus rien, tout au plus parfois un asile, un réconfort aux jours de lassitude, mais peut-être aussi une conseillère importune si je me risquais à proposer un avis ? Cela, je le redoutais par-dessus tout. J'avais par avance horreur de cette insignifiance dans laquelle je risquais de vieillir.

Cependant Nero et Sénèque esquissaient le discours que devrait prononcer le nouveau prince. Ils en fixaient les grandes lignes. Il fallait faire, évidemment, l'éloge de Claude. C'était une nécessité inéluctable, même si personne ne devait croire à tout le bien qui serait dit de lui. La piété filiale, première vertu attendue de Nero, exigeait qu'il exaltât chez son père les qualités qui, certes, lui avaient fait défaut, mais dont tout le monde attendait que l'on ornât sa mémoire. Mais il y avait une mesure à ne pas dépassser : il fallait suggérer avec adresse que l'on n'imiterait pas en tout sa conduite, promettre que l'on n'écouterait pas les délateurs avec la même complaisance que par le passé, que l'on tiendrait la vie de chaque sénateur pour sacrée et que l'on respecterait scrupuleusement les privilèges de l'Ordre. On en aurait fini, aussi, avec le règne des affranchis et l'Etat ne se confondrait plus avec la maison du prince. Mais il convenait surtout, après les cruautés commises par Claude, de rassurer, d'insister sur la vertu de clémence, dont Sénèque disait à Nero qu'elle était essentielle chez un prince. Sur ce thème il parla longuement, usant de formules brillantes comme à son habitude. Ainsi, il évoquait les Lois, que le nouveau prince promettait de tirer de l'oubli et des ténèbres où les avait laissées Claude et de mettre à l'avenir en pleine lumière.

J'écoutais tout cela avec un peu d'agacement. Pourquoi Sénèque insistait-il autant sur des idées qui lui venaient de ses chers philosophes, au lieu de redescendre sur la terre. Ignorait-il que la vie politique est dominée par les événements auxquels un monarque doit faire face ? A quoi bon affirmer que chaque être humain, en vertu même de cette condition qui est la sienne, a droit à la clémence ? Ne savait-il donc pas que la raison d'Etat l'emporte sur toute autre considération ? Que voulait-il donc, enfin : porter au pouvoir un disciple qui aurait lu les livres des philosophes et mettrait leurs théories en pratique, ou donner à Rome un prince capable d'assurer l'ordre dans le monde, réprimer les rébellions, imposer chez les peuples sujets l'obéissance à nos lois ?

Puis je réfléchis que demain il faudrait séduire les sénateurs, leur présenter un miroir dans lequel ils découvriraient ce qu'ils souhaitaient. L'exercice du pouvoir ne consistait pas seulement en une série d'actes imposés par la nécessité de chaque moment. Il consistait aussi à créer dans les esprits et les cœurs une volonté commune et pour cette raison tout le monde considérait, plus ou moins consciemment, que l'éloquence devait être une vertu du prince. Le premier d'entre eux, le dieu Caesar, avait été l'égal de l'illustre Cicéron. Son petit-neveu Auguste parlait avec aisance et non sans charme. Il en allait de même de Tibère, de Gaius et de Claude, qui savaient l'art de se faire écouter et de persuader. Je me rappelais que les discours de Gaius, pleins d'ironie, parfois féroces, étaient toujours attendus par les Pères aussi bien que par les simples citoyens et que cela avait beaucoup contribué à assurer sa popularité. Demain, ce serait pour Nero une première épreuve, son premier acte d'empereur. Et j'étais reconnaissante à Sénèque de l'y préparer, même si le contenu du discours qu'il souhaitait l'entendre prononcer me déroutait un peu.

Au cours de l'entretien, Nero avait fait appeler un secrétaire, qui notait point par point les arguments imaginés par Sénèque et les réflexions de Nero lui-même. Si bien qu'en peu de temps tout fut prêt. Nero ne serait pas pris de court. Il avait d'ailleurs montré, lorsqu'il avait dû soutenir plusieurs causes, comme je l'ai dit, qu'il était fort capable de s'adresser à un public nombreux, et de le faire avec talent. Au moment où nous nous séparâmes, j'étais totalement rassurée sur l'issue de la séance prévue pour le lendemain. Ce soir-là, il ne devait pas y avoir de dîner officiel semblable à ceux que Claude aimait à donner chaque soir, pour y boire et manger lui-même autant qu'il le pouvait. Notre deuil l'interdisait. Je restai donc seule chez moi, avec mes femmes et aussi ma chère Acerronia, toujours fidèle. Avec elle, je repassai les événements de ces deux jours terribles, pendant lesquels j'avais tout risqué. Apparemment, nous avions gagné et je me sentais rassurée. Du moins je me répétais à moi-même que je l'étais, mais je ne pouvais effacer de ma mémoire le souvenir des prodiges qui s'étaient produits au début de l'année et qui, eux, n'avaient rien de rassurant. La foudre était tombée sur les enseignes de certaines légions, et sur celles aussi des cohortes prétoriennes. Elle avait mis le feu à des tentes dans des cantonnements de soldats. Cela ne pouvait-il signifier que quelque guerre menaçait, et qu'elle entraînerait de lourdes pertes ? Plus grave encore, et menaçant, un essaim d'abeilles s'était abattu sur le temple de Jupiter, au Capitole. Je ne comprenais pas très bien pourquoi cela paraissait aussi redoutable, mais Claude, autrefois, un jour qu'il m'entretenait de l'art augural — l'un de ses sujets favoris — m'avait assuré qu'un tel prodige annonçait une révolution dans l'Etat. Etait-ce parce que Jupiter, au moment où peu après sa naissance il était dissimulé dans l'antre de Crète, avait été nourri par des abeilles, mêlant leur miel au lait de la chèvre Amalthée ? Cela signifiait-il que le dieu était redevenu enfant, qu'il serait sans force pour nous protéger ? La raison me semblait assez faible. Il devait y en avoir d'autres, mais mon oncle ne me les avait pas révélées. Je n'en étais que plus troublée par ce présage. Je croyais comprendre aussi que le ou les malheurs qu'il annonçait frapperaient notre cité tout entière, car — et c'était là aussi un présage funeste — on avait vu mourir coup sur coup un magistrat de chacun des collèges : un questeur, un édile, un tribun du peuple, un préteur, un consul avaient disparu au cours des premiers mois de l'année. Signe, me semblait-il, évident que l'Etat serait « diminué » dans un proche avenir. De quelle façon ? Les devins ne le disaient pas. Claude s'était tu. Peut-être les vieux livres qu'il aimait à consulter étaient-ils eux aussi muets. Tout cela entretenait mon inquiétude. J'avais besoin de la joie d'Acerronia, toujours optimiste et prompte à tourner en ridicule tout ce qui, à moi, me semblait menaçant. Je parvins de la sorte, sans trop d'anxiété, à traverser cette soirée et la nuit qui suivit, la dernière avant les funérailles de Claude.

***

La séance du sénat, que je redoutais pour Nero comme une épreuve, se passa le mieux du monde. Les Pères ratifièrent, selon la règle antique, les acclamations des soldats. Nero devenait ainsi *imperator* d'une manière totalement légitime. On lui accorda tous les pouvoirs d'usage et, sur sa demande, on vota que

Claude recevrait les honneurs divins. Il serait désormais, officiellement, un dieu ; il aurait un temple et, comme le dieu Auguste, un collège de prêtres entièrement consacré à son culte. Puis, par une ironie qui me réjouit fort, je fus moi-même désignée pour être sa flaminique ! Les Pères, probablement à l'instigation de Nero, accumulaient pour Claude tout ce que notre religion avait de plus ancien et de plus rare. Comme il en aurait été heureux !

En ma qualité de flaminique, je fus chargée de choisir l'emplacement du temple qu'on lui élèverait. Il me sembla que l'emplacement le plus convenable, celui que Claude lui-même eût préféré, était le mont Caelius. Il m'avait en effet raconté, autrefois, qu'un chef étrusque, appelé Caele Vipenna, s'était installé sur cette colline dans les premiers temps de Rome, et lui avait donné son nom. Le nouveau dieu y serait donc en compagnie de ses chers Etrusques. Et puis, s'il avait retrouvé quelque sensibilité, de là il pourrait apercevoir le Cirque, et, en tout cas, entendre les cris du peuple pendant les courses. Ce qui ne manquerait pas de lui plaire, au fond de sa tombe.

La cérémonie des funérailles fut particulièrement magnifique et impressionnante. On imita en tout celles du dieu Auguste. Toute tristesse en fut bannie, ce qui était naturel puisque l'on célébrait non la mort d'un homme mais l'avènement d'un dieu. Une différence, pourtant, avec ce qui s'était fait quarante ans plus tôt pour Auguste. A ma demande, le testament de Claude ne fut pas lu publiquement, comme l'avait été celui d'Auguste. Claude, en effet, y désignait expressément Nero comme son successeur et par conséquent excluait du pouvoir son propre fils selon le sang. Je craignais que le peuple ne fût pris soudain de compassion pour Britannicus et ne devînt, pour cette raison, moins favorable à Nero. Je sentais bien que ce serait là, pendant longtemps, un point douloureux. Je n'avais pas tort.

Nero prononça, lors de ces funérailles, un très beau et

très long discours, qu'il avait composé avec la collaboration de Sénèque. Ils avaient cru bon tous les deux de vanter, entre autres vertus, la sagesse et la prévoyance du défunt. L'effet produit sur les assistants ne fut pas celui qu'ils souhaitaient. Aux mots de sagesse et de prévoyance, tout le monde se mit à rire. L'image que laissait Claude n'était pas semblable à celle du dieu Auguste. Il s'en fallait de beaucoup. Il quittait ce monde sans majesté. Je croyais le voir, boitant et trébuchant, sur le chemin qui le menait chez les dieux, tel qu'il m'était apparu sur les rives du lac Fucin, lorsqu'il poursuivait les gladiateurs récalcitrants, à la façon d'un maître d'école essayant de rétablir l'ordre dans sa classe. Lorsque, le soir, je racontai cela à Sénèque, il me dit :

« Tu viens de me donner une idée, Agrippine. Moi aussi, j'ai tenté d'imaginer ce qu'avait pu être l'entrée de Claude dans l'assemblée des dieux. Tu te rappelles certainement qu'au moment où ta sœur Drusilla devint elle aussi déesse, sur l'ordre de Gaius, il y eut un homme pour jurer qu'il l'avait vue monter au ciel, du côté de la voie Appienne ? On pourrait faire de même pour Claude. Quelle belle comédie ! »

J'acceptai son offre, qui fut peut-être pour lui, d'abord, une sorte de défi. Mais je ne tardai pas à comprendre l'utilité de cette satire, qu'il écrivit bientôt. Les Pères avaient, en apparence, accepté totalement l'avènement de Nero, mais certains ne l'avaient fait que du bout des lèvres. Il en était qui regrettaient Claude, les occasions qu'ils pouvaient avoir, sous son règne, de s'enrichir en accusant et faisant condamner les plus riches. Une partie des biens de ceux qu'ils auraient ainsi envoyés en exil ou à la mort leur appartiendrait, en récompense du service rendu à l'Etat ! Nero avait promis, dans son premier discours, que ce temps était révolu. On ne parlait plus de condamnation mais de clémence. C'était le nouveau mot d'ordre. Pour ces professionnels de la délation, cela signifiait la ruine. Le plus célèbre d'entre eux était Suillius, dont j'ai déjà parlé. La satire que Sénèque se promettait d'écrire contribuerait certainement à les isoler et à les rendre inoffensifs. Lorsque je lus cette satire, qu'il appela, drôlement, *La Transformation en citrouille,* je ris beaucoup, mais j'en admirai aussi l'habileté. Sénèque s'était arrangé non seulement pour présenter Claude comme un pauvre d'esprit (ce qu'il n'était pas, même si, parfois, les apparences auraient pu le laisser penser), mais à flatter les sentiments et les préjugés de beaucoup parmi les sénateurs. Il rappelait qu'il était né à Lugdunum et le qualifiait de Gaulois. A la vérité, il ne s'était pas souvenu (ou avait voulu oublier) que moi j'étais née encore bien plus loin de Rome. Etais-je donc une femme germaine ? Puis je réfléchis que ces choses n'avaient guère d'importance, qu'il fallait seulement flatter les préjugés, se souvenir une fois de plus que l'art de gouverner ne relève pas de la raison et de la vérité.

C'était bien ce qu'avait fait Sénèque. Il n'y avait, dans toute cette satire, pas l'ombre d'un argument sérieux. Ce n'était qu'une comédie, certes, mais elle avait le mérite de rendre ridicules les honneurs accordés à Claude et de justifier le discrédit qui, malgré les louanges officielles, commençait à s'attacher à l'empereur défunt.

De mon côté, je m'occupai à rendre irrévocable l'accession de Nero à l'Empire. J'approuvais, certes, que Sénèque se moque de Claude. C'était une contribution utile, voire nécessaire, à mes propres efforts, mais d'autres ambitions, jusqu'ici secrètes, nourries par de grands personnages, ne me semblaient pas moins dangereuses. Il existait encore, parmi les grands, plusieurs descendants du dieu Auguste. Même s'ils n'étaient pas en général très désireux de faire valoir leurs droits, d'autres pourraient se servir d'eux pour prendre la place de Nero, à la faveur de quelque émeute qu'ils auraient suscitée. Le plus notable d'entre eux était le proconsul d'Asie, M. Silanus, qui comptait parmi ses ancêtres la petite-fille d'Auguste, cette Julia, fille d'Agrippa, comme l'était ma mère. Il était aussi proche du dieu Auguste que l'était Nero lui-même. Ce qui le rendait dangereux. A la vérité, c'était un homme paisible, aux manières pompeuses, mais d'une grande paresse. Gaius, qui était un peu plus jeune, avait coutume de dire de lui que c'était un « mouton d'or » et il le considérait comme un sot. Je n'étais pas si certaine qu'il fût dépourvu d'intelligence, mais, de toute façon, eût-il été parfaitement sot, cela ne l'eût pas empêché d'apparaître, aux yeux de beaucoup, comme un futur empereur. Les désillusions ne viendraient que plus tard. Je décidai donc de le faire mourir, par précaution — la prévoyance est une vertu, surtout pour qui est responsable d'un Empire.

L'affaire ne fut pas difficile à régler. Je savais qu'un procurateur, un chevalier nommé P. Celer, serait prêt à s'en charger. C'était un homme cupide, ambitieux, et, pour cette raison, désireux de me plaire. Avec un affranchi de Claude, un certain Helios, il administrait les domaines impériaux en Asie. Mais en ces mois d'automne il se trouvait à Rome. Je le fis venir. Il accepta sans hésiter la mission dont je le chargeai et, bien que la saison de la navigation fût passée, s'embarqua immédiatement pour l'Asie. Il emportait avec lui un peu de la substance que Lucusta avait préparée pour Claude. Quelques jours plus tard, une lettre de Celer m'informait que « malheureusement, disait-il, le mouton était mort ». Je n'avais donc plus rien à craindre de ce côté.

La menace que pouvait représenter Silanus n'était, de toute façon, que lointaine. Il y avait un autre personnage plus proche, et beaucoup plus dangereux pour Nero et pour moi, le fidèle Narcissus. Dès qu'il avait appris la mort de Claude, il avait quitté Sinuessa, cessé de soigner sa goutte et regagné Rome. Ce qu'il avait redouté s'était donc produit. L'empereur avait été assassiné et lui, Narcissus, savait sans aucun doute possible quel était l'auteur du crime. N'allait-il pas essayer de venger son maître ou encore tenter par quelque manœuvre d'enlever le pouvoir à Nero pour le donner à Britannicus ? Depuis longtemps il espérait voir le fils de Claude succéder à son père. Il avait même consulté un devin, qui assurait découvrir le destin des êtres rien qu'en regardant leur visage. Narcissus lui avait présenté plusieurs enfants parmi ceux qui, au palais, étaient les compagnons d'étude et de jeu des princes. Le devin, à qui l'on avait caché le nom des jeunes gens qu'il avait devant lui, avait longuement examiné Britannicus, et conclu que cet enfant ne serait jamais roi. Mais, jetant les yeux sur un certain Titus Flavius, le fils d'un obscur bourgeois de la Sabine, il s'était écrié : « Toi, au contraire, tu régneras ! » Narcissus ne l'avait pas cru. Il avait seulement conclu à l'ignorance du devin et à la vanité de son art. Mais il n'avait pas été découragé et je savais que, même après cela, il avait poursuivi ses intrigues en faveur du fils de Claude. Il devait donc mourir. Sachant parfaitement quel allait être son sort, il s'y prépara en détruisant toutes les lettres de Claude qu'il possédait, en sa qualité de secrétaire chargé de la correspondance. C'était une ultime preuve de fidélité qu'il donnait à son maître. Elle ne le sauva pas. J'étais bien décidée à le perdre. Mais il me fallait, pour le faire ouvertement, l'accord de Nero et, là, je rencontrai une difficulté inattendue. Nero ne voulait pas condamner Narcissus. Nous eûmes à ce propos une longue et pénible discussion.

Comme j'avais exposé à Nero mes intentions concernant le sort qu'il convenait de réserver à Narcissus, il me dit : « Mère, veux-tu réellement faire mourir Narcissus ? Tu sais bien qu'il a toujours été bon pour moi. Chaque fois que je lui ai demandé quelque chose, il me l'a accordé. Il est généreux. Je ne compte plus les présents qu'il m'a faits ni l'argent qu'il m'a prêté. Oui, je peux te le dire maintenant. Jusqu'ici il m'est bien souvent arrivé de devoir me priver d'un plaisir ou d'un autre, faute d'argent. Narcissus alors m'en offrait, et de cela, je lui suis reconnaissant. Pourquoi ne pas lui laisser la vie ? Et puis, il a tellement de talent pour imaginer toutes sortes de réjouissances ! Et il aime m'entendre chanter. Ne crois-tu pas que c'est un grand mérite ? D'ailleurs, je ne chante pas si mal. Tu me l'as dit toi-même. Aussi, je t'en prie, épargne-le ! »

Alors, je lui dis les vraies raisons qui me contraignaient à faire disparaître celui qui peut-être un jour viendrait en vengeur. Je n'avais pas révélé à mon fils la vérité sur la mort de Claude, mais ce n'était un secret pour personne au palais et, naturellement, pas pour Nero, qui s'était même permis un jour de plaisanter sur cette mort, en déclarant que les « champignons étaient la nourriture des dieux » ! Il savait aussi que ce que j'avais fait, je l'avais fait pour lui, mais je ne pouvais, en sa présence, me défendre d'un curieux sentiment de culpabilité, que je dissimulais tant bien que mal, mais qui me mettait mal à l'aise et jetait comme une ombre sur la tendresse qui me portait vers lui.

Nero, cependant, faisait l'éloge de Narcissus, et avançait des arguments plus sérieux. Il rappelait son dévouement à Claude, la manière dont il avait prévenu le coup d'Etat que préparait Silius et mis fin au règne de Messalina. J'en profitai pour lui suggérer qu'un affranchi capable d'intervenir aussi efficacement dans les affaires les plus graves était un personnage dangereux. Je lui dis aussi que si Narcissus recevait la punition de ses malversations, qui lui avaient permis d'accumuler une fortune que l'on disait avoisiner la somme de quatre cents millions de sesterces, beaucoup de sénateurs, toujours jaloux des affranchis impériaux, en seraient fort satisfaits. Sa disparition renforcerait les arguments que nous nous efforcions de présenter pour démontrer que les errements reprochés à Claude appartenaient désormais au passé. Nero ne m'écoutait que fort distraitement. A la fin, il se contenta de dire : « Puisque tu le veux, mère, je t'abandonne le malheureux, mais c'est toujours à regret que je vois mettre à mort un être humain ! »

Forte de ce demi-consentement du prince, je fis enfermer Narcissus dans un cachot du palais — peut-être l'un de ceux qui avaient vu l'agonie de mon pauvre frère — et j'ordonnai qu'on le prive de nourriture. Ces souffrances que je lui infligeais ne furent pas de longue durée. Le jour même où l'on célébrait l'apothéose de Claude, il fut emmené par des soldats du prétoire jusqu'au tombeau de Messalina, sur la voie Appienne et là, mis à mort. Il m'avait semblé que le lieu de son exécution pourrait être un avertissement à quiconque serait tenté de l'imiter et de former quelque intrigue contre moi. Il n'est pas bon que des affranchis s'élèvent contre leurs maîtres, et Messalina, quelles qu'aient pu être ses fautes, ne devait pas être livrée à un domestique du prince.

*
**

Parmi les révélations que Narcissus avait faites à Claude, et qui avaient contribué à affaiblir mon influence sur le prince, il en était une qui m'avait particulièrement blessée : celle de mes rapports avec Pallas. Certes, Pallas avait été mon amant, dès le temps de Gaius. Il n'avait jamais cessé de l'être et j'éprouvais pour lui une affection solide. Il semblait me la rendre. Ne m'avait-il pas aidée à épouser Claude ? Ce mariage, dont il connaissait les raisons, n'avait pas été sans lui causer quelque chagrin. Il me l'avait dit, et je le croyais. Mais il savait aussi que de plus hauts intérêts étaient en question, devant lesquels nos jeux d'amour me semblaient bien futiles. Chose étonnante, lors de nos rencontres, nous ne parlions jamais des affaires de l'Etat. Lui, peut-être par discrétion — ou prudence ? —, moi, parce que, aux heures où nous étions l'un près de l'autre, je trouvais peu souhaitable de troubler, par de graves préoccupations, le bonheur que nous pouvions nous donner l'un à l'autre.

Pourtant, si je veux être sincère envers moi-même, il me faut avouer que, dans le plaisir que me donne un amant, je ne me sens jamais engagée tout entière. Les bras qui m'entourent ne sont pas des liens qui m'asservissent. Loin de là ! C'est moi qui tiens l'autre sous ma dépendance, même au plus fort de nos étreintes. Lorsque, revenu à lui, il m'appelle *domina,* comme le veut notre mutuelle courtoisie, aucun mot de tendresse ne me semble plus vrai. C'est lui le serviteur, et moi la maîtresse. Mon corps est pour moi le moyen d'établir ma domination, avant d'être celui de mon plaisir. Au-delà de la défaillance passagère de mes sens, qui éveille chez l'amant cet instinct de protection qui flatte la vanité masculine, ma volonté reste entière. La flèche d'amour ne reste pas longtemps fichée dans la blessure qu'elle m'a causée. J'ai appris qu'il n'en va pas de même pour l'amant, qui, lui, peut ne jamais en guérir. Je n'ai jamais oublié l'image que le poète Lucrèce a donnée des amours de Vénus et du dieu Mars, lorsqu'il montre le dieu « vaincu par la blessure éternelle de l'amour » et prisonnier de la déesse qui le tient sous son corps, son âme même tout entière, son souffle et sa vie, sa pensée totalement soumis, en cet instant, à ceux de son amante. Revanche, ou plutôt compensation de cette autorité que les Romains affectent de reconnaître aux hommes sur leurs compagnes, et qui n'est bien souvent qu'une illusion de leur orgueil.

Dans mes rapports avec Pallas il était bien vrai que c'était moi la maîtresse et lui mon serviteur, et non parce qu'il était affranchi et moi de naissance libre. La différence de nos origines n'avait plus aucune importance. Dans ses fonctions au palais, lorsqu'il s'occupait des finances de la maison du prince, il pouvait agir à sa guise, et il ne se privait pas de le faire — ce qui ne me déplaisait pas, car j'ai toujours aimé le bruit et l'odeur de l'argent — mais, lorsqu'il revenait vers moi, pendant une absence de Claude, par exemple, cet homme, qui disposait presque librement de sommes inimaginables, n'avait plus d'âme, lui aussi, que la mienne.

Parfois je me surprenais à regretter qu'il ne pût me rendre mère — de cela nous nous gardions bien ! —, mais ce n'était qu'une ombre fugitive. J'avais Nero et devais m'estimer comblée. Je n'avais aucune envie de ces maternités répétées que désirent — à moins qu'elles ne s'y résignent — tant de femmes romaines de plus humble condition. Nero était le seul objet de mes soins, de mon amour. Comme mère, je le dominais (du moins je l'imaginais) sans avoir besoin de conquérir son corps. Mais en serait-il longtemps ainsi ? Un obscur pressentiment me suggérait que viendraient des temps difficiles. Comment lui apparaîtrais-je ? Quel jugement porterait-il sur moi ? Aurait-il honte de sa mère lorsqu'il apprendrait quelle avait été ma vie ?

Certes il pourrait me reprocher de ne pas avoir observé la continence, cette pureté du corps que les Romains considèrent comme la vertu essentielle des femmes, non sans hypocrisie, puisque la plupart s'efforcent par tous les moyens de les en détourner. Depuis la disparition de Crispus, j'aurais dû passer mes jours et mes nuits dans la solitude. Mais bien peu, parmi les femmes que je connaissais, observaient cette loi. Antonia, notre grand-mère, était célèbre pour l'avoir fait, à la mort de son mari. Il est vrai que lui-même, disait-on, n'avait jamais connu d'autre femme qu'elle. Je savais aussi que notre mère avait vieilli sans la compagnie et le soutien d'aucun homme. Mais j'avais pu aussi voir les effets que cette chasteté avait eus sur son corps et son âme. Je ne tenais pas à l'imiter. Pallas, lui, me permettait de traverser la fin de ma jeunesse sans que je connaisse trop cruellement les angoisses de la solitude.

J'avais eu, je l'avoue, d'autres aventures. Des passades qui n'avaient jamais beaucoup occupé mon cœur. Je n'aimais pas non plus beaucoup me souvenir de mes relations avec Gaius, qui, d'ailleurs, n'avait jamais souhaité que je remplace Livilla auprès de lui. Pallas, maintenant, me suffisait.

Mais pourquoi m'inquiéter d'un jugement que peut-être Nero ne songerait jamais à porter ? Je devais faire face à un péril plus réel, qui n'était pas, lui, d'ordre sentimental mais bel et bien politique. Je sentais la menace imminente et je ne tardai pas à en avoir la preuve. Ainsi que je l'ai dit, j'avais ménagé à Nero la faveur des Pères en leur faisant valoir que le nouveau règne leur rendrait leurs anciennes prérogatives. Nero lui-même le leur avait promis, dans le premier discours tenu au sénat, et la promesse avait été tenue.

Or, à l'épreuve, il me sembla que cette nouvelle politique était pleine de dangers, qu'elle risquait de diminuer le pouvoir du prince et, d'une manière fort peu logique, j'éprouvais aussi quelque répugnance à voir prendre des mesures exactement contraires à celles qu'avait voulues Claude. Il me semblait que l'on commettait une sorte d'impiété, dont je ne voulais pas me faire complice. C'était un sentiment absurde, je m'en rends compte aujourd'hui, mais je ne pouvais me défendre d'une obscure répugnance à trahir ainsi la mémoire de celui qui maintenant était un dieu, dont j'avais fait un dieu. Peut-être serait-il plus exact de dire que je voyais là une diminution de ma propre influence, une manière de refuser tout ce qui appartenait au temps où j'avais été l'épouse du prince, d'effacer une partie de ma propre vie.

J'éprouvais donc le besoin de me rassurer, en affirmant ma puissance, et je m'avisai d'un stratagème dont l'issue ne fut pas heureuse et contribua à diminuer ce que je pouvais conserver d'influence. Je demandai et obtins que le sénat se réunît non dans la curie traditionnelle, mais au Palatin, et dans le palais, au moins lors de séances solennelles et particulièrement importantes. On aménagea pour cela une salle sur laquelle ouvrait un petit cabinet, séparé d'elle par un rideau. C'est dans ce réduit que je m'installai, pour entendre sans être vue. J'étais mise ainsi au courant des discussions et des décisions qui s'ensuivaient. Mais écouter sans jamais dire un mot, cet espionnage me parut bientôt monotone et je ne tardai pas à me lasser d'une situation qui ne présentait guère d'avantage et me rendait douloureusement évidente l'impuissance où j'étais d'intervenir, lorsque tel sénateur tenait des propos particulièrement pénibles à entendre, qui provoquaient en moi un mouvement de colère difficilement maîtrisé. Tout cela ne pouvait que mal finir.

Peu de temps après l'avènement de Nero, et alors que le sénat tenait séance dans la salle en question et que je me trouvais moi-même dans mon réduit, des ambassadeurs arméniens furent reçus par le prince pour qu'ils plaident publiquement leur cause. Ils se plaignaient que leur nation eût été attaquée par le roi des Parthes et demandaient l'aide des Romains. Or, sur ce problème, jamais réglé, de l'Arménie, j'avais beaucoup à dire et ce que j'entendais était bien loin de la vérité : affirmations inexactes ou totalement mensongères, le discours des ambassadeurs était calculé pour égarer les Pères et risquait de les conduire à quelque décision désastreuse pour nous. A la fin je n'y tins plus, je sortis de ma cachette puis, lentement, majestueusement, je me dirigeai vers le tribunal du prince, à l'autre extrémité de la salle. Au bruit de mes pas, tout le monde se retourna et je lus sur tous les visages la stupéfaction et sur certains la terreur, comme si la foudre de Jupiter était tombée sur l'assemblée. Le rituel sacro-saint était troublé, l'interdit qui excluait les femmes de toute participation à la conduite de l'Etat, cet interdit jamais levé se trouvait ici violé, par moi, et par ma volonté. Qu'allait-il se passer ?

J'étais assez satisfaite de mon coup d'éclat. Allais-je ouvrir une ère nouvelle dans la vie de Rome ? Ce n'était pas la première fois que des femmes intervenaient ouvertement dans les affaires de la cité. Elles avaient souvent manifesté, en foule, devant la curie, en faveur d'une loi qu'elles désiraient faire voter ou contre une autre qu'elles voulaient faire abolir. Mais jamais une femme ne s'était avancée seule, au milieu du sénat, avec l'intention ostensible de participer à la séance. Mon geste suffirait-il à instaurer une nouvelle tradition ? Peut-être l'aurait-il fait si Sénèque, qui se tenait avec Burrus aux côtés du prince, n'était intervenu. La première surprise passée, il se leva, puis échangea une ou deux paroles avec Nero. Ensemble, ils descendirent du tribunal et se dirigèrent vers moi, à pas lents. Je n'étais encore parvenue qu'à la moitié de la salle qu'ils étaient déjà en face de moi et me saluaient avec la plus grande courtoisie. Nero m'embrassa et tous les deux, fort respectueusement, m'escortèrent jusqu'à la porte, qu'ils franchirent avec moi. La séance était levée. L'honneur romain était sauf aux yeux des Barbares, mais moi je me sentais profondément humiliée et déçue. On ne pouvait me faire plus clairement comprendre que j'avais outrepassé le rôle qui m'était implicitement assigné. Mais ce que je compris aussi, c'est qu'il était possible à une femme de donner le pouvoir à un fils. Sur les crimes qu'elle avait commis pour cela, tout le monde fermait les yeux. Puis, le résultat acquis, tout finissait pour elle.

Il devenait évident que Nero échappait de plus en plus à mon influence, et s'abandonnait à celle de Sénèque. Des bruits, dont l'écho parvint jusqu'à moi, prétendaient qu'il y avait entre eux plus que de l'amitié. Je n'y ai jamais cru. Je savais, pour l'avoir moi-même subi, le pouvoir de Sénèque, que lui confère la profondeur de sa pensée, illuminée par les éclats d'une intelligence qui jamais ne s'en tient à ce que paraissent les choses et les êtres. Il ne me semblait pas étonnant que Nero, encore adolescent, fût lui aussi séduit. Les conseils que lui donnait son maître confirmaient des sentiments et des impulsions qui lui étaient naturels. Lorsque Sénèque démontrait que le pouvoir ne s'épanouit vraiment que par la clémence, Nero comprenait qu'on lui demandait de ne pas exercer à la légère son droit de glaive, dont ses prédécesseurs avaient usé sans mesure. Ce qui s'accordait avec sa répugnance spontanée à mettre à mort un être humain, comme il me l'avait avoué à propos de Narcissus. Tout le monde répétait, dans la Ville, le mot qu'il avait eu, lorsqu'on lui avait demandé de signer l'ordre d'exécuter un criminel et qu'il avait répondu : « Je voudrais ne pas savoir écrire ! » Quel soulagement après les cruautés de Claude !

Devais-je me réjouir ? Sénèque allait-il me remplacer dans l'esprit de mon fils ? Et, bientôt, je vis poindre un autre danger. Nero avait atteint l'âge où commencent à être impérieuses les exigences de la chair, et je comprenais que chez lui elles étaient vives et qu'elles risquaient de bouleverser tout son être. Il était certainement attiré par les femmes. J'avais surpris certains regards qu'il avait pour une jeune esclave du palais, une certaine Acté, une Grecque venue peut-être de l'Attique, d'autres disaient de Pergame, à qui l'on ne pouvait refuser un certain charme et une beauté un peu mièvre. Il ne me sembla pas, d'abord, que cette attirance de Nero pour elle dépassât ce que je pouvais permettre — et que je ne pouvais empêcher — , mais j'étais bien décidée à faire en sorte que jamais il ne la prît pour maîtresse et ne lui abandonne, par là, une toute-puissance sur lui-même, semblable à celle dont je me flattais à l'égard de mes amants. Je devais à tout prix reculer pour lui le temps des amours, celui où Hercule rencontrerait Omphale.

Jusque-là Nero, marié à Octavie, avait été protégé

contre un tel entraînement par la véritable répulsion qu'il éprouvait envers son épouse. Après quelques nuits qu'ils avaient passées ensemble au début de leur mariage, ils n'avaient plus eu de vie commune. De ce côté donc, aucune crainte à avoir. Restait cette Acté, dont la présence au palais m'inquiétait, mais je restai quelque temps dans l'ignorance de la vérité. Alors que j'imaginais que ce n'était qu'une amourette sans conséquence, elle était, en fait, devenue sa maîtresse et Nero l'adorait. Mais une conspiration s'était formée dans l'entourage de Nero pour me dissimuler ces amours. Sénèque lui-même avait osé s'y joindre ! Certains indices laissèrent supposer qu'il en avait été l'initiateur. Pour expliquer, en effet, que cette fille se montrât souvent au palais dans des toilettes coûteuses, parée de bijoux qui ne convenaient pas à sa condition, on me raconta qu'elle était devenue la compagne d'un certain Serenus, un jeune parent de Sénèque. C'était ce Serenus qui était censé offrir à Acté des présents qui, en réalité, venaient de Nero. Pallas, qui contrôlait les dépenses du prince, me prévint de ce qui se passait. Je fus indignée, surtout, d'apprendre que Sénèque avait joué un rôle dans cette manœuvre, qui tendait à me priver de toute autorité sur mon fils. Je le convoquai donc et, lorsqu'il fut en face de moi, je lui dis :

« Je t'avais chargé, Sénèque, de former mon fils, de lui enseigner à mener une vie conforme à la vertu. Or j'apprends — par un autre — qu'il est amoureux d'une fille de rien, à peine mieux qu'une courtisane. Et, ce qui me fâche encore plus, c'est que tout le monde se soit employé à me cacher cette misérable aventure. J'ajouterai qu'elle coûte cher au trésor impérial. Toi-même, tu étais complice de cette tromperie. Cela ne ressemble guère à ce que l'on attend d'un ami. Peux-tu me dire pourquoi tu as agi ainsi ?

— Ma chère Agrippine, me dit-il, je comprends ta colère et ton indignation, mais je te prie de bien vouloir m'écouter avec patience. Tu n'ignores pas qu'il est un moment, chez les adolescents, où les exigences de la nature se font si violentes qu'il n'est plus possible de les nier. Ce moment est venu pour Nero. Or la Fortune veut que son épouse lui soit en horreur. J'en ignore les raisons. Elles restent leur secret à tous deux. Mais il est clair que les divinités qui président à l'amour ont fait pour Nero un autre choix. Je n'en connais pas la cause mais je sais que la passion que l'on appelle amour est une dure maîtresse qui domine l'être tout entier, lui ôte sa raison et sa volonté, le livre à autrui. Tu le sais bien, toi aussi, Agrippine... Ne t'étonne pas que ton fils passe par le même chemin.

— Oui, je le sais. Je n'ai pas perdu la mémoire ! Mais pourquoi me donner comme bru une fille qui n'est qu'une servante ? Pourquoi n'aime-t-il pas Octavie, comme il en a le devoir ? N'es-tu pas censé lui apprendre à gouverner ses passions ?

— Il me semble, Agrippine, que c'est là un art où toi-même tu n'es pas devenue fort experte, puisque tu t'indignes de découvrir que ton fils n'est, après tout, qu'un homme. Si nous n'avions pas connu ta facilité à t'indigner nous n'aurions pas éprouvé le besoin de te dissimuler les amours de Nero et d'Acté. Tu dis qu'elle n'est qu'une servante. Oui, elle est née esclave, mais elle est affranchie, et elle assure qu'elle descend des rois de Pergame, de la même façon peut-être que ton ami Pallas descend de ceux d'Arcadie. Même si cela n'est pas vrai, il n'est pas mauvais qu'il entre dans l'amour de l'illusion et du rêve. Tu regrettes que Nero n'éprouve pas d'amour pour son épouse. Je m'en réjouirais plutôt. Aimer à l'excès, fût-ce sa propre femme, n'est pas moins honteux et destructeur pour l'âme que d'avoir une maîtresse. Rappelle-toi l'histoire de ce personnage, assez considérable dans l'Etat, qui, chaque matin avant de paraître en public, attachait autour de sa poitrine, sous sa tunique, le soutien-gorge de sa femme et qui avait besoin, tout le jour, que lui fût rappelée sa présence. Tous deux buvaient dans la même coupe, jamais dans une autre. Leur amour était légitime, mais ses excès ne l'étaient pas. Peu importe que l'on ait une raison honorable d'être fou.

« Tiens, et puis encore : tu reproches à Acté ce que tu crois être son humble origine, mais tu devrais t'en réjouir. Te plairait-il que Nero, comme le faisait Gaius, débauchât des femmes honorables, de grandes dames, qu'il enlevait publiquement à leur mari, pour les renvoyer ensuite, une fois son caprice satisfait ? Le dieu Auguste l'avait fait, je veux bien, mais il n'a pas renvoyé Livie. Et elle, tu sais, lui procurait des servantes. Nero commence par celles-ci. Il est plus sage que le dieu ! »

Les raisons alléguées par Sénèque étaient subtiles. Je les trouvais plus dignes d'un sophiste que d'un philosophe. Certaines, pourtant, me donnaient à réfléchir. Jamais je n'avais été retenue par la pensée que Pallas, aussi, était un affranchi. Pourquoi faire de ses origines un reproche à Acté ? Quelle différence existait-il donc ? Il était évident qu'Acté ne serait jamais une épouse légitime. Je devais donc me résigner à lui faire bonne figure, sinon à elle, du moins à Nero et à tolérer cette liaison, avec l'espoir de ramener un jour mon fils à une conduite plus digne de son rang.

J'avais compris, d'après ce que m'avait dit Sénèque, que mon opposition à ses amours ne faisait que renforcer chez Nero sa passion pour Acté. Il s'entêtait d'autant plus que cela lui donnait l'impression de conquérir sa liberté. Je décidai donc de me montrer complaisante, de lui faire comprendre qu'il avait eu tort de me mentir, que, moi aussi, je pouvais être compréhensive à sa jeunesse. Ce qui, je ne me le dissimulais pas, serait un moyen de conserver ou de reprendre mon ascendant sur lui. Je l'invitai donc à rejoindre Acté chez moi, dans ma propre chambre. Ce serait un endroit mieux adapté à garder secret ce qu'il souhaitait que tout le monde ignore, ce qui n'était pas le cas lorsqu'il la rencontrait chez Serenus ou, pis encore, chez cet Othon dont il s'était entiché et qu'il admirait tant, mais qui n'était bon qu'à lui apprendre toutes sortes de débauches.

Je feignis aussi de m'apercevoir qu'il disposait de trop peu d'argent. Je lui en donnai sur ma fortune personnelle. Dans mon désir de le reconquérir, je me fis humble, attentive, et sans doute à l'excès car Nero, tout en me remerciant et en répondant à mes cajoleries, le faisait avec une sorte de réticence, que je sentais, et qui me désolait. Ce n'était plus l'enfant spontané, affectueux, que j'avais connu. J'attribuai cette réserve, dont je souffris, à l'influence d'Acté. Mais celle-ci n'était peut-être pas en cause. Ce qui nous séparait et nous éloignait l'un de l'autre, Nero et moi, ce n'était pas Acté, mais une évolution naturelle, inévitable. J'appris peu à peu à comprendre en effet, au cours des nombreuses rencontres où je vis Acté avec Nero, qu'elle n'aspirait pas à s'emparer de mon fils pour elle-même, mais qu'elle éprouvait pour lui une tendresse véritable, sans aucun esprit de possession. Elle était peut-être sa *domina* au moment de l'étreinte. Elle cessait de l'être lorsque venait la lassitude de la chair. Leurs amours ressemblaient bien peu aux miennes.

En réalité, si Nero était de moins en moins dépendant, c'était qu'il découvrait peu à peu son destin d'homme et de prince et dans ce destin, je n'avais plus, moi, aucun rôle à jouer. J'en eus la preuve le jour où, pensant me plaire, il me fit parvenir une parure magnifique, qui avait autrefois appartenu à une femme de la maison impériale (je n'ai jamais su précisément laquelle) et qui était conservée dans la garde-robe du palais. C'était un vêtement magnifique, venu probablement de Syrie, orné de perles et de pierres précieuses. Mais loin de me plaire, ce présent inattendu, que ne justifiait aucun prétexte, me mit dans une grande colère.

Je le lui retournai immédiatement avec une brève note dans laquelle je lui disais qu'en choisissant ce qu'il m'avait envoyé parmi les trésors dont il pouvait disposer, il m'avait en réalité privée du reste. Me serait-il interdit, à l'avenir, de prendre au palais ce qui me plairait ? Voulait-il me priver des biens dont il ne pouvait aujourd'hui disposer que parce que je les lui avais donnés ?

A partir de ce jour, mes relations avec Nero ne furent évidemment pas des meilleures. Les rendez-vous avec Acté n'eurent plus lieu dans mes appartements. Et, pour bien marquer son irritation contre moi, Nero destitue Pallas et le prive de ses fonctions au palais. Au lieu de me résigner à ce qui était un coup porté à mon influence, je n'hésitai pas à laisser éclater ma colère. Sénèque essaya de me raisonner. Je ne l'écoutai pas et je le renvoyai rudement. Plus je me sentais isolée, dépourvue d'appuis, plus je m'abandonnais à ma violence naturelle, aux démons qui m'habitent. Je perdis toute raison, toute prudence et, reprenant à mon compte les propos tenus autrefois par Narcissus, et qui m'avaient tant inquiétée avant de me décider à provoquer sa mort, je déclarais à qui voulait l'entendre, et à Nero lui-même, qu'il existait à Rome un autre prince possible, que Britannicus était en âge de prendre le pouvoir, et qu'il y avait plus de titre que Nero. Bref, je ressuscitai, contre moi-même, le parti que j'avais eu tant de peine à combattre. J'étais prête à avouer publiquement tous mes crimes, tous ceux que j'avais commis pour faire de Nero un empereur. Je n'avais plus honte de rien — mais avais-je eu honte, jamais ? Toutes ces actions, ces intrigues, ces manœuvres que j'avais menées pendant des années, tout cela ne devenait répréhensible et criminel que si celui qui en avait bénéficié faisait la preuve qu'il ne l'avait pas mérité.

Je comptais, en me laissant aller ainsi à la colère, que mon fils aurait peur. Peur de moi et qu'il tenterait de me calmer. Il savait bien que pour cela il existait un moyen facile : rétablir entre nous l'esprit de nos relations anciennes, accepter mes conseils, m'informer des affaires, en privé, puisqu'il n'était pas possible de m'associer directement à leur conduite. Je n'en demandais pas davantage. Je me persuadai que Sénèque n'était peut-être pas le meilleur auxiliaire possible pour le prince. Il me paraissait dépourvu de la vigueur exigée par le gouvernement d'un Empire tel que le nôtre. Je m'étais toujours défiée de la philosophie que je trouvais plus encline à raisonner sur les choses qu'à s'en rendre maître. Cette attitude qu'il aimait prendre et dont il se glorifiait, qui lui faisait considérer tous les êtres humains comme des enfants, dont l'esprit, mobile, léger, toujours inquiet ne se plaît qu'à des jeux futiles, cette indulgence un peu dédaigneuse était-elle bien celle qui convenait au maître du monde ? Assurément, pour un philosophe, les rites de la vie politique, ceux de la société peuvent prêter à rire. Mais les autres hommes les prennent au sérieux. C'est à leur propos qu'ils s'irritent, qu'ils s'émeuvent, c'est ce que les sages qualifient de colifichet ridicule qu'ils désirent, pour quoi ils travaillent et, parfois, vont jusqu'au crime.

Sénèque m'avait raconté qu'autrefois un gendre d'Ovide, Cornelius Fidus, avait pleuré, en plein sénat, parce que Domitius Corbulo l'avait publiquement traité d'autruche épilée, et il jugeait ces larmes fort ridicules. Je n'avais pu alors m'empêcher de penser que, si les sénateurs se lançaient entre eux des injures de cette sorte, les grands intérêts de l'Etat risquaient de se porter fort mal !

Il me semblait urgent de soustraire Nero à l'influence de son maître et de le ramener à une vision plus réaliste des nécessités politiques. Déjà, il s'était ridiculisé en déclarant publiquement qu'il voulait supprimer certains impôts. Il avait fallu lui remontrer que cette mesure risquait de diminuer gravement les forces de l'Empire.

Oui, il était évident que mon fils avait encore besoin de moi.

C'est ainsi que je justifiais ma colère et mon attitude lorsque j'avais senti qu'il m'échappait. Mais avais-je bien mesuré les risques que cela me faisait courir ? Egarée, peut-être, par ces Furies qui s'emparent des criminels, j'avais été jusqu'à menacer de provoquer un coup de force de la part des prétoriens. Certes, je n'avais pas tenu de tels propos en public, mais ils ne s'en répandirent pas moins dans la Ville. On me prêta des paroles bien plus graves encore que ce que j'avais pu dire, mais je dus convenir qu'elles n'avaient rien d'invraisemblable, tant elles exprimaient un sentiment qui depuis ma jeunesse et le temps de mon père m'avait toujours animée : cette sorte de droit divin, dont j'étais dépositaire, qui destinait notre famille au pouvoir suprême. J'avais déclaré, disait-on, que, en face des prétoriens, il me serait facile de les entraîner, qu'ils suivraient sans hésiter la fille de Germanicus de préférence au bavard Sénèque et au manchot Burrus. Cela, je ne nie pas l'avoir dit. Mais je n'avais pas souhaité que ce fût répété à satiété sur le Forum et les places publiques. Nero, qui me connaissait, comprendrait bien que je n'avais parlé que dans un mouvement de colère, cette colère irrésistible qui m'entraînait parfois, et dont je me repentais bientôt.

Quoi qu'il en soit, ce qui se produisit dans les jours qui suivirent me prouva que Nero n'avait pas pris à la légère ce que j'avais pu dire. J'ai raconté comment Britannicus était mort, sous mes yeux. Qu'il eût été assassiné ne faisait aucun doute. Qu'il l'eût été parce que Nero avait jugé que cet enfant, qui n'avait pas encore achevé sa quatorzième année, était pour lui une menace n'était certainement pas sans rapport avec mes propos. Il était peu concevable que le fils de Claude, de lui-même, ait jamais eu l'idée de se présenter aux prétoriens et de réclamer le pouvoir. Mais cela, moi, je pouvais l'amener à le faire. Nero le savait. En faisant disparaître son frère, il supprimait une arme dont je pouvais user. Je devais peut-être m'estimer heureuse qu'il ne se fût pas attaqué directement à moi. Les paroles de Balbillus étaient toujours présentes à mon esprit. La première partie de sa prédiction était accomplie. Mon fils régnait. Quand allait-il accomplir la seconde ; quand allait-il me tuer moi-même ? La mort de Britannicus me donnait un sursis. Elle n'annulait pas la sentence.

Nero avait peur. Peur de perdre son pouvoir, mais peut-être ses craintes allaient-elles au-delà de ce qu'il éprouvait pour lui-même. Comme moi autrefois, comme tous ceux qui avaient eu, à quelque moment, la responsabilité de l'Empire il retrouvait la grande terreur des Romains, celle de la guerre civile. Cela, je le comprenais fort bien. C'était cette peur qui avait maintenu au pouvoir les princes qui s'étaient succédé. Une idée s'était fait jour depuis le temps d'Auguste : que les Destins condamnaient toute chose à périr, les cités et les Empires aussi bien que les mortels, qu'il surgirait toujours un ennemi pour consommer leur perte. Mais la puissance de Rome défiait n'importe quel ennemi. Pour que le destin s'accomplît, il fallait que Rome se déchirât de ses mains à elle, qu'elle tournât ses propres forces contre elle-même. Ce qui s'était effectivement produit lorsque Pompée et César s'étaient affrontés. Un miracle avait fait que notre perte ne s'en était pas suivie. Etait-elle seulement différée ?

Tout cela, je le comprenais fort bien et je me reprochai d'avoir ravivé de vieilles terreurs. Mes paroles, dictées par la colère, avaient éveillé trop d'échos. Et puis, il y avait eu une imprudence de Britannicus lui-même, qui n'avait fait qu'empirer les choses. Cela se passa au cours d'un dîner de fête, pendant les Saturnales qui avaient suivi la mort de Claude. Nero jouait avec les autres jeunes gens à ce jeu traditionnel en la fin de l'année, qui consiste à tirer au sort un roi du festin. Nero avait été désigné. A ce titre, il ordonnait à chacun de ses compagnons d'accomplir tel ou tel acte, le plus souvent plaisant, qui ne risquait de choquer personne. Quand vint le tour de Britannicus, son frère lui demanda de s'avancer au milieu de la salle et de se mettre à chanter. Pourquoi eut-il cette idée, je ne sais. Peut-être parce que, grand amateur de chant lui-même, il se plut à établir entre Britannicus et lui une comparaison qui serait tout à son avantage. Quoi qu'il en soit, Britannicus obéit ; il se leva et, entre les lits de table, prit l'attitude d'un acteur. Il choisit alors de chanter un canticum de théâtre où il était question d'un jeune prince qu'une guerre malheureuse avait chassé du rang qui lui appartenait. Exilé, infortuné, dépouillé de tout, ce prince de légende disait ses malheurs. La ressemblance entre cette situation et celle de Britannicus lui-même fut évidente à tous. Ce chant fut écouté dans le plus grand silence et avec une vive émotion. Quelques-uns des jeunes gens versèrent même des larmes. Il était clair que tout le monde plaignait le jeune prince, celui du canticum, mais aussi le chanteur lui-même. Il fallut quelque temps avant que la gaieté revînt parmi les convives.

L'impression que cet incident avait produite sur Nero fut probablement décisive. Sur le moment, il resta silencieux et se contenta de féliciter son frère pour son talent de chanteur. Mais ce fut probablement en cet instant même qu'il se résolut au crime. Moins de deux mois plus tard il l'exécuta, dans les conditions que j'ai dites. Il s'assura pour cela les services de Lucusta, que nous tenions toujours prisonnière dans la prison du palais. Il exigea d'elle qu'elle lui remît un poison foudroyant, qui ne laissât à son frère aucune chance de survivre, la menaçant, si elle n'obéissait pas, de la faire mettre aussitôt à mort. Cette fois encore Lucusta sauva sa vie. Britannicus mourut comme si son existence avait été tranchée par une épée. Nero n'eut pas, pour administrer à son frère la dose fatale, les difficultés que j'avais rencontrées lorsqu'il s'était agi de Claude. Il se trouva, par une sorte d'étrange justice, que j'avais pourvu moi-même à lui en donner les moyens lorsque, par mes soins, l'entourage de Britannicus avait été formé de personnages peu scrupuleux, et prêts à tout. Ce furent ses précepteurs eux-mêmes qui lui firent boire le vin empoisonné. Ainsi le crime, que mes précautions avaient rendu possible et dont j'espérais, lorsque je les prenais, en faire bénéficier Nero, fut commis par Nero lui-même, et contre moi.

Personne, ni au palais ni même en ville, n'eut le moindre doute sur la cause réelle de cette mort. Au demeurant, les gens du prince n'avaient guère pris de précautions pour la dissimuler. Circonstance qui ne passa pas inaperçue, les funérailles de Britannicus eurent lieu le soir même de sa mort, après la tombée de la nuit, et il apparut que tous les préparatifs nécessaires avaient été accomplis déjà au cours de la soirée, à une heure où le jeune prince était encore vivant ! Le bûcher funèbre avait été préparé à l'emplacement réservé à cet effet dans l'enclos du tombeau d'Auguste, et c'est dans le monument de ce dieu que furent déposées les cendres de celui qui était l'un de ses petits-neveux.

Il s'en fallut de peu que le bûcher funèbre ne pût être allumé. Le temps était épouvantable. Nous étions au début de février, à la saison où se produisent tant d'averses violentes. Celle de ce soir-là précipita sur la Ville non seulement des torrents d'eau, mais aussi des rafales de neige, tandis que des éclairs parcouraient le ciel et que se faisait entendre le tonnerre. La colère divine semblait évidente. Contre qui était-elle dirigée ? Etait-ce contre Nero lui-même, en raison du crime ? Ou, plus grave encore, contre Rome, théâtre de telles abominations, et qui les tolérait ? Contre moi, peut-être, qui en avais précipité l'exécution ? Mais s'agissait-il vraiment de colère ? Peut-être les divinités voulaient-elles seulement marquer la fin de la famille des princes issus de Livie et, par elle, des Claudii. Du moins je me le persuadai. Contre moi, contre mes tentatives pour ramener mon fils à plus de complaisance à mon égard, les dieux nous signifiaient que seul comptait désormais pour eux Nero, issu du sang de Julia et, par elle, de celui d'Auguste. Les éclats du tonnerre que l'on avait entendus ce soir-là ne marquaient ni le désaccord ni la colère des dieux mais sanctionnaient le retour définitif et sans contestation possible du pouvoir impérial à cette branche des Julii dont Nero était le seul représentant, depuis que Silanus avait péri. En faisant mourir Claude, puis Silanus, j'avais œuvré pour les Destins. Nero lui-même avait mis le sceau final sur mon ouvrage en empoisonnant Britannicus.

C'est ainsi que je me rassurai. De son côté Nero adressait aux citoyens un message dans lequel il expliquait que, si les funérailles de son frère avaient été célébrées sans délai, et pendant la nuit, la raison en était la coutume ancienne voulant que les obsèques d'un être jeune soient soustraites à la lumière du jour et ne comportent ni cortège ni éloge funèbre. Nero concluait en déplorant d'avoir été privé du secours que son frère aurait pu lui apporter dans l'administration de l'Empire et en demandant au sénat et au peuple de l'entourer lui-même de leur affection. Il ajoutait, à la fin du message, qu'il était d'autant plus à plaindre qu'il restait le seul représentant d'une famille destinée à assumer le rang suprême dans l'Etat. Cette conclusion me plut tout particulièrement. Elle proclamait ce que j'avais toujours revendiqué, ce droit divin de ma race à régir l'Empire et l'univers. Elle soulignait habilement qu'il n'y avait plus aucune place dans l'Etat pour un rival, ce qui signifiait que la paix civile était revenue, que, grâce à l'empereur, le cauchemar qui hantait les Romains était exorcisé.

Nero croyait-il vraiment à ce qu'il proclamait de la

sorte ? Je vins à en douter lorsque j'appris qu'il comblait de présents et enrichissait ses amis les plus intimes. Il distribua entre les membres de son conseil les biens de Britannicus, qui étaient considérables et qu'il tenait de son père. C'est ainsi que Sénèque reçut de grandes propriétés en Egypte, qui formèrent l'essentiel de sa fortune. Burrus ne fut pas oublié, et il y eut encore d'autres bénéficiaires. Tout cela me paraissait trahir de la part de Nero une certaine crainte, le désir de s'entourer, plus que jamais, d'alliés qui lui devraient tout et, par conséquent, seraient ses meilleurs partisans dans l'éventualité d'une crise. Mais croyait-il vraiment que je pourrais, moi, la provoquer ? Ce que j'avais pu dire, et qui l'avait alerté, ne faisait qu'exprimer l'inquiétude que j'éprouvais devant sa conduite à lui, cette facilité à recourir au crime, au meurtre d'un frère pour parer à des menaces dont il aurait dû comprendre que jamais je n'aurais l'affreux courage de les mettre à exécution. Attache-t-on une telle importance à la colère d'une femme ?

Je regrettais aussi que, sous ce prétexte d'assurer sa sécurité, Nero gaspillât des biens qui avaient appartenu à Claude et qui étaient ma propriété à moi. Ces trésors, devait-il donc m'en priver ?

Pendant les jours qui suivirent la mort de Britannicus je ne pus rencontrer ni Sénèque, ni Burrus, ni, naturellement, Nero. Ils me fuyaient. Je n'avais même pas pour me réconforter la présence de Pallas. Depuis qu'il avait été contraint d'abandonner ses fonctions au palais, il passait la plus grande partie de son temps en Campanie, dans l'une ou l'autre des villas qu'il y possédait. Il s'y trouvait en cette fin de l'hiver. J'étais vraiment seule. Force m'était de constater qu'avec la disparition de Britannicus s'était achevée une période de mon existence et que je me trouvais devant un grand vide.

A qui pouvais-je demander un appui ? Je comptais bien quelques amis, au prétoire, des officiers à qui le souvenir de Germanicus était cher, mais je n'osais trop me montrer en leur compagnie. Cela eût donné des arguments à ceux qui me haïssaient et qui m'accusaient de préparer un coup de force. Ainsi, tout ce que j'avais espéré au cours de ma vie, le fruit même de mes intrigues et de mes crimes, tout m'échappait. Ne restaient que les haines que j'avais fait naître et, pour moi, la honte de l'échec. Pis encore, j'avais perdu la confiance de mon fils, comme j'en eus bientôt la preuve, lorsqu'il me retira la garde de soldats dont j'étais honorée depuis mon mariage avec Claude ; puis je fus priée de quitter mes appartements au palais et de m'installer dans la maison qui avait été autrefois celle d'Antonia.

Nero ne daigna même pas m'informer lui-même de ces deux décisions, que me signifia un tribun de la garde et qui me blessèrent profondément. Je ne pus que m'incliner. C'est dans la vieille demeure de notre grand-mère, là où avait si longtemps vécu Gaius, que j'écris cette dernière page de mes Mémoires. Mon tour est venu de devenir peu à peu, dans la solitude, une vieille femme, d'endurer ce long supplice qui avait été autrefois celui d'Antonia et de ma mère. Elles, du moins, n'avaient pas de sang sur les mains. Les ennemis qu'elles pouvaient s'être faits ne nourrissaient contre elles que des griefs ordinaires, médiocres. Tandis que moi, c'est mon propre fils dont j'ai tout à redouter. Il n'a pas hésité à tuer son frère, sur de simples soupçons. Hésitera-t-il lorsqu'il s'agira de moi, de sa mère ?

Mais ce qui me tourmente, c'est moins la crainte du sort qui peut être le mien que le sentiment qui m'étreint, jusqu'au fond de l'âme, d'avoir perdu la confiance et l'affection de mon fils. Cette seule pensée me glace. Elle est une torture de tous les instants, à laquelle le sommeil n'apporte que peu de répit. Peut-être arriverai-je à surmonter tout cela. Je ne veux pas renoncer à la lutte. Je veux nier ma souffrance, déjouer les manœuvres que l'on ne manquera pas d'imaginer contre moi. Je ne consentirai à mourir que le jour où je ne pourrai douter que Nero me haïsse.

⁂

Consulat de Claudius Nero et de L. Antistius.
Troisième jour avant les calendes de mai.

Je m'étais promis de ne plus rouvrir ce livre une fois terminé le récit de ma vie conduit jusqu'à la catastrophe que fut, pour moi et pour l'Empire, l'assassinat de Britannicus. C'était l'histoire de mon échec. Mais j'étais bien résolue, je le disais, à poursuivre la lutte, même sans espoir. Je veux désormais relater chacune de mes batailles, quelle qu'en soit l'issue. Cela m'aide à voir clair en moi, et j'en ai le plus grand besoin.

Comme je m'y attendais, les attaques contre moi commencent. Hier matin, à peine le jour était-il levé qu'une troupe de soldats frappe à ma porte. A leur tête Burrus lui-même et, près de lui, Sénèque. Que venaient-ils faire à pareille heure ? Sans autre préliminaire, Burrus me dit d'un ton menaçant : « Tu dois savoir, Agrippine que, hier soir, l'histrion Pâris s'est présenté au palais, à l'heure où le prince prolongeait la soirée, comme il en a coutume, en buvant quelques coupes. Il avait, disait-il, une déclaration importante à faire. Il venait dénoncer un complot que tu as formé dans le but de chasser Nero et de le remplacer par Rubellius Plautus. Une fois Plautus au pouvoir, tu aurais l'intention de l'épouser et de revenir, grâce à lui, au Palatin. Qu'as-tu à dire pour ta défense ?

— Tout ce que je peux dire, répondis-je, est qu'il n'y a dans tout cela pas un mot de vrai. Je sais d'où vient le coup. Si Pâris a été chargé de la dénonciation, c'est assurément parce qu'il a été envoyé par Domitia. Elle me hait, personne ne l'ignore ; elle ne m'a jamais pardonné de lui avoir pris son mari, Crispus. J'imagine aussi qu'elle a été poussée par sa grande amie Silana, qui me déteste, elle aussi, depuis que je l'ai empêchée d'épouser le bel Africanus. Voilà l'origine de cette affaire. J'espère que Nero n'a pas cru un instant à ces ragots de femmes ! »

A ce moment Sénèque intervint sur un ton plus amical. « Le prince y a si bien cru, me dit-il, que, dans un premier mouvement, il était sur le point de te faire exécuter. Je l'ai raisonné, en lui faisant mesurer l'énormité de l'acte qu'il était sur le point de commettre. Il devait, au moins, écouter ta défense. Telle est la raison de notre visite. Te donner la possibilité de présenter cette défense. »

Me défendre ? Mais comment ? On ne peut prouver que l'on est innocent si l'adversaire n'apporte pas lui-même de preuve. Or, de preuve, il n'y en avait pas. Il ne pouvait pas y en avoir. A ma demande, Sénèque accepta de me conduire au palais et de m'introduire chez le prince. C'était le premier entretien que j'avais avec Nero depuis la mort de Britannicus. Etrange rencontre, où ni lui ni moi n'avons eu ni un geste ni une parole de tendresse. Il me regardait, le visage crispé, sans un sourire. De mon côté, je me gardais bien de faire appel à notre affection d'antan. Ne pas lui laisser croire que je n'avais pas d'autre défense que celle-là. Pendant tout ce temps je ne cessais de me répéter qu'il avait un moment voulu me faire exécuter. Quelle différence entre ce fils qui se voulait justicier contre sa mère et le jeune prince qui, quelques mois plus tôt, regrettait de savoir écrire ! Me souvenant que l'attaque est de meilleure politique que la défense, je réclamai que l'on punît mes accusateurs. Après quoi je me retirai sans en dire davantage, et comme si mon juge n'était pas mon fils.

J'ai appris aujourd'hui qu'il m'a donné satisfaction.

***

Consulat de Q. Volusius et de P. Cornelius Scipio.
Calendes de juillet.

Nous vivons des nuits de désordre et de trouble. La faute en est aux troupes d'histrions et de leurs partisans. Entre eux se produisent sans cesse des échauffourées qui, parfois, dégénèrent en véritables batailles. Autrefois, ils gardaient plus de mesure, mais Nero, toujours favorable aux gens de théâtre, a retiré la garde qui jusqu'ici assurait l'ordre pendant les représentations. Je ne mentionnerais pas tout cela si je n'avais appris que Nero est lui-même l'auteur de violences pendant la nuit, dans les rues de la Ville. Déguisé en esclave, avec quelques amis, il envahit les cabarets et les lupanars, s'amuse à piller les boutiques et prend à partie des hommes et des femmes honorables. Rome devient chaque soir une ville livrée à l'ennemi.

Je suis effrayée par une telle conduite. Il semble n'avoir aucun respect pour son propre rang, et oublier ce qu'il doit à la majesté de l'Empire. Est-ce donc là le sang de Germanicus ? Je crois plutôt retrouver en lui la marque de son père Domitius, qui n'hésitait pas à écraser un enfant sous les roues de son char. Lorsque Domitius répétait que, de lui et de moi, pouvait naître seulement un monstre, je vois qu'il avait raison, mais à moitié seulement, pour la partie de notre fils qui vient de lui. C'est à ce père que Nero doit ce goût qui le porte à faire mal à autrui et, en même temps, cette lâcheté qui lui fait choisir comme victime un plus faible que lui. Je commence à le redouter.

Grâce à Sénèque, je suis de nouveau admise au Palatin. On m'y invite et je partage certains secrets. On va même jusqu'à me demander des conseils. Mais ce changement d'attitude envers moi ne me rassure pas totalement. Car certaines des questions que l'on me pose peuvent très bien receler un piège. Ainsi lorsqu'on envisage de châtier les affranchis reconnus coupables d'ingratitude envers leur maître, devenu leur patron, et que l'on me demande mon avis, que dois-je dire ? Tout le monde pense à Pallas. A-t-il été ingrat envers Claude et tomberait-il sous le coup de la nouvelle loi ? Finalement, je déclare n'avoir aucune opinion, et l'affaire en reste là. Visiblement, trop d'intérêts sont en question. Les affranchis jouent un trop grand rôle dans l'Etat pour que l'on puisse rien contre eux. De trop grands bouleversements s'ensuivraient.

⁂

Consulat de Nero pour la seconde fois
et de L. Calpurnius Pison.
Calendes d'avril.

Depuis que j'ai retrouvé mes entrées au palais, je suis au courant de bien des affaires. L'une d'elles, assez étrange, concerne une grande dame, Pomponia Graecina, que je connais bien et pour laquelle j'éprouve une grande estime. Les pontifes ont reçu à son sujet une dénonciation qui l'accuse de se livrer à des superstitions étrangères susceptibles de nuire à l'Etat.

Il est vrai que Graecina vit très retirée. Elle ne se montre jamais en public et, lorsqu'on parvient à l'approcher et qu'on lui demande la raison de cette solitude à laquelle elle se condamne, elle répond qu'elle est en deuil de Julia, autrefois l'épouse de mon frère Nero. Or, il y a près de vingt ans que Julia est morte. Il est peu croyable que Graecina, qui n'était qu'une parente assez lointaine de Julia, se croie obligée de garder ce deuil aussi longtemps. L'étrange vie qu'elle mène a certainement une autre raison. Des indiscrétions commises par une esclave ont révélé qu'elle passait des heures à genoux, dans une pièce obscure de la maison, devant l'image d'une croix. Et c'est cela que l'accusation dénonce. Quel dieu invoque-t-elle ainsi ? Sans aucun doute une divinité du monde infernal. La croix n'est-elle pas le symbole de la mort, le supplice des esclaves ? C'est autour des croix que les sorcières et les magiciens vont chercher les débris humains nécessaires à leurs envoûtements. Graecina est-elle donc une sorcière ? J'hésite à le penser. Je la crois incapable de se livrer à des pratiques criminelles. Tout ce que l'on sait d'elle, c'est qu'elle accueille volontiers des personnages venus de Syrie et de Palestine et qu'elle s'entretient avec eux. Lui enseignent-ils une religion nouvelle ? Ou plutôt celle d'un de leurs dieux ? Même s'il en était ainsi, cela ne me semblerait guère dangereux pour l'Empire. Je trouve seulement triste pour elle que cela la conduise à se priver de tous les plaisirs de la vie.

Nero, comme grand pontife, a reçu la dénonciation et, conformément aux lois, remis le jugement au mari de Graecina, ce Plautius qui avait participé à la campagne de Claude en Bretagne. Plautius a convoqué un conseil de ses proches et de ses amis. Graecina a comparu devant eux. Ils la déclarent innocente.

Ce verdict a été connu aujourd'hui même, où l'on fête Venus verticordia, la déesse qui change le cœur des femmes. Graecina reviendra-t-elle à une vie plus humaine ? J'en doute. Nous avons parlé d'elle, tout à l'heure, Sénèque et moi. Il condamne totalement tous ceux et toutes celles qui, sous quelque prétexte que ce soit, se retranchent de la communauté des humains, au sein de laquelle nous avons le devoir de présenter toujours un visage serein. La vue de la tristesse, me dit-il, est contagieuse et nous n'avons pas le droit de communiquer à autrui celle que nous pouvons éprouver. La tristesse est, comme le soutiennent ses amis les philosophes, un vice de l'âme ; elle est contraire à la vie même. Lorsque nous perdons un être cher, il est naturel de répandre des larmes, de gémir, mais il est nécessaire d'accepter que ce chagrin s'apaise. Sinon, il devient une passion, aussi dangereuse que l'amour, l'ambition, la passion des richesses. Je ne puis croire qu'après quinze ans Graecina pleure toujours Julia. Je penserais plutôt qu'elle trouve dans le chagrin une satisfaction quelconque. Ne serait-ce pas qu'elle en fait une sorte d'hommage à la morte ?

Nous conclûmes, Sénèque et moi, que Graecina continuait à vivre, en esprit, avec celle qu'elle pleurait si longuement. N'existe-t-il pas entre les âmes, celles des vivants et celles des morts, une véritable société dont la réalité s'impose parfois à nous, avec la violence d'un éclair, aux moments où notre esprit se relâche ? Sénèque me l'assure. Il parle des démons que sont les morts, errant à mi-chemin entre le ciel des divinités et la terre des humains. Je ne suis pas éloignée de lui donner raison.

⁂

Consulat de Nero pour la troisième fois
et de Valerius Messalla.
Nones de mai.

Pour la première fois, aujourd'hui, j'ai entrevu Sabina Poppaea, la nouvelle passion de Nero. C'est une fort belle femme, digne de la réputation de beauté qui fut celle de sa mère. Du moins est-ce l'impression qu'elle veut donner, et que je me garderais bien de contredire. En fait, je n'aime pas du tout la couleur de ses cheveux, qui sont jaunâtres et qu'elle coiffe d'une manière qui n'est qu'à elle, en ramenant les boucles sur le dessus du crâne, pour en faire une natte qui lui barre le front à la hauteur des yeux. Je trouve cela fort peu seyant. C'est payer bien cher l'originalité, car cette coiffure lui écrase le visage et le fait paraître plus petit qu'il n'est réellement. Mais peut-être est-ce l'effet qu'elle recherche. Ce visage, d'une blancheur laiteuse, présente des traits d'une grande finesse, qui seraient gracieux si elle n'était pas tout le temps en train de minauder, même lorsqu'elle n'a personne en face d'elle. Je ne l'ai aperçue qu'un court instant, mais cela m'a suffi pour que j'aie d'elle une image très nette. L'expression de ses yeux ne me plaît guère. Je la devine calculatrice et, aussi, fort éprise d'elle-même.

Lorsqu'elle m'apparut, traversant en hâte la pièce où je me trouvais, ce fut une brève vision de blancheur et d'or. Elle portait une longue tunique de soie, rehaussée d'or ; à mon goût, cette tunique était trop large, mais je pensai qu'elle devait avoir quelque raison pour s'envelopper ainsi. J'eus le temps d'apercevoir qu'à chacun de ses doigts brillait une bague ornée d'une pierre — toutes différentes, autant que je pus en juger. Autour de son cou était enroulé un interminable collier de perles. Lorsqu'elle disparut derrière une tenture, la dernière chose d'elle que je vis fut une socque tissée d'or, qu'elle fut sur le point de perdre, tant elle se hâtait, et qu'elle rattrapa prestement.

Elle n'avait pas eu — ou pas pris — le temps de me saluer. Sans doute cherchait-elle Nero. J'ai bien peur qu'elle ne parvienne à le trouver, chaque fois qu'elle le voudra près d'elle. Pour notre malheur, je le crains ; probablement aussi pour le sien. C'est Othon, ce détestable ami de mon fils, qui l'a introduite au palais. Je pense qu'elle ne tardera pas à faire le vide autour de l'empereur, pour rester seule.

⁂

Ides de septembre.

Je viens de recevoir Acté dans la maison d'Antonia, où je me rends encore de temps en temps, et où il me semble que ma présence empêche le passé de mourir tout à fait. Acté avait demandé à me voir. Elle souhaitait me parler de Nero. Il s'éloigne de plus en plus d'elle. Il est entièrement dominé par Poppée, qui entend bien régner sans rivale. Othon se repent de lui avoir fait rencontrer le prince. Il voulait se servir d'elle pour mieux assurer son influence, et c'est lui qui devient importun. Elle se joue de l'un et de l'autre. Elle laisse entendre à Nero qu'elle ne se donnera à lui que s'il l'épouse. Elle est attachée à Othon, dit-elle. Pourquoi le quitterait-elle, si c'est pour devenir la rivale d'une servante ? Elle fait tant et si bien que Nero a décidé d'éloigner Othon de Rome. Il ira gouverner la Lusitanie. L'ordre est signé. Poppée triomphe.

Acté craint que, sous l'influence de Poppée, le prince ne s'abandonne, plus encore qu'il ne l'a fait jusqu'ici, à tous les démons qui le hantent, qu'il ne connaisse plus aucune limite à ses plaisirs. Elle-même, Acté, est prête à s'effacer. Elle ne prétend à rien. Elle continuera d'aimer Nero, en silence. Mais du moins, qu'il reste lui-même, qu'il ne devienne pas la chose de cette femme qui joue la comédie de la modestie et de la fidélité conjugale, qui ne se montre en public que voilée, probablement parce qu'elle juge plus avantageux de piquer la curiosité que de la satisfaire. Acté me demande de faire ce que je pourrai pour arracher Nero à Poppée.

Je suis touchée par cette fidélité à mon fils et flattée qu'elle m'attribue encore quelque influence sur lui. Mais a-t-elle raison de le croire ou n'est-ce qu'une illusion ?

***

Consulat de G. Vipstanus et de C. Fonteius.
Ides de janvier.

Je dois me résigner, m'avouer vaincue. Je ne puis rien contre Poppée, rien contre la passion que Nero éprouve pour elle. Elle le presse de l'épouser. Il faut pour cela qu'il répudie Octavie. Il ne le fera pas si je conserve quelque influence sur lui et, pour cela, j'ai tout essayé, j'ai tout sacrifié. Je me suis offerte à lui, pendant les Saturnales. J'étais montée avec lui dans sa litière et, là, je le serrai contre moi. Il ne résista pas. Nous échangeâmes des baisers, qui n'étaient pas ceux d'une mère et d'un fils. Nos caresses furent interrompues au moment où la litière s'arrêta. Nous étions arrivés. Force m'était de faire une autre tentative.

Ce soir même je réussis à me glisser près de Nero au moment où il se retira, après boire, mais, au moment même où j'étais sur le point d'entrer dans sa chambre, je trouvai Sénèque devant moi, qui m'arrêta et m'invita fermement à le suivre. Lorsque nous fûmes seuls, il me parla avec une sévérité qui ne lui est pas habituelle. Il me demanda si j'avais perdu la raison, si j'avais songé aux conséquences d'un inceste — que Nero, m'avoua-t-il, était tout disposé à commettre, mais que lui, Sénèque, était bien décidé à empêcher. On n'avait jamais admis, dans le peuple, le mariage qui m'avait unie à mon oncle et que l'on s'obstinait à juger incestueux. Un autre inceste, cette fois avec mon fils, provoquerait des troubles graves. Ni les sénateurs, ni les simples citoyens, ni, surtout, les soldats ne voudraient laisser au pouvoir un prince souillé d'un tel crime. Les dieux eux-mêmes ne le permettraient pas. Il fallait que je me résigne à n'avoir plus d'influence sur mon fils si je devais user de pareils moyens pour la conserver. Sénèque ajouta qu'il avait chargé Acté de tenir le même langage à Nero. Elle l'avait fait et le prince avait compris l'avertissement. Qu'il épousât Poppée. Il fallait y consentir, puisque son mariage avec Octavie n'en était plus un que de nom. Poppée avait fait la preuve de sa fécondité. Elle donnerait certainement des enfants à Nero, qui en désirait avec passion. De mon côté, pour garantir notre réconciliation, Sénèque me conseillait de quitter la Ville pendant quelque temps, de manière à mettre un terme aux rumeurs qui commençaient à se répandre.

Demain, je pars pour Tusculum ; dans la villa que Crispus aimait tant. Mais je me rendrai à Antium. J'y reverrai la chambre où j'ai mis Nero au monde. J'y saluerai le soleil du matin, dont le présage s'est vérifié. Pour mon malheur si le rang suprême auquel j'ai porté ce fils l'éloigne si tristement de moi.

***

XIVe jour avant les calendes d'avril.

J'ai reçu ce matin une lettre de Nero. Il est à Baïes, où il passe les fêtes des Quinquatries. Il m'invite à venir le rejoindre dans la villa de Baules. Il le fait en des termes qui me transportent de joie, me parle de son amour pour moi, qui n'a jamais cessé, et ajoute que nous parlerons de tout cela, et de l'avenir, au cours du dîner. Il avoue qu'il mérite bien des reproches pour ne pas m'avoir mieux prouvé son affection et que si j'ai témoigné parfois de la colère envers lui, ce n'était pas sans raison. De nos pénibles expériences des derniers temps, pas un mot. Tant mieux ! Que tout cela soit oublié, et que je retrouve mon fils !

NOVISSIMA VERBA

Les mots que je vais écrire, sur cette page, seront les derniers que je tracerai jamais. Je sais que je vais mourir. J'attends celui que Nero ne va pas manquer d'envoyer pour mettre fin à ma vie. La prédiction de Balbillus se réalise. Oh, cette hypocrisie de Nero, cette lettre si affectueuse par laquelle il m'avait attirée à Baules ! J'avais bien eu quelques soupçons, mais je n'osais me les avouer, et puis, il s'était montré si affectueux, si déférent pendant ce dîner. Tout cela, pour tenter de me tuer en faisant simuler un naufrage. Le plafond de la cabine qui s'effondre et écrase le malheureux Gallus qui m'escortait. Le bateau qui tout à coup s'incline, penche de plus en plus et me jette à la mer. Si j'avais eu quelque doute, il aurait été dissipé lorsque j'ai vu des marins assommer à coups de rame ma pauvre Acerronia, la compagne de ma vie.

Il a voulu me tuer. Il le veut encore. Pour complaire à Poppée. Ce n'est pas lui qui est mon ennemi. C'est elle. Les dieux vengeurs du parricide ne la laisseront pas impunie. Mais lui, lui qui n'est que son instrument, fasse le ciel qu'il vive, assez longtemps pour se souvenir des jours où je l'avais près de moi, des jours où il m'aimait.

TABLE

DU MÊME AUTEUR

Les jardins romains. Essai sur le naturalisme romain, Paris, De Boccard, 1944, 3e éd., Paris, Fayard, 1984.

FRONTIN, *De aquae ductu Vrbis Romae*, édition, traduction et commentaire, Paris, Belles-Lettres, 1944.

Sénèque, 2e éd., Paris, PUF, 1966, coll. « Sup ».

Dictionnaire de la mythologie grecque et romaine, Paris, PUF, 1951, 5e éd., 1976.

La mythologie grecque, Paris, PUF, 14e éd., 1990, coll. « Que sais-je ? », no 582.

Le siècle des Scipions, Rome et l'hellénisme au temps des guerres puniques, Paris, Aubier, 2e éd., 1975.

Les intentions de Properce et la composition du livre IV des Elégies, vol. XII, Bruxelles, 1953, coll. « Latomus ».

SÉNÈQUE, *De Constantia Sapientis*, Commentaire, Paris, Belles-Lettres, 1953.

L'art des jardins, Paris, PUF, 1954, 3e éd., 1974, coll. « Que sais-je ? », no 618.

Les villes romaines, Paris, PUF, 5e éd., 1977, coll. « Que sais-je ? », no 657.

Dans les pas des Césars, Paris, Hachette, 1955.

Les romans grecs et latins, introduction et traduction, Paris, Pléiade, NRF, 1958.

Horace, Paris, Editions du Seuil, 1958.

SÉNÈQUE, *De Breuitate Vitae,* édition et commentaire, Paris, PUF, 1959, coll. « Erasme ».
— *Phaedra,* édition et commentaire, Paris, PUF, 1965, coll. « Erasme ».
PLAUTE ET TÉRENCE, *Œuvres complètes,* introduction et traduction, Paris, Pléiade, NRF, 1971.
Italie retrouvée, Paris, PUF, 1979.
Nous partons pour Rome, Paris, PUF, 3e éd., 1977.
L'amour à Rome, Paris, Belles-Lettres, 2e éd., 1979.
Mythologies, 2 vol., Paris, Larousse, 1964.
APULÉE, *Le conte d'Amour et Psyché,* édition et commentaire, Paris, PUF, coll. « Erasme », 1963.
CICÉRON, *In Pisonem,* édition et traduction, Paris, Belles-Lettres, 1967.
— *Pro Plancio, Pro Scauro,* édition et traduction, Paris, Belles-Lettres, 1976.
Etudes de chronologie cicéronienne, Paris, Belles-Lettres, 1967.
Essai sur l'Art Poétique d'Horace, Paris, SEDES, 1968.
SÉNÈQUE, *De uita beata,* édition et commentaire, Paris, PUF, 1969, coll. « Erasme ».
Les mémoires de T. Pomponius Atticus, Paris, Belles-Lettres, 1976.
Le guide de l'étudiant latiniste, Paris, PUF, 1971.
« La Guerre Civile » de Pétrone dans ses rapports avec la Pharsale, Paris, Belles-Lettres, 1977.
Le lyrisme à Rome, Paris, PUF, 1978.
Sénèque ou la conscience de l'Empire, Paris, Belles-Lettres, 1978 ; et Paris, Fayard, 1991.
Le théâtre antique, Paris, PUF, 1978, coll. « Que sais-je ? », n° 1732.
Le Quercy de Pierre Grimal, Paris, Arthaud, 1978.
Le siècle d'Auguste, Paris, PUF, 1965, coll. « Que sais-je ? », n° 676.
La littérature latine, Paris, PUF, 1965, 2e éd. 1972, coll. « Que sais-je ? », n° 327.

La vie à Rome dans l'Antiquité, Paris, PUF, 1967, coll. « Que sais-je ? », n° 596.
Fischer Weltgeschichte, vol. V et VI, Francfort, 1965-1966.
Histoire mondiale de la femme, 4 vol., Paris, Nouvelle Librairie de France, 1965.
Jérôme Carcopino, un historien au service de l'humanisme, Paris, Belles-Lettres, 1981 (en collaboration avec Cl. CARCOPINO et P. OURLIAC).
Sénèque, Paris, PUF, 1981, coll. « Que sais-je ? », n° 1950.
Rome, les siècles et les jours, Paris, Arthaud, 1982.
Cicéron, Paris, PUF, 1984, coll. « Que sais-je ? », n° 2199.
Virgile, Paris, Arthaud, 1985.
Cicéron, Paris, Fayard, 1986.
Les erreurs de la Liberté, Paris, Belles-Lettres, 1989.
Le merveilleux voyage d'Ulysse, roman, Paris, Rocher, 1990.
Rome. La littérature et l'histoire, 2 vol., Ecole française de Rome, 1986.
Rome, avec la collaboration de FOLCO QUILICI, Paris, Arthaud, 1987.
TACITE, *Œuvres complètes,* introduction et traduction, Pléiade, NRF, Paris, 1990.
Tacite, Paris, Fayard, 1990.
Marc-Aurèle, Paris, Fayard, 1991.

Dans Le Livre de Poche

(*Extrait du catalogue*)

Biographies, études...

Badinter Elisabeth
Emilie, Emilie. L'ambition féminine.
au XVIIIe siècle (*vies de Mme du Châtelet, compagne de Voltaire, et de Mme d'Epinay, amie de Grimm*).

Badinter Elisabeth et Robert
Condorcet.

Borer Alain
Un sieur Rimbaud.

Bourin Jeanne
La Dame de Beauté (*vie d'Agnès Sorel*).
Très sage Héloïse.

Bramly Serge
Léonard de Vinci.

Bredin Jean-Denis
Sieyès, la clé de la Révolution française.

Caldwell Erskine
La Force de vivre.

Chalon Jean
Chère George Sand.

Champion Jeanne
Suzanne Valadon ou la recherche de la vérité.
La Hurlevent (*vie d'Emily Brontë*).

Charles-Roux Edmonde
L'Irrégulière (*vie de Coco Chanel*).
Un désir d'Orient (*jeunesse d'Isabelle Eberhardt, 1877-1899*).

Chase-Riboud Barbara
La Virginienne (*vie de la maîtresse de Jefferson*).

Chauvel Geneviève
Saladin, rassembleur de l'Islam.

Clément Catherine
Vies et légendes de Jacques Lacan.
Claude Lévi-Strauss ou la structure et le malheur.

Contrucci Jean
Emma Calvé, la diva du siècle.

Cordier Daniel
Jean Moulin.

Dalaï Lama
Au loin la liberté.

Delbée Anne
Une femme (*vie de Camille Claudel*).

Desanti Dominique
Sacha Guitry, cinquante ans de spectacle.

Dormann Geneviève
Amoureuse Colette.

Eribon Didier
Michel Foucault.

Frank Anne
Journal.

Girard René
Shakespeare – Les feux de l'envie.

Giroud Françoise
Une femme honorable (*vie de Marie Curie*).

Goubert Pierre
Mazarin.

Kafka Franz
Journal.

Kremer-Marietti Angèle
Michel Foucault - Archéologie et généalogie.

Lacouture Jean
Champollion. Une vie de lumières.

Lange Monique
Cocteau, prince sans royaume.

Levenson Claude B.
Ainsi parle le Dalaï Lama.

Loriot Nicole
Irène Joliot-Curie.

Michelet Jules
Portraits de la Révolution française.

Monnet Jean
Mémoires.

Orieux Jean
Voltaire ou la royauté de l'esprit.

Pernoud Régine
Aliénor d'Aquitaine.

Perruchot Henri
La Vie de Toulouse-Lautrec.

Prévost Jean
La Vie de Montaigne.

Renan Ernest
Marc Aurèle ou la fin du monde antique.
Souvenirs d'enfance et de jeunesse.

Rey Frédéric
L'Homme Michel-Ange.

Roger Philippe
Roland Barthes, roman.

Séguin Philippe
Louis-Napoléon le Grand.

Sipriot Pierre
Montherlant sans masque.

Stassinopoulos Huffington Arianna
Picasso, créateur et destructeur.

Sweetman David
Une vie de Vincent Van Gogh.

Thurman Judith
Karen Blixen.

Troyat Henri
Ivan le Terrible.
Maupassant.
Flaubert.
Zola.

Zweig Stefan
Trois Poètes de leur vie (*Stendhal, Casanova, Tolstoï*).

Dans la collection « Lettres gothiques » :

Journal d'un bourgeois de Paris (*écrit entre 1405 et 1449 par un Parisien anonyme*).

Composition réalisée par BUSSIÈRE 18200 Saint-Amand-Montrond

IMPRIMÉ EN FRANCE PAR BRODARD ET TAUPIN
Usine de La Flèche (Sarthe).
LIBRAIRIE GÉNÉRALE FRANÇAISE - 6, rue Pierre-Sarrazin - 75006 Paris.
ISBN : 2 - 253 - 13508 - 9 31/3508/4